Shari Low blickt auf eine abwechslungsreiche Karriere zurück. Nachdem sie als Nachtclub-Managerin in Großbritannien, Holland, Schanghai und Hongkong Station gemacht hatte, kehrte Shari Low in ihre Heimatstadt Glasgow zurück. Dort lebt sie mit ihrem Ehemann John und ihren beiden kleinen Söhnen.
Sie ist heute als freie Schriftstellerin tätig.
Besuchen Sie die Autorin unter www.sharilow.com im Internet.

Weitere Titel der Autorin:

Torschlusspanik
Saure-Gurken-Zeit
Freunde, Sex und Alibis
Happy ohne Ende
Treuesprünge
Sternschnuppern
Herzfinsternis

Titel in der Regel auch als E-Book erhältlich

Shari Low

Und immer war's der Mann fürs Leben

Roman

Aus dem Englischen von
Barbara Ritterbach

BASTEI LÜBBE TASCHENBUCH
Band 16079

1. Auflage: September 2011
2. Auflage: November 2011

Vollständige Taschenbuchausgabe

Bastei Lübbe Taschenbuch in der Bastei Lübbe GmbH & Co. KG

Deutsche Erstausgabe

Für die Originalausgabe:
Copyright © 2011 by Shari Low

Titel der englischen Originalausgabe: »Friday Night With the Girls«
Originalverlag: Piatkus, an imprint of Little Brown Publishing

Für die deutschsprachige Ausgabe:
Copyright © 2011 by Bastei Lübbe GmbH & Co. KG, Köln
Textredaktion: Margit von Cossart
Innenillustration: Frauke Ditting
Titelillustration: © getty-images/Jim Scherer/© getty-images/
Compassionate Eye Foundation/David Leahy
Umschlaggestaltung: Manuela Städele
Autorenfoto: © Paul Chappells/Daily Record
Satz: hanseatenSatz-bremen, Bremen
Gesetzt aus der Stempel Garamond
Druck und Verarbeitung: GGP Media GmbH, Pößneck
Printed in Germany
ISBN 978-3-404-16079-2

Sie finden uns im Internet unter
www.luebbe.de
Bitte beachten Sie auch: www.lesejury.de

Der Preis dieses Bandes versteht sich einschließlich
der gesetzlichen Mehrwertsteuer.

Dieser Roman ist ein fiktionales Werk. Namen und Figuren sind das Ergebnis der Fantasie der Autorin oder sind fiktiv gebraucht. Jegliche Ähnlichkeit zu realen Personen, lebend oder verstorben, ist rein zufällig.

Prolog

»Du solltest das aufschreiben, Lou«, sagte sie. »Alles. Von Anfang an.«

Mein spontaner Gedanke: Ich kann doch nicht über mein Leben schreiben. Das tun nur alte Leute. Oder Narzissten. Oder Fußballerfrauen. Oder die Teilnehmer von Realityshows, die sich vor laufender Kamera die Unterhose runtergezogen haben und fünfzehn Minuten lang berühmt waren. Und außerdem, worüber sollte ich schreiben?

Ich führe ein ziemlich unspektakuläres Leben, trinke zu viel, esse zu viel, lache, bis mir der Bauch wehtut, und war schon so oft verliebt, dass Hallmark mein Hauptsponsor sein könnte. Mein peinlichster Augenblick war, als ich bei einer Schuldisco die ganze Nacht heulend auf dem Klo gesessen habe, nachdem ich mir ansehen musste, wie mein damaliger Freund mit Pammie Murray zu *Stand and Deliver* getanzt und dabei lustvoll seinen Breitkordhintern geschwungen hatte. Später hat er übrigens behauptet, sie sei »begabt«. Begabt! Nur weil sie sich auf der Nähmaschine ihrer Grandma ein Kleid genäht hatte, war sie noch längst nicht Vivienne Westwood. Außerdem hatte sie eine seltsame Obsession für Diagramme der Genitalgegend. Das weiß ich, weil ich in Bio neben ihr saß.

»Gibt es denn etwas, das du *ihr* gern erzählen würdest?«, fragte sie.

Ich lächelte. »Ihr« war meine Tochter Cassie, eine Siebenjährige mit einer Persönlichkeit, die an tropische Wetterverhältnisse erinnerte – sonnig, warm, freundlich, mit gelegentlichen Hurrikans und Tornados, bei denen man am besten die

Fenster mit Brettern vernagelte und unter dem Bett wartete, bis sie vorbei waren. Tja, was würde ich ihr gern erzählen? Sollte ich ihr raten, sich nicht mit Kleinigkeiten aufzuhalten? Den Augenblick zu genießen? Das Leben bei den Hörnern zu packen und was mir sonst noch so an abgegriffenen Lebensweisheiten einfiel? Ich zuckte mit den Schultern.

»Keine Ahnung. Ich weiß ja nicht, wie sie mal sein wird, was wichtig für sie sein könnte.«

Ich wusste, dass ich den Vorschlag absichtlich kleinmachen wollte. Die Vorstellung, etwas aufschreiben zu *müssen*, widerstrebte mir einfach zutiefst. Über den möglichen Ausgang der Lage wollte ich nicht einmal nachdenken.

Plötzlich veränderte sich ihr Gesichtsausdruck.

»Was hättest *du* denn gerne gewusst?«, fragte sie.

»Wann?«

»Na, als du jung warst.«

Ich dachte einen Moment nach. Du meine Güte, ich war damals ein Albtraum! Wild. Ungestüm. Immer die Erste auf der Tanzfläche, die Erste, die knutschte, die Erste, die ihr ganzes Taschengeld für Mentholzigaretten ausgab, weil ich mir damit so intellektuell vorkam. Es gab so vieles, was ich damals gern gewusst hätte. So vieles. Zum Beispiel, dass das mit Tom Cruise nie was würde. Dann hätte ich mir Tausende »Lou Cruise«, in verschiedenen Schriften, Farben und Größen in meine Schulhefte gekritzelt, sparen können.

Genau, aber einige Einblicke in wirklich wichtige Dinge wären auch nicht schlecht gewesen. Unterricht im Leben. Das wäre super gewesen. Ein paar vernünftige, durchdachte Lektionen. Und das ist etwas, das ich an Cassie gern weitergeben würde. Ich würde ihr erzählen, wie man Freundschaften erhält und wie es ist, sich zu verlieben und über ein gebrochenes Herz hinwegzukommen. Ich würde ihr erzählen wie es war, als ich das erste Mal wegen eines Jungen geweint hatte, und wie ich das letzte Mal jemanden enttäuscht hatte.

Ich würde ihr vom Tag ihrer Geburt erzählen und was es mir bedeutet, ihre Mum zu sein. Und wenn mich die letzten Jahre etwas gelehrt haben, dann, dass ich es genau jetzt tun sollte, weil ... wer weiß, was die Zukunft bringen wird.

Klar, wenn Cassie mir auch nur ein kleines bisschen ähneln wird, wird sie meine Ratschläge ignorieren und ihr Leben auf ihre Weise in die Hand nehmen. Nicht, dass ich das falsch fände ... Wenn ich so zurückblicke: Ich hätte nichts anders gemacht. Ich hätte trotzdem alles mitgenommen. Ich hätte trotzdem alles wieder genau so gemacht, inklusive aller Fehler – bis auf den allergrößten ...

Lous Lektionen für Cassie, wenn sie sechzehn Jahre alt ist

*Liebe Cassie,
ich weiß, du wirst die meisten der folgenden Ratschläge ignorieren, denn wenn du auch nur einen Bruchteil meiner Gene geerbt hast, dann bist du längst davon überzeugt, dein Leben perfekt im Griff zu haben. Aber bitte hab Nachsicht mit mir, ich bin deine Mum. Und damit wären wir schon mittendrin: Tu immer so, als würdest du auf deine Mum hören, denn das macht das Leben viel einfacher. Okay, das wäre somit geklärt.*

Im Prinzip werde ich versuchen, mich daran zu erinnern, wie ich in deinem Alter war, und dir ein paar Tipps geben, wie du mit dem kleinstmöglichen emotionalen Trauma durch diese Zeit kommst. Okay, als ich sechzehn war, hatten wir 1986. Stulpen. Top Gun. *Jungfräulichkeit.*

Also los ...

1. Du bist nicht dick. DU BIST NICHT DICK! Ganz im Gegenteil! So dünn wie jetzt wirst du in deinem ganzen Leben nie mehr sein, also hör auf mit dieser blödsinnigen Diät! Der Verzehr der ganzen hartgekochten Eier, Grapefruits, Slimfast-Shakes (Unzutreffendes bitte streichen) wird dich psychisch fürs Leben zeichnen.

2. Du wirst die Schule bald beenden und keinen Sportunterricht mehr haben. Daher wäre es klug, dir beizeiten eine neue körperliche Betätigung zu suchen. Nein, Shoppen und Knutschen gelten nicht als Sportart.

3. Stell dich immer gut mit deinen Freundinnen – die, mit denen du jetzt zusammen bist, werden wahrscheinlich auch noch um dich herum sein, wenn du dreißig bist. Und ihr werdet dann immer noch ständig über Sex reden und Schuhe mit schwindelerregend hohen Absätzen tragen, weil ihr euch einbildet, sie würden eure Waden schöner machen.

4. Ach, und mit neununddreißig ist man übrigens noch nicht steinalt.

5. Häng dein Herz nicht zu sehr an Promischwärmereien und exotische Träume von Reichtum und Glamour. Wenn diese je wahr würden, würde ich meine Kreditkartenbelege heute mit »Lou Cruise« unterschreiben und immer noch glauben, Primark wäre ein Nobelurlaubsort an der Algarve.

6. Lektion 5 ist nicht unbedingt als negativ zu betrachten. Tom Cruise hat sich komisch entwickelt und ist heute irgendwie nicht mehr so cool wie in dieser Kampffliegerpiloten/Sexgott-Nummer.

7. Du bildest dir vermutlich ein, der Typ, mit dem du gerade gehst (nennt man das noch so?), wäre die Liebe deines Lebens, aber das bedeutet nicht, dass du unbedingt Sex mit ihm haben musst. Das musst du nicht! Versuch durchzuhalten, bis du dir ganz sicher bist. Du wirst sonst später garantiert bereuen, dass das einmalige Ereignis deiner Entjungferung auf dem Rücksitz eines quietschgrünen Minis stattgefunden hat.

8. Das gesetzlich vorgeschriebene Mindestalter für den Konsum von Alkohol ist achtzehn. Achtzehn! Hörst du?

9. Mach einen großen Bogen um Sonnenbänke, und erfreu dich an deinen Brüsten, solange sie noch fest sind.

10. Es gibt da so eine altmodische Idee, die sich »Sparen« nennt. Versuch, dich irgendwie damit anzufreunden.

11. Und schließlich noch etwas: Denk immer dran, dass du manchmal Erfolg haben wirst und manchmal nicht und dass auch deine Mum manchmal Fehler macht (was ich natürlich immer bestreiten werde). Aber solltest du je in Schwierigkeiten sein und das Gefühl haben, weder mit mir noch mit deinem Dad darüber reden zu können: Deine Tante Josie ist immer für dich da. Und glaub mir, es gibt nichts, was sie schocken könnte. Gar nichts. Das muss ich zu meiner Schande gestehen.

12. Denk noch einmal über Miniröcke nach. So gehst du mir nicht aus dem Haus, junge Dame!

Ach, und noch etwas ...

Lektion 13
Öffentliche Liebesbekundungen sind weder cool noch besonders schön
1986. Lou, sechzehn Jahre alt

»Mach lauter, mach lauter! Der Song ist super!«

Nur mit einem pinkfarbenen, gepunkteten BH und passendem Höschen bekleidet, sprang Lizzy aufs Bett und begann ekstatisch herumzuhopsen. Wenn der Alte von der gegenüberliegenden Straßenseite jetzt gerade durch sein Teleskop schaute, würde er einen Herzanfall kriegen. Er behauptete zwar immer, er würde das zu rein astronomischen Zwecken machen, aber ich war ganz sicher, dass er Jupiter nicht von einem Ring des Saturns unterscheiden konnte.

Die Jungs (und Mädels) von Wham grölten *I'm Your Man*, und Lizzy schwenkte ihre Hüften. »Ich kann einfach nicht fassen, dass sie sich getrennt haben. Angeblich weil George Michael als Songwriter ernster genommen werden wollte. Als ob *Wake Me up Before You Go-Go* kein Klassiker wäre«, keuchte sie zwischen ihren Verrenkungen. Ich nahm mir vor, sie am Abend an ihr Asthma-Spray zu erinnern.

Gerade noch rechtzeitig verkündete der DJ von Radio Clyde, dass er das Tempo nun runterfahren würde. Wir stöhnten einstimmig. Eigentlich standen wir eher auf Rauffahren. Zum Samstagabendausgehfeinmachen gehörte nun mal ein ordentlicher Beat – mit einer einzigen Ausnahme.

»Aaaaaaaaaaaaaaaaaaahhhh!«

Take My Breath Away von Berlin. *Top Gun*. Gänsehaut. Herzrasen. Und die tiefe Gewissheit, dass ich die Identität meines zukünftigen Ehemannes ganz sicher kannte. Ich schnappte mir den pinkfarbenen Kerzenständer und sang mit, bis jeder in Hörweite verstand, wieso ich bei Bananarama keine Chance hatte.

Kurz vor der hohen Stelle, die bei mir klang, als würde man mir bei lebendigem Leib die Finger amputieren, schaltete ich mich wieder in die Unterhaltung ein. »Glaubt ihr, dass Tom das für mich singen wird, wenn wir verheiratet sind?«

Ginger, die sich aus dem Fenster lehnte und eine rauchte, drehte sich kurz zu mir um. »Moment mal, Loopy Lou! Tom gehört mir, vergiss das nicht! Du kannst von mir aus diesen Iceman haben.«

Normalerweise hätte ich jetzt protestiert, aber ich wusste genau, dass Ginger mit ihren offensichtlichen anatomischen Vorteilen diesen Wettstreit gewinnen würde.

Ich: klein, Körbchengröße 75 A, ein Gesicht, das gegen unscheinbar tendierte, und Haare in einem lebhaften Straßenköterblond – jedenfalls bevor die Stylistin in dem Friseursalon, in dem ich samstags immer jobbte, Amok gelaufen war und sie in experimentell punkiges Blau getaucht hatte.

Ginger: ein Meter achtzig, Körbchengröße 85 D, athletisch gebaut, eine Mähne aus leuchtend roten Korkenzieherlocken, die aus ihr die westschottische Version von Diana Ross gemacht haben.

Ästhetisch also ein klarer Sieg für Ginger. Ich richtete meine Aufmerksamkeit auf die Dinge, denen ich mehr gewachsen war – meine Freundin Lizzy, die inzwischen auf der anderen Bettseite versuchte, eine Art Walzer zu tanzen.

»Lizzy, kannst du jetzt endlich mit der blöden Tanzerei aufhören! Das letzte Mal brauchte ich anschließend eine neue Matratze. Meine Mum zieht mir deshalb immer noch jeden Monat was von meinem Taschengeld ab.«

»Wo ist deine Mum eigentlich? Mich wundert, dass sie noch nicht hier war, um zu kontrollieren, ob wir rauchen.«

»Ich schätze ...« – ich schaute auf meine Armbanduhr und

rechnete kurz nach – »... auf der M8 irgendwo in der Nähe von Lanark.«

»Wieso das denn?«

»Weil mein Dad auf dem Nachhauseweg vom Fußballspiel mal wieder im Zug eingeschlafen ist und seinen Ausstieg verpennt hat. Ein Schaffner hat vom Bahnhof in Waverly angerufen, um Bescheid zu geben, dass sie ihn an der Endstation gefunden hätten, sich aber weigern, ihn mit zurückzunehmen, weil er total blau ist. Angeblich haben sie sechsundzwanzig verschiedene Telefonnummern gewählt, bevor sie bei uns durchkamen, weil er nicht mehr richtig sprechen kann. Glaubt ihr, Tom Crui..., ich meine, Val Kilmer ist im wahren Leben auch ein Säufer, der mich jeden Samstag quer durchs Land fahren lässt, um ihn irgendwo aufzulesen?«

»Bestimmt.«

Ginger drückte ihre Zigarette auf der Fensterbank aus und wischte die Asche mithilfe eines Kleenex und eines Schuss aus ihrer Wodka-Orange-Dose fort. Irgendein Schlauberger – ich glaube, es war Gingers großer Bruder Red (der eigentlich Ronald hieß, aber dieselbe genetische Disposition zu roten Haaren hatte wie seine Schwester) – hatte uns mal geraten, am besten Wodka zu trinken, weil er geruchsneutral sei und daher niemand merke, dass man Alkohol getrunken habe. Eine großartige Theorie ... solange man nicht wie unser Tollpatsch Lizzy einen geruchlosen Wodka zu viel konsumierte, in völliger Überschätzung der eigenen Fähigkeiten versuchte, einen Absperrpoller zu überspringen, hängen blieb und sich zwei Zähne ausschlug. Zum Glück ist ihr Onkel Zahnarzt und konnte den physischen Schaden beheben.

Das mentale Trauma jedoch – drei Monate Hausarrest unter täglichen Vorhaltungen ihrer Mutter, der Santa Carla vom Orden des heiligen Geschreis – heilte, wie ich vermutete, nie. Ebenso wenig wie die erlittene Schmach, weil sich der Stunt innerhalb von fünf Minuten überall herumgesprochen hatte.

Aber so ist das nun mal, wenn man in einer Kleinstadt wohnt. Weirbank war zwar nur zwanzig Meilen von der pulsierenden Metropole Glasgow entfernt, aber hier kannte jeder jeden, und selbst eine minderschwere Erniedrigung reichte als Unterhaltung für die ganze Stadt.

Take Your Breath Away war inzwischen zu Ende, und der miese DJ von Radio Clyde konstruierte einen noch mieseren Übergang zu *Notorious*. Auf Simon Le Bon stand ich nicht sonderlich, aber ich hätte meinen kompletten Vorrat an Mentholzigaretten, meine Lippenstiftsammlung, meine gesamten Mixtapes und eine Niere für eine Nacht mit dem Gitarristen John Taylor hergegeben. Das lag wohl an seinem verhungerten Äußeren und der Art, wie ihm der Pony ins Gesicht fiel. Ich glaubte, ich wäre genau die Richtige für den Mann. Ich hätte ihn mit meinem Lieblingsessen gefüttert (was ist an Fischstäbchen-Sandwiches auszusetzen?), ihm einen ordentlichen Haarschnitt verpasst und ihn anschließend besinnungslos geknutscht. Natürlich nur dann, wenn Tom Cruise und Val Kilmer nicht verfügbar gewesen wären.

Ich stand auf und strich meinen violetten Ballonrock glatt. Zusammen mit dem passenden knallengen Oberteil hatte er mein halbes Taschengeldgespartes verschlungen, aber das war es mir wert. Selbst Ginger war neidisch, dabei hatte sie sich von dem Geld, das sie mit ihrem Samstagsjob im Fischladen verdiente, gerade erst ein neues Paar grüne Wildlederstiefel gekauft, knallpinkfarbene Stulpen und einen weißen Kunstlederrock, der nur knapp ihr Feuchtgebiet bedeckte. Wäre meine Tante Josie da gewesen, hätte sie Ginger eindringlich gewarnt: vor lebensbedrohlichen Erkältungskrankheiten und davor, durch bloßes Bücken in männlicher Gesellschaft ihre Jungfräulichkeit zu verlieren.

Tante Josie, Dads Schwester, ist drei Jahre älter als er, weiß, was sie will, und lässt sich von ihm nicht die Butter vom Brot nehmen. Er hasst sie so sehr, wie ich sie liebe.

Wie oft hatte ich mir schon gewünscht, bei der Verteilung des Nachwuchses würde noch mal neu gemischt und ich an Tante Josie vergeben! Aber leider waren mein Cousin Michael und meine Cousine Avril bei Josie gelandet, und ich hatte Dave und Della Cairney als Eltern abgekriegt – das Traumpaar in Sachen »Co-Abhängigkeit in Beziehungen«. Den Ausdruck hatte ich mal in einer alten *Dallas*-Folge gehört; er hatte mich ziemlich beeindruckt. Mary Crosby hat ihn benutzt, ehe sie durchgedreht ist und auf J.R. geschossen hat, und er trifft haargenau auf meine Mum und meinen Dad zu. Dad ist arrogant, egoistisch und nur mit sich selbst beschäftigt. Er verlangt von Mum, dass sie sich permanent um ihn dreht, und sie vergöttert ihn so, dass sie das tut. Wenn ich auch so werde, nahm ich mir vor, stelle ich mich neben J.R. und hoffe, dass Mary Crosby noch eine Kugel übrig hat.

»Mist, ich glaube, meine Jeans sind in der Badewanne eingelaufen!«

Ginger und ich starrten uns an, keiner von uns wagte die naheliegende Frage zu stellen.

Nach einiger Zeit bemerkte Lizzy unsere Irritation. »Guckt, so hab ich das coole Design hingekriegt.« Sie zeigte auf die weißen Flecken im Stoff. »Man nimmt ein Paar gewöhnliche Jeans, dreht sie fest ein, legt sie in die Badewanne, kippt Bleichmittel drüber und lässt es über Nacht einwirken. Und am nächsten Morgen hat man dieses Ergebnis. Gott, ihr habt von Mode wirklich gar keine Ahnung!«

Ginger verdrehte die Augen. »Ja, aber dafür sehen unsere Beine auch nicht aus, als hätten wir eine Pilzinfektion.«

Lizzy ignorierte sie. »Könnt ihr mir mal helfen, den Reißverschluss hochzuziehen?«

Sie lag nun flach auf dem Rücken und hatte einen Kleiderbügel durch das kleine Loch im Reißverschluss ihrer angeblich so trendigen Jeans gesteckt. Vor lauter Anstrengung war ihr Gesicht knallrot, was den Effekt ihrer Revlon Pressover Powder Foundation zu zerstören drohte. Ginger und ich gingen in Position: Ginger kniete sich breitbeinig über Lizzy, presste deren Hüften mit den Unterschenkeln zusammen, packte beide Seiten des Reißverschlusses, um sie mit aller Kraft zusammenzuziehen, während ich den Kleiderbügel umklammerte und für eine maximale Hebelwirkung eine Stellung wie beim Tauziehen einnahm.

»Zieh!«, brüllte Ginger.

Sie presste den Jeansstoff zusammen und verschaffte mir den Bruchteil einer Sekunde, um den Kleiderbügel hochzuziehen. Geschafft! Der Reißverschluss war zu. Daraufhin nahmen wir die Position für den nächsten Schritt ein. Wir stellten uns auf je eine Seite der noch auf dem Boden liegenden Lizzy, nahmen jeweils einen Arm und zogen sie in den Stand, ohne dass sie ein Körperteil bewegen musste.

»Wetten, dass der Reißverschluss nicht hält«, prophezeite Ginger.

»Ich schätze eher, dass die Naht am Po wieder nachgibt«, antwortete ich.

Lizzy stöhnte. Öffentliche Erniedrigung Nr. 34 in diesem Jahr. Kurz nach der Nummer mit dem Absperrpoller und kurz bevor sie sich die Haare in Brand setzte, weil sie vergessen hatte, ihre Zigarette aus dem Mund zu nehmen, bevor sie sich in der Disco mit Haarspray besprühte, war ihre nagelneue schwarze Cordhose an der hinteren Naht aufgerissen, während sie in ihrer gewohnt lebhaften Art zu *Suspicious Minds* von The Fine Young Cannibals getanzt hatte – die Flashdance-Nummer.

Ich schaute auf meine Armbanduhr. »Okay, lasst uns gehen, sonst verpassen wir noch Harrys Fünfzehn-Minuten-Pause.«

Harry war der Besitzer des örtlichen Pubs, den er in einem Anflug von grenzenloser Originalität Harry's Bar genannt hatte. Es war unser Samstagsabendtreff, obwohl wir eigentlich noch zwei Jahre zu jung waren. Aber wer immer dieses Gesetz gemacht hatte, konnte ja nicht wissen, welch ausgefeilte Taktik wir uns ausgedacht hatten. Sobald Harry um sieben Uhr seine Pause machte und die Tür aus den Augen ließ, traten wir in Aktion. Mithilfe von sieben Schichten Maybelline Mascara (Lizzy), einem provozierenden Hüftschwung (Ginger) und einem gepolsterten BH (ich), flirteten wir uns an dem Türsteher vorbei und hielten uns unauffällig in der hintersten Ecke auf, wo uns selbst Harrys Adlerauge nicht entdecken konnte.

Wie immer ging's im Pub hoch her, aber mein Boyfriend-Radar war bereits auf Empfang gestellt, und ich brauchte nur wenige Sekunden um *ihn* zu lokalisieren. Da stand er, an einem Pfeiler in der Ecke, eine Flasche Grolsch in der Hand, mit einem Haircut-100-Pulli (New Wave war total in) und einer Gelsträhne, die so bretthart war, dass man im Notfall damit ein Loch ins Fenster schlagen konnte.

Das ist mein Freund. Meiner! Ich kann es immer noch nicht glauben.

Ich hätte geschworen, dass er eher auf Lizzy oder Ginger stand, aber nein, er hatte *mich* gefragt, ob ich mit ihm ausgehen wolle. Mit Ausgehen meine ich, dass er sich angeboten hat, mich nach Hause zu bringen und ich ihn an einer Bushaltestelle wie eine Wahnsinnige abgeknutscht habe, obwohl es so kalt war, dass mir dabei fast die Füße abgefroren wären. Seither bin ich superverknallt in ihn und packe jedes Mal ein Extrapaar Socken ein, wenn wir uns treffen. Er ist die Liebe meines Lebens. Die dritte, um genau zu sein, aber Nummer eins zählt nicht, weil ich damals erst zwölf war, und Nummer zwei zählt auch nicht, weil er mich sitzen gelassen hat, und ich ihn aus Gründen der Selbsterhaltung aus meiner Liste der romantischen Errungenschaften gelöscht habe.

Ich stolzierte so cool wie möglich auf meinen Freund zu

und sah, wie sich sein Gesicht bei meinem Anblick zu einem breiten Grinsen verzog. »Hey, Babe«, meinte er lässig, legte mir den Arm um die Schulter und beugte sich vor, um mich zu küssen.

Ich ignorierte die Geräusche von Ginger hinter mir, die so tat, als müsste sie sich übergeben. Sie verabscheute öffentliche Liebesbekundungen fast noch mehr als Trigonometrie und *Hart aber herzlich*.

Aber zurück zu dem Traumboy, der gerade seine Hand unter meinem T-Shirt meinen Rücken hinaufwandern ließ. Gary Collins. Pro: Neunzehn Jahre alt, der am süßesten aussehende Typ in der ganzen Stadt, spielt Gitarre, hat mir nach unserem dritten Date gesagt, dass er mich liebt. Contra: Ach, egal – Pro spricht für sich.

Okay, wenn ich einen winzigen Makel in seinem Persönlichkeitsprofil hätte benennen müssen, dann ... hätte ich zugeben müssen, dass er es mit der Wahrheit nicht ganz so genau zu nehmen schien. Erst in dieser Woche hatte er mir erzählt, dass er ein Casting für eine Band hatte, sich ein Auto kaufen und nach Weihnachten in eine eigene Wohnung ziehen wolle. Aber erstens war es völlig ausgeschlossen, dass er ein Casting bei einer Band hatte, weil er gerade mal vier Akkorde auf der Gitarre spielen konnte. Zweitens wusste ich, dass er bei der Führerscheinprüfung dreimal durchgefallen war (meine Tante Josie hatte nämlich mitgekriegt, dass seine letzte Prüfung in eine Katastrophe mündete, weil die verrückte Alte, die am Ende der Main Street wohnte, ihren Köter von der Leine gelassen hatte und der ihm genau vors Auto gelaufen war; der Hund lebte zwar noch, aber Gary hatte irgendwie eine Verkehrsinsel mitgenommen, und der Fahrprüfer war seither noch nicht wieder in einem Auto gesehen worden). Und drittens zog er auch nicht aus, weil er sich das a) nicht leisten konnte und b) genau wusste, dass das ziemlich blöd gewesen wäre, solange seine Mum und seine drei Schwestern ihm zu Hause den Dreck wegmachten.

Ach, und ich wusste, dass er mir nur gesagt hatte, dass er mich liebte, weil er auf emotionale Dramen stand. Und – wie Ginger es immer so nett formulierte – er war scharf drauf, in mein Höschen zu kommen. Bisher hatte das die Kombination aus meinem eisernen Willen und dem engen Gummibund meiner Höschen verhindern können. Ich war wirklich nicht prüde, aber … na ja, ich wusste nicht. Es war schon eine große Sache, oder?

Ginger hat ihre Unschuld vor sechs Monaten an einen Kumpel von Red verloren, und jetzt ist er bei der Armee, und sie wird ihn vermutlich nie wiedersehen. Ich bin nicht ganz sicher, ob der Sex mit Ginger der Grund dafür war, dass er sich einen Job gesucht hat, der ihn weit von zu Hause wegbringt und ihm die Möglichkeit bietet, vielleicht erschossen zu werden. Na ja, jedenfalls hätte ich gern, dass Gary noch eine Weile in meiner Nähe bleibt und lebensbedrohlichen Situationen aus dem Weg geht. Daher habe ich beschlossen, dass schon mehr dazu gehört als die Fähigkeit, *Holding Back the Years* fast so gut singen zu können wie Mick Hucknall, um es von energischem Gefummel zur vollständigen Penetration zu schaffen.

Blöderweise scheint Gary meine Sorge um sein Leben nicht zu teilen. Letzte Woche hat er mich gefragt, ob ich bis zum Ende meines Lebens Trockensex machen wolle. Argh! Ich wies ihn darauf hin, dass es andere Möglichkeiten gebe (dabei habe ich die Finger hinter meinem Rücken über Kreuz gehalten und gehofft, dass er nicht drauf anspringt). Option Nummer eins: eine kalte Dusche. Option Nummer zwei: diese ganze Masturbationsnummer. Machen männliche Teenies das nicht angeblich alle zehn Minuten? Und ist das nicht Sinn und Zweck der Samantha-Fox-Poster? Diese Frau wird sicher eines Tages einen berühmten Kinostar heiraten – okay, solange es nicht mein Tom ist. Obwohl die beiden ein perfektes Paar abgäben. Wie auch immer, zurück zu Option Nummer drei: Rosaline Harper. Sie hatte schon Sex mit der Hälfte aller Jungs aus unserem Jahrgang, und der einzige Grund, weshalb sie die andere Hälfte noch nicht befriedigt hat, ist, dass sie die letzten zwei Monate Schulverbot hatte, weil sie dabei erwischt wurde, als sie Alfie McGuinness im Hauswirtschaftsraum einen geblasen hat.

Wie auch immer! Tatsache ist, dass ich noch keinen Sex mit Gary hatte. Und das nicht nur, weil meine Tante Josie ihn für einen verlogenen Milchbubi hält. Apropos ... die Hand unter meinem T-Shirt rief eine Reaktion in meiner Nippelgegend hervor.

»Du siehst super aus!«, flüsterte er.

Das meine ich mit den Lügen. Ich sah nicht super aus. Ganz okay vielleicht, aber nicht super. Ich meine – meine Haare waren knallblau und gestylt, als sei ich die Dritte im Bunde bei den Thompson Twins. Er dagegen sah aus wie ein junger Elvis – tiefschwarzes Haar, markante Wangenknochen und dunkle Augen, okay, die Gelsträhne passte jetzt nicht so gut. Aber vielleicht machte Liebe ja tatsächlich blind ... Oder führte zumindest zu geistiger Umnachtung.

»Meine Mum und meine Schwestern sind heute Abend nicht zu Hause. Hast du Lust, mit zu mir zu kommen?«

Ich antwortete, indem ich ihn wieder küsste. Zum Glück war Ginger gerade unterwegs, um Drinks zu besorgen, sonst hätte sie mich wegen Erregung öffentlichen Ärgernisses mit einem Bierdeckel beworfen. Aber ich musste Zeit gewinnen. Einerseits wollte ich nicht nach Hause – garantiert würde meine Mum gleich mit dem verirrten Idioten aus Edinburgh zurückkommen, und irgendwann würde er nüchtern genug sein, ihr für alles die Schuld zuzuschieben, und sie würde in Tränen ausbrechen wie immer. Oder er würde einschlafen und so laut schnarchen, dass Mrs. Smith von nebenan an die Wand klopfen und drohen würde, die Polizei zu rufen. Ein ganz normaler Samstagabend eben. Die Vorstellung ließ mich erschaudern, und auf einmal hatte eine Nacht bei Gary durchaus etwas Verlockendes. Ich könnte Mum einfach anrufen und ihr sagen, dass ich bei Lizzy übernachtete – allerdings müsste ich dafür in eine öffentliche Telefonzelle gehen, denn sie glaubte, ich sei in einem anständigen Jugendclub, und dieser Pub galt nicht gerade als ein von Gitarre spielenden Nonnen geleiteter Teenietreffpunkt. Andererseits – wollte ich wirklich eine weitere Nacht Sexersatz auf seinem Bett, während im Hintergrund *Fa-a-ntastic Day* dudelte?

Verdammt, ich hatte meinen neuen Ballonrock an! Obwohl ... Oh, er war so cool. Und neunzehn. Und der am süßesten aussehende Typ in der ganzen Stadt. Und ich liebte ihn. Hatte ich das schon erwähnt? Vielleicht, dachte ich, sollte ich es einfach tun. Vielleicht sollte ich einfach die Nacht bei ihm verbringen. Vielleicht würde sogar mein Bustier fallen, und er würde den Level Trockensex mit Extra erreichen. Es sah schließlich nicht danach aus, als würden Tom Cruise oder Val Kilmer in naher Zukunft auf einem Schimmel vorbeigeritten kommen und mich in ein Leben voller Glitzer und Glamour entführen.

Als Nächstes wurde *French Kissing in the USA* gespielt, und als Lizzy Debbie Harrys Stimme hörte, sprang sie auf und begann, auf dem Tisch zu tanzen. Gute Strategie, um sich unauffällig zu verhalten. Konnte sie denn nicht einfach wie ein normaler Mensch auf der Tanzfläche tanzen?

»Du hast mir noch keine Antwort gegeben – kommst du nun mit zu mir?«

Gary knabberte an meinem Ohr, und sein warmer Atem verwandelte den Nippelalarm in beckenbebende Lust. Diesen Begriff hatte ich mal in der *Cosmopolitan* gelesen.

»Wenn du noch einmal an ihrem Ohr leckst, kotze ich.«

Ginger war mit drei Drinks zurückgekommen, die mit Papierschirmchen und lustigen Sticks dekoriert waren. Der Typ hinter der Theke hielt sie für achtzehn und war seit Monaten hinter ihr her. Und nichts sagte deutlicher »Ich steh auf dich« als eine Auswahl bunter Papierschirmchen und Dekosticks.

Ich beugte mich dicht zu Gary. »Klar«, flüsterte ich. Seine Hand auf meinem Rücken drückte mich noch enger an ihn. Zum Teufel damit, wieso auch nicht! Aber wenn er auch nur ein Fältchen in meinen Ballonrock drückt, dachte ich, drehe ich durch.

Trotz der Pfeile, die sich aus Gingers Richtung in meinen Hinterkopf bohrten, verschmolzen wir zu einem langen, gefühlvollen Kuss. Vage bekam ich mit, dass der Geräuschpegel hinter mir anstieg. Ich vernahm ein paar Schreie. Nichts Besonderes also. Zu einem Abend in Harry's Bar gehörten ein bis sechs Prügeleien ... Oh, das war schön! Sehr schön. Vielleicht sollte ich die Tatsache, dass er ein zwanghafter Lügner war und meine Tante ihn für einen Milchbubi hielt, einfach ignorieren ... Ooooh, ich hörte schon *Holding Back the Years* ... Mach's mit mir, Mick Hucknall. Ich bin sechzehn. Es ist legal. Und wenn du deine Unschuld schon verlierst, dann wenigstens an einen, der aussieht wie Gary und keine Karriere plant, bei der Waffen eine Rolle spielen – zumindest nicht soweit ich erkennen konnte.

»Entschuldigen Sie bitte!«

Ich war viel zu sehr damit beschäftigt, meine Lippen auf die von Gary zu pressen, um auf die unidentifizierbaren Geräusche im Hintergrund zu hören. Erst als die Musik aussetzte, die Lichter angingen und der Geräuschpegel plötzlich auf null sackte, wurde ich misstrauisch. Das Erste, was ich dann sah, war eine schwarze Uniformjacke mit silbernen Besätzen. Leider handelte es sich nicht um einen Tribute an Adam and the Ants.

»Miss, würden Sie sich bitte dort drüben an der Wand aufstellen.«

Trotz der überaus höflichen Ausdrucksweise handelte es sich hier nicht um eine Bitte, so viel war sicher.

Ich tat, was er sagte, und mein Herz begann zu hämmern, wie es das nicht mal bei dem am süßesten aussehenden Typen in der Stadt tat.

Ginger und Lizzy standen bereits in der Reihe. Lizzy sah aus, als würde sie jeden Moment anfangen zu heulen, und Ginger machte ein Gesicht, als würde sie sich gleich auf jemanden stürzen. Hoffentlich nicht auf Mr. Silberknöpfchen.

»Okay!«, bellte ein weiterer Hüter des Gesetzes. »Falls Sie es noch nicht bemerkt haben, das hier ist eine Razzia. Wir haben Grund zu der Annahme, dass in dieser Lokalität Alkohol an Minderjährige ausgeschenkt wird. Daher möchten wir gerne von Ihnen allen die Ausweise sehen. Diejenigen, die keinen Ausweis dabeihaben, dürfen gleich in einem dieser weißen Autos mit dem blauen Licht auf dem Dach eine kurze Spitztour ins Polizeipräsidium unternehmen.«

Ein echter Spaßvogel! Wir wurden tatsächlich gerade von einem ziemlich miesen Billy-Connelly-Imitat mit blödem Grinsen und Gummiknüppel verhaftet.

In den nächsten zwei Stunden, während unseres unfreiwilligen Trips zur örtlichen Polizeistation, probierten Ginger, Lizzy und ich alles, damit der schnuckelige blonde Anwalt aus *L.A. Law* geholt würde, um uns zu verteidigen. Am Ende nahmen sie uns formal fest, ließen uns jedoch gegen eine Kaution wieder frei. Die gute Nachricht war, dass wir nicht ins Vorstrafenregister aufgenommen wurden – die schlechte, dass sie unsere Eltern angerufen hatten, damit sie uns abholten. Am nächsten Tag brachte Dad es tatsächlich fertig, mich zu beschuldigen, den Familiennamen beschmutzt zu haben. Ausgerechnet er, der schon sturzbetrunken in jeder Stadt Schottlands gewesen war – und zwar in neunzig Prozent der Fälle, ohne zu wissen, wo er sich befand und wie er dort hingekommen war.

Festgenommen. In Schwierigkeiten. Eine Nacht mit Gary verpasst. Vermutlich gegen Rosaline Harper ausgetauscht. Erniedrigt. Fertig.

Und meine Eltern drohten damit, mich zu enterben.

Nun, auf Regen folgt …

Lektion 14
Manchmal erfordert das Leben eine gewisse Flexibilität

»Hey! Da ist ja unsere Antwort auf die Kray-Zwillinge!«, lautete Tante Josies Begrüßung. »Ich habe die ganze Woche geübt, Marmorkuchen mit Nagelfeilen zu backen, falls ihr noch mal verhaftet werdet.«

Ich verdrehte die Augen und warf meine Jeansjacke auf einen ihrer Küchenstühle. Tante Josies Haus war nur ein paar Straßen von unserem entfernt, aber in Wahrheit lagen Welten dazwischen. In unserer nagelneuen Sackgassendoppelhaushälfte herrschte perfekte Ordnung. Die Böden waren makellos, es lag kein Krümel auf der Arbeitsplatte in der Küche, und die Toiletten sahen aus, als wären sie noch nie benutzt worden. Selbst die Sofakissen mussten in einem bestimmten Winkel stehen, für den Fall, dass unser örtlicher Abgeordneter unangekündigt vorbeikommen oder das Jüngste Gericht tagen würde. Nicht auszudenken, dass die Russen auf den roten Knopf drückten, um uns auszulöschen, und unsere Polstermöbel wären unordentlich!

In Tante Josies Haus herrschte dagegen das reinste Chaos. Die Möbel waren ein einziges Sammelsurium. Nichts passte zusammen, alles war alt, und in der Küche hatte sie Enten an der Wand. Enten! Diagonal angeordnet. Als ob die Natur vorgesehen hätte, dass sie in einer Fabrik in Taiwan gefertigt und dann an eine Trennwand genagelt werden, ohne je die Sonne gesehen zu haben. Tante Josie fand, sie passten gut zu der Keramikhenne, in der sie ihre Eier aufbewahrte, und dem chinesischen Koch auf der Fensterbank. Ein großes Naturschauspiel. Und zugleich das gemütlichste Haus, das man sich vorstellen konnte. Man zog am liebsten gleich die Schuhe aus, wenn man hereinkam, kuschelte sich in einen Sessel und tunkte Kekse in den Tee.

Kurzum: Tante Josies Haus war eine Art Tierheim für Menschen. Immer wenn jemand heimatlos, vom Partner vor die Tür gesetzt oder von den Eltern enterbt wurde, einen Wasserrohrbruch oder die Handwerker im Haus hatte oder sich aus anderen Gründen vertrieben fühlte, fand er Zuflucht bei Tante Josie. Erst kürzlich hatten zwei Freunde von Michael eine ganze Woche auf ihren braunen Kunstledersofas verbracht, und im Gästezimmer wohnte ein Inder, der gekommen war, um Yoga zu lehren. Tante Josie bot einem immer eine Schulter zum Ausweinen an. Wann immer einer innerhalb eines Radius von zwei Meilen ein Problem, ein Dilemma oder sonst was hatte, hielt sie Trost, Getränke und was zu essen bereit. Tante Josie hatte drei Jobs, und ich bin ziemlich sicher, dass einer allein dazu da war, die wöchentlich benötigte Ration an Teebeuteln und Keksen für ihre Gäste zu zahlen.

Der wahre Grund, weshalb so viele Leute zu ihr kamen, war der, dass Tante Josie ein Herz aus Gold hatte, witzig war und immer, immer ehrlich, auch wenn es wehtat ... wie jetzt zum Beispiel.

»Was zum Teufel habt ihr euch nur dabei gedacht? Das war echt superdämlich von euch.«

Aber ihre Ehrlichkeit bot immer eine gewisse Zukunftsperspektive. »Ich kann gar nicht glauben, dass du in einem Pub warst, ohne einen gefälschten Ausweis dabeizuhaben.«

Genau das ist der Grund, weshalb ich Tante Josie so liebe. Sie findet für alles eine Lösung.

»Das Werkzeug steht schon bereit. Wasser hab ich auch schon aufgesetzt, und im Schrank sind noch Karamellwaffeln.«

Karamellwaffeln. Das Antidepressivum der schottischen Arbeiterklasse.

Ich nahm die Box mit den Zutaten für die Heimdauerwelle und begann sie auszuräumen. Während meiner gesamten Kindheit hatte ich zugesehen, wie sich Josie und ihre Freundinnen gegenseitig die Haare zu winzigen festen Löckchen drehten. Der Tag, an dem sie verkündet hatte, mein Samstagsjob beim Friseur qualifiziere mich, diese Arbeit ab sofort zu übernehmen, war für mich eine große Ehre gewesen. Ja, an dem Tag war ich zur Frau geworden. Zu einer, die richtig stark nach Ammoniak roch.

Ich nahm einen Kamm, legte die winzigen Wickler zurecht und reichte Josie den Stapel Seidenpapierchen, die sie mir anreichen sollte, wenn ich gleich eine Locke nach der anderen aufdrehte. Eine Strähne abteilen. Mit Lotion tränken. Mit Papier umwickeln. Auf Wickler drehen. Mit einer Nadel feststecken. Versuchen, den ganzen Kopf fertigzukriegen, ehe die Dämpfe meine Lungen für immer schädigen würden. Je nach Tagesform lag das Ergebnis irgendwo zwischen Shirley Bassey (optimal) und dem seltsamen Wissenschaftstypen aus *Zurück in die Zukunft* (ein Look, den wir eher zu vermeiden versuchten).

»Hör mal, warum lässt du den Kopf so hängen? Du meine Güte, nein! Du hast doch nicht etwa mit ihm geschlafen? Doch, du hast. Und dann hat er dich sitzen lassen. Und du bist schwanger. Ich werde dieses Schwein umbringen. Warte nur, bis ...«

Und das alles, bevor ich auch nur die erste Strähne aufgedreht hatte. Wenn ich sie jetzt nicht stoppte, würde die Geschichte so weit eskalieren, bis Gary der Penis amputiert war und sie wegen schwerer Körperverletzung im Knast saß.

»Ich habe nicht mit ihm geschlafen.«

»Oh! Möchtest du eine Karamellwaffel?«

»Nein, danke!«

Es gelang mir, ein paar Wickler festzustecken, ehe sie sich neu zum Angriff formiert hatte.

»Also, warum lässt du den Kopf so hängen? Mach dir wegen der Geschichte mit der Polizei keine Sorgen! Das passiert uns allen mal. Und ich erzähle dir nicht, was ich damals anstellen musste, um da rauszukommen.«

Ich beschloss, nicht nachzufragen und mich stattdessen auf die aktuelle Situation zu konzentrieren.

»Das ist es nicht«, antwortete ich und ließ jetzt wirklich den Kopf hängen. »Es ist nur so … man hat mir einen Fulltimejob im Friseursalon angeboten.«

»Und? Nimmst du ihn an?« Ich hörte leichte Besorgnis aus ihrer Stimme. So war Josie immer – sie zögerte, und das gab mir Zeit, meine Optionen zu durchdenken, mir eine fundierte Meinung zu bilden, mich zu entscheiden … bevor sie dann wie der Teamführer eines Sondereinsatzkommandos losstürmte und mir unmissverständlich klarmachte, was ich zu tun hatte.

Seit meinem vierzehnten Geburtstag arbeitete ich samstags und nach der Schule in dem Friseursalon. Obwohl ich die Jüngste war, behandelten mich die anderen Mädels dort, als wäre ich eine von ihnen. Ich genoss das. Ich genoss den Klatsch und Tratsch, ich genoss es, dass es nie langweilig wurde, und ich genoss es, dass immer laute Musik lief, außer wenn die alte Mrs. Welsh da war, die angeblich von den Vibrationen Krampfanfälle bekam.

Eine Weile dachte ich über andere Jobs nach. Vielleicht als Übersetzerin (die Tatsache, dass ich gerade so durch die Französischprüfung gekommen war, mal außer Acht gelassen). Oder als Krankenschwester (die Tatsache, dass ich bei allem, was auch nur entfernt an Blut erinnerte, in Ohnmacht fiel, einmal außer Acht gelassen). Oder als Journalistin. Auch wenn ich mir nicht vorstellen konnte, dass ich in der Lage sein würde, bei jemandem, der gerade durch eine Massenkarambolage die ganze Familie verloren hatte, an der Haustür zu klingeln und um ein Interview zu bitten. Außerdem würde das bedeuten, dass ich für vier Jahre aufs College musste. Aber Universität und College kamen auch deshalb nicht in Frage, weil meine Eltern mir klipp und klar gesagt hatten, dass sie keine weitere dieser unsinnigen Bildungsmaßnahmen unterstützen würden. Und mal ganz ehrlich: Je eher ich einen Job hatte, desto schneller kam ich aus dem Haus und konnte endlich ein eigenes Leben beginnen.

Andererseits hatten nicht mal vierzig Pfund pro Woche für ständiges Stehen und Einatmen von ätzender Dauerwellflüssigkeit durchaus auch Schattenseiten. Die Arbeitstage waren lang. Und die Bezahlung – da machte ich mir nichts vor – war dürftig.

»Bei diesem Gehalt kann ich mir nicht mal leisten auszuziehen.« Es dauerte eine Weile, ehe mir klar wurde, dass ich das laut ausgesprochen hatte.

Das war das Problem. Seit Jahren freute ich mich auf den Tag, an dem ich endlich ausziehen, diese Stadt verlassen und ein neues Leben beginnen könnte – und wenn ich nun einen Job mit derart bescheidenen Bezügen annahm, dann würde sich dieser Tag noch lange, lange hinauszögern.

»Du weißt, dass du jederzeit bei mir einziehen kannst, Schätzchen. Natürlich müsstest du dir dann mit Mr. Patel das Gästezimmer teilen, aber das würde ihn sicher nicht stören. Wahrscheinlich würde er es nicht mal merken, denn er summt den ganzen Tag mit geschlossenen Augen vor sich hin. Er behauptet, eine übernatürliche Beweglichkeit zu besitzen, aber es gibt schlimmere Eigenschaften bei einem Mitbewohner.«

Ihr Lachen wurde unterbrochen, als sie sich eine Benson & Hedges in den Mund steckte und anzündete. Na super! Dauerwellchemikalien plus Nikotin. Ich konnte von Glück reden, wenn ich rauskam, ehe mein kardiovaskuläres System kollabierte.

Josie bot mir schon seit Jahren an, bei ihr einzuziehen, aber ... ich liebte sie zu sehr, um ihr das anzutun. Sie hatte schon so genug um die Ohren, und das Letzte, was sie brauchte, war eine weitere Person, um die sie sich kümmern musste.

Also zurück zu meinen Optionen. Ich sah es so: Ich konnte die Ausbildung im Salon machen und drei Jahre knapp vierzig Pfund in der Woche plus Trinkgeld verdienen, bis ich Juniorstylistin wurde und mehr Lohn bekam. Oder ich konnte noch ein Jahr zur Schule gehen und hoffen, dass das zu einem besseren Job führte – vielleicht in irgendeinem Büro oder so –, der mich schneller zu Hause ausziehen ließ.

Oder ... »Du könntest auch anschaffen gehen.«

Das war Josies Beitrag zur Problemlösung, den sie, wie ich hoffte, nicht ernst meinte. Ich war inzwischen bei ihrer zweiten Kopfhälfte angelangt, und sie sah entfernt aus wie eine Angehörige einer feindlichen Spezies aus *Raumschiff Enterprise*.

»Super Idee«, antwortete ich und grinste schief. »Ja, ich möchte gerne eine Edelnutte werden, wenn ich groß bin.«

Tante Josie fasste sich dramatisch an die Brust und verfiel in das Gehabe einer überemotionalisierten Oscar-Gewinnerin.

»Schätzchen, du machst mich so stolz!«, verkündete sie feierlich, ehe ihr scheppernd es Lachen sie wieder auf Normal schaltete und sie rief: »Mr. Patel, hier steht eine Tasse Tee für Sie.«

Ich weiß nicht, woher er kam, aber er stand sofort in der Tür.

»Er sieht nicht besonders beweglich aus«, bemerkte ich leise und sah zu, wie er mit seinem Tee davonschlurfte.

»Oh doch! Gestern Abend hat er sich mit den Zehen eine Banane in den Mund geschoben.« Mein erstaunter Blick provozierte eine schnippische Antwort. »Was? Na ja, im Fernsehen lief nichts, und wir haben uns ein bisschen die Zeit vertrieben.«

Nun, manche Dinge blieben besser unerklärt. Ich drehte

die letzten Wickler ein, kippte die restliche Dauerwellflüssigkeit über Josies Kopf und zog eine Zellophantüte über das Ganze, die ich im Nacken verknotete. Gewöhnlich komplettierte sie diesen Avantgardelook, indem sie sich noch eine Zigarette anzündete, den Kessel aufsetzte und irgendwelche völlig abstrusen Geschichten aus der Nachbarschaft erzählte.

»Schätzchen, ich will dich wirklich nicht belehren, aber Geld ist nicht alles im Leben. Du musst dir überlegen, was du am liebsten machen würdest.«

Das wusste ich. In meinen Tagträumen hatte ich mir schon tausendmal ausgemalt, was ich mir vom Leben wünschte. Ich hatte über meine Hoffnungen nachgedacht, über meine Träume, meine Wünsche und die erreichbaren Ziele. Dann hatte ich das Wörtchen *erreichbar* gestrichen.

»Reisen. Die Welt sehen. Zum Surfen nach Hawaii fahren. In einem Penthouse in New York leben. Eine internationale, phänomenal erfolgreiche Karriere machen. In Größe 34 passen. Bei Bananarama einsteigen. Tom Cruise heiraten. Und wenn ich alt bin, sagen wir mal dreißig, will ich einen supersüßen internationalen Superstar-Ehemann, der mich anbetet, vier Kinder und ein Auto wie aus *Starsky und Hutch*.«

Josie ließ meine Informationen sacken, verarbeitete sie gründlich und intensiv und kam zu dem einzig möglichen Schluss. »Dann wirst du also den Rest deines Lebens im Friseursalon verbringen?«

»Hm!« Tja, das Wörtchen »erreichbar« war irgendwie wieder da. »Sieh es positiv, Tante Josie! Wenn ich den Job annehme, kriegst du immer kostenlos die Haare gemacht.«

Sie ignorierte meinen Hinweis auf den Silberstreif am Horizont einfach.

»Versprich mir bloß, keinen ungeschützten Sex mit diesem Milchbubi zu haben, schwanger zu werden und ihn zu heiraten! Ich könnte es nämlich nicht ertragen, mir den Rest meines Lebens an Weihnachten anhören zu müssen, dass er sich bei Duran Duran bewerben wird, sobald er zwei Akkorde mehr auf seiner Gitarre spielen kann.«

»Ich verspreche es.«

»Und du meinst es auch ernst?«

»Fast.«

Ich meditierte über ihre Ermahnungen, während ich achtundsechzig Dauerwellwickler abrollte. Dabei wurde mir klar, dass man die Dinge manchmal einfach so nehmen musste, wie sie kamen. Wie sie sich entwickelten. Man musste sie einfach rollen lassen.

Wie bei Mr. Patels Trick mit der Banane erforderte das Leben manchmal eine gewisse Flexibilität.

Lektion 15
Etwas, das sich richtig anfühlt, ist meist ...

»Du riechst irgendwie komisch.«

Gary gab sich große Mühe, nicht zu grinsen, als er das sagte. Diese Lektion hatte er bereits vor ein paar Monaten gelernt, als ich meine Brüste zur Tabuzone erklärt hatte, nachdem er vorher einen penetranten Geruch bemängelt hatte. Woher hätte ich wissen sollen, dass die Kombination aus Tic-Tacs und Eau de Charlie die berauschende Kombination aus Mentholzigaretten und einem Thunfisch-Käse-Sandwich nicht überdecken konnte?

»Dauerwellflüssigkeit. Ich hab Josie heute die Haare gemacht.«

Ich strich mir den königsblauen asymmetrischen Pony aus dem Gesicht.

»In so was bist du richtig gut, stimmt's?«, fragte er.

»Hm!«

Die nachfolgende Stille wurde nur durch das Trommeln seiner Hand auf das Autolenkrad unterbrochen. Ja, er hatte tatsächlich den Führerschein bestanden.

Dann war er jetzt also der am süßesten aussehende Typ in unserer Stadt mit Auto.

Er galt offiziell als personifizierter Sexgott von Weirbank. Der ganz klar zur personifizierten Sexgöttin von Weirbank gehörte und nicht zur personifizierten Leadsängerin von Siouxsie and the Banshees.

Aber wenn ich so darüber nachdachte ... Was passierte hier eigentlich? Normalerweise hätte er längst auf mir gehangen, eifrig bemüht, vom Kussstadium zum Fummeln und weiter zum hoffnungsvollen Tasten in den Feuchtgebieten zu kommen. Darauf folgte dann jedes Mal mein Rückzug, und er tat, als machte ihm das nichts, ehe er mich nach Hause fuhr, damit meine Eltern bloß nicht merkten, dass ich nicht da war, und die Polizei verständigten.

»Du hast also den Führerschein bestanden?« Damit gewann Lou Cairney olympisches Gold in der Disziplin »Blöde Fragen stellen«.

»Hm!« Er zuckte betont lässig mit den Schultern. »Was sagst du zu meinem Auto?«

»Na ja, es ist ... grün. Und echt cool.«

Schließlich war ich lange genug mit ihm zusammen, um mich mit Übertreibungen auszukennen. In Wahrheit war es nämlich eine schrottreife Klapperkiste, die aussah wie Kermit der Frosch. Aber wenigstens funktionierte sie (obwohl Gary damit an einem Hang parken musste, damit sie leichter ansprang).

Ich drehte am Radio, um die gedämpfte Stimmung zu überspielen. Irgendwie benahm Gary sich an diesem Tag seltsam. Vielleicht tauschte er mich ja jetzt, wo er ein Auto hatte, gegen eine andere ein. Vielleicht hatte er schon was mit Rosaline Harper angefangen. Vielleicht würde er ... ah, mein Magen verkrampfte sich, und mein Mund wurde trockener als der uralte Duftbaum, der am Rückspiegel baumelte. Gott, in solchen Situationen war ich einfach hoffnungslos!

Ich traute mich nicht, was zu sagen, weil ich genau wusste, dass ich nur etwas Blödes, Albernes, Unangemessenes, Schwachsinniges von mir geben würde. Ich konnte auch nicht so tun, als wäre ich in die schöne Aussicht vertieft, denn der Regen, der in Strömen die Windschutzscheibe hinunterlief, reduzierte die Sicht auf null. Das war grundsätzlich nicht schlecht. Wir saßen nämlich auf dem Parkplatz »Im Himmel«, einem beliebten Knutschtreffpunkt in einem Vorort von Paisley. Der Platz hatte seinen Namen daher, dass er auf einem Hügel lag, von dem aus man einen spektakulären Blick auf die ganze Stadt hatte. Nachts war er besonders schön – man kam sich vor, als würde man zwischen unzähligen Sternen am Himmel schweben ... so lange jedenfalls, bis heftig schaukelnde Bewegungen eines Nachbarautos von der Schönheit ablenkten. Trotz des herrlichen Blicks war ich einigermaßen froh, dass die Scheiben so beschlagen waren und wir uns in einer Null-Sicht-Zone befanden, weil a) das Auto nebenan verdächtig so aussah wie das meiner Biologielehrerin Mrs. Tucker und b) dies die Chance verringerte, dass mich jemand sah und mich an meine Mutter verpetzte. Oder – angesichts meines kürzlich erlebten Polizeigewahrsams – an Interpol.

Also. Keine Sicht, gedämpfte Stimmung, Risiko eines blöden, albernen, unangemessenen, schwachsinnigen Ausbruchs. Da gab es nur einen Ausweg: Ich starrte Gary an. Er sah an diesem Abend besonders schnuckelig aus. Seine schwarze Hose sah fast so aus wie die Lederhose, die John Taylor immer trug – auch wenn sie aus PVC war. Obenrum trug er ein Netzhemd und darüber ein weißes Hemd, dessen Knöpfe bis zur Hüfte offen standen. Und sein pechschwarzes Haar war über den Ohren kurz geschnitten, oben stachelig und hinten ganz lang. Sensationell. Total hubba bubba.

Ich dagegen? Pinkfarbener Pyjama. Ich wollte nicht riskieren, dass meine Mutter mitten in der Nacht das Quietschen der Kleiderschranktür hörte, deshalb hatte ich mir bloß schnell einen langen petrolfarbenen Pulli übergeworfen und ein Paar Stulpen über mein pinkfarbenes Frotteemodestatement gezogen. Und natürlich meine violetten Wildlederstiefel. Ich hätte heulen können, als ich mich beim Sprung aus dem Fenster verschätzte und mein Fuß an der gesamten Hauswand entlangstreifte. Ich würde mir eine echt gute Ausrede überlegen müssen, warum einer meiner Stiefel ein Loch am Zeh hatte.

Aber darüber konnte ich mir später noch Gedanken machen. Jetzt saß ich erst mal mit meinem süßen, sexy Freund zusammen in seinem neuen Auto, und selbst seine schlechte Laune konnte mir meine romantische Stimmung nicht verderben. Nichts auf der Welt konnte das. Absolut gar nichts ... Aaaaargh!

Die Töne eines vertrauten Songs dudelten aus dem Radio, und ich stellte es aus, ehe meine Haut anfing zu kribbeln und meine Zähne schmerzten. Wenn diese Frau, die Chris de Burgh kennen gelernt hatte, doch nur violett gekleidet gewesen wäre, wäre uns allen einiges erspart geblieben.

Wo war ich stehen geblieben? Ach ja, selbst von seiner seltsamen Stimmung würde ich mir das hier nicht verderben lassen. Im Gegenteil, schließlich war Gary soeben auf der Skala meiner Wertschätzung noch ein großes Stück nach oben geklettert, indem er Tante Josies Prophezeiungen (okay, ich hätte es auch nicht geglaubt) über seine Autofahrkünste widerlegt hatte. Und den Punkt mit dem Autokauf konnte ich jetzt auch von der Angeberliste streichen. Über die Tatsache, dass es streng genommen noch seinem Onkel Cyril gehörte und er es mit zehn Pfund wöchentlich abstotterte, sah ich großzügig hinweg. Und was machte es schon, dass er weder eine eigene Wohnung hatte noch in einer echten Band spielte – ich liebte ihn. Wir waren einfach füreinander bestimmt. Für immer und ewig.

»Lou, ich hab mir überlegt ...«

Den Tonfall erkannte ich sofort. Es war derselbe wie in den *Pate*-Filmen, ehe wieder jemand umgebracht wurde. Nein, das konnte hier nicht passieren. Hier gab es keine Kugel, auf der mein Name stand.

»Ich hab mir überlegt, dass ...«, fuhr er fort.

Mein Instinkt setzte ein. Das hier war kein Zeitpunkt für Zaudern und Zögern. Gary Collins würde mir nichts erzählen, was ich nicht hören wollte. Dagegen musste ich angehen, weil a) er neunzehn war, b) der am süßesten aussehende Typ in der Stadt (ja, ich weiß, ich wiederhole mich) und c) mir klar wurde, dass seine Gefühle zu mir vielleicht nicht gelogen waren. Vielleicht liebte er mich ja wirklich. Und wenn ich ihn jetzt wegen blöder Zweifel und der Instinkte einer Frau mit einer fragwürdigen Frisur verlor, würde ich mir das nie verzeihen. Oh nein! Dieser Typ war eines der wenigen guten Dinge in meinem Leben, und das würde ich nicht so einfach aufgeben.

Jetzt war Action gefragt, keine Frage.

Und so kam es, dass Gary Collins in einer verregneten Nacht in Paisley endlich meine Nippel zu sehen kriegte. Und als ich mich innerlich darauf vorbereitete, mich in einem knatschgrünen Mini von meiner Jungfräulichkeit zu verabschieden, wurde mir klar, dass etwas, das sich richtig anfühlt, es auch meist ist …

… oder auch nicht.

Lous Lektionen für Cassie, wenn sie achtzehn Jahre alt ist

Liebe Cassie,
zuerst einmal Glückwunsch zum Bestehen deiner Prüfungen im letzten Jahr. Ich bin mir ziemlich sicher, dass du immer mit minimalem Aufwand gelernt hast, zwei Tage vorher in völlige Panik verfallen bist und danach wie wild gepaukt hast. Genau so habe ich es nämlich auch gemacht, und mit dem Adrenalin, das durch diesen ganzen Stress freigesetzt wurde, habe ich es sogar geschafft, halbwegs anständige Noten zu kriegen. Selbst in Bio. Allerdings lag das auch ein bisschen an der intensiven Extranachhilfe meiner Lehrerin Mrs. Tucker – was mich zu meinen nächsten Lektionen bringt:

16. Sei dir bewusst, dass pikante Informationen über die illegalen Neigungen einer anderen Person, geschickt eingesetzt, durchaus eine Möglichkeit zur Manipulation und zum Erreichen persönlicher Ziele sein können.

17. Ich versichere dir hiermit, dass du mit deiner Theorie über Prüfungen wahrscheinlich recht hast. Während deines restlichen Lebens wirst du deine tiefgreifenden Kenntnisse über das Verdauungssystem der Frösche nie mehr offiziell abrufen müssen. Dasselbe gilt für Geschichte, Geografie, Physik und Englische Literatur.

18. Genieß jede Minute, die du mit deinen Freundinnen verbringst. Irgendwann wird sich euer Kontakt fast ausschließlich auf Internet-Communities beschränken, weil Job, Familie und Alterungsprozess euch so fertigmachen, dass es zu einem Treffen nicht mehr reicht.

19. Es fällt mir nicht leicht, dir das hier zu schreiben. Ich versuch's mal mit den Worten der weisen Philosophin Carrie Bradshaw: Wenn ein Typ dich nicht zurückruft, wenn er dich mies behandelt, wenn er dich nicht mehr so ansieht, als würde er dich mit seinen Blicken ausziehen, dann ist er einfach nicht der Richtige für dich. Ich könnte die Worte der sehr geschätzten Miss Bradshaw noch ausweiten, sie sind auf jeden Fall wahr (falls dich diese Referenz erstaunt, geh mal in einen Laden, in dem es DVDs von alten TV-Sendungen und Filme aus der Zeit zwischen 1998 und 2010 gibt. Such dort nach einer Serie mit dem Titel Sex and the City. *Sie enthält viele wahre Worte. Siehe auch* Star Wars, Friends *und* Grey's Anatomy.

20. Autofahren ist gefährlich und rückwärts einparken wird immer eins der größten Mysterien des Universums bleiben.

21. Für ein Gespräch über Kondome ist es vielleicht ein bisschen spät. Aber wenn Geschichte sich wiederholt, legt Tante Josie dir zu jedem Geburtstags- und Weihnachtsgeschenk eine Familienpackung bei.

22. Verleih nie etwas, und leih dir nie etwas aus – es sei denn, du kannst es dir leisten, für den Schaden aufzukommen.

23. Mach einen großen Bogen um Sonnenbänke, und erfreu dich an deinen Brüsten, solange sie noch fest sind.

24. Okay, du bist jetzt alt genug, um Miniröcke zu tragen. Tu es jeden Tag, denn es gibt definitiv eine Altersbeschränkung. Sie variiert von Frau zu Frau; allgemein gilt die Regel: Wenn du die ersten mitleidigen Blicke erntest, wird es höchste Zeit, knielang zu tragen.

Ach, und noch etwas ...

Lektion 25
Vernachlässige nie, nie, nie deine Freundinnen wegen eines Typen
1988. Lou, achtzehn Jahre alt

»So, Miss Cairney, wenn Sie mir jetzt bitte folgen würden.«

Beim Anblick des Typen vor mir wurden mir gleich mehrere Dinge auf einmal klar:

a. Er war verheiratet (trug einen Ring),
b. Seine Frau hatte vermutlich seit den Siebzigern nicht mehr mit ihm gesprochen (altmodische Klamotten, eingeschüchtertes Wesen, außerdem hatte er mich weder angeschaut noch gelächelt),
c. Er war bösartig. Die Personifizierung der Bösartigkeit. Der Typ Mann, dem es Spaß machte, andere zu demütigen (nur so eine Vermutung),
d. Das würde gleich eine der quälendsten Episoden meines Lebens

Ich gehorchte, ungeachtet der Tatsache, dass jede einzelne Synapse meines Gehirns (danke Mrs. Tucker – die Anatomiestunden haben tatsächlich bleibende Spuren hinterlassen) nach Flucht schrie. So schnell wie möglich. Aber ich trug meine weißen Lieblings-High-Heels und wusste, dass ich es nie bis zum Ende der Straße schaffen würde, ohne anschließend mehrere Wochen im Streckverband zu verbringen.

Ich saß in der Falle. Und es blieb mir nichts anderes übrig, als seinen Forderungen nachzukommen und zu hoffen, dass ich da heil rauskäme. Er blieb plötzlich stehen, öffnete die Tür eines schwarzen Autos und wies mich an einzusteigen. Mein Herz schlug bis zum Hals, ich suchte verzweifelt nach einer Möglichkeit zu entkommen. Dann versuchte ich mich zu beruhigen, indem ich mir meine Lieblingsrettungsszene vorstellte, was ich immer tat, wenn ich aufgeregt, deprimiert oder in Todesangst war. Ich saß nicht in einer amerikanischen Turnhalle in der Ecke, und Patrick Swayze kam nicht, um mich zu erlösen und mich zu rhythmisch stoßenden Tanzbewegungen aufzufordern, die in einer elegant federnden Sprungfigur kulminierten, an dessen Ende ich wohlbehalten in seinen Armen landete. Aber es klappte nicht.

Ich kletterte auf den Sitz und ergab mich zitternd meinem Schicksal. Als er sich neben mich setzte, roch ich das Böse sogar in seinem Atem. Vielleicht war es auch Thunfisch.

»Also, Miss Cairney, dann wollen wir mal.«

»Oh mein Gott! Oh mein Gott! Ich kann das einfach nicht glauben!«, kreischte Lizzy. »Hier. Trink das, und dann erzähl mir ganz genau, was passiert ist!«

Sie schob mir einen Malibu Pineapple zu und nahm sich selbst eine Flasche Grolsch.

»Jede einzelne Einzelheit!«, verlangte sie, und ihr Kreischlevel erreichte die höchste Stufe. Schließlich hatte sie von ihrer Mutter nicht nur die pechschwarzen Haare und die D-Körbchen geerbt.

Ich wollte gerade loslegen, als die Tür aufflog und Ginger mit blitzenden Augen reingestürmt kam. »Ich schwöre euch, wenn ich noch mal die Füße einer alten Frau sehe, drehe ich durch. Hühneraugen. Hammerzehen. Erschießt mich bitte, wenn ich sechzig werde. Ich meine es ernst. Denn wenn der restliche Körper dann auch nur annähernd so aussieht wie die Füße, ist das Leben nicht mehr lebenswert.«

Lizzy und ich zogen es vor, sie nicht darauf hinzuweisen, dass die Chancen, als Auszubildende in einer Podologen-Praxis auch in Zukunft Fußdeformitäten zu begegnen, mindestens so hoch standen wie ihre Haare.

Seufzend ließ sie sich auf den einzigen freien Stuhl im Zimmer fallen. Genau genommen war es der einzige Stuhl überhaupt. Lizzy und ich versanken in Sitzsäcken. Mit ihrer unbestechlichen Wahrnehmungsfähigkeit bemerkte Ginger sofort, dass mir was unter den Fußnägeln brannte (sorry für das Wortspiel).

»Was ist los?«

»Sag's ihr!«, rief Lizzy. »Nun sag's ihr schon!«

»Also, ich …«

»Ach, verdammt! Dann sag ich ihr's eben. Lou hat die Führerscheinprüfung bestanden. Kannst du dir das vorstellen?«

Ginger gab keine Antwort.

»Hast du gehört, was ich gesagt habe?«

Ich hielt es für besser, sie nicht darüber aufzuklären, dass auch die Passagiere in den Flugzeugen über uns, die sich auf dem Weg zum Glasgow Airport befanden, sie gehört hatten. Gingers Gesicht verzog sich zu einem breiten Grinsen.

»In dem Aufzug?«

Instinktiv schaute ich an mir herab. Weißes Elasthankleid, das sich eng an meinen Body schmiegte, weil ich es zwei Nummern zu klein gekauft hatte. Die Tatsache, dass es knielang war, hätte ihm durchaus etwas Sittsames gegeben, würden meine Brüste nicht regelrecht aus dem Oberteil hopsen. Drei Sonnenbäder in dieser Woche hatten meine Beine mit einem feinen Bronzeton versehen, und die weißen Stilettos vollendeten den Look.

Ich nickte.

»Dann wundert es mich nicht.« Ihre Worte klangen irgendwie so verächtlich. »Ist ihm nicht aufgefallen, dass du gar nicht Auto fahren kannst?«

Ich zuckte mit den Schultern. »Irgendwie nicht.«

Drei absolut identisch frisierte Köpfe begannen zu beben,

als wir in hysterisches Gelächter ausbrachen. Die Frisuren waren mein Werk. Nach zwei Jahren Ausbildung hatte man mich endlich in die Nähe einer Schere gelassen. Im Moment arbeitete ich daran, den trendigsten Haarstyle weit und breit zu perfektionieren. An den Seiten kurz, oben schwungvoll nach hinten gekämmt – nur eine kleine Strähne fiel vorne heraus –, den Nacken etwas länger und das Ganze mit Haarlack so fixiert, dass es jedem Erdbeben standhielt. Jede Woche durfte ich ein Modell zum Üben mit in den Salon bringen, sodass nach und nach jeder, den ich kannte, mit demselben Haarschnitt rumlief. Bei Lizzy, Ginger, ihrem Bruder Red und Josie sah das auch ganz prima aus, aber Mr. Patel erntete bei seinen Yogakursen im Gemeindezentrum seither seltsame Blicke.

»Der Fahrprüfer sah aus wie ein Serienkiller, und er hat die ganze Zeit ununterbrochen auf meine Titten gestarrt. Sogar als ich vor dem Obst- und Gemüseladen in der High Street ein Stück über den Gehweg gefahren bin. Eigentlich bin ich perfekt gefahren, nur beim Einparken hatte ich ein paar Probleme. Aber beim dritten Mal hab ich's geschafft.«

»Oh mein Gott! Oh mein Gott! Oh mein Gott! Das ist unfassbar! Unfassbar!« Wenn Lizzy aufgeregt war, wiederholte sie sich gern. »Wir haben eine Wohnung, wir haben ein Auto …«

»Moment!«, unterbrach Ginger sie. »Du hast erst heute Morgen den Führerschein bestanden und schon ein Auto?«

Ich nickte und versuchte angestrengt, nicht allzu selbstzufrieden zu grinsen. »Seit ich angefangen habe zu arbeiten, habe ich Josie jede Woche fünf Pfund gegeben, die sie für mich sparen sollte. Davon habe ich Red für zweihundertneunzig Pfund die Kiste abgekauft.«

»Aber das Auto ist schrottreif!«

Offenbar war Ginger nicht sehr glücklich über die Situation. Ich war ehrlich gesagt ein bisschen sauer, dass sie alles so negativ sah. Aber davon ließ ich mich nicht beirren, ich hatte meinen neuen Ford Cortina längst ins Herz geschlossen. Auch wenn er steinalt war, auf der Beifahrerseite ein Loch im Boden hatte, ein seltsamer Geruch aus dem Kofferraum kam und hinter der Innenverkleidung der Fahrertür eine Colaflasche eingeklemmt war, damit das Seitenfenster nicht runterfiel.

»Ich weiß ja. Aber diese schicken brandneuen Jaguars sind nun mal unerschwinglich für mich. Und solange ich keinen geschenkt kriege, zum Beispiel dafür, dass ich meinen Hintern bei denen im Showroom entblöße, werde ich mit dem auskommen müssen, was ich mir leisten kann. Der Cortina ist gerade frisch durch den TÜV gekommen, und Red meint, er sei durchaus verkehrstauglich. Also alles bestens.«

Lizzy mischte sich ein, sie konnte Missstimmungen nicht ertragen. »Jetzt haben wir also eine Wohnung und ein Auto, und heute ist Zahltag! Was steht für heute Abend an, Mädels? Ich arbeite erst um zehn, wir haben also noch Stunden Zeit.«

Lizzy verdiente sich das College mit einem Job in einem Nachtclub in Glasgow. Er hieß Tijuana Junction, dabei hatte er absolut nichts Mexikanisches. Im Gegenteil. Wenn man ihn nach der Atmosphäre und der Ausstrahlung benennen würde, müsste er »Verstopfte Abflüsse und verrotteter klebriger Teppichboden« heißen. Aber er war preiswert und immer voll, was daran lag, dass der Besitzer alle weiblichen Gäste reinließ, solange sie kurze Röcke trugen oder zumindest einen beachtlichen Ausschnitt zeigten. Wir hatten schon früh in unserer Sozialisierung gelernt, dass das bei den Türstehern aller Clubs Punkte einbrachte.

»Ja, lasst uns was unternehmen!«, rief Lizzy, aufgedreht wie immer.

Ich musste plötzlich daran denken, dass mir eine Kundin im Salon erzählt hatte, Kaffee würde hyperaktiv machen. Das konnte nicht stimmen, oder? Lizzy trank immer »Milde Bohne« – aber na ja, mindestens zehn Tassen am Tag. Sie hatte tatsächlich mehr nervöse Energie als alle Menschen, die ich sonst so kannte, also war vielleicht doch etwas dran.

Ginger war offenbar begeistert von Lizzys Idee. Sie hatte diesen Blick drauf – den, der immer dahin führte, dass wir in Schwierigkeiten steckten, uns verirrten oder uns nackt in der Öffentlichkeit zeigten. Okay, das war nur das eine Mal gewesen, und sie hatte ja nicht ahnen können, dass diese französischen Austauschschüler uns die Klamotten klauen würden, während wir nackt im Loch Lomond schwimmen waren.

»Ich würde sagen, wir fahren nach Glasgow und machen ein paar Clubs unsicher. Ich hab zwanzig Pfund, damit können wir uns ein paar Cocktails im West End leisten.«

Ich wollte gern. Wirklich. Es gab nichts, was ich lieber tat als mit Lizzy und Ginger auszugehen. Wir wohnten inzwischen schon ein Jahr zusammen, und abgesehen von einigen kleineren Streitereien über Klamotten, Make-up und die künstlerische Qualität von Terence Trent D'Arby, abgesehen von leichten Einschränkungen in unserer Privatsphäre, weil wir uns alle ein riesiges Schlafzimmer teilten, und abgesehen von den bohrenden Geräuschen, die aus der Zahnarztpraxis von Lizzys Onkel zu uns drangen (ihm gehörte die Wohnung, und er hatte eingewilligt, sie uns zu einem Spottpreis zu vermieten, weil sie gegen jede Sicherheitsbestimmung verstieß und er sie auf dem offenen Markt nicht loswurde), liebte ich jede Sekunde.

Es gab nur vier Regeln, die unser Zusammenleben bestimmten:

1. Männer sind nicht zugelassen, außer im Fall einer Party. Dann gilt: je mehr, desto besser.
2. Sonntagabend ist Putz- und Aufräumabend. Es sei denn, irgendwo ist eine anständige Happy Hour angesagt. In dem Fall dürfen unsere Putz- und Aufräumbemühungen auf den nächsten verfügbaren Sonntag verschoben werden.

(Ich glaube, es ist uns in den letzten sechs Monaten insgesamt zweimal gelungen, den Müll rauszubringen.)
3. Alle Rechnungen werden durch drei geteilt. Es sei denn, jemand ist pleite. In dem Fall übernehmen die anderen seinen Part.
4. Keine Musik von Phil Collins (das kommt von Ginger; sie behauptet, an einer seltenen Psychose zu leiden, sobald sie *A Groovy Kind of Love* hört – wir haben bisher noch nicht gewagt, es zu testen).

Ich überdachte meine Optionen. Ich wollte wirklich in meinem neuen, nicht allzu schicken Cortina in die Stadt fahren. Echt. Ich wollte mit offenem Fenster durch belebte Straßen fahren, während Lizzy und Ginger den Kopf aus dem Sonnendach streckten und süßen Jungs hinterherpfiffen. Aber es gab etwas, was ich noch lieber tun wollte.

»Ich ... ich ... kann nicht. Ich muss Charlie am Flughafen abholen.«

Charlie. Mein Freund. Seit einem Monat, drei Wochen und zwei Tagen. Es ist mir zu peinlich, auch noch die Stunden und Minuten anzugeben, aber ich könnte es. Also gut – und zehn Stunden sechsunddreißig Minuten. Wir haben uns kennen gelernt, als er eines Samstagnachmittags in den Salon kam und wir so viel zu tun hatten, dass ich die Einzige war, die Zeit hatte, ihm die Haare zu schneiden. Ich rechnete fest damit, dass er Nein sagen würde, als ich ihm gestand, dass er erst mein dritter zahlender Kunde sei – nach einem Fünfjährigen und Mrs. Conchentas Irish Setter –, aber erstaunlicherweise willigte er ein. Ich verrate nicht, wie seine Frisur aussieht, nur so viel: Von hinten kann man ihn kaum von Lizzy und Mr. Patel unterscheiden.

Er wollte noch am selben Abend mit mir ausgehen, seither sind wir zusammen. Es war Schicksal. Es hat sofort gefunkt, und ich wusste von Anfang an, dass er etwas ganz Besonderes ist. Gerade wollte ich völlig in meinen Tagträumereien versinken, als ich merkte, dass die Raumtemperatur um mehrere Grade gefallen war. Ginger und Lizzy starrten mich entsetzt an.

»Aber ... ich dachte, er landet in Prestwick«, hauchte Lizzy.

»Das tut er auch. Um neun Uhr.« Und das war in genau drei Stunden, vierzehn Minuten und siebenundzwanzig Sekunden.

Bis zur letzten Minute hatte ich gehofft, dass er aus der Sache mit dem vierzehntägigen Urlaub bei seiner Tante in New Jersey rauskommen würde, aber er hatte mir erklärt, dass es der Herzenswunsch seiner Mutter sei, ihre Schwester nach dreißig Jahren zum ersten Mal wiederzusehen, und er sie nicht enttäuschen könne. So war Charlie – unglaublich loyal, verlässlich, treu. Und die Tatsache, dass er ein bisschen aussah wie Rick Astley, war ein zusätzlicher Bonuspunkt.

»Du fährst tatsächlich den weiten Weg, um ihn abzuholen? Über die Autobahn?«

»Es sind nur eineinhalb Stunden. Es ist ja kein fremdes Land«, sagte ich.

»Lou, du bist bisher noch nicht weiter gefahren als bis zur Sporthalle an der Merrylee Street. Wie willst du den Weg nach Prestwick finden?«

Lizzy hatte nicht Unrecht. Aber ich war fest entschlossen, keine Sekunde länger als nötig auf Charlie zu verzichten, und außerdem wollte ich natürlich ein kleines bisschen angeben und ihn mit meinem neuen Auto am Flughafen überraschen.

»Passt auf!« Ich zog die Augenbrauen zusammen und machte ein, wie ich hoffte, eisern entschlossenes Gesicht.

»Hast du eine Bindehautentzündung?«, fragte Ginger. »Deine Augen sehen so komisch aus.«

Vielleicht war eiserne Entschlossenheit zu demonstrieren nicht meine Stärke. »Mein Serienkiller-Fahrprüfer hat mich heute Morgen offiziell zertifiziert. Und ich will Charlie unbedingt wiedersehen. Ich vermisse ihn wie verrückt. Es gibt keinen Grund, bis morgen früh zu warten. Außerdem ist das eine super Gelegenheit, meine künftige Schwiegermutter kennen zu lernen, findet ihr nicht?«

»Ich finde, es ist eine super Gelegenheit, zwanzig Pfund für Benzin zu verschwenden.«

»Das sagst du nur, weil du Single bist«, antwortete ich und schleuderte ein Kissen in ihre Richtung.

Es kümmerte mich nicht, was sie sagten. Es würde wie die letzte Szene in einem Film mit Meg Ryan. Die romantische Heldin machte sich auf den Weg, um ihren Traumtypen und ein Happyend zu kriegen.

Lektion 26
Das Leben ist einfach nie wie ein Kitschfilm

Hat es je eine Heldin in einem großen Liebesfilm gegeben, die einen Platten hatte? Gab es je ein Liebesdrama von Shakespeare, das bei Kwik Fit endete?

Ich hatte noch nicht mal das Ende unserer Straße erreicht, als ich bereits anhielt, weil ich meine Neugier befriedigen und wissen wollte, weshalb das Auto fuhr, als zöge es einen Güterzug hinter sich her.

Nach Hause zurückzukehren und mir Gingers »Hab ich ja gleich gesagt«-Gesicht anzuschauen kam nicht in Frage, also warf ich ein paar Münzen in ein öffentliches Telefon und rief Red an. Eine Viertelstunde später war er da und machte ein ziemlich betretenes Gesicht.

»Das tut mir wirklich leid, Lou. Ich hatte echt keine Ahnung, dass so was passieren würde.«

Ich zuckte mit den Schultern. »Kein Problem. Das war bestimmt mein Fehler. Irgendwer hat gestern Abend die Scheiben der Bushaltestellte zertrümmert, neben der ich geparkt habe. Ich war so verliebt in mein neues Auto, dass mir gar nicht aufgefallen ist, dass ich auf Glasscherben gestanden habe.«

Verstand, Verstand, Verstand, wo bist du?

Red öffnete den Kofferraum seines neuen weißen Toyota Carina, nahm ein paar Werkzeuge raus und machte sich an die Arbeit. Ginger behauptet immer, dass er schwul sei, aber ich bin da nicht so sicher. Er ist der am wenigsten tuntige Mann, den ich kenne, und die Boy-George-Jeans, die wir ihm letztes Jahr zu Weihnachten geschenkt haben, habe ich an ihm auch noch nie gesehen. Er trägt immer irgendwelche zerschlissenen Jeans, dazu weiße oder graue T-Shirts und schwarze Stiefel. Und die sind nicht mal aus Wildleder. Nur samstags sehe ich ihn gelegentlich in anderen Klamotten, wenn er unterwegs zu seinem Job ist. Er arbeitet als Fotograf für ein Geschäft im Shoppingcenter, und wenn er für eine Hochzeit engagiert wird, muss er einen Anzug anziehen.

Nein, er ist ganz bestimmt nicht schwul. Auch wenn er immer Aramis-Aftershave benutzt und ich mal irgendwo gelesen habe, dass Aramis das Lieblings-Aftershave von George Michael ist.

»Wohin willst du denn eigentlich?«, fragte er mich und begann, an einem Werkzeugteil zu drehen, das er an meinem platten Reifen befestigt hatte.

»Zum Flughafen nach Prestwick. Meinen Freund abholen. Er kommt heute Abend um neun aus Spanien zurück.«

Ich warf einen Blick auf die Uhr – noch zweieinhalb Stunden, bis er landete. Gut, dass ich vorher reichlich Zeit zugegeben hatte.

»Bist du sicher? Es ist ziemlich weit, und du hast doch gerade erst ...«

»Ganz sicher«, unterbrach ich ihn lächelnd.

Es konnte keine Bedenken mehr geben, die seine Schwester und Lizzy noch nicht erwähnt hatten. Ich würde fahren. Ende der Diskussion.

»Warst du nicht mal mit Gary Collins zusammen?«, fragte er als Nächstes. »Er war in meinem Jahrgang. Keine Ahnung, was aus ihm geworden ist.«

Du lieber Gott, wurde das denn immer schlimmer? Meine Mitbewohnerinnen waren stinksauer auf mich. Ich hatte einen Platten. Mir war eiskalt. Meine Zehn-Zentimeter-Stilettos brachten mich fast um. Ich war gerade auf dem besten Weg, die romantischste Episode meines Lebens zu verpassen. Und nun ...

»Er ist mit Rosaline Harper nach London gezogen.«

»Stimmt, jetzt erinnere ich mich wieder. Vor ungefähr zwei Jahren, oder?«

Exakt am 16. November 1986. Einen Tag nachdem ich ihm auf dem Rücksitz seines Autos meine Jungfräulichkeit geopfert hatte. Nicht mal eine Nachricht hatte er mir hinterlassen. Gary war zwar nicht wie Gingers Ex in ein Kriegsgebiet geflüchtet, trotzdem hoffte ich, dass jemand das Schwein erschoss. Tante Josie war dafür gewesen, ihn ausfindig zu machen und ihm die Genitalien zu amputieren. Sicherheitshalber hatte ich alle scharfen Instrumente versteckt, bis sie sich schließlich wieder beruhigte.

»Ja, so ähnlich«, antwortete ich lässig. Es hatte verdammt lange gedauert, bis ich in Bezug auf Gary wieder so cool tun konnte. Nicht, dass ich je auf Rache gesonnen hätte, aber eine Zeitlang hatte ich schon eine gewisse Verwandtschaft zu dieser Psychotante aus *Eine verhängnisvolle Affäre* verspürt.

Mit einem Ruck riss Red den kaputten Reifen herunter, setzte den Ersatzreifen auf und zog diese Schraubdinger wieder fest. Ich nahm mir vor, unbedingt mein technisches Vokabular aufzufrischen.

»Und wie läuft's so mit der ... eh ... Fotografiererei? Muss echt cool sein, bei all den ... eh ... Hochzeitsfilmen, die die Leute heutzutage so machen.«

Vielleicht sollte ich auch einen Crashkurs in Fotografiefachausdrücken belegen.

»Ja, das ist super. Ich mach das zwar nur zur Aushilfe, solange ich an der Uni bin, aber ich kriege eine Menge Erfahrung. So, jetzt ist alles wieder okay. Du solltest zur Sicherheit am Montag mal kurz in der Werkstatt vorbeifahren und überprüfen lassen, ob der Reifen noch ausgewuchtet werden muss, aber es müsste auf jeden Fall erst mal funktionieren.«

»Danke, Red!«

Ich umarmte ihn. Dabei achtete ich streng darauf, dass keine Schmiere in die Nähe meines babyrosa Rocks samt weißem Shirt kam. Beides hatte ich mir von Lizzy geliehen – *bevor* ich ihr einen Strich durch ihre Abendplanung gemacht hatte.

»Gern geschehen. Ich hoffe, es klappt alles mit Charles.«

»Charlie.«

»Sorry, Charlie. Na ja, wie gesagt, ich hoffe, es klappt«, wiederholte er und warf das Werkzeug auf die Rückbank seines Wagens.

Kaum zu glauben, dass er und Ginger aus demselben Gen-Pool stammten. Er war so anständig, so sensibel und diskret. Ganz anders als Ginger, die permanent neue Weltrekorde in schonungsloser Offenheit aufstellte.

»Ginger sagt nämlich, dein Männergeschmack sei katastrophal.«

Jetzt erkannte ich doch eine gewisse Ähnlichkeit.

»Red, darf ich dich um einen Gefallen bitten? Ich meine, außer dass ich dich freitagabends habe herkommen lassen, um mich deiner Reifenwechselkünste zu bedienen.«

»Na klar.«

»Erzähl Ginger bitte nichts hiervon! Ich könnte es nicht ertragen, bis zum Ende meines Lebens ›Das hab ich dir ja gleich gesagt‹ von ihr zu hören.«

Ich rannte ins Terminal und studierte die riesige Anzeigetafel. Eine halbe Stunde! Das Flugzeug war vor einer halben Stunde gelandet! Mist! Mist! Mist! Aber er war doch sicher noch nicht durch die Absperrung gekommen. Schließlich musste er erst aus dem Flugzeug, sein Gepäck einsammeln und dann durch den Zoll. Dieser verdammte Traktor! Seit ich die Autobahn verlassen hatte, hatte ich hinter ihm festgehangen und nicht gewagt, ihn zu überholen, weil ich Angst hatte, von einem entgegenkommenden Laster zerquetscht zu werden.

Scharen von Menschen kamen mir entgegen, als ich mir

jetzt tapfer einen Weg in die Richtung bahnte, in der ich den Ankunftsbereich vermutete. Im Laufen scannte ich die Gesichter. Wo war er? Hatte ich ihn verpasst? War er schon weg? Er musste doch noch irgendwo hier sein. Ich versuchte, mir einzureden, dass das auch bei Meg Ryan immer so war – zehn Minuten vor Ende jedes Films gab es einen Rückschlag, dann schaltete sich das Schicksal in letzter Sekunde ein und löste das Problem. Tja, wäre schön, wenn es das jetzt auch täte. Und ein guter Anfang wäre zum Beispiel, wenn es was gegen meine höllisch schmerzenden Füße unternehmen würde.

Die Schuhe hatte ich in der festen Überzeugung angezogen, dass ich die ganze Zeit an einer Stelle stehen und umwerfend aussehen würde, während ich darauf wartete, dass die zweite (okay, vierte, vielleicht auch fünfte) Liebe meines Lebens durch die Tür in meine Arme geflogen käme. Zu keiner Zeit hatte ich in Erwägung gezogen, dass ich mein Auto vor dem Flughafengebäude parken und dann durch einen überfüllten Terminal sprinten musste. Ich betete, dass die Nerven endlich absterben und Taubheit an die Stelle des Schmerzes treten würde.

Ich verlangsamte mein Tempo etwas, um die Dialekte zu identifizieren, die um mich herum gesprochen wurden. Hauptsächlich Westschottisch, dazwischen ab und zu Amerikanisch. Das war Charlies Flug, das spürte ich ganz genau. Er war hier! Irgendwo. Ich musste nur noch ... Aaaaaaaah!

Ich stürzte wie von einem Scharfschützen getroffen zu Boden. Mit dem Gesicht zuerst. Einer meiner Schuhe flog in hohem Bogen davon.

»Alles okay, Mädchen?« Ein älterer Herr mit wenig Gespür für das Offensichtliche beugte sich besorgt über mich.

»Mfeine. Mfase. Mfletzt.«

Tatsächlich. Ich war genau auf die Nase gefallen. Rote Flüssigkeit, die ich verzweifelt aufzuhalten versuchte, ehe sie Lizzys weißes Shirt erreichte, sickerte mir durch die Finger. Es war, als versuchte man, einen Ölteppich mit einem Schwämmchen aufzusaugen. Oh Mist, sie würde mich umbringen!

»Vorsichtig, Mädchen, ganz vorsichtig!« Ich hatte keine Ahnung, wer da auf mich einredete, aber mir blieb keine Wahl. Der ältere Herr war inzwischen in Aktion getreten und drückte mit den Fingern meine Nasenlöcher zu. »Keine Sorge, Kleine, wir haben im Krieg gelernt, wie man mit so was umgeht.«

Eine kleine Menschenmenge versammelte sich um uns herum, und plötzlich hockte sich ein Polizist neben mich. Er sah aus, als würde er die Gewichtsobergrenze für jede Position im Öffentlichen Dienst weit überschreiten.

»Die Sanitäter sind bereits auf dem Weg«, verkündete er ohne allzu viel Mitgefühl in der Stimme. »Es ist immer dasselbe«, sagte er kopfschüttelnd zu Mr. Nightingale, der seine Kriegserlebnisse immer noch in meinem Gesicht verarbeitete. »Diese jungen Dinger trinken im Flugzeug zu viel, und wir müssen sie dann wieder auf die Beine stellen. Wenn es nach mir ginge, würde Alkohol im Flugzeug verboten.«

»Shabe nifs geswunken«, protestierte ich empört.

»Ist sie Polin?«, fragte eine dicke Frau mit schottischem Akzent.

Zu Mr. Nightingales Enttäuschung kamen nun die echten Sanitäter und übernahmen. Man sah ihnen deutlich an, dass sie sauer waren, weil man sie wegen dieser Lappalie in ihrer Kaffeepause gestört hatte. Trotz meiner vehementen Proteste hievten sich mich in einen Rollstuhl, und während mir einer der beiden den Puls maß, warf der andere einen bedauernden Blick auf seinen Defibrillator.

Als klar wurde, dass die Szene vor ihnen nicht für eine Zeugenaussage in *Aktenzeichen XY ... ungelöst* taugte, begann sich die Menge langsam zu zerstreuen. Und dann ... es war zuerst nur ein ganz kurzer Blick, der durch die dicke Frau mit dem schottischen Akzent sofort wieder blockiert wurde.

»Aufs fem Feg, aufs fem Feg!«

»Sie wird aggressiv«, rief einer der Sanitäter.

»Sie spricht definitiv polnisch«, sagte die dicke Frau mit dem schottischen Akzent.

Ich schob alle Hände von mir und rappelte mich auf. Dabei schoss eine weitere Blutfontäne aus meiner Nase.

Charlie! Das war er! Er hatte den Arm um seine Mutter gelegt und half ihr den Terminal zu durchqueren. Bloß dass ... Er lachte. Und die Art, wie er den Arm um die Schultern dieser Frau gelegt hatte, war so zärtlich. Sie waren jetzt so nah, dass ich sie in Ruhe anschauen konnte. Nein! Wenn seine Mutter nicht einundzwanzig war, Jeans-Minirock und ein ziemlich knappes Shirt trug und dazu eine verdammt knackige Figur hatte, dann handelte es sich hier nicht um eine Demonstration der Liebe zwischen Mutter und Sohn.

Er beugte sich vor und küsste sie. Die beiden waren viel zu sehr mit sich selbst beschäftigt, um den Menschenauflauf und die beiden Sanitäter zu bemerken, die versuchten, eine polnische Frau mit blutender Nase und nur einem Schuh zu besänftigen.

Kichernd gingen sie dicht an uns vorbei und schauten sich tief in die Augen. Ich wünschte mir sehnlichst, dass aus dem Nichts ein dicker Pfeiler auftauchte und sich ihnen in den Weg stellte.

Er hatte mich belogen. Die zweite Liebe meines Lebens (okay, wer zählte jetzt noch mit?) hatte dieselbe Masche benutzt wie die letzte – sich mit einer anderen davongemacht.

Ich erwog kurz, die Verfolgung aufzunehmen, aber angesichts der Tatsache, dass ich aussah wie ein Statist aus einer Massenvernichtungsszene in *Aliens*, ließ ich es bleiben. Stattdessen dankte ich meinen Zuschauern für ihre Aufmerksamkeit, humpelte zu meinem Auto, pflückte den Strafzettel von der Windschutzscheibe, stieg ein und fuhr los. Dieses Mal sehnte ich mir geradezu einen Traktor herbei, um das Unausweichliche aufzuschieben.

Lizzy würde durchdrehen, wenn sie sah, dass ich ihre Lieblingsklamotten ruiniert hatte. Und Ginger würde vor Schadenfreude außer sich sein, wenn sie hörte, dass ich mit meiner Absage zu unserem Mädelsabend auf die Nase gefallen war. Buchstäblich! Ich konnte nur hoffen, dass sie ein bisschen nachsichtiger waren, wenn sie feststellten, dass mein Gesicht aussah, als hätte ich zehn Runden gegen Mohammed Ali geboxt.

Was für ein Desaster! Wurde ich denn nie klug? Tante Josie erzählte mir ständig, dass mein gesunder Menschenverstand immer dann, wenn es um Männer ging, völlig versagte (ich wusste ja, dass ihre Ehrlichkeit auf lauter Liebe beruhte, daher nahm ich ihr das nicht übel). Und angesichts der Tatsache, dass Freitagabend war und ich meine Freundinnen für einen Kerl im Stich gelassen hatte, der vermutlich gerade seinen Duty-free-Wodka von den Pobacken einer Blondine leckte, musste ich zugeben, dass sie vielleicht nicht ganz unrecht hatte.

Ich setzte den Blinker, um anzuzeigen, dass ich einen Wohnwagen überholen wollte, der mit fünfzehn Meilen pro Stunde vor mir herkroch.

Mist! Verfluchter Mist! Freitagabend, kurz vor Mitternacht. Ich könnte jetzt Cocktails schlürfen und mich mit meinen Freundinnen vergnügen, stattdessen kurvte ich in dieser gottverlassenen Gegend durch die Dunkelheit – und das alles wegen eines Typen, der mich definitiv nicht verdient hatte.

Ein erschreckender Gedanke kam mir plötzlich: Ich hatte genau das getan, was meine Mum immer tat. Wie oft hatte sie meinen Dad irgendwo aufgelesen, ihr eigenes Wohlergehen für ihn hintenangestellt. Sie redete sich ein, dass es das höchste Glück war, ihn zufrieden zu machen.

Na bestens! Ich hatte mich in meine Mutter verwandelt –

die einzige Person auf der ganzen Welt, deren Leben ich niemals führen wollte.

Nun gut. Schluss damit! Nie wieder würde ich zulassen, dass ein Typ mir das Herz brach. Zum Teufel mit Meg Ryan! Das Leben war kein Kinofilm, und ich musste mich endlich damit abfinden, dass kein Tom Hanks oder Billy Crystal oder Richard Gere oder Tom Cruise kam, um mich zu retten.

Als ich das Auto überholte, das den Wohnwagen zog, sah ich das Lächeln auf den Gesichtern des mittelalten Paars auf den beiden Vordersitzen. Lieber Himmel! Sogar Wohnwagenurlauber waren jetzt schon glücklicher als ich. Konnte diese Nacht noch schlimmer werden?

Der Kosmos antwortete mir, indem er einen plötzlichen Schwall Hagelkörner gegen meine Windschutzscheibe warf. Ich umklammerte das Lenkrad ein bisschen fester und versuchte, Ruhe zu bewahren. Es war zu spät für den Wunsch, häufiger fahren im Regen geübt zu haben. Und bei Dunkelheit. Und mit gebrochener Nase und geschwollenen Augen. Und ... Peng. Schwärze. Stille.

Und die Antwort auf meine Frage: Diese Nacht wurde zur Katastrophe.

Lous Lektionen für Cassie, wenn sie einundzwanzig Jahre alt ist

*Liebe Cassie,
einundzwanzig! Das ist altersmäßig ein echter Meilenstein! Und der letzte Geburtstag, den du wirklich herbeisehnst. Ich gebe dir einen guten Rat: Sobald du anfängst, dich vor deinen Geburtstagen zu fürchten, addiere einfach Monate anstelle von Jahren. Das ist zwar Selbstbetrug, aber ich (neunundzwanzig Jahre und hundertsechsundzwanzig Monate alt) kann dir versichern, dass es den Schmerz irgendwie lindert. Okay, lass uns noch mal über das Thema »Alles mitnehmen« reden. Oder lieber nicht. Es wird überbewertet, und wir kommen später darauf zurück. Jetzt ist es erst mal wichtig, dass du über genügend Mittel verfügst, um finanziell klarzukommen. Überleg dir also, was du gern machen würdest ... und dann, wenn du nicht ohnehin schon die Karriere machst, die du dir wünschst, fang damit an! Niemand kann dir das abnehmen. Oh, ich hasse diese Sprüche ...*

27. Ehrgeiz. Ist gesund. Du kannst alles erreichen, was du möchtest, also entscheid dich, was es sein soll, und hör nicht auf die Leute, die behaupten, dass du das nicht schaffst.

28. Kreditkarten – wie kann sich etwas, das so falsch ist, so gut anfühlen?

29. Dito Chips, Schokolade und Tanzen bis vier Uhr morgens, wenn man am nächsten Tag arbeiten muss.

30. Ich hoffe, dass man inzwischen ein schmerzloses Verfahren zur Enthaarung erfunden hat. Aber auch wenn nicht: Entferne überflüssigen Bewuchs immer, immer, immer, bevor du ausgehst! Glaub mir, irgendwann bist du mir einmal dankbar für diesen Rat.

31. One-Night-Stands. Nicht toll. Nicht klug. Aber manchmal trotzdem nett. Allerdings werde ich immer bestreiten, das gesagt zu haben.

32. Es gibt ein altes Sprichwort, das besagt, dass man immer so tanzen sollte, als würde einem niemand dabei zusehen. Vergiss es! Wenn du das machst, wird kein normaler Mann je in deine Nähe kommen.

33. Worüber du dir nicht den Kopf zerbrechen solltest: was andere von dir denken. Das sollte dich einfach nicht kümmern.

34. Hör auf deine Freundinnen! Auch wenn du die Tipps später verwirfst, weil sie unter Alkoholeinfluss an dich vergeben wurden.

35. Mach einen großen Bogen um Sonnenbänke, und erfreu dich an deinen Brüsten, solange sie noch fest sind.

Ach, und noch etwas ...

Lektion 36
Halt dich nicht mit Fehlern auf –
niemand macht ständig alles richtig
1991. Lou, einundzwanzig Jahre alt

Baby, ich weiß was ich dir bedeute
Ich wollte es auch, und alles, was ich dir gesagt habe, war wahr
Unter den Sternen hast du mir auf ewig deine Seele versprochen
Aber es hat sich nicht richtig angefühlt, also adieu meine Geliebte
Oh, oh, oh, Sue. Es tut mir leid, dass du es nicht sein kannst...

»Mach das aus! Schnell!«, zischte Angie. »Das letzte Mal, als sie das gehört hat, hat sie einen Fön in Richtung Lautsprecher geschleudert.«

Rosie hastete zur Hi-Fi-Anlage und schaltete von Radio auf Kassette um. Statt Radio Clyde dröhnte nun Chesney Hawkes' *The One and Only* aus den Boxen.

Rosie und Angie, die beiden sechzehnjährigen Auszubildenden im Salon, sahen mich ängstlich an, um sich sofort zu ducken, falls ich wieder ein Friseurutensil als Wurfgeschoss missbrauchen würde.

»Das war so schön. Ich liebe diesen Song«, protestierte Mrs. Marshall, eine Freitagsnachmittags-17-Uhr-Waschen-Schneiden-Legen-Stammkundin. »Ich finde, wir können stolz auf ihn sein. Ein Star, der aus unserem Städtchen stammt.«

Sag jetzt nichts mehr! Sag jetzt nichts mehr! Sag jetzt nichts mehr! Offenbar waren Mrs. Marshalls selbst gepriesene übersinnliche Fähigkeiten (seit drei Jahren erzählte sie mir nun von ihren wöchentlichen Gesprächen mit ihrer Schwester Patsy, die seit 1988 tot war) gerade ausgeschaltet, denn sie nahm meinen verzweifelten Wunsch, das Thema sofort abzubrechen, nicht im Mindesten wahr.

»Ich meine, wer hätte je gedacht, dass Gary Collins mal ein Star würde? Ich kannte ihn schon als Kleinkind, und jetzt sagt dieser Ross King im Radio dauernd, dass er mal bekannter wird als Jason Donovan.«

Tja, wer hätte das gedacht? Ruhm. Glück. Reichtum. Und jetzt hatte er einen Number-one-Hit mit diesem Song, von dem er in aller Öffentlichkeit erzählte, dass er nach einer Nacht mit einer Exfreundin entstanden sei, als er festgestellt habe, dass sie körperlich nicht zusammenpassten und er ihr das Herz würde brechen müssen.

Ich spürte schon wieder Wut in mir auflodern und musste mich zusammenreißen, um nicht ein Dutzend heiße Lockenwickler an die Salonwände zu pfeffern. Es war schon schlimm genug, dass ich noch in der Nacht, in der ich meine Jungfräulichkeit verloren hatte, sitzen gelassen worden war. Musste er dann auch noch einen internationalen Hit daraus machen und sich öffentlich über meine Qualitäten im Bett beklagen? Er hatte mir nichts von meiner Würde gelassen.

Die ganze Stadt wusste, dass er nie mit einer Sue zusammen gewesen war, und um ehrlich zu sein, bedurfte es nicht allzu großer geistiger Kreativität, um von Sue auf Lou zu kommen. Oh, diese Demütigung! Es war schmerzhaft genug, dass all meine Freunde wussten, dass er sich genommen hatte, was er wollte, und sich dann noch vor Tagesanbruch verdünnisiert hatte. Aber diese öffentliche Schande! Selbst in der Schlange am Postschalter lachten mich die Leute aus. Die Damen beim Bäcker konnten mir nicht mehr ins Gesicht schauen. Und wenn noch ein einziger Teenager im Friseurladen ans Fenster klopfte und eine obszöne Geste machte, würde es ein Gemetzel geben. Mein einziger Trost war, dass ich gehört hatte, dass er auch Rosaline Harper in der Sekunde, als er anfing, richtig Geld zu verdienen, verlassen hatte und sie nun eine blühende Karriere in einem Glasgower Massagesalon mit dem bedeutsamen Namen Wandernde Hände angefangen hatte.

Plötzlich merkte ich, dass ich aufgehört hatte, Mrs. Marshalls Locken zu kämmen, und stattdessen meine Hüften massierte.

»Alles in Ordnung, Schätzchen?«

Ich riss mich in die Gegenwart zurück. »Alles bestens, Mrs. Marshall. Nur eine alte Verletzung. Sie meldet sich immer, wenn ich zu lange auf den Beinen bin.«

Tief einatmen. Langsam ausatmen. Spannung rauslassen. Mr. Patel hatte mir beigebracht, wie man sich mit tiefer Bauchatmung beruhigte, aber ich hatte das Gefühl, dass mein Stress einen Level erreicht hatte, das sich mit Ein- und Ausatmen allein nicht mehr in den Griff kriegen ließ.

»Okay, ihr zwei, ihr könnt euch entspannen.« Ich schickte ein aufmunterndes Lächeln in Rosies und Angies Richtung. »Sobald ihr mit dem Aufräumen fertig seid, könnt ihr gehen. Die Mädels kommen gleich, daher ...«

»Haaaallooooooo!«

Mrs. Marshalls hellseherische Fähigkeiten mochten im Moment ausgeschaltet sein, aber die von Lizzy schienen perfekt zu funktionieren. Genau im richtigen Moment kam sie mit ein paar Tüten in der Hand zur Tür rein.

»Hi, Mrs. Marshall! Sie sehen umwerfend aus«, rief sie grinsend. »Die Männer werden heute Abend beim Bingo Mühe haben, ihre Hände bei sich zu behalten.«

Mrs. Marshall wurde rot. Ihr Mann war in den Siebzigern gestorben, aber sie hatte mir gestanden, dass er ihr auf übernatürlicher Ebene gestattet hatte, sich nach einem Ersatzmann umzuschauen, der ihre Spielfreude teilte. Daher ihre wöchentlichen Friseurbesuche und ihr gesteigertes Interesse an Herz-Schmerz-Songs von örtlichen Kulturgrößen.

Lizzy hängte ihren Kram an einen Garderobenständer, küsste mich auf die Wange und ließ sich in den nächstbesten Sessel fallen. Die Tatsache, dass die Füllung des roten Plastiklederüberzugs nur von einem Stück Klebeband gehalten wurde, kümmerte sie nicht.

Es gab keinen Zweifel: Der Laden verkam immer mehr. Und wenn ich ehrlich war, war das im Moment der Hauptgrund für meine allgemeine Unzufriedenheit. Die Gary-Collins-Episode war da nur das Tüpfelchen auf dem i.

Der Salon gehörte Donna Maria, einer exzentrischen Italienerin, die jedes Interesse daran verloren hatte, seit sie einen Typen geheiratet hatte, dem ein großes Matratzenlager in der Stadt gehörte. Sie lebten im Dauerglück und verbrachten den Tag damit, ihr beträchtliches Vermögen zu zählen. Offenbar konnte man mit Matratzen eine Menge Geld verdienen – nicht nur auf die Art und Weise, wie Rosaline Harper es tat.

Donna Maria hatte den Salon inzwischen mehr oder weniger aufgegeben und ihn mir, Wendy und Pamela, zwei weiteren Stylistinnen, überlassen. Die Situation hatte definitiv ihre Vorteile – flexible Arbeitszeiten, lange Mittagspausen und kostenloses Haareschneiden für Familie und Freunde. Aber die Nachteile überwogen die Vorteile. Die Arbeit wurde immer langweiliger. Jeder Tag verlief genau wie der davor. Und solange ich blieb, würde sich daran auch nichts ändern. In letzter Zeit überlegte ich wieder und wieder, etwas Neues anzufangen. Ich hatte Ideen. Pläne. Ziele, die ich erreichen wollte. Und erreichen würde ... sobald ich die Tagträumereien von einem eigenen Salon und einer Karriere als internationaler Starstylistin endlich aufgab und mich an die Arbeit machte. Einen öden Job in Weirbank zu kündigen wäre der erste Schritt, aber abgesehen von den Teenies, die vor dem Schaufenster schmutzige Gesten machten, fühlte ich mich ganz wohl in der Stadt. Glücklich. Zufrieden. Manchmal.

Ich gab Mrs. Marshalls Frisur den finalen Sprühstoß aus

der Haarspraydose und zeigte ihr im Handspiegel die Rückansicht ihrer Frisur. Sie tat, als sei sie superüberrascht, dabei hatte ich sie in exakt derselben Weise gestylt wie immer.

»Okay, wir sind dann weg«, rief Angie. Sie und Rosie waren bereits auf dem Weg zur Tür.

»Einen schönen Abend, Mädels! Vergesst euren Trinkgeldanteil nicht! Ich habe ihn in einem Umschlag auf die Theke gelegt.«

Es war nicht unbedingt Pflicht, das Trinkgeld zu teilen, aber ich konnte mich noch gut daran erinnern, wie ich mit gut dreißig Pfund in der Woche überleben musste.

»Habt ihr heute Abend was Nettes vor?«, fragte ich.

Was immer es war, ich hoffte, dass Angie in Begleitung einer erwachsenen Person war. Sie erinnerte mich so an Lizzy in dem Alter: unberechenbar, leichtsinnig und ziemlich wirklichkeitsfremd.

Rosie nickte. »Wir gehen ins Kino. *Das Schweigen der Lämmer.*«

»Ich finde Tierfilme aber langweilig«, maulte Angie.

»Ich auch«, meinte Lizzy. Sie hatte sich nicht verändert.

Sekunden nachdem die beiden Mädchen den Laden verlassen hatten, kam Ginger herein. Noch ehe wir sie sahen, hörten wir das Klirren von Flaschen. Einmal Wodka, einmal Gin, einmal Tonic, dazu zwei Packungen Orangensaft. Und so, wie Ginger aussah, hatte sie uns schon einiges voraus.

Schwankend sank sie auf den erstbesten Stuhl. Leider vergaß sie dabei, die Füße am Boden zu halten, sodass der Stuhl sich dreimal im Kreis drehte, ehe er zum Stillstand kam. Danach war Ginger so schwindelig, dass sie die Blicke, die Lizzy und ich tauschten, nicht bemerkte.

»Und was ist mit euch Mädels? Geht ihr auch ins Kino?«, fragte Mrs. Marshall, als ich ihr in den Mantel half.

Wenn sie tatsächlich über übersinnliche Fähigkeiten verfügte, müsste sie das doch eigentlich wissen, oder?

»Nein, wir feiern heute einen Junggesellinnenabschied.«
»Wie schön! Wer ist es denn? Eine, die ich kenne?«
Ich bemühte mich, Aufregung und Begeisterung in meine Stimme und meinen Gesichtsausdruck zu legen, bevor ich auf eine meiner besten Freundinnen zeigte.
»Ja. Sie.«

Lektion 37
Du kannst deinen Freundinnen nicht vorschreiben, wie sie ihr Leben zu leben haben ...

»Ich kann einfach nicht fassen, dass ich morgen um diese Zeit verheiratet sein werde!«

»Ich kann nicht fassen, dass du schon seit acht Monaten verlobt bist«, antwortete ich. »Mir kommt es vor, als sei es erst gestern gewesen.«

Das stimmte. Die Erinnerung an den denkwürdigen Abend war noch so frisch und lebendig, als wäre er gerade erst vorüber. Laut Psychologen ein typisches Phänomen bei größeren Katastrophen und schwerwiegenden Traumata ...

Es war am Valentinsabend passiert, dem grässlichsten Abend des Jahres, wie ich fand. Meine lebenslange Konfrontation mit der verkorksten Liebesbeziehung meiner Eltern sowie meine eigenen zweifelhaften Erfolge auf diesem Gebiet hatten bei mir eine schwere Allergie gegen Plüschherzen und rote Rosen ausgelöst. Sollte ich diesen Sankt Valentin je persönlich treffen, würde ich ihn unter Dauerbedudelung mit *I Just Called to Say I Love You* in ein von oben bis unten mit Kitschpostkarten tapeziertes Zimmer sperren.

Seit dem Desaster mit Charlie hatte es für mich nur noch Kurzzeitbeziehungen gegeben. Ein paar Wochen hier und da, und sobald mir einer auch nur das Gefühl gab, an einer engeren Beziehung interessiert zu sein, hielt ich eine kurze »Es liegt nicht an dir, es liegt an mir«-Rede, dann kam der Nächste an die Reihe. Das war sicherer. Weniger kompliziert. Und machte auch noch mehr Spaß. Ich hatte einen Mann für offizielle Zwecke, Kino, Wochenenden und gelegentliche

Übungen unter der Bettdecke und meine Freundinnen für Spaß und Abenteuer. Und von mir aus konnte das so bleiben. Wir waren wie Thelma und Louise, nur mit einer zusätzlichen Mitspielerin und ohne den schnuckeligen Cowboy. Wie hieß er noch gleich? Brad Irgendwas. Sicher nur eine Eintagsfliege, aber trotzdem supersüß.

Wo war ich noch stehen geblieben? Stimmt. Freundinnen, ewige Freundschaft, kein Mann konnte zwischen uns kommen.

»Wisst ihr, ich habe das Gefühl, Tom fragt mich heute Abend«, verkündete Ginger, als wir uns auf unser gemeinsames Date vorbereiteten.

»Was denn? Ob du Lust auf ein Nümmerchen hast?« Lizzy grinste. »Das fragt er dich doch jeden Abend. Oder glaubst du wirklich, ihr wärt im Bad zu überhören? Ich will auch gar nicht wissen, wo mein Luffa-Handschuh geblieben ist...«

Ginger stürzte sich auf Lizzy und verstrubbelte ihr die frisch gestylten Haare. Sie waren nach oben gekämmt, auf dem Kopf zusammengebunden und mit anderthalb Dosen Haarspray fixiert, sodass Lizzy aussah wie eine Kreuzung aus Pebbles von den Flintstones und Cher nach einer Elektroschockbehandlung.

»Was würdest du denn antworten?«, fragte ich Ginger, nachdem ich die beiden mit der Aussicht auf eine Pina Colada im Taxi getrennt hatte. Bisher hatte noch kein Fahrer was dagegen gehabt, solange wir das Zeug aus einer Thermoskanne tranken.

»Wann?«

»Na, wenn er dich fragen würde, ob du ihn heiraten willst.«

Ginger dachte kurz nach. Ihr Gesicht hatte jetzt eine ähnliche Farbe wie ihre Haare. »Wisst ihr, ich glaube, ich würde Ja sagen.«

»Nein!« Das war Lizzys berühmter schriller Schrei. »Wir sind doch noch viel zu jung zum Heiraten!«

»Stimmt gar nicht. Die Hälfte der Mädels, die mit uns in der Schule waren, sind bereits verheiratet, und Stacey O'Connor hat sogar schon vier Kinder.«

Ginger hatte recht. Aber Stacey hatte auch schon mit sechzehn geheiratet, und wundersamerweise waren sechs Monate später ihre Zwillinge geboren. Der Priester hatte damals betont, es sei ein Akt Gottes gewesen und die Babys seien zu früh geboren, dabei waren sie beide quietschfidel gewesen und wogen mehr als drei Kilo pro Kind. Das nächste Zwillingspaar war zwei Jahre später zur Welt gekommen; ich glaube, seither hat Stacey das Haus nicht mehr verlassen.

Um weitere Auseinandersetzungen zu vermeiden, steuerte ich das Gespräch in sicherere Gefilde – die Vorzüge von Kevin Costner –, wo es während des ganzen Wegs zum Restaurant auch blieb. Ginger heiratete? Unmöglich. Sie war doch erst seit einem Jahr mit Tom zusammen und hatte gerade erst ihre Ausbildung zur Fußpflegerin abgeschlossen (übrigens hasste sie den Anblick von Füßen immer noch).

Als wir am La Fiora vorfuhren, sagte uns der Typ an der Tür, dass unsere Freunde bereits auf uns warteten. Wir gaben ihm unsere Mäntel, drängten uns im Eingang vor den Spiegel und tupften noch einmal Elizabeth-Arden-Rouge und Max-Factor-Lipgloss nach.

»Lou, was ist denn eigentlich mit dir und Sam? Besteht die Chance, dass das dieses Mal länger als eine Woche hält?«, fragte Lizzy.

Sam war mein Verlegenheitsdate. Er arbeitete für dasselbe riesige Bauunternehmen wie Gingers Tom der technische Zeichner und Lizzys Freund Ben der Buchhalter. Es hätte einen hübschen poetischen Dreiklang ergeben, wenn er Sam der Sanitärfachmann oder Sam der Statiker wäre. Aber leider arbeitete er in einer Abteilung, die sich A.T. abkürzte. Oder E.T.? Oder I.T.? Offen gestanden hatte er bei den Gelegenheiten, bei denen die anderen ihn mitgebracht hatten, damit das mit den Paaren aufging, so viel über seine Arbeit geredet, dass ich abgeschaltet hatte, sobald das Thema aufkam.

»Nein, ich glaube nicht«, antwortete ich. »Ehrlich gesagt ist er mir zu versponnen. Stellt euch vor, kürzlich hat er mir erzählt, dass wir eines Tages alle einen Computer haben und miteinander kommunizieren werden, indem wir mit einem Bildschirm sprechen. Ich glaube, er nimmt Drogen.«

Ich checkte noch einmal kurz, ob meine Haare meine rechte Gesichtshälfte verdeckten. Die Narbe war kaum noch zu sehen, und die übrigen Blessuren waren inzwischen auch fast verheilt. Ein Beckenbruch, ein gebrochenes Bein, eine Schulterfraktur, eine gebrochene Nase und Schnittwunden im Gesicht, die mit sechsundfünfzig Stichen genäht werden mussten – das war heutzutage offenbar der Preis für ein Beziehungsdesaster. Aber ich war nicht verbittert. Wirklich nicht.

Ich war achtzehn Stunden nach dem Crash im Krankenhaus aufgewacht und hatte den ganzen folgenden Tag damit verbracht, Tante Josie davon abzuhalten, Red zu überzeugen, dass es nicht seine Schuld war, und mich glücklich zu schätzen, dass ich noch am Leben und (fast) an einem Stück war.

Erstaunlicherweise traf den Cortina keinerlei Schuld – es war eine unglückliche Verkettung von Zufällen. Der Fahrer des Wohnwagengespanns hatte in dem Moment, als ich sein Gefährt überholte, über einen Witz, den seine Frau ihm gerade erzählt hatte, einen tödlichen Herzinfarkt erlitten. Dies wiederum hatte dazu geführt, dass er von der Fahrbahn abgekommen war und mein Auto direkt auf den Mittelstreifen katapultiert wurde. Das gab dem Wort Trennung eine ganz neue Bedeutung. Ich ziehe es vor, nicht darüber nachzudenken, warum ich seither nie mehr mit Charlie zusammengestoßen bin und wieso Josie jedes Mal das Gesicht verzieht, wenn ich seinen Namen erwähne.

Ich habe meine Lektion gelernt – übertriebene romantische Gesten sind nichts für mich. Dafür umso mehr für denjenigen, der La Fiora zum Valentinstag dekoriert hatte. Der Weg ins Restaurant war wie der Eintritt in das Prinzessinnenreich der Deko. Rosa Wände. Rosa Girlanden. Rosa Tischdecken. Rosa Luftballons. Und mittendrin schauten uns drei Jungs mit rosa Gesichtern an und schienen sich so unbehaglich zu fühlen wie mein Hintern in dem viel zu engen rosa Höschen.

Erst nach einigen unidentifizierbaren rosa Cocktails wurde die Stimmung lockerer, und das Lachen an unserem Tisch erreichte normale Lautstärke – sehr zum Leidwesen der Paare an den Nebentischen, die sich auf ein besonderes romantisches Erlebnis gefreut hatten.

Unser Gespräch im Taxi war komplett in Vergessenheit geraten, bis ein ziemlich verlegen aussehender Typ aufstand, nachdem die Dessertteller abgeräumt waren, sich räusperte, auf die Knie fiel und eine kleine rote Schachtel aus der Tasche zog.

»Babe«, sagte er vor seinem erstaunten Publikum zu seiner erstaunten Freundin. »Ich weiß, wir sind noch jung, und wir sind auch noch nicht jahrelang zusammen oder so ...«

Eine ziemlich erstaunliche Einleitung, fand ich.

»Aber die Sache ist die ... Ich ... ich ... eh ... liebe dich so sehr, dass ... Da wäre es toll, wenn ... willst du mich heiraten?«

»Mach die Schachtel auf! Mach die Schachtel auf!«, flüsterte ich, noch immer erstaunt, aber dennoch so weit regeneriert, dass ich die Bedeutung dieses Augenblicks erkannte und begriff, dass er dringend Hilfe brauchte.

»Eh ... ja, ich muss, eh ... die Schachtel ...«

Der Ring war perfekt. Ein kleiner, wunderschöner Solitär auf einem schlichten Weißgoldring.

»Willst du mich heiraten?«, wiederholte er nach einer quälend langen Ewigkeit.

Trotz der Tränen, die ihr über die Wange liefen, lächelte Lizzy. »Na klar!«, kreischte sie. »Und ob ich das will!«

Niemand außer mir sah, dass Ginger ihr Glas nahm und ihren rosa Champagner in einem Zug herunterstürzte.

Lektion 38
Freundschaft ist ... zusammen durch dick und dünn und eine Alkoholvergiftung zu gehen

»Wie konnten wir eigentlich auf die Idee kommen, am Abend vor der Hochzeit Junggesellinnenabschied zu feiern?« Lizzy stöhnte.

»Weil wir schon vier andere Junggesellinnenabschiedsabende hatten und keinen fünften mehr dazwischenschieben konnten.«

Das stimmte. Wir hatten quasi einen kompletten Junggesellinnenabschieds*monat* hinter uns, und es war richtig erleichternd gewesen, als wir die »Ja, ich will!«-Sequenz endlich hinter uns hatten.

Jetzt saßen wir auf der Damentoilette des Hotels, in dem die Feier stattfand, und ich war froh, dass ich bis jetzt alkoholischen Getränken abgeschworen hatte, zumal ich den Kater vom Vorabend noch in den Knochen hatte. Lizzy schien es ähnlich zu gehen. Sie saß in Hochzeitskleid und Schleier auf dem Waschtisch, in der einen Hand ein Coolpack, das sie sich an die Stirn presste, in der anderen eine Zigarette, die Füße standen in einem Eimer mit kaltem Wasser.

»Wo ist Ginger?«, fragte sie.

»Sie ist immer noch sauer, dass wir diese pfirsichfarbenen Zuckergusskleider anziehen mussten«, informierte ich sie. »Pfirsich scheint nicht ihre Lieblingsfarbe zu sein. Meine ist es auch nicht.«

»Es war nun mal Grandmas letzter Wunsch, dass meine Freundinnen auf meiner Hochzeit dieselben Kleider tragen wie ihre beiden besten Freundinnen damals.«

»Lizzy, deine Grandma lebt noch.«

»Ja, aber nicht mehr lange, wenn sie Ginger unter die Augen kommt.« Sie lachte und fasste sich sofort mit schmerzverzerrtem Gesicht an den Kopf. »Aber es war okay, oder nicht? Die Trauung meine ich.«

»Lizzy, es war ein Traum.«

Das war nicht übertrieben. Die Sonne hatte am Himmel gelacht, die Gäste waren fröhlich gewesen, der Pfarrer hatte ein paar lockere Sprüche gebracht, und die Trauungszeremonie war ergreifend gewesen. Ich musste zugeben, dass der Tag bisher märchenhaft war.

Ich hätte sogar fast ein Tränchen verdrückt, wenn mir nicht in dem Moment Gingers böse Blicke in Richtung Tom der Bauzeichner aufgefallen wären. Sie hatte ihn nicht mehr gesehen, seit sie ihn am Valentinsabend resolut abserviert hatte, und ich bin sicher, der arme Kerl hat bis heute keinen Schimmer, was er falsch gemacht haben könnte.

Keine von uns hatte den Antrag vorhergesehen, dabei war im Nachhinein völlig klar, dass es so kommen musste. Lizzy und Ben waren total vernarrt ineinander. Er vergötterte sie, fand ihre Eigenarten süß und hatte kein Problem damit, regelmäßig mit ihr zur Notaufnahme zu fahren, weil sie mal wieder auf einem Barhocker geschaukelt, auf dem Tisch getanzt oder einfach nur Schuhe mit zehn Zentimeter hohen Absätzen getragen hatte.

»Gott, ich liebe ihn so!«, seufzte Lizzy.

»Ich weiß. Aber du wirst uns fehlen.«

»Ich ziehe ja nur nach nebenan. Ihr könnt weiterhin jedes Wort von mir hören.«

Ihr Zahnarzt-Onkel hatte ihr als Hochzeitsgeschenk die zweite Wohnung über seiner Praxis geschenkt, und die Wände waren so dünn, dass wir uns unterhalten konnten, ohne die Stimme zu heben.

»Schon. Aber du wirst mir trotzdem fehlen. Und Ginger auch.«

»Meinst du?«

Auch wenn Ginger wusste, dass unsere Version des *Valentinstagmassakers* nicht Lizzys Schuld war, konnte man nicht verhehlen, dass seither eine gewisse Spannung zwischen den beiden herrschte.

In diesem Moment flog die Tür auf. Ginger kam herein, in der Hand ein nicht definierbares Getränk.

»Hier seid ihr also! Bitte sagt mir, dass ich dieses Kleid jetzt endlich ausziehen kann. Ich finde, ich sehe aus wie ein Schwindsuchtopfer aus dem 19. Jahrhundert.«

»Wow, dein Geschichtsunterricht war nicht umsonst!«, spottete ich.

Insgeheim war ich froh, dass der Alkohol Ginger nicht depressiv machte. In letzter Zeit war es oft reine Glückssache, in welcher Stimmung wir das Ende irgendeines Abends erlebten.

Mit viel Geknister ihrer Rüschen und der Tournüre beugte Ginger sich vor und umarmte Lizzy. »Es tut mir leid, dass ich in letzter Zeit so eklig zu dir war«, sagte sie. Oje, jetzt kam's. »Es ist nicht deine Schuld, ich schwöre es. Es ist nur so, dass ... Hast du je das Gefühl, dass das Leben mehr sein muss als das hier?«

Hallo, Depression, wir haben schon auf dich gewartet!

»Hast du schon mal darüber nachgedacht, dass unbedingt was passieren muss, um dein Leben zu verändern? Ich meine, ich schaue den ganzen Tag Füße an. Füße! Warum mache ich das? Die Berufsberaterin, die mich dazu überredet hat, müsste gefeuert werden. Oder erschossen.«

Ja, ich verstand gut, was sie meinte. Wirklich. Keine von uns machte etwas, das die Welt verändern würde – ich hatte erst vierundzwanzig Stunden zuvor einen ähnlichen Gedanken gehabt.

Ehe jemand antworten konnte, wurden wir durch ein schrilles Kreischen unterbrochen.

»Oh Mist! Nein!« Lizzy sprang vom Waschtisch und stürzte zur Tür. »Ich habe sie gewarnt! Ich habe dem Typen von der Band gesagt, dass er keinen Cent kriegt, wenn er meine Mum ans Mikrophon lässt. Oh Mist, Ben wird die Ehe annullieren lassen, noch bevor sie zu Ende gesungen hat.«

Im verrauchten Ballsaal wurde Lizzys schlimmster Albtraum Wirklichkeit. Santa Carla vom Orden des heiligen Geschreis stand auf der Bühne, in einem blau-golden schimmernden Gewand, das sie sich für die Gelegenheit anscheinend extra von Shirley Bassey ausgeliehen hatte, und versaute *I Never Promised You a Rose Garden*. Mit Tanzeinlage.

»Sag mir, dass das nicht wahr ist!«, keuchte Lizzy, während die ziemlich traumatisiert wirkende Band die letzten Akkorde spielte. Carla verbeugte sich zum Applaus der wenigen Zuschauer, die nicht erstarrt waren. »Oh nein, sie singt noch eins. Ginger, du musst sie da runterholen, bevor, bevor ...«

»*Jolene?*«

Lizzy nickte, die Augen vor Entsetzen weit aufgerissen.

Neeeeeiiiiiin! Wir hatten *Jolene* auf Lizzys Party zum einundzwanzigsten Geburtstag gehabt, und es war kein Zufall gewesen, dass am nächsten Tag in der Zeitung gestanden hatte, der Tierschutzverband habe eine deutliche Steigerung der Hundesterblichkeitsrate in unserer Gegend verzeichnet.

»Okay, ich gehe rein!«

Ginger holte tief Luft und startete dann ein Manöver, das man nur als Stürmen der Bühne bezeichnen konnte. In einer geschmeidigen und dennoch entschlossenen Bewegung gelang es ihr, Carla das Mikrophon zu entreißen und sie zum Bühnenrand zu drängen. Dabei flüsterte sie ihr etwas ins Ohr, woraufhin Carla erschrocken die Hand vor den Mund hielt und zum Notausgang rannte.

»Autobrand?«, fragte ich Lizzy.

Sie nickte nur.

Das war Gingers Lieblingstrick, um jemand Unbequemes loszuwerden. Im Laufe der Jahre hatte sie schon zahllosen unschuldigen Männern, drei Pub-Besitzern, zwölf Türstehern und einem als Elvis verkleideten Stripper eröffnet, dass ihr Fahrzeug in Flammen stehe, und sie so zu panischer Flucht getrieben.

Inzwischen war Ginger wieder auf der Bühne, um dem Gitarristen das Mikrophon zurückzugeben.

»Sing was, Baby!«, rief jemand aus dem Publikum.

Das war nichts Ungewöhnliches. Selbst bei Hochzeiten in Nobel-Locations wie diesem Glasgower Hotel machte der Sänger meist eine Pause und ließ ein Familienmitglied ans Mikrophon. In der Regel fand sich jemand, der nur allzu bereit dazu war.

»Ja, komm schon, sing was für uns!«

Die Menge begann nun zu grölen. Aber sie musste sich auf eine Enttäuschung gefasst machen. Ich kannte Ginger seit Ewigkeiten, und ich hatte sie noch nie singen gehört. Niemals! Sie würde im Nu von der Bühne fliehen und sich auf den Schreck ein Gläschen an der Bar genehmigen.

»Also gut! Wenn ihr unbedingt wollt!«

»You Know You Make Me Wanna Shout!«

Ginger. Auf der Bühne. Und dieser absolut fantastische, unglaubliche Sound kam direkt aus ihren Lungen. Die Band fand rasch in den Rhythmus, die Menge sprang auf, Lizzy und ich entsperrten unsere Kinnladen, und der ganze Raum stand kopf.

Sie war großartig. Sensationell. Die schönste Stimme, die ich je gehört hatte. Und während Lizzy und ich uns vor Lachen bogen und unsere albernsten Sechzigerjahretanzbewegungen machten, merkten wir nicht, dass ein Mann an der Tür stehen geblieben war, Ginger anstarrte und fasziniert zusah, wie das Schwindsuchtopfer aus dem 19. Jahrhundert in seinem pfirsichfarbenen Zuckergusskleid die Show seines Lebens abzog.

Dieser Mann und das, was er als Nächstes tat, sollte das Leben von uns allen für immer verändern.

Lous Lektionen für Cassie, wenn sie vierundzwanzig Jahre alt ist

*Liebe Cassie,
mir ist gerade was in den Sinn gekommen. Du befindest dich jetzt genau in dem Alter, in dem du einerseits hoffentlich weißt, was du mit deinem Leben anfangen willst, andererseits aber noch nicht genügend Erfahrung hast, um Fehler und Fallen zu vermeiden. Daher solltest du immer daran denken, dass es außer mir noch drei andere Frauen gibt, die dir aus jedem Schlamassel heraushelfen:*

39. Solltest du je ernsthaft in Geldnöten sein, wende dich an deine Tante Ginger.

40. Solltest du je etwas wirklich Blödes angestellt haben und eine tröstende Schulter brauchen, wende dich an deine Tante Lizzy.

41. Und solltest du je jemanden bedrohen, einschüchtern oder umbringen müssen, wende dich an deine Tante Josie. Angeblich kann sie nur mit ihrem Daumen einen Menschen töten.

Wende Lektion 41 erst dann an, wenn du keine andere Möglichkeit mehr hast.

42. Was sonst noch? Ach ja, meide auf Hochzeiten die Bühne, es sei denn, du hast einen guten Song vorbereitet.

43. Wenn ein Fremder dir ein Angebot macht, das zu schön ist, um wahr zu sein, überleg einen Moment, ob es irgendeinen

Grund für sein Angebot geben könnte. Es sei denn, er trägt einen Trenchcoat. In diesem Fall gibt es nichts zu überlegen. Benutz dein Tränengas und renn, so schnell du kannst!

44. Sei nie zu stolz, Hilfe von deinen Freundinnen anzunehmen. Sie würden sie dir nicht anbieten, wenn sie dich nicht gernhätten.

45. Dafür musst du natürlich auch immer für sie da sein – selbst wenn du so sauer auf sie bist, dass du sie am liebsten rechts und links ohrfeigen würdest, weil du genau weißt, was gut für sie wäre, und sie völlig verblendet sind.

46. Das, was richtig, und das, was falsch ist, befindet sich manchmal in einer Grauzone – besonders, wenn es um Familienmitglieder geht. Wenn du den richtigen Weg nicht allein findest, lauf zu Tante Josie und hol dir ihren Rat!

47. Mach einen großen Bogen um Sonnenbänke, und erfreu dich an deinen Brüsten, solange sie noch fest sind.

Ach, und noch etwas ...

Lektion 48
Manchmal musst du einfach richtig viel Vertrauen haben
1994. Lou, vierundzwanzig Jahre alt

»Okay, werden wir mal ernst«, verkündete Lizzy. »Ich meine so richtig philosophisch und tiefgründig und alles.«

Ich sah sie erstaunt an. »Wer bist du? Und was hast du mit meiner Freundin Lizzy gemacht?«

Nicht, dass sie sonst nicht tiefgründig wäre. Mindestens so wie die Flüssigkeit in meinem Kontaktlinsenaufbewahrungsbehälter.

Lizzy schaute nicht mal von ihrer Zeitschrift auf.

»Also. Stell dir vor, du müsstest dir einen aussuchen zum Vögeln, einen zum Heiraten und einen zum Aus-dem-Weg-Gehen – und zur Auswahl stehen Gary Barlow, Michael Hutchence und Marti Pellow.«

»Ah, Lizzy, jetzt erkenne ich dich wieder. Ich würde Marti Pellow aus dem Weg gehen, Gary Barlow vögeln und Michael Hutchence heiraten.«

Damit gab Lizzy sich natürlich nicht zufrieden. »Wieso würdest du Marti Pellow aus dem Weg gehen?«

»Weil es schon mal einen Superstar aus unserer Stadt gab, der meine Qualitäten im Bett besungen hat – ein zweites Mal brauche ich das nicht. Außerdem habe ich *Love Is All Around* in diesem Sommer ungefähr zehntausendvierhundertmal gehört. Ich kann es nicht mehr ertragen.«

Nancy Drew war so anständig, sich jeglichen Kommentars zu enthalten und ihr Verhör fortzusetzen.

»Gary Barlow würdest du vögeln?«

»Weil er so nett ist. Er würde sich nie beklagen, selbst wenn er mich noch so mies fände.«

Lizzy dachte darüber nach. Ich gab mir echt Mühe, nicht die Augen zu verdrehen, aber es gelang mir nicht so recht.

»Sag mal, müssen wir das ausgerechnet jetzt erörtern? Es ist halb sieben. Um sieben kommen unsere Gäste, und wir sind noch längst nicht fertig. Ich weiß nicht, ob es dir aufgefallen ist, aber wir haben hier gerade ziemlich viel Stress.«

»Deshalb stelle ich dir ja diese Fragen. Um dich ein bisschen abzulenken. Autsch! Mensch, gerade hatte ich ein richtiges *Aliens*-Erlebnis – erinnerst du dich noch an die Stelle, wo dieses Monster aus dem Bauch der glatzköpfigen Frau kommt?«

Sie atmete tief durch, legte eine Hand auf den Gummiball, den sie unter ihr schulterfreies silbernes Lurexkleid gequetscht hatte, horchte kurz in sich hinein und lächelte dann, als sei nichts gewesen.

»Also, wieso willst du Michael Hutchence heiraten?«

»Schnuckelig, sexy, ein bisschen verwegen und genau meine Größe. Ich könnte mir seine Lederhose ausleihen.«

»Prima Basis für eine lebenslange Verbindung.« Lizzy grinste und verzog im nächsten Moment schmerzhaft das Gesicht. Ich schwankte zwischen Sorge, Hilflosigkeit und Stressgefühlen. »Baby, ich liebe dich, das weißt du. Aber wenn du heute Abend gebärst, werde ich dich für den Rest meines Lebens aus meinem Adressbuch löschen und leugnen, dich je gekannt zu haben, das schwöre ich dir. Ich werde auf der Straße an dir vorbeilaufen. Ich werde ...«

Kichernd legte Lizzy die Hände auf ihren Bauch und überkreuzte die Beine. »Bring mich nicht zum Lachen, Lou! Meine Blase ist im Moment völlig unberechenbar.«

Ich verzog das Gesicht. Wetten, so was war Vidal Sassoon nie passiert. Twiggy hatte bei der Eröffnung seines ersten Salons garantiert keinen dicken Bauch gehabt und damit gedroht, auf den Fußboden zu pinkeln.

Aber selbst ein Fall von drohender Inkontinenz konnte

meine gute Laune nicht trüben. Mein eigener Salon! Ich trug ein sensationell enges orangefarbenes Minikleid, das perfekt zu meinem im Sonnenstudio erarbeiteten mediterranen Teint passte, und vor mir lag der aufregendste Abend meines Lebens. Die Eröffnung meines eigenen Friseursalons! Angesichts dieses überwältigenden, einmaligen Ereignisses sah ich großzügig darüber hinweg, dass er eigentlich der Bank gehörte, deren Kooperation auf einer leichten Manipulation der Wahrheit beruhte, die man frei übersetzt auch als betrügerischen Akt hätte bezeichnen können.

Das Problem war nämlich Folgendes: Diese ganzen Yuppies aus den Achtzigern hatten sich inzwischen alle vom Kapitalismus losgesagt und fanden sich selbst, indem sie auf Bongos trommelten und in spirituellen Camps auf den Äußeren Hebriden meditierten – keine Kunst, wenn man Abermillionen auf dem Konto hatte. Und die wenigen hypernervösen Banker, die übrig geblieben waren, liehen nur noch den Leuten Geld, die es eigentlich nicht brauchten. Mein Businessplan wurde bei sechzehn Banken von sechzehn Gentlemen in grauen Anzügen abgelehnt, die allesamt der Meinung gewesen waren, ich hätte kein Geld.

Tja, liebe Mr. Banker, genau das ist der Grund, weshalb ich Ihre Dienstleistungen in Anspruch nehmen möchte. Wenn ich nicht verarmt wäre, würde ich wohl kaum einen Kredit beantragen.

Am Ende half mir meine persönliche Superheldin aus der Patsche.

»Ich bürge für dich«, schlug Tante Josie vor.

Ich weiß genau, dass sie das nur getan hat, weil ich seit einer Stunde deprimiert mit dem Kopf auf ihrem Küchentisch gelegen hatte und sie unbedingt das Abendessen servieren wollte.

Ganz langsam hob ich den Kopf und blinzelte in ihre Richtung. »Danke, Tante Josie! Das ist wirklich sehr nett von dir.

Echt. Aber ich fürchte, dass die Bank mit einer Rückzahlung in Form von Karamellwaffeln nicht zufrieden sein wird.«

Sie nutzte die Sekunde, in der sich mein Kopf ein paar Millimeter über der Tischplatte befand, sofort aus und schob mir einen Teller Fischstäbchen und Fritten unters Kinn.

»Zerbrich dir darüber nicht den Kopf! Vereinbare einen Termin für mich, und ich werde das regeln.«

»Es funktioniert niemals. Du bist doch noch ärmer als ich.«

Ein Brotkorb in Form eines Huhns landete auf dem Tisch. Frustriert brach ich ein Stück Baguette ab, das an einer Stelle steckte, wo es kein gottesfürchtiges Huhn geduldet hätte.

»Mach den Termin und überlass den Rest mir«, versprach sie.

Weiterer Widerstand war zwecklos, also gehorchte ich und meldete uns zu einem weiteren Akt der Erniedrigung an. So kam es, dass sich Josie am folgenden Montag in den Klamotten, die sie sonst nur zu Beerdigungen und feierlichen Anlässen des Königshauses trug, beim Filialleiter der Spar- und Geizkragenbank für den freundlichen Empfang bedankte. Anschließend füllte sie gefühlte hundertvierundneunzig Formulare aus, zeigte ihr Sparbuch und ihre Geburtsurkunde vor und schenkte ihm ihr strahlendstes Lächeln. Ich rechnete fest damit, dass er uns aus seinem Büro lachen würde, eskortiert von mehreren Securityleuten, die dafür sorgten, dass wir das Gebäude nie wieder betraten. Aber nein.

»Das scheint alles in bester Ordnung zu sein, Mrs. Cairney. Und Miss Cairney«, wandte er sich an mich, »natürlich muss ich Ihren Antrag noch dem Abteilungsleiter vorlegen, aber ich sehe keinen Grund, warum er ihn ablehnen sollte. Noch vor Ende der Woche werden Sie das Geld auf Ihrem Konto haben.«

»Aber ...«

Ich hatte das Wort kaum ausgesprochen, als Josie aufstand, ihm die Hand schüttelte, sich mit ihrer vornehmsten und feierlichsten Stimme (sonst ebenfalls Beerdigungen und feierlichen Anlässen des Königshauses vorbehalten) bedankte und mich praktisch aus der Tür stieß.

»Oh mein Gott, wir haben es geschafft! Ich meine, *du* hast es geschafft! Wir haben das Geld. Ich liebe dich so!«

Ich hüpfte über den Gehweg und stolperte beinahe über den alten Trunkenbold, der vor der Metzgerei in der High Street auf einem alten Autoreifen hockte.

»Was für ein Glück!«, jubelte ich. »Irgendwie scheinen sie die Bedingungen geändert zu haben. Oder hast du heimlich Geld auf deinem Konto angehäuft?« Ich schlug mir auf den Mund, als ich plötzlich klarsah. »Natürlich! Du hast beim Bingo den Jackpot gewonnen!«

Plötzlich kam Bewegung in den Pin-up-Boy von Michelin. Er richtete sich auf und lallte: »Könnt ihr mir einen Zehner leihen, Mädels?«

Josie sah sich rasch um, wie eine Hauptdarstellerin aus *Mord ist ihr Hobby*. »Nein, ich habe keinen Jackpot gewonnen. Die alte Kuh Minnie Brown hat gewonnen und uns nicht mal einen Drink spendiert. Unmögliches Benehmen, wenn du mich fragst.«

Sie warf eine Pfundnote in Richtung des Michelin-Manns, ignorierte seinen verächtlichen Blick und zog mich an der Hand die Straße entlang.

»Komm, Schätzchen, wir haben noch 'ne Menge zu erledigen.«

»Zum Beispiel feiern?«, schlug ich vor.

Auch wenn der Kredit noch nicht auf meinem Konto war, konnte ich es mir leisten, in der neuen Bar auf der anderen Straßenseite eine Runde Cocktails zu spendieren.

»Und ob!« Josie nickte. »Und dann müssen wir Donna Maria sagen, dass du ihr Mietangebot annimmst, und wir müssen Pläne für den neuen Laden machen ...« Sie zerrte mich auf die andere Straßenseite, dann vollendete sie ihren

Satz: »... und danach muss ich die Geburtsurkunde und das Sparbuch in die Schublade deiner Mutter zurücklegen, bevor sie merkt, dass sie weg sind.«

»Kennen die Jungs von Take That Mr. Patel?«, fragte Red mit einer Kopfbewegung in Richtung des kleinen, drahtigen Inders, der zu *Everything Changes But You* ein paar eindrucksvolle Verrenkungen vollführte.

Der Salon füllte sich allmählich, und meine Angst, niemand würde zur Eröffnung kommen, verwandelte sich zunehmend in die Sorge, dass ich nicht genug Platz und Alkohol und Essen für alle haben könnte. Nicht mal die Anwesenheit von Red und Mr. Patel konnten mich beruhigen, ich stand kurz vor dem Durchdrehen. Das Einzige, was mir half, war die Tatsache, dass jeder, der hereinkam, absolut begeistert war.

Natürlich war ich voreingenommen, aber ich fand, dass der Salon super aussah. Das riesige Neonschild an der Tür verkündete in großen Lettern, dass CUT ab sofort geöffnet war. Der ramponierte alte Linoleumboden war durch matte schwarze Fliesen mit Metalliceffekt ausgetauscht worden. Die beiden langen Wände waren vom Eingang bis zum Personalbereich komplett verspiegelt, was den Raum doppelt so groß wirken ließ. Ich hatte von einem Glasgower Hotel, dessen Eigentümer noch vor der Eröffnung Konkurs gemacht hatte, preiswert wunderschöne nagelneue rote Ledersessel erstanden – Glück für mich. Und der beste Freund meines Cousins Michael hatte seine ganzen Schreinerkünste aufgeboten und zehn Trennwände gezimmert, schwarz lackiert, mit Ablagen für Fön, Bürsten und Lockenwickler ausgestattet. An der hinteren Wand, gleich neben den zwei Reihen blitzsauberer weißer Becken, hingen zwanzig knallrote Frisierumhänge, die Josie auf ihrer alten, fußbetriebenen Nähmaschine kreiert hatte. Jetzt stand sie in der Mitte des Salons und sorgte dafür, dass auch jeder ihre Arbeit gebührend bewunderte. Sie sah aus wie eine Diva aus den Achtzigerjahren. Zu einem schwarzen Tweedbleistiftrock trug sie einen breiten roten Gürtel, der ihre schmale Taille betonte. Dazu eine korallenrote Seidenbluse mit parkbankbreiten Schulterpolstern. Auf jeden Fall hatte sie ihre Klamotten perfekt an die Farbenwelt des Salons angepasst.

Sie sah mich und zwinkerte mir zu, dann betrachtete sie eine der riesigen Schwarz-Weiß-Fotografien an der Wand hinter ihr. Sie waren das Auffälligste an meinem neuen Salon. Es war Reds Idee gewesen. Er war eines Abends vorbeigekommen, während wir dekorierten, und brachte uns Pizza und etwas zu trinken mit. Red schlug vor, ein paar Porträts zu machen und groß aufzuziehen. Am nächsten Abend hatte ich die üblichen Opfer zusammengetrommelt und ihnen einen neuen Haarschnitt verpasst (immerhin beherrschte ich inzwischen mehr als einen Look), während Red Fotos schoss. Wie er daraus die Pop-Art-Kunstwerke gezaubert hatte, die von allen bewundert wurden, war mir rätselhaft. Ich war nicht sonderlich eingebildet, aber ich hatte das Gefühl, Roy Lichtenstein wäre ganz schön beeindruckt gewesen. Sogar Josie hatte um eine Kopie ihres Fotos gebeten und es an die einzige Stelle in ihrem Haus gehängt, an der es keine Naturstillleben gab. Niemand hatte es bisher übers Herz gebracht, ihr zu sagen, dass es ein bisschen irritierend war, wie sie einem nun von der Wand der Gästetoilette aus zusah.

Ich brach das Schweigen. »Danke, Red, wirklich!«

Er zuckte mit den Schultern. »Gern geschehen. Die Drucke sind eine gute Werbung für mich.«

Unruhig warf ich einen Blick auf meine Swatch. »Hast du was von Ginger gehört? Sie wollte schon vor einer Stunde kommen.«

Red schüttelte den Kopf. Sein Grinsen erinnerte mich an die Stelle am Ende von *Grease*, wo John Travolta ziemlich vertrottelt aussieht. Wenn John Tavolta rote Haare hätte.

Und aus Glasgow wäre. Und in schwarzer Jeans und Bowie-T-Shirt in einem Friseursalon stünde. Also gut, genau genommen hatte er eigentlich gar keine Ähnlichkeit mit John Travolta. Wahrscheinlich gingen mir die Nerven durch, und der Alkohol tat ein Übriges.

»Nein, aber du kennst sie ja. Sie war schon vor ihrer Karriere als Sängerin katastrophal und unberechenbar, aber seit sie auf Reinkarnation von Debbie Harry macht, ist sie gar nicht mehr einzufangen.«

Er sagte das ohne Boshaftigkeit, einfach nur so. Und er hatte recht. Es war die größte Überraschung seit Gary Collins' Single *You Never Turned Me On* (ob er je darüber hinwegkam?), dass Ginger ihre Karriere in der Fußpflegebranche gegen eine Zukunft in der Musikszene eingetauscht hatte. Denn der Typ, der auf Lizzys Hochzeit aufgetaucht war, war Ike Stranger, ein einflussreicher Talentscout von Edge Records, der die Glasgower Clubs nach neuen, Erfolg versprechenden Bands absuchte. Statt einer Band hatte er Ginger gefunden – betrunken, streitsüchtig und in pfirsichfarbenen Zuckerguss gekleidet – und sofort erkannt, dass sie etwas ganz Besonderes war. Ob es an ihrer Stimme oder den Doc Martens lag, die sie unter ihrem Kleid trug – wie auch immer, meine Freundin war zwar noch nicht so berühmt wie Gary Mistschwein Collins, hatte aber inzwischen einige Jahre mit Auftritten in Pubs und Clubs hinter sich, ihre erste Single – *Numb* – herausgebracht und fand immer mehr Beachtung. Ein Sturz von der Bühne bei der letztwöchigen Liveaufnahme der *Top of the Pops* hatte definitiv dazu beigetragen. Mit etwas Glück würden die drei Jungs aus Maidenhead, auf denen sie gelandet war, bald aus dem Krankenhaus entlassen.

Wo blieb sie nur? Sie hatte versprochen zu kommen, also würde sie auch kommen. Ganz sicher. Sie würde mich nicht enttäuschen. Natürlich wünschte ich mir vor allem, dass alle, die ich gernhatte, an diesem Abend dabei waren. Aber davon abgesehen war es durchaus geschäftsförderlich, einen Promi wie Ginger dazuhaben, denn dann würde sicher ein Foto von der Saloneröffnung auf der Titelseite der Zeitung erscheinen. Ich wollte unbedingt Geld verdienen, ziemlich schnell. Von irgendwas musste ich leben, und schließlich wusste man nie, wann ich Josie ein paar Riesen zustecken musste, damit sie aus dem Land fliehen konnte, ehe die Staatsanwaltschaft bei ihr vor der Tür auftauchte.

Plötzlich registrierte ich, dass Lizzy mir von der Tür aus Zeichen machte. Ich lief zu ihr und überließ Red einem der Models, die ich ebenfalls um des Glamours willen hergelockt hatte (mit Versprechungen auf einen kostenlosen Haarschnitt).

»Okay, flipp jetzt nicht aus ...«, zischte Lizzy und versetzte mich damit sofort in genau den Zustand. »Dan ist da.«

»Nein. Nein. Nein. Nein.«

»Doch. Er steht ...«

Ich spürte, wie sich ein Arm um meine Taille legte, dann traf meine Nase ein Hauch von Ralph Laurens Polo.

»Direkt hinter mir?«

Lizzy nickte.

»Hey, Baby«, flüsterte er in mein Ohr. »Sieht ganz schön edel aus hier.«

So war das nicht geplant gewesen. Ich war seit ungefähr einem halben Jahr mit Dan zusammen, hatte aber am Eröffnungsabend nicht mit ihm gerechnet, weil ...

»Ich dachte, du wärst diese Woche in London«, stammelte ich und hoffte inständig, dass mein Begleitlächeln signalisierte: »Aber ich freu mich, dass du es nicht bist«, und nicht: »Verdammter Mist, du bist wirklich der Allerletzte, den ich heute Abend hier brauchen kann.«

Ich hatte Dan kennen gelernt, weil er neue blonde Strähnchen wollte, bevor er seine Stelle als einziger nicht schwuler Flugbegleiter bei der Air Alba – einer schottischen Airline –

antrat. »Airline« war eigentlich eine Übertreibung. Acht Kleinflugzeuge und ein Dutzend 747er, aus zweiter Hand von der Aeroflot erstanden, brauchen den Vorstand von British Airways nun wirklich nicht nervös zu machen.

Die Mädchen im Salon hatten seit Monaten über Dans sexuelle Orientierung diskutiert. In meiner gesamten Erfahrung mit der schottischen Männerwelt hatte ich niemals einen Hetero kennen gelernt, der Feuchtigkeitscreme benutzte. Und kochte. Und seine Wohnung perfekt sauber hielt. Und … und … (okay, das war echt das Schärfste) *sich mit Wachs enthaarte*. Er tat das. Auf seiner Brust und unter seinen Achseln war kein einziges Härchen zu sehen. Außerdem kleidete er sich, als käme er geradewegs aus einem Burton-Werbespot, und war besessen von modernen technischen Spielzeugen. Warum um alles in der Welt sollte jemand ein Mobiltelefon brauchen? Wozu? Was konnte so wichtig sein, dass es nicht warten konnte, bis man nach Hause kam, um es dann zu erzählen? Die Dinger würden sich nie durchsetzen.

Wie auch immer, im Schnitt war Dan jede Woche drei Tage zu Hause, sodass wir nie diesen Den-anderen-für-selbstverständlich-nehmen-Zustand erreichten und uns nicht auf die Nerven gingen. Was super war. Echt. Zumal …

»Vic!« Alle im Umkreis von zehn Metern reckten die Hälse, um zu sehen, wieso Lizzy so laut kreischte.

Ich hingegen fragte mich, ob dies die einzige Saloneröffnung in der Geschichte sein würde, bei der die Besitzerin versuchte, heimlich aus der Tür zu robben.

Meine kreischende Freundin war nicht zu bremsen. »Oh, Vic, gut, dass du hier bist!«

Wirklich? Hatte sie den Verstand verloren? Ich beantwortete Lizzys hektischen Blick mit einem konfusen und sah dann gebannt zu, wie sie die Hand des Neuankömmlings nahm und ihn durch die Menge zum Personalraum zog.

»Ich hab so komische Schmerzen, du musst unbedingt mal

nachschauen!«, kreischte sie. »Du hast doch letztens erst einen Erste-Hilfe-Kurs gemacht.«

Lizzy blinzelte mir zu und verschwand mit Vic nach hinten. Gott, sie war so gut – ihr fiel immer was Passendes ein.

»Wer ist dieser Typ?«, fragte Dan.

Mein Zweitfreund.

»Ach, irgendein Freund von Lizzy«, antwortete ich.

Ich war froh, dass die Hitze im Raum mir eine Entschuldigung für mein hochrotes Gesicht lieferte.

»Er kommt mir so bekannt vor. Kennst du ihn auch?«, forschte Dan weiter.

Ja, weil er mein Zweitfreund ist.

»Nur über Lizzy.«

»Cool. Du solltest ihn abends mal mitnehmen. Ich würde mir seine Tag Heuer gern genauer ansehen.«

Die Uhr ist nicht echt. Sie ist ein Fake, seine Schwester hat sie ihm aus Benidorm mitgebracht. Ich weiß das, weil er mein Zweitfreund ist.

»Kann ich machen.«

Im Leben nicht. Weil er … na, du weißt schon. Bitte verurteil mich jetzt nicht! Die ganze Sache ist völlig unbeabsichtigt passiert, ehrlich.

Dan war ein paar Tage auf Tour, und ich war mit den Mädels unterwegs, hatte ein paar Cocktails getrunken, mir einen Schuhabsatz abgebrochen und mich von einem süßen Typen nach Hause fahren lassen. Und als Nächstes hatte ich plötzlich ein Doppelleben – ich war mit zwei Jungs zusammen, von denen keiner etwas Ernstes war.

Ich wollte es in Ordnung bringen. Ehrlich. Irgendwann. Aber sie waren beide so nett, und ich wusste nicht, für wen ich mich entscheiden sollte, und wenn ich so richtig tiefgründig über meine Psycholage nachdachte, musste ich zugeben, dass ich vermutlich nur deshalb zwei Beziehungen hatte, damit keine so richtig ernst werden konnte. Und wir hatten ja schon festgestellt, dass das gut so war. Nach meiner Erfahrung endeten ernsthafte Beziehungen entweder im siebten Kreis der Co-Abhängigkeitshölle (meine Eltern) oder damit, dass einer der beiden Beteiligten (meist der Mann) sich mit einer anderen davonmachte. Nein, lockere Beziehungen waren besser. Super eigentlich. Die perfekte Lösung. Solange nicht beide gleichzeitig irgendwo auftauchten.

Ich löste mich von Dan. »Ich muss nur mal schnell nachsehen, ob mit Lizzy alles okay ist. Hol dir was zu trinken, wir sehen uns gleich wieder.«

Sobald ich mein Tête-à-Tête mit meinem Zweitfreund beendet habe.

Mit starrem Grinsen bahnte ich mir einen Weg durch die Gäste, warf ein paar »Schön, dass du da bist!« in die Runde und bedankte mich bei Leuten, dass sie gekommen waren. Als ich endlich im Personalraum ankam, lag Lizzy mit schmerzverzerrtem Gesicht auf der Couch.

»Na endlich! Wo warst du denn die ganze Zeit?«, zischte sie. »Noch ein paar Minuten, und ich hätte ihn gebeten, meinen Rock hochzuziehen und meine Zervix zu durchsuchen.«

»Wo ist Vic?«

»In der Küche. Er holt mir ein Glas Wasser.«

So nett war er. Ich hatte wirklich einen guten Geschmack bei Männern.

»Danke, ich bin dir echt was schuldig.«

»Keine Ursache. Aber sobald Vic sein Trauma überwunden hat, weil ich ihn hier reingezerrt habe, musst du ihm irgendwie klarmachen, dass ich nicht völlig idiotisch bin. Der Ärmste! Er war total geschockt, hat ununterbrochen ›Aber ich bin doch nur Stuckateur‹ vor sich hin gestammelt und sich an die Wand gedrückt, um notfalls sofort in Auffangposition zu gehen, falls das Baby rausflutschen würde.«

Die Tür ging auf, und Vic streckte den Kopf herein. Die Erleichterung war ihm deutlich anzusehen. »Lou! Gut, dass du da bist! Ich ... ich ... geh dann mal und besorg mir einen Drink. Ist doch okay, oder? Der Laden sieht übrigens super aus!«

Damit drückte er mir das Glas Wasser in die Hand und verschwand mit seinem drahtigen, fitnesscentergestählten Körper wieder in der Menge.

»Findest du nicht auch, dass er ein bisschen aussieht wie Tom Cruise?«, fragte ich Lizzy.

Sie stöhnte. »Echt? Heute ist der tollste Abend deines Lebens, draußen stehen hundert Gäste, du bist gerade einer superpeinlichen Situation mit deinen zwei Männern entkommen, ich stand kurz davor, einem von ihnen meine Innereien zu zeigen, und du denkst darüber nach, ob er diesem verdammten Tom Cruise ähnlich sieht? Nein! Er sieht aus wie ein Typ aus Glasgow, der fürs Leben traumatisiert ist und sich nie wieder einer schwangeren Frau nähern wird.«

»Aber ein bisschen sieht er schon aus wie Tom Cruise.«

Ein schwarzes Kissen mit einem Aufdruck kam in meine Richtung geflogen, während Lizzy laut lachte. »Oh Gott, Blasenalarm! Ich husche mal kurz aufs Klo.«

»Lizzy, es tut mir leid, dass ich dir das sagen muss, aber im Moment huschst du nicht. Du trampelst. Oder watschelst wie ...«

»Darf ich dich daran erinnern, dass ich dir gerade den Arsch gerettet habe?«

»Okay, du tänzelst elegant wie eine Gazelle«, bescheinigte ich ihr und sah zu, wie sie aus der Tür watschelte wie ein Pinguin.

Danach mischte ich mich wieder unter meine Gäste und versuchte, mir von meinem Ménage-à-trois-Problem nicht die Laune verderben zu lassen. Darüber konnte ich später noch nachdenken. Dan hatte ein paar Kumpel im Schlepptau, sie würden sich sicher bald in Richtung eines Clubs verziehen; Vic musste am kommenden Morgen früh arbeiten, also würde auch er vermutlich früh verschwinden. Und wie hoch war schon die Chance, dass sie sich bis dahin begegneten? Gleich null. Der Laden war brechend voll, und beide waren keine Typen, die das Gespräch mit Fremden suchten. Alles würde gut. Ich holte tief Luft und versuchte, mich mit positiven Gedanken zu beruhigen. Mr. Patel schwor schließlich auch immer auf die Kraft positiver Gedanken.

Ich redete mir ein, dass die ganze Vic-Dan-Nummer ein Klacks war. Alles würde nach Plan laufen. Nur Ginger musste noch kommen. Klack. Klack. Fotos für die Presse. Noch ein paar Drinks. Dann würden hoffentlich alle in die Nacht verschwinden und fortan von CUT, dem trendigsten Friseursalon der Stadt, schwärmen. Das Telefon würde heiß laufen, wir würden uns vor Terminen nicht retten können, ich würde den Kredit zurückzahlen, und alles würde fantastisch werden. Sensationell.

Der Lärmpegel im Raum stieg, und mir fiel auf, dass alle aufgeregt durcheinanderredeten. Mein Herz klopfte schneller, und mir wurde klar, dass es dafür mehrere Gründe geben konnte:

1. Die Aufregung um den neuen Salon erreichte Höchstmaße.
2. Mr. Patel breakdancte nun im Stil von MC Hammer.
3. Dan und Vic waren aufeinandergestoßen, hatten sich kurz unterhalten und duellierten sich jetzt wegen mir.
4. Ein Promi war gekommen.

Die rote Mähne, die sich durch den Raum bewegte, war nicht zu übersehen.

»LOU-LOU-BABY!!!!!!!«

Das konnte nur meine andere beste Freundin sein. Und – heilige Mariah Carey – sie sah atemberaubend aus!

Das Haar reichte ihr bis zur Taille und, hallo, Jungs, ihre sexy Brüste hatten entweder einen plastischen Chirurgen getroffen oder einen dieser neumodischen Wonderbras – man hätte auf ihnen gefahrlos ein Bierglas abstellen können. Und sie waren nur notdürftig verdeckt von einem trägerlosen, hautengen Kettenminikleid, das beim Gehen leise klimperte. Ginger sah von Kopf bis Fuß aus wie ein Star. Stolz erfüllte mich, ich umarmte sie. In diesem Moment hätte ich nichts dagegen gehabt, wenn alle anderen sich in Luft aufgelöst hätten. Lizzy, Ginger und ich sollten unsere High Heels abstreifen, uns auf die Sofas im Personalraum werfen und in Ruhe quatschen können, dachte ich. Es wäre das erste Mal seit ... Mist, war es tatsächlich so lange her, seit wir zuletzt zusammen waren? Lizzy und ich waren zu allen Auftritten von Ginger gereist, die uns Arbeit, Leben oder Geld möglich machten, aber die kurzen Gespräche, ehe sie wieder in den Wagen stieg, der sie zum nächsten Auftritt brachte, reichten einfach nicht. Vielleicht, hoffte ich, können wir später, wenn alle weg sind, nach Hause fahren und die Nacht durchmachen.

Hinter mir hörte ich einen Schrei. Ich sprang im letzten Moment zur Seite, ehe ich von der Pinguin-Gazelle zu Tode getrampelt wurde, die sich der Neuankommenden um den Hals werfen wollte. Zweifellos war frühzeitiges Ertauben der Preis, den ich für meine Freundschaft mit Lizzy zahlen musste.

»Hört zu, ich kann nicht lange bleiben, weil wir um Mitternacht in Edinburgh sein müssen. Ich hab noch einen PA bei Stomp«, plapperte Ginger und griff sich zwei Gläser Sekt von einem Tablett.

»PA?« Ich konnte fast hören, wie Lizzys Verstand arbeitete.

»Persönlicher Auftritt«, erläuterte Ginger.

So viel zu unserem Mädelsabend. Aber hey, sie war hier, wenn auch kurz, und das war alles, was zählte.

»Also, was soll ich tun?«, fragte sie und stellte ein leeres Glas auf das Tablett zurück.

»Tun? Nichts. Ich will nur, dass du hier bist und jemand von der Zeitung vielleicht ein Foto macht.«

»Und wer hält eine Rede?«

Nein, nein, nein. Keine Rede. Die Leute kamen, schauten sich den Salon an, tranken was, tanzten vielleicht ein bisschen, Ende. Keine Reden. Auf keinen Fall. Der Gedanke, dass mich ein Raum voller Menschen anstarrte und darauf wartete, dass ich etwas unglaublich Witziges sagte, erfüllte mich mit Grauen. Ich wurde ja schon nervös, wenn ich die Sprüche aus chinesischen Glückskeksen laut vorlas.

»Lou, du musst dafür sorgen, dass dieser Abend unvergessen bleibt. Dass die Leute darüber reden.«

»Sie hat recht.« Lizzy nickte eifrig. »Du brauchst unbedingt ein paar Reden.«

»Moment, ich kümmere mich darum.« Ginger drehte sich auf ihren Fünfzehn-Zentimeter-Absätzen, fast ohne zu wackeln, um und eilte in Richtung DJ.

Okay, ich schaffte das. Wenn Ginger eine kurze Rede halten wollte, um sich bei allen für ihr Kommen zu bedanken, gut. Warum auch nicht. Es würde dem Abend sogar das besondere Etwas geben, wenn ein aufstrebender Star den Salon offiziell eröffnete. Ja, eine Rede war okay, Ein paar kurze, locker-flockige Worte wären ... ach du Scheiße!

»Ich bitte mal kurz um eure Aufmerksamkeit!«

Ein silberner Slip blitzte auf, als Ginger mit dem Mikro des DJs auf die Empfangstheke kletterte. Die Menge brachte ihre Begeisterung durch Applaus und gellende Pfiffe zum Ausdruck.

Ginger suchte sich einen festen Stand und verbeugte sich, was zu weiteren Beifallsbekundungen des Publikums führte.

»Danke, danke!«

Sie grinste und merkte offenbar nicht, dass die Träger ihres BHs bei ihrer Verbeugung leicht verrutscht waren und ihre prallen Brüste gerade einen eigenen Auftritt hatten.

Aus den Augenwinkeln sah ich Vic, der von dem Anblick völlig fasziniert zu sein schien. Ich war ein bisschen sauer darüber. Ich weiß, ich weiß: Wer im Glashaus sitzt ... Schließlich stand mein Zweitfreund lediglich ein paar Meter entfernt.

»Ich möchte nur schnell ein paar Worte im Namen meiner wunderbaren Freundin und Eigentümerin dieses coolen neuen Ladens sagen. Lou ist nämlich ein bisschen schüchtern, und ich war immer die Vorlaute.«

Alle lachten über ihren selbstironischen Charme. Okay, es würde alles gut. Ganz sicher.

»Erst einmal danke, dass ihr alle gekommen seid!«

Neuerliches Gegröle und Gepfeife.

»Im Namen von Lou« – sie machte eine kurze Pause, um mir kurz zuzuzwinkern – »möchte ich mich auch bei allen bedanken, die an der Renovierung, Einrichtung und Gestaltung von CUT beteiligt waren.«

Oh ja, das war nett. Und genügte voll und ganz.

»Also Josie, ein großer Dank vor allem an dich!« Lieber Himmel, hoffentlich erwähnte sie jetzt nicht den Kredit. Josie, die am Fenster stand, machte eine übertriebene Verbeugung, dann redete Ginger weiter. »Und an meinen sexy Bruder – nicht für mich natürlich, das wäre auch zu komisch – Red!« Aus den Augenwinkeln sah ich, dass Reds Gesicht die Farbe ihrer Haare angenommen hatte. »Hm, wen soll ich noch nennen?« Ginger sah zu mir herüber. »Eltern? Freunde?«, flüsterte sie extra laut.

Ich versuchte, so unauffällig wie möglich den Kopf zu schütteln, um sie zum Einhalten zu bringen. Plötzlich hatte ich das Gefühl, dass das gar nicht gut ausgehen könnte.

Wieder flüsterte sie: »Was? Nur deinen Freund?«

Neeeeeeiiiiiiiiiiiin. Aber das sagte ich natürlich nicht laut, und sie redete gnadenlos weiter.

»Dan? Wo steckst du, Dan? Wink mal, du Teufelskerl!«

Ginger bückte sich schwankend nach ihrem Glas und leerte es in einem Zug. Hinter mit hörte ich Lizzy stöhnen. »Oh Scheiße!«

Ich fing an zu schwitzen. Vic! Wo war Vic? Bitte, lieber Gott, mach, dass er gerade auf der Toilette ist. Oder draußen, um sich von seiner Beinahebegegnung mit Lizzys Genitalbereich zu erholen. Oder ...

»Lou?«

Direkt neben mir.

Ganz langsam bewegte ich den Kopf nach rechts und schaute in ein entsetztes Gesicht, das nun definitiv keine Ähnlichkeit mehr mit Tom Cruise hatte.

»Es ... es ... tut mir leid, Vic, aber ...«

Er machte sich gar nicht erst die Mühe, mir bis zum Ende zuzuhören. Ich konnte es ihm nicht verübeln.

Das einzig Gute war, dass Dan am entgegengesetzten Ende des Salons stand, in der Nähe der Tür, und von dem Drama nichts mitbekam. Vic schob sich durch die Menge. Alle starrten auf Ginger, die gerade eine A-cappella-Version ihres neuesten Songs startete.

Mein Salon. Meine Gäste. Meine beste Freundin, die sich die Kehle aus dem Leib sang. Okay, die Tatsache, dass man dabei die ganze Zeit ihren Slip sah, störte den Effekt ein bisschen, aber trotzdem hätte das ein wahrhaft besonderer Moment in meinem Leben sein können. Wenn sich mein Magen nicht irgendwo in der Nähe meiner Knie befunden hätte und ich mir nicht völlig idiotisch vorgekommen wäre. Plötzlich erschien mir diese Doppelbeziehung gar nicht mehr so clever wie noch eine Stunde zuvor.

»Ich sollte Vic ...«

Lizzys Arm hielt mich energisch fest. »Nein, Liz, ich mache das. Ich werd ihm alles erklären.«

Aber *ich* musste ihm alles erklären. Ich musste ihn erreichen, ehe er weg war. Im Moment war er noch so geschockt, dass er nicht richtig wütend sein konnte. Ich hatte vielleicht noch Zeit, mit ihm zu reden, ehe er völlig in Rage geriet.

Er war jetzt ungefähr sieben Meter vor der Tür. Fünf. Ich konnte es noch schaffen. Wie in Zeitlupe näherte er sich auf vier Meter, drei ...

Jetzt stand er direkt neben Dan. Direkt neben Dan. Oh verdammt, er stand direkt neben Dan!

Der Stoß überraschte alle, am meisten Dan. Mit einem Gesichtsausdruck, der irgendwo zwischen überrascht, verwirrt und stocksauer lag, flog er quer durch den Raum.

Gläser zersplitterten. Die Leute, auf denen Dan landete, schrien empört auf und schubsten ihn weg. Dans Freunde mischten sich ein. Das Gemenge eskalierte. Oje, das konnte kaum mehr schlimmer werden. Ein Glück, dass Vic inzwischen aus der Tür war.

Ich war erstarrt wie ein Kaninchen vor der Schlange. Mich mit ins Gewühl zu stürzen machte keinen Sinn, aber irgendwas musste ich tun. Es wurde noch schlimmer – immer mehr Leute mischten mit, während Ginger weiter champagnerbeseelt vor sich hin trällerte.

Mein ganzer Abend ging dahin, und es war alles meine Schuld. Ich hatte keine Ahnung, was ich tun sollte. In diesem Augenblick steckte Josie zwei Finger in den Mund und stieß den ohrenbetäubendsten Pfiff aus, den ich je gehört hatte. Und dann passierten mehrere Dinge gleichzeitig: Das Handgemenge auf dem Fußboden kam zum Stillstand. Auf der Empfangstheke geriet Ginger, die kurzfristig die Orientierung verloren hatte, gefährlich ins Wanken. Red sprang vor, um sie festzuhalten, und ersparte ihr eine Wiederholung ihrer Bodysurfer-Performance bei *Top of the Pops*. Josie packte Dan und seine Kumpels und beförderte sie in Richtung Tür.

Dan war so klug, sich nicht zu wehren. Er stürmte hinaus, sichtlich sauer, dass sein makellos gebügelter Anzug eine Begegnung mit einem Glas Kir royal gehabt hatte. In der Tür drehte er sich noch einmal um. Offenbar hatte er seine Absicht geändert. Er würde zurückkommen, um nach mir zu suchen.

Ich würde mich für meinen unberechenbaren Gast entschuldigen, wir würden zusammen lachen, alles würde vergessen sein, und er würde nie erfahren, wer der Typ war, der ihn zu Boden gestreckt hatte. Alles würde gut. Aber ...

Nein. Anscheinend hatten die Götter beschlossen, dass für einen Eröffnungsabend noch nicht genug Chaos herrschte. Dan war nur stehen geblieben, um zwei Neuankömmlinge vorbeizulassen. Ma und Pa Cairney beehrten uns mit ihrer Anwesenheit. Ich spürte, wie Lizzys Hand sich um meine schloss, um mir Mut zu machen.

»Was tun meine Eltern hier? Woher wissen sie von der Veranstaltung? Ich habe ihnen nichts gesagt. Oh verdammt, jetzt kann es wirklich nicht mehr schlimmer kommen. Kommst du mit zur Hintertür?«

Lizzys Handgriff wurde noch fester.

War das ein Ja oder ein Nein?

»Lou, ich bin ...«

Immer für dich da? Immer bereit, dir in der Stunde der Not mit Rat und Tat beizustehen? Nun, die war jetzt definitiv gekommen. Freunde. Zum Glück konnte ich immer auf meine Freunde zählen und ... autsch!

Die Hand, die mich hielt, drückte so fest zu, dass ich glaubte, meine Finger würden brechen. Ein dramatischer Schrei folgte. Lizzy krümmte sich und hielt sich die Seite. Ihre Gesichtsfarbe war dem Ton von Josies selbstgenähten Umhängen beunruhigend ähnlich.

»Lizzy!«, keuchte ich, sank vor ihr auf die Knie und strich ihr das Haar aus der Stirn. »Was ist? Oh Mist, ist alles okay mit dir?«

Dies war eindeutig nicht eine meiner intelligentesten Fragen gewesen – das wurde mir im Nachhinein klar.

»Nein, du blöde Kuh«, stöhnte sie. »Bring. Mich. Ins. Krankenhaus. Sonst. Krieg. Ich. Das. Baby. Hier. Auf. Deinem. Neuen. Fußboden.«

Als ich in einer Art und Weise um Hilfe schrie, die meiner schwitzenden, schwer atmenden Freundin alle Ehre machte, wurde mir klar, dass eins feststand: Die Leute würden jetzt auf jeden Fall was zu reden haben.

Lous Lektionen für Cassie, wenn sie sechsundzwanzig Jahre alt ist

Liebe Cassie,
lass uns mal über Balance reden. Ich hoffe, du bist noch nicht verheiratet, weil ich ehrlich gesagt finde, dass keiner gut genug für dich ist. Keiner! Auch nicht, wenn er eine genetische Mutation von Johnny Depp und Leonardo DiCaprio ist. Entschuldige! Sicher schüttelst du dich gerade, weil ich dir unterstelle, du könntest auf diese beiden alten Männer abfahren. Wenn du sie in meinem Alter gesehen hättest, würdest du mich verstehen. Aber zurück zur Sache. Ich hoffe, dass du inzwischen einen Job hast, der dir Spaß macht, denn das Leben ist viel zu kurz, um die halbe Zeit etwas zu tun, was man nicht mag. Wichtig ist, dass man eine gescheite Balance hinkriegt. Versuch, das zu bedenken!

49. Mach, was du willst, aber sei nie so verbissen, dass du vergisst, das Leben zu genießen.

50. Wenn du je auf dem Schreibtisch aufwachst und die Abdrücke einer Tastatur im Gesicht hast, dann arbeitest du zu viel.

51. Kein Job ist es wert, sein Glück dafür zu opfern. Wenn du unglücklich bist, hör auf, und such dir etwas, wofür du morgens gerne aufstehst.

52. Natürlich schließt das alle gefährlichen Tätigkeiten aus, ebenso Jobs in der Sexbranche oder solche, die dich zu weit von zu Hause wegführen. Oder die illegal sind. Verdreh jetzt bloß nicht die Augen, junge Dame!

53. Ganz gleich, wie sehr du dich in die Arbeit stürzt – dir muss immer noch genug Zeit für deine Freunde, die Liebe und für dich selbst bleiben. Nicht unbedingt in dieser Reihenfolge (vor allem dann nicht, wenn du zufällig auf diese genetische Mutation von Johnny und Leo gestoßen bist).

54. Wenn du einen Tag lang nicht gelacht hast, stimmt was nicht. Ruf sofort eine Freundin an!

55. Wenn du eine Woche nicht gelacht hast, geh zum Arzt! Am besten zu einem, der gut aussieht, charmant und um die dreißig ist.

56. Mach einen großen Bogen um Sonnenbänke, und genieß deine Brüste, solange sie noch fest sind.

Ach, und noch etwas ...

Lektion 57
Manchmal ist Rache wirklich süß
1996, Lou, sechsundzwanzig Jahre alt

»Avril, kannst du bitte erst bei Stacey waschen, danach den Personalraum aufräumen und anschließend die Wickler sortieren?«

Meine kleine Cousine verzog das Gesicht, drehte sich auf ihren pinkfarbenen Plateauschuhen um, warf den schwarzen, polangen Pferdeschwanz zurück und stolzierte in ihren Lycraleggins im Leoprint davon.

Ich hörte, wie sie am Becken eine unserer Stammkundinnen so höflich und zuvorkommend begrüßte, wie man es von ihr gewohnt war. »Hey, Dicke, beweg dich und leg den Kopf nach hinten! Es ist mir scheißegal, ob dir der Nacken wehtut oder nicht.«

»Tut mir leid, Stacey!« rief ich. »Ich schmeiße sie jede Woche raus, aber sie kommt einfach immer wieder.«

Die »Dicke« war in Wahrheit ein eins achtzig großes, zweiundfünfzig Kilo leichtes Model, das Kleidergröße 36 trug und zu meinen treuesten Kundinnen gehörte.

»Kein Problem, Lou, ich hab mich inzwischen an sie gewöhnt. Wenn sie mich weiter so behandelt, spare ich Trinkgeld.«

Staceys Gekicher wurde vom Geräusch des Wasserhahns unterbrochen, dann hörte man einen spitzen Aufschrei – vermutlich hatte Avril sich gerächt.

Es hatte Vor- und Nachteile, ein Familienmitglied zu beschäftigen. Einen Tag nachdem sie von der Schule geflogen war, weil sie den Direktor beschimpft hatte, hatte Josies Tochter Avril bei mir angefangen. Ich glaube, der genaue

Wortlaut war »glatzköpfiger, schwachsinniger, sexistischer, narzisstischer dämlicher Vollidiot« gewesen. Was immerhin bewies, dass sie über einen Wortschatz verfügte, der beeindruckend viele Adjektive enthielt.

In den drei Monaten, die sie nun bei mir arbeitete, hatte es viele Nachteile gegeben. Avril war launisch, undankbar, unhöflich, eigenbrötlerisch und gekleidet wie das sechste Mitglied der Spice Girls – und das widerspenstigste. Erstaunlicherweise fanden die Stammkunden ihre Unverschämtheiten witzig, das war einer der Vorteile. Und sosehr sie auch schimpfte, sie arbeitete mehr als alle anderen und zeigte – zu ihrem eigenen Entsetzen – großes Talent beim Schminken während der wöchentlichen Modelabende, die wir veranstalteten. Erst in der Woche zuvor hatte sie Stacey einen Bowie-inspirierten Look verpasst, indem sie für ihr Augen-, Wangen- und Lippen-Make-up Metallicfarben benutzt hatte. Das Ergebnis war grandios gewesen.

Außerdem war Josie mir echt dankbar, dass ich ihre Tochter untergebracht hatte, und das war das Mindeste, was ich für sie tun konnte. Vor allem, nachdem Avril uns ihre Alternativpläne eröffnet hatte: eine missionarische Tätigkeit in der Amazonas-Gegend oder eine Brustvergrößerung mit anschließender Karriere im liegenden Gewerbe.

Ich nahm eine Rundbürste zur Hand und richtete meine Aufmerksamkeit wieder auf Mrs. Marshall. Zum Glück waren mir alle alten Kunden treu geblieben. Und aufgrund unserer neu erfundenen Late-Night- und Sonntags-Öffnungszeiten, der Studentenrabatte, Zeitungsanzeigen und einer Aktion mit Handzetteln, die ich höchstpersönlich in der ganzen Stadt verteilt hatte, hatten wir einen permanent vollen Terminkalender. An diesem Tag waren allein vier Rentnerinnen da gewesen, die für vierzehn Tage nach Magaluf fliegen wollten, eine Hochzeitsgesellschaft, eine bunte Mischung weiterer Frauen zwischen zwölf und achtzig, ein

Pfarrer und eine komplette Fußballmannschaft. Aus personaltaktischen Gründen übersah ich die Tatsache, dass ich Avril dabei erwischt hatte, wie sie mit einem der Fußballer im Notausgang knutschte und wenig später mit einem anderen in der Herrentoilette. Mir stand kein Urteil zu, denn das Debakel des Eröffnungsabends hatte unglaubliche Narben in meiner Seele hinterlassen (und mindestens ein Dutzend Abdrücke von Gingers Stilettoabsätzen auf der Empfangstheke).

»Also, wir sind dann weg. Bist du sicher, dass wir dir im Pub keinen Platz frei halten sollen?«, fragte Angie, als sie mit Wendy, Pam, Rosie und den Auszubildenden, die wir eingestellt hatten, als Rosie und Angie zu Stylistinnen befördert worden waren, in Richtung Tür marschierte.

»Bin ich. Ich hab heute Abend was anderes vor.«

»Sie lügt!«, trompetete Avril vom Becken. »Lou geht wieder allein nach Hause, macht sich was in der Mikrowelle warm und verbringt den Abend mit Bruce-Willis-Filmen. Sie braucht dringend Hilfe.«

»Haben Sie hier irgendwo einen Tacker, Lou?«, unterbrach Mrs. Marshall sie.

»Ja, irgendwo schon. Wieso?«

»Um ihr damit den Mund zu verschließen«, antwortete sie mit empörter Miene.

Ich lachte und schenkte ihr wieder meine ungeteilte Aufmerksamkeit. »Sind Sie sicher, dass Sie frisurentechnisch bei Ihrem Bob bleiben wollen, Mrs. Marshall?«

Ein Jahr zuvor hatte sie behauptet, ihr verstorbener Mann habe sie aus dem Jenseits besucht, um ihr zu sagen, sie solle sich die Haare zum Bob schneiden lassen, nach New York fliegen und sich dort einen neuen Mann suchen. Tatsächlich war sie nach drei Tagen mit einem vierundsiebzigjährigen ehemaligen Matrosen namens Hank zurückgekommen. Inzwischen hatten sie einen Pudel, den sie Jennifer Aniston genannt hatten, zu Ehren der Frau, die sie angeblich zusammengebracht hatte.

Als Stacey und Mrs. Marshall endlich entlassen waren – mit neuen, Aufsehen erregenden Frisuren –, war es bereits nach acht. Avril und ich zogen die Tür hinter uns zu.

»Kommst du noch mit zu uns?«, fragte meine Cousine, ohne von den Geldscheinen aus ihrem Lohnumschlag aufzusehen, die sie gerade zählte.

»Fragst du, weil du dir meine Gesellschaft wünschst oder weil du nach Hause gefahren werden willst?«

»Weil ich nach Hause gefahren werden will.«

Der Oscar für die beste Zurschaustellung schonungsloser Offenheit geht an Avril Cairney!

»Wo warst du eigentlich, als der liebe Gott Taktgefühl und Diplomatie verteilt hat?«

Grinsend fummelte ich am Türschloss meines silbernen Mazda. Er war mein einziger Luxus. Ich wohnte in einem Apartment, dessen Wände dünn wie Papier waren, in einem Haus, das nach Zahnarzt roch, aber wenigstens hatte ich ein schickes Auto.

»Ich stand in der Reihe für gutes Aussehen und überlegene Intelligenz«, antwortete sie ungerührt.

Ich musste immer noch lachen, als ich sie zehn Minuten später zum Abschied umarmte und zusah, wie sie mit ihren schwindelerregend hohen Absätzen ausstieg und über den Gartenweg stöckelte.

Josie erschien am Fenster und winkte, und ich warf ihr einen Kuss zu. Als ich den ersten Gang einlegte und anfuhr, wurde mir klar, dass es mein sehnlichster Wunsch war, nach Hause zu kommen, den Fernseher ins Bad zu zerren, mich in die Wanne zu legen und einen lehrreichen Dokumentationsfilm anzuschauen. Also gut, einen Bruce-Willis-Film. Avrils Bemerkung hatte mich ein wenig getroffen, aber *Stirb langsam 2* war definitiv ein Klassiker.

Außerdem, was kümmerte es mich? Ich war eine erwachsene Frau, besaß ein erfolgreiches Unternehmen, und auch wenn meine Arbeit-Leben-Balance im Moment ein bisschen schiefhing, war das kein Problem. Aktuell waren der Salon und ein Actionschauspieler mit schwindendem Haaransatz nun mal die wichtigsten Dinge in meinem Leben, für alles andere würde es später noch genug Gelegenheiten geben.

Ich parkte vor meinem Haus und trottete die Treppe zu meiner Wohnung hinauf. Ich würde Ginger anrufen. Mit diesem Anruf bewies ich, dass ich kein gänzlich einsames Leben führte. An einem Samstagabend. In der Badewanne. Mit einem Film im Hintergrund. Nicht, dass ich auch nur eine Sekunde davon ausging, dass sie zu Hause war. Seit sie mit Ike verheiratet war, war sie noch mehr unterwegs als früher. Sie wohnte inzwischen in London und hatte sich nach ihrer eigenen Musikerkarriere ein zweites Standbein im Band-Management aufgebaut. Sie behauptete, es mache ihr nichts aus, nie ein echter Star geworden zu sein, aber da war ich mir nicht sicher. Applaus und Scheinwerferlicht waren Ginger immer wichtig gewesen.

Sie fehlte mir.

Und ich würde ihr auf ewig dankbar dafür sein, dass ihre letzte offizielle Amtshandlung als Rockstar darin bestanden hatte, bei den im Fernsehen ausgestrahlten BRIT Awards auf Gary Collins zuzugehen, und zwar genau in dem Augenblick, als in der Kategorie »Band des Jahres« sein Name aufgerufen worden war, um ihm einen Jack Daniel's mit Cola über den Kopf zu schütten. Meines Erachtens war das ein derart heldenhafter Akt gewesen, dass die Regierung einen nationalen Ginger-Feiertag ausrufen sollte.

Während ich weiter die endlosen Stufen hinauftrottete, reduzierten sich meine Gedanken auf einen betörenden Dreiklang: Bad. Bruce. Bett. Bad. Bruce. Bett. Bad. Bruce ...

So leise wie möglich steckte ich den Schlüssel ins Schloss,

drehte ihn und öffnete die Tür. Fast geschafft. Fast. Aber nicht ganz.

Die Tür zur Nachbarwohnung flog auf. In der nächsten Sekunde stand Lizzy vor mir, eine schlafende Zweijährige auf dem riesigen Bauch jonglierend, der aus ihrem schmerzhaft pinkfarbenen Pulli und den grasgrünen Jeans ragte. Schon wieder. Wenn ich die Zeit zurückdrehen könnte, würde ich sie bei zwei Gelegenheiten zwingen, besser aufzupassen: im Biologieunterricht, als der Lehrer die Geheimnisse der Verhütung erklärt hatte, und in Kunst, als es um Farbenlehre ging.

»Wann hattest du zum letzten Mal Sex?«, trompetete sie quer über den Hausflur.

Aus dem Universum der Sätze, die sie in diesem Augenblick hätte sagen können, war das derjenige, den ich am wenigsten erwartet hätte.

»Gibst du mir drei Antworten zur Auswahl?«, fragte ich hoffnungsvoll.

»Im Ernst, Lou. Wann hattest du zum letzten Mal ein erdbebengleiches Erlebnis mit einem Mann?«

Ich wusste die Antwort. Wirklich. »Eh ... also ...«

»Ich meine, außer Bruce Willis.«

Ich sackte zusammen, als mir der Wind aus den Segeln genommen wurde. »Eh ... Keine Ahnung.«

»Dann gehen wir heute Abend aus. Du und ich. Ben wird babysitten, und wir zwei machen die Stadt unsicher!«

Ich war doppelt entsetzt. Über die Aussicht, dass mein gemütlicher Kuschelabend dahin war, und die Tatsache, dass eine Schwangere im sechsten Monat mit einem Kleinkind mehr Energie hatte als ich.

»Lizzy, ich bin völlig geschafft und würde am liebsten einfach nur ...«

»Ist mir egal. Es ist nur zu deinem Besten. Du bist Monate nicht unter Menschen gewesen. Die Vorstellung, dass du für den Rest deines Lebens Single bleibst, reich stirbst und dein komplettes Vermögen deinem Patenkind vermachst« – sie zeigte auf das schlafende Bündel in ihren Armen – »hat zwar durchaus einen gewissen Reiz, aber ich verbiete dir trotzdem, deine sozialen Bedürfnisse weiter so zu vernachlässigen. Wir gehen jetzt aus, jeder Widerstand ist zwecklos. In einer halben Stunde bist du fertig. Notfalls breche ich deine Tür auf.«

»Aber du hast doch einen Schlüssel«, antwortete ich ein bisschen erstaunt.

Sie grinste. »Es sollte ein bisschen dramatischer klingen. Schlimm?«

Ich nickte. Einer überdrehten Lizzy, die mich an einem Samstagabend gegen meinen Willen aus dem Haus zerrte, war ich einfach nicht gewachsen. Aber es musste doch einen Ausweg geben! Ich brauchte eine gute Ausrede. Eine Entschuldigung. Oder jemanden, der mich rettete.

Wo war dieser verdammte Bruce, wenn man ihn mal brauchte?

Lektion 58
Ab und zu wissen andere viel besser, was gut für einen ist

»Siehst du hier irgendjemanden über einundzwanzig?«, brüllte ich Lizzy ins Ohr, während wir uns durch das Gewühl der Rock Lounge schoben. Ich begriff, wo der Name herkam. Die dunklen Wände waren vollgeritzt und bemalt und sahen aus wie gemeißelter Granit, auf den die Lichtorgeln bunte Farbeffekte zauberten. Der relativ neue Club im Nachbarort Paisley schien ausschließlich von Jungs bevölkert zu sein, die so aussahen wie der australische Sänger Peter André, und von Mädels, die aussahen wie Avril. Ich kam mir in meinen schwarzen Jeans jedenfalls völlig underdressed und overaged vor.

»Sssuldigung, bist du hier der Türsteher?«, nuschelte eine offenbar angetrunkene junge Dame in breitestem Glasgower Dialekt und versuchte mich zu fixieren. »Der Typ da hinten ist nämlich ein Arsch. Ich will, dass du ihn rausschmeißt.«

Okay. Das Motto des Abend schien »Schlimm, schlimmer, am schlimmsten« zu lauten.

»Ich kümmere mich sofort um ihn«, versprach ich ihr. »Ich muss nur erst ein ernstes Wörtchen mit zwei anderen Ärschen da drüben reden.«

»Sssupi.« Sie wankte auf ihren weißen High Heels in Richtung Toilette davon.

Prima. Ein Knaller. Ich amüsierte mich köstlich.

Die Rock Lounge hatte ungefähr ein halbes Jahr zuvor aufgemacht, und wir waren zum ersten Mal da. Wie sich die Zeiten geändert hatten! Es hatte mal eine Phase gegeben, als es innerhalb von dreißig Meilen keinen Club gegeben hatte, den wir nicht unsicher gemacht hatten. Lizzy und ich schoben uns zur Bar. Ich bestellte eine Bloody Mary und eine Virgin Mary und fragte mich, wie lange ich wohl ausharren musste, ehe Lizzy fand, dass ich genug unter die Leute gekommen sei und nicht mehr befürchten müsse, als alte Jungfer zu enden, deren einziger Freund der Typ hinter der Theke des nächsten Blockbuster-Videoladens war.

Ich stürzte einen ordentlichen Schluck meines tiefroten Cocktails runter und spürte, wie mein Gehirn plötzlich anfing zu britzeln. Vielleicht brauchte ich das ja. Vielleicht würde der Abend gar nicht so schlecht. Genau in diesem Augenblick wechselte der DJ von *Firestarter* von Prodigy zu Gina Gs *Ooh Aah, Just a Little Bit*. In mir erlosch etwas.

»Oh, ich liebe diesen Song!«, kreischte Lizzy. »Komm, lass uns tanzen!«

Sie zerrte mich auf die Tanzfläche, wo ich mich sofort in die dunkelste Ecke drängte. Es gibt ein paar Dinge, die niemand sehen sollte. Eine weibliche Türsteherin und eine im sechsten Monat Schwangere in grasgrünen Jeans, die zu dem bescheuertsten Song von 1996 tanzten, gehörten definitiv dazu.

Als wir endlich wieder zurück zur Bar schleichen konnten, wo unsere Drinks standen, war ich heilfroh. Und dankbar, dass Lizzy nicht wie sonst das Bedürfnis verspürt hatte, auf einem Podest zu tanzen. Die vernünftige, gereifte Lizzy mochte zwar weniger aufregend sein als die junge, ausgeflippte, unfallanfällige Lizzy, aber wenigstens musste ich nicht befürchten, den Abend in der Notaufnahme einer Klinik zu verbringen.

Ich stürzte den Rest meiner Bloody Mary hinunter und bestellte noch eine, als Lizzy auf einmal vom Geist einer demenzkranken Kupplerin besessen zu sein schien.

»Was ist denn mit dem da?« Sie zeigte auf einen großen grauhaarigen Typen am anderen Ende der Bar.

»Zu alt. Außerdem glaube ich, dass er der Klomann ist.

Also arbeitet er jede Nacht, sodass wir uns kaum sähen. Hör endlich auf, mich zu verkuppeln.«

Ich meinte es ernst. Ich verspürte nicht die geringste Lust zu einer Beziehung. Null. Ich sah keinen Sinn darin. Ich hatte meine Lektion gelernt. Als Teenager hatte ich kapiert, dass ich der unbeweglichste Mensch aller Zeiten war, also hatte ich den Sport aufgegeben. Ein paar Jahre später war mir klar geworden, dass meine Bilder aussahen, als hätte sich eine Katze auf einer Leinwand erbrochen, also gab ich auch die Kunst auf. Und einige katastrophal endende Beziehungen und rekordverdächtige Schiffbrüche im Bereich Romanzen hatten mir auf diesem Gebiet ebenfalls eine Lehre erteilt, die ich nicht einfach ignorieren konnte.

Leider hatte Lizzy das nicht mitgekriegt.

Wie ein U-Boot-Periskop in Erkundungsstellung drehte sie den Kopf hin und her.

»Ich finde ihn süß. Was ist denn mit dem im schwarzen Hemd?«

»Lizzy, hörst du jetzt bitte auf! Ich hab dir schon tausendmal erklärt, dass ich im Moment keinen Freund brauchen kann. Und selbst wenn, wären die Chancen, dass ich im Salon jemand Anständiges kennen lerne, wesentlich höher als hier in diesem Club. Ich habe kein Interesse an einem One-Night-Stand. Niemals. Also hör endlich auf ... Aber du hast recht, er ist wirklich ganz süß.«

Mein Körper löste sich von meinem Verstand, ich richtete mich unwillkürlich auf, warf meine Haare nach hinten, und – tja, ich muss es zu meiner Schande gestehen – meine Brüste reckten sich in seine Richtung. Verräter!

So viel zum Thema Lektionen.

»Gehst du zu ihm, oder wartest du, bis er uns sieht?«, fragte Lizzy mit der Stimme eines Geheimagenten.

»Ich warte.«

Ich war zwar aus der Übung, kannte die Regeln aber noch

ganz genau. Auf keinen Fall würde ich das Risiko einer Seriendemütigung eingehen, indem ich zu ihm ging und ihm ein Gespräch aufdrängte, ehe ich ihn nicht wenigstens eine Zeitlang genau studiert hatte. Denn die ersten Eindrücke waren ja bekanntlich die wichtigsten.

Stylisches schwarzes Hemd. Dunkle Jeans. Braune Haare, hinten kurz, oben länger. Kein Ehering. Breite Schultern. Vielleicht ein bisschen klein, so um die eins fünfundsiebzig, aber zur Not konnte ich auch ohne hohe Absätze leben. Das schafften Nicole Kidman und Tom Cruise schließlich auch.

Durchaus ein potenzieller Kandidat.

In dem Moment, als ich die tiefschürfende Analyse meines Zielobjekts abschloss, lachte es über etwas, was sein Gesprächspartner gesagt hatte, bewegte den Kopf, sah mich und machte keine Anstalten, wieder wegzuschauen.

»Mist, er hat gesehen, wie ich ihn angestarrt habe!«, zischte ich.

Meine angebliche Freundin verdrehte die Augen. »Oh nein! Jetzt merkt er vielleicht, dass er dir gefällt, und vielleicht kommt er sogar zu uns rüber und fordert dich zum Tanzen auf. Wie grauenvoll!« Der Sarkasmus triefte aus jedem einzelnen ihrer Worte.

»Du bist mir echt keine Hilfe«, antwortete ich sauer und spürte, wie sich meine Zehennägel vor Verlegenheit krümmten.

Man konnte mich hinter irgendeinen Typen stellen, mir einen Kamm und eine Schere geben, und ich hatte keine Probleme. Stellte man mich im Wonderbra in einen Club und gab mir eine Bloody Mary, katapultierte ich mich bis ans obere Ende der Peinlichkeitsskala.

Es war einfach lächerlich.

Der Typ beugte sich vor und flüsterte seinem Freund etwas ins Ohr, und dieser sah in unsere Richtung. Dann bewegte sich Mr. Schnuckelig auf uns zu.

»Lizzy, dreh dich jetzt bloß nicht um! Die zwei kommen auf uns zu.«

»Warum darf ich mich nicht umdrehen?«

»Weil er dann deinen Bauch sieht und die Flucht ergreift.«

»Okay, stimmt. Ich verstecke ihn, bis sie den Kurs nicht mehr ändern können.«

»Hallo, kennen wir uns nicht?«

Die Situation verwirrte mich kurzfristig. Mr. Schnuckelig mit dem dunklen Hemd war noch mindestens fünf Meter entfernt, und ich hörte gerade den ältesten Anmachspruch seit Menschengedenken.

»Hinter dir.«

Lizzy zeigte über meine Schulter. Ich drehte mich um und sah einen ziemlich großen Typen in schwarzem Anzug und weißem Hemd mit offenem Kragen. Sein blondes Haar reichte ihm hinten bis zum Kragen, an den Seiten war es etwas kürzer und nach hinten frisiert. Er hatte einen kantigen Unterkiefer mit ein paar Bartstoppeln, die ihm etwas Verwegenes gaben.

»Wie bitte?«, fragte ich zurück.

»Kennen wir uns …?«

»Den Satz habe ich verstanden. Nein, ich glaube nicht.«

Lieber Himmel, war das alles? Als Nächstes folgte sicher ein »Kommst du öfter hierher?«, und dann mussten wir ihn wegen Verstoßes gegen die Grundregeln origineller Anmache melden.

»Doch, ganz bestimmt«, fuhr er fort.

Ich spürte, dass ich sauer wurde. Aus den Augenwinkeln sah ich, dass der Typ von der anderen Seite der Bar gemerkt hatte, dass ich mich mit einem anderen unterhielt, und stehen blieb. Neiiiiin! Bitte bleib nicht stehen! Bitte komm rüber! Bitte bleib nicht stehen!

»Du bist doch das Mädchen aus dem Friseurladen.«

Vage kam mir der Gedanke, dass es sich vielleicht nicht

um eine leere Anmache handelte, aber ich war viel zu sehr mit meiner entgangenen Gelegenheit beschäftigt, um zu antworten. Aufs Stichwort zuckte der andere mit den Schultern, drehte sich um und steuerte zurück.

Na super! Zum ersten Mal seit Monaten registrieren meine Eierstöcke ein leises Beben, und die Operation wurde vereitelt, noch ehe sie so richtig in Fahrt kommen konnte.

»Aus dem Salon in Weirbank.«

Redete der immer noch?

Es blieb mir keine andere Wahl, als darauf einzugehen.

»Wie bitte? Eh ... ja, ich arbeite da, aber ich glaube trotzdem nicht, dass wir uns kennen.«

Selbst im düsteren Licht des Clubs konnte ich sehen, dass seine Augen funkelten. Wie süß! Sie waren blau. Nein, warte, grün. Nein, blau. Grün. Konnte nicht mal jemand diese blöden Lichtorgeln ausmachen, damit ich ihn anständig sehen konnte? Er beugte sich noch weiter vor. Nicht wie einer, der einem unangenehm zu nahe kam, sondern irgendwie nett.

»Ich war damals bei der Eröffnung. Es war ... eh ... ziemlich aufregend.«

In diesem Moment breitete sich das möglicherweise unwiderstehlichste Lächeln, das ich je gesehen hatte, in seinem Gesicht aus.

Zwei Dinge passierten gleichzeitig. Meine verräterischen Brüste pirschten sich vor, und in meinem Kopf meldete sich eine Stimme, die sagte: »Oh, du gehörst mir!« Houston, fertig zum Take-off.

»Ich war mit Dan da. Dan Hodges.«

Mission abbrechen! Mission abbrechen!

»Ah«, lautete meine durchdachte, eloquente Antwort.

»Ich glaube, damals warst du mit ihm zusammen.«

Leugnen war sinnlos.

»Ja. Bis zu der Stelle, als er umgenietet wurde. Ich schätze, in zwanzig Jahren werde ich diese Peinlichkeit verarbeitet haben. Es sei denn, ich werde vorher vom Zug überfahren und verliere mein Gedächtnis.«

Was redete ich da? Sofort Klappe schließen und zurückziehen! Unerwartete oder unangenehme Situationen führten bei mir unweigerlich zum Ausstoß verbalen Mülls.

»Der Ärmste ist nie richtig darüber hinweggekommen. Er ist Buddhist geworden und zur Selbstfindung nach Nepal gegangen«, berichtete der Süße.

Ich war erneut vorübergehend sprachlos, bis das Grinsen wieder erschien, und mir klar wurde, dass das ein Witz sein sollte.

»In Wahrheit ist er zu Thomas Cook gewechselt und arbeitet jetzt im Charterverkehr zwischen Manchester und Malaga.«

Es fiel mir schwer, nicht zu lachen, zumal Lizzy neben mir die ganze Zeit kicherte.

»Gott sei Dank! In Nepal hätte er seine blonden Strähnchen gar nicht erneuern lassen können.«

Er lachte ebenfalls, dann sagte er: »Sorry, ich hab mich noch gar nicht vorgestellt. Ich bin Marc Cheyne. Und du bist sicher Lou.«

Seinem Gesichtsausdruck war anzusehen, dass er Informationen aus der Vergangenheit zusammensuchte.

Ich nickte. »Und das hier ist Lizzy.« Mit einer Geste, die in dieser Umgebung ein wenig übertrieben wirkte, schüttelte er ihr die Hand.

»Für wann ist das Baby ausgerechnet worden?«

»In zwölf Wochen.«

»Ah! Hattest du an dem Abend nicht kurz nach der Schlägerei Wehen bekommen? Ich erinnere mich vage, dass dich irgendwelche Sanitäter rausgetragen haben.«

Lizzy nickte. »Ja, es war in jeder Beziehung ein würdiger Abend.«

Plötzlich wurde mir klar, dass dieser Typ, so süß wie er

war, allein da war. War das nicht ein bisschen seltsam? Zumal er auch noch aussah wie Anfang dreißig und somit ungefähr zehn Jahre älter als die meisten anderen in der Rock Lounge.

Hm, bestimmt war er ein Lustmolch, auf der Pirsch nach einem Opfer, das er flachlegen konnte. Und natürlich verheiratet. Die Tatsache, dass er keinen Ring trug, bedeutete schließlich nicht, dass er solo war. Wahrscheinlich hatte er ihn vorher abgezogen. Ich hatte ihn durchschaut! Aber was meine Lustgene betraf, überwogen all diese Fakten das süße Lächeln und die funkelnden Augen irgendwie nicht. Zum Glück war ich nüchtern genug, um die Situation im Griff zu haben und vernünftige Entscheidungen zu treffen. Lust oder nicht – ich würde mit einem seltsamen Typen, der allein durch dunkle Clubs schlich, nirgends hingehen.

»Bist du mit Freunden hier?«, hörte ich Lizzy fragen.

Verdammt, wieso war ich nicht selbst auf diese Idee gekommen?

»Nein ...«

Ha! Ich hatte also recht! Ein Lustmolch auf der Suche. Wahrscheinlich hatte er nicht nur eine ansteckende Geschlechtskrankheit.

»Ich bin hier der Manager. Daher kenne ich auch Dan. Er war mit seinen Freunden regelmäßig hier. An dem Abend damals haben sie mich eingeladen mitzukommen.«

»Ich muss mal schnell aufs Klo«, meinte Lizzy. »Meine Blase macht, was sie will.«

In diesem Moment wechselte die Musik erneut die Richtung, und die Spice Girls erklärten mir, was ich wirklich, wirklich wollte. Ich brauchte keine Anleitung.

»Und? Bist du noch mit diesem anderen Typen zusammen?«

Ich schüttelte den Kopf. »Nein. Öffentliche Erniedrigung hat auf die meisten Menschen eine abschreckende Wirkung.«

Er nickte grinsend. »Ja, manche Leute sind da empfindlich.«

Eine Pause entstand, und wir schauten uns mit dämlichem Grinsen an.

»Tja also ...«, begann er.

Ich wartete auf das, was hoffentlich kommen würde.

»Würdest du gern mal mit mir essen gehen, wenn ich meinen nächsten freien Abend habe?«

Bingo!

»Nein.« Ich schüttelte bedauernd den Kopf. »Es tut mir leid, aber das geht leider nicht.«

Irgendwo tief in mir drohten Teile meiner Anatomie sich zu einer Demo für verbesserte Arbeitsbedingungen zu versammeln.

Mein Gegenüber erstarrte. »Okay. Na, war trotzdem schön, dich wiedergesehen zu haben.«

Er begann sich zurückzuziehen, brachte es aber nur auf ungefähr dreißig Zentimeter, ehe ich hervorstieß: »Tut mir leid, ich hatte vorhin eine Diskussion mit Lizzy, und ich habe behauptet, dass man in einem Club nie jemand Anständiges kennen lernt. Aber wenn du zu mir in den Laden kommen und mich nett fragen würdest, würde ich vielleicht Ja sagen.«

»Du würdest vielleicht Ja sagen?«, wiederholte er erstaunt.

»Vielleicht.«

Oh, diese Augen funkelten wieder, und er zeigte seine Zähne – perfekte, strahlend weiße Zähne.

»Dann sollte ich das vielleicht tun.«

Lous Lektionen für Cassie, wenn sie siebenundzwanzig Jahre alt ist

Liebe Cassie,
lass uns mal über Bindungen reden. Wenn du unsere Familiengene geerbt hast, könntest du auf diesem Gebiet leichte Defizite haben. Tante Josie hat den Vater von Michael und Avril nie geheiratet. Wir wissen nicht mal, wo er sich aufhält; laut Josie ist er vor sechzehn Jahren losgezogen, um ein Brot zu kaufen, und nie mehr zurückgekommen. Mein Dad ist dagegen schon ewig mit meiner Mutter verheiratet, was wunderbar klingt – solange man die Tatsache ignoriert, dass er manchmal tagelang verschwindet und bei seiner Rückkehr nach Parfüm und Lügen riecht. Und ich ... Na ja, es war nicht immer einfach. Wenn auch du Bindungsprobleme hast, solltest du dir vielleicht einen Therapeuten suchen, um damit klarzukommen – oder zwei Typen, die damit zufrieden sind, in einer eifersuchtslosen, ehelosen, monogamielosen Kurzzeitbeziehung zu leben. So was gibt es. Erst letzte Woche habe ich im Fernsehen einen Bericht darüber gesehen.

Aber vielleicht hast du ja auch einfach ein paar Gene ausgelassen und bist in der Lage, eine glückliche Beziehung zu führen. Das soll nicht heißen, dass du vergessen sollst, wer du bist. Oh nein! Die folgenden Lektionen enthalten einige Weisheiten, die ich gelernt habe, weil ich meine Mum beobachtet habe. Also: Was man in einer Beziehung unbedingt unterlassen sollte ...

59. Kompromisse sind gut. Ja sagen zu allem, was der andere sagt, will, tut, ist nicht gut.

60. Sei niemals so blind vor Liebe, dass du dich schlecht behandeln und als Fußmatte, Chauffeur oder Putzfrau missbrauchen lässt. Du hast Besseres verdient.

61. Wenn er nicht will, dass du neben deiner Beziehung Freundinnen oder eigene Interessen hast, bedeutet das nicht, dass er dich so anbetet, dass er dich ganz für sich allein haben will. Es bedeutet, dass er ein egoistischer Kontrollfreak ist, den du schnellstens loswerden solltest.

62. Deine Meinung zählt genauso viel wie seine.

63. Nein, er hat nicht immer recht.

64. Oder zu bestimmen.

65. Wenn ihr Kinder habt, sind sie das Wichtigste in eurem Leben. Wenn er nicht damit klarkommt, die zweite Geige zu spielen, ist das sein Problem, nicht deins.

66. Auch wenn er dir ewige Liebe schwört, ist das keine Garantie für ein glückliches Leben. Menschen schwören auch Autos, Geld, Haustieren oder Serienkillern im Todestrakt die ewige Liebe.

67. Sollte dir eines der oben genannten Verhaltensmuster bekannt vorkommen, ist es höchste Zeit zu gehen. Bis dass der Tod euch scheidet, ist eine echt lange Zeit, um sie nur mit einer Person unter Ausschluss aller anderen zu verbringen. Such dir Freunde! Bekomm Kinder! Sei unabhängig! Genieß das Leben! Wenn ihm irgendwas daran nicht passt, verlass ihn!

68. Mach einen großen Bogen um Sonnenbänke, und erfreu dich an deinen Brüsten, solange sie noch fest sind.

Ach, und noch etwas ...

Lektion 69
Hör auf dein Herz – es sei denn, du hast nicht die geringste Ahnung, wo es hinwill
1997, Lou, siebenundzwanzig Jahre alt

»Hi, Süßer, ich bin zu Hause!«

Meine zwitschernde Singsang-Stimme hatte ich mir extra für die Gelegenheit von einer amerikanischen Komödie aus den Fünfzigern geliehen. Mit Doris Day in der Hauptrolle.

Die Wahrheit war: Ich war k.o. Völlig erledigt. Am liebsten hätte ich mich sofort ins Bett verkrochen, um bis Montagmorgen, wenn alles von vorne losgehen würde, ins Koma zu fallen. Und außerdem war ich genau genommen gar nicht zu Hause.

»Zu Hause« war für mich immer noch das Apartment über der Zahnarztpraxis, neben einer mir gut bekannten Mutter, deren zwei Kinder ihr Talent zum Kreischen geerbt hatten. Es hatte einiger Überredungskunst bedurft, Marcs Angebot anzunehmen und für den größten Teil der Woche zu ihm zu ziehen. Eigentlich die ganze Woche. Ich konnte mich gar nicht mehr erinnern, wann ich das letzte Mal in meiner Wohnung gewesen war, was jedoch nicht bedeutete, dass ich sie schon aufgeben wollte. Noch nicht. Marc erzählte mir zwar seit Monaten, dass es unsinnig sei, zwei Mieten zu zahlen, aber bei der Vorstellung zu kündigen bekam ich feuchte Hände. Ich hatte die Nabelschnur zu meinem unabhängigen Singleleben noch immer nicht durchtrennt, aber ich hatte sie ganz schön lang gezogen und arbeitete intensiv an einer völligen Ablösung.

Dabei war Marcs Wohnung nicht nur ruhig und frei vom permanenten Geruch nach Desinfektionsmitteln und Mundwasser, sie befand sich auch noch in einem wunderschönen georgianischen Stadthaus im Westend von Glasgow, hatte große Sprossenfenster und die tollste Küche, die ich je gesehen hatte. Die weißen Vorhänge fielen von der Stuckdecke bis auf das mahagonifarbene Parkett. Und es kam noch besser: Das Schlafzimmer war hell und luftig, mit einem riesigen weißen Bett, einem wunderschönen alten Holzboden und einer Stereoanlage, die eine gesamte Wand in Anspruch nahm. Aber das Allerbeste war, dass es direkt gegenüber ein Kino gab, sodass ich im letzten Jahr keinen einzigen neuen Film verpasst hatte. Nein, ich wollte nichts davon missen.

»Hi, Schatz! Wie war dein Tag?«

Marc kam mit zwei Gläsern Wein auf mich zu. Diese ständige Weintrinkerei war mir neu, aber ich gab mein Bestes, um mich daran zu gewöhnen. Marc und seine Clubfreunde waren der Meinung, Wein sei viel schicker als ein doppelter Wodka-Orange mit einem Spritzer Zitrone samt Deko-Kirsche, Eis und einem Plastikaffen, der am Glasrand baumelte. Ich persönlich war da nicht so überzeugt. Außerdem fand ich Flaschen ohne Schraubverschluss eher lästig.

»Bestens. Viel Arbeit. Ich bin jedenfalls ganz schön k.o. Am liebsten würde ich was beim Chinesen bestellen und mich den ganzen Abend vor den Fernseher lümmeln. Wann musst du zur Arbeit?«

Er schüttelte den Kopf und grinste. »Gar nicht.«

»Was?« Sofort rutschten meine Augenbrauen in Misstrauensstellung. Marc ging freitagabends immer zur Arbeit. Immer! Außer einmal letztes Jahr, als wir zwei Wochen auf Ibiza waren, hatte er noch nie am Wochenende freigehabt. Von Donnerstag bis Sonntag war im Club viel los, also musste er da sein. Und zwar schon nachmittags, um alles für den Abend vorzubereiten. Ich hatte längst begriffen, dass die Arbeit eines Clubmanagers auf den ersten Blick glamourös wirkte, in Wahrheit aber ganz schön stressig war.

In gewisser Hinsicht waren unsere unterschiedlichen Arbeitszeiten einer der Gründe, weshalb unsere Beziehung so gut funktionierte. Wenn ich samstagabends den Salon hinter mir zuschloss, wollte ich nur noch nach Hause auf die Couch (oder in letzter Zeit noch mal schnell ins Cinemax für eine kurze Begegnung mit der *Titanic* – aber diesen Akt einsamen sadistischen Verhaltens behielt ich für mich), und montagabends, wenn ich mich etwas erholt hatte, freute ich mich, mit ihm was zu unternehmen.

Dieser Tag war jedoch ein Samstag, und alles, was ich noch unternehmen wollte, war eine Tüte Cheese and Onion Chips aus dem Schrank holen und den Fernseher einschalten.

Ich ließ meine Tasche fallen und wartete auf eine Erklärung, warum er nicht arbeiten musste. Bildete ich mir das nur ein, oder schaute er ein bisschen schuldbewusst? Mist, er war gefeuert worden! Oder hatte eine Affäre. Oder war krank. Ja, das war es! Er litt an Rinderwahn! Aber er sah kerngesund aus, also vielleicht doch nicht. Hm ... Irgendwas war. Ich überlegte, Taktiken einzusetzen, die ich mir beim intensiven *Ally McBeal*-Studium angeeignet hatte. Nein, ich würde einfach meinen Hang zum Drama und zur Panik vergessen und abwarten, bis er es mir erklärte.

Er beugte sich vor, als hätte er meine Gedanken erraten, nahm mich in die Arme und murmelte mir ins Ohr: »Da du morgen Geburtstag hast, habe ich mir heute Abend freigenommen, um dich auszuführen.«

Zum Glück wurde mein Seufzer von seiner Zunge erstickt, die sich tief in meinen Mund bohrte. Schließlich löste Marc sich von mir, um Luft zu holen.

»Ich mag dich, weißt du das?«, flüsterte er, während seine Hand unter mein T-Shirt glitt und geschickt meinen BH öffnete.

»Du magst mich?«, murmelte ich zurück und startete ein Spiel, das wir häufig spielten, entweder kurz vor dem Vorspiel oder kurz nach einem Streit.

In diesem Fall war es wohl Ersteres. War es undankbar, dass ich auch diesen Augenblick gern bereitwillig gegen einen Käsesnack und eine Folge *Akte X* plus anschließendem Double Feature mit Miss McBeal getauscht hätte? Die Woche war verdammt lang gewesen.

»Okay, vielleicht ist es etwas mehr als mögen«, antwortete er.

Langsam zog er mir das T-Shirt über den Kopf und warf es über die Sofalehne. Ich musste es dringend aufheben, ehe die Putzfrau es fand, die jeden Montagmorgen für zwei Stunden kam. Sie war ohnehin nicht begeistert, dass eine Frau in Marcs Junggesellenbude eingezogen war. Ich war sicher, wenn der Altersunterschied zwischen ihr und ihm nicht fünfunddreißig Jahre betragen würde, würde sie gern Aufgaben übernehmen, die außerhalb ihrer Stellenbeschreibung lagen.

»Nur vielleicht?«

Ich setzte das Spiel fort, während ich an seinem Gürtel nestelte. Was blieb mir anderes übrig? Der Typ hatte sich extra den Abend für mich freigenommen und war ganz offensichtlich scharf. Auch wenn ich wenig Lust hatte, eine Verweigerung wäre unhöflich, wo er doch diese Überraschung extra für mich geplant hatte. Außerdem schien er zu glauben, ich sei in der Sexabteilung immer ansprechbar, weil mich die Narben meiner ersten Erfahrung auf diesem Gebiet auf ewig demütig gemacht hätten und ich nur darauf brannte zu beweisen, dass ich den geforderten orgasmischen Standards durchaus gewachsen war.

Die Käsechips und Ally McBeal mussten eben noch ein bisschen warten. Ich grub meine Hände in seine Haare und zog sein Gesicht zu mir heran.

»Okay, ich liebe dich«, raunte er, ehe er weiter nach unten rutschte und seine Zunge gegen einen meiner aufgerichteten Nippel stieß.

»Dann darfst du das noch mindestens zehn Minuten weitermachen«, hauchte ich mit der erotischsten Stimme, die ich hinbekam. »Ich liebe dich nämlich auch.«

Bereits nach vier Wochen unserer Beziehung hatte er mich mit der Aussage überrascht, dass er mich liebte. Es hätte mir vielleicht seltsam erscheinen sollen, aber das tat es nicht – zumal ich da bereits wusste, dass ich mich auch wie verrückt in ihn verliebt hatte.

Es stellte alles, was ich vorher erlebt hatte, in den Schatten. So musste sich echte Liebe anfühlen.

Er hob mich hoch, trug mich zur Couch, ohne den Mund-Nippel-Kontakt zu unterbrechen, und setzte seine Vernaschaktion fort. Sie dauerte um einiges länger als zehn Minuten.

Wenn mich Gary Mistschwein Collins jetzt nur sehen könnte!

Lektion 70
Denk immer daran, dass wahre Liebe im Leben nicht häufig vorkommt

Ich zupfte am Saum meines schwarzen Kleids, als wir die Stufen zum Restaurant hinaufgingen, und bemühte mich, meinen Slip zu verdecken und die Schreie meiner schmerzenden Füße zu ignorieren. Viel lieber hätte ich ein Paar Jeans und meine bequemen Lieblingsstiefel angezogen, aber Marc hatte sein ganzes Überzeugungstalent aufgeboten und mich dazu überredet, mich schick zu machen. Und hochhackige Sandaletten waren nun mal nicht auf höchsten Komfort ausgerichtet, schon gar nicht nach einer Sechs-Tage-Woche, die ich fast ausschließlich stehend verbracht hatte. Oh, wie gern säße ich jetzt auf der Couch, die Füße in einem sprudeligen Fußbad!

Marc hatte die »Ausgehen oder zu Hause bleiben?«-Debatte gewonnen, und nach einer kurzen Dusche und einigen aufwändigen kosmetischen Abdeckaktionen waren wir zu meinem Lieblingsitaliener Saninos aufgebrochen.

Das Restaurant lag im Erdgeschoss eines prächtigen alten Hauses im Stadtzentrum. Rico, der viel zu schöne italienische Besitzer, schüttelte Marc erst die Hand, dann vollführten sie diese Umarmung/Rückenklopf-Nummer, die Macho-Typen immer vollführten. Die beiden waren Freunde, seit sie zwanzig waren, hatten gemeinsam als Barkeeper im selben Club gearbeitet und rattenverseuchte Studentenbuden bewohnt. Die Pub/Restaurant/Club-Branche war klein, und die meisten Manager und Besitzer kannten sich, tauschten Informationen, Rezepte und Freundinnen aus. Ich war die einzige rühmliche Ausnahme. Obwohl ich, wenn Rico nett fragen würde, für nichts garantieren könnte. Ich wurde rot, als er sich vorbeugte, um mich auf die Wangen zu küssen. Wenn dieser Mann hellseherische Fähigkeiten hatte, war ich erledigt.

Natürlich meinte ich das alles nicht so. Ich war glücklich mit Marc, wir hatten eine gute Beziehung. Ruhig und beständig. Ohne diesen erdrückenden Leidenschaftsblödsinn. Er liebte mich. Ich liebte ihn. Es funktionierte. Punkt.

Er war locker und unkompliziert. Wir verbrachten nicht jede wache Minute in romantischer Hysterie, aber dieser Unsinn wurde ja ohnehin völlig überbewertet. Ganz kurz dachte ich an den riesigen Koffer unter dem Bett meiner Mutter, in dem sich die ganzen Liebesbriefe befanden, die mein Vater ihr je geschickt hatte. Unzählige blumige Liebeserklärungen, über denen sie brütete, wenn er mal wieder vom Erdboden verschwunden und unterwegs zu einer seiner Sauftouren war. Wenn das alles war, was einem Herzen und Blumen einbrachten, dann war mir locker und unkompliziert lieber.

Wir folgten Rico, der uns in den hinteren Teil des Restaurants führte. In diesem Moment vernahm ich ein seltsames Geräusch. Ich sah Marc fragend an, und er antwortete mit einem Augenzwinkern. Rico zog den Vorhang zum privaten Bereich, der sich hier anschloss, auf, und – ich blickte in die aufgeregten Gesichter von Ginger, Ike, Lizzy, Ben, Josie und Avril.

Im nächsten Moment kreischten sie alle wild durcheinander. Ich hoffte nur, dass niemand im Restaurant einen Herzschrittmacher hatte, sonst würde es vermutlich gleich einen medizinischen Notfall geben.

»Was macht ihr denn hier?«, fragte ich und bekam zur Antwort einen *Happy Birthday*-Chor, angeführt von Ginger.

Gott, sie sah großartig aus! Dünn, aber großartig. Und es war so großartig, sie zu sehen. »Hey, Baby, du siehst umwerfend aus!« Ich ließ mich neben sie auf die Lederbank fallen und umarmte sie stürmisch.

Oh, das war fantastisch! Absolut superfantastisch. So viel dazu, dass Marc kein Typ für große, romantische Auftritte war – jetzt würde ich ihn endgültig nicht mehr gegen Rico eintauschen. Marc setzte sich auf die gegenüberliegende Tischseite neben Josie und Ike, während Avril alle ignorierte und einfach weiter mit ihrem neuen Mobiltelefon telefonierte.

»Mit wem spricht sie?«, fragte ich Josie.

»Mit irgend so einem Perversen. Sie hat einen Nebenjob für einen dieser neuen Telefonsexanbieter, um sich ein bisschen nebenher zu verdienen.« Sie untermalte ihre Enthüllung mit zwei hochgereckten Daumen.

Ich beschloss, dass dies eine der Gelegenheiten im Leben war, in denen ich keine weiteren Informationen benötigte, und trank einen großen Schluck aus dem Sektglas, das auf wundersame Weise vor mir stand. Dann umarmte ich Ginger noch einmal, was ihr unangenehm zu sein schien. Öffentliche Liebesbekundungen waren immer noch nicht ihre Sache.

»Also, dann leg mal los! Was macht die Arbeit, was macht das Leben?« Wir hatten nur wenige Stunden, um Monate Quatscherei aufzuholen, da wollte ich keine Minute verschwenden.

»Alles bestens«, antwortete Ginger.

Irrte ich mich, oder erreichte das Lächeln ihre Augen nicht?

»Ich manage gerade eine neue Boygroup, und ich schwöre, sie werden mal 'ne Mischung aus Oasis und Take That. Der Leadsänger hat jetzt schon ständig cholerische Ausbrüche und ein Gewichtsproblem.« Sie winkte einem Kellner. »'tschuldigung«, sagte sie zu ihm, »können wir noch eine Flasche Sekt haben, und für mich bitte einen Jack Daniel's mit Cola.«

Ich sah, dass Ike, der mir gegenüber neben Marc saß, den Kopf schüttelte und die Lippen zusammenkniff. Sein Dreitagebart passte so gar nicht zu seinem Anzug und seinen perfekt gestylten Haaren. Ich registrierte erstaunt, dass ich den Mann meiner besten Freundin kaum kannte. Aber sie hatten von Anfang an in London gewohnt, und wenn Ginger nach Hause kam, kam sie meist allein. Trotz des Altersunterschieds schien Ike genau der Richtige für sie zu sein. Das Klischee des Typen aus dem Musik-Business, der seine geldmachenden Klauen in das weibliche Talent grub und ihr Leben beherrschte, schien in dem Fall nicht zuzutreffen. Er war mehr der Beschützer, der Kümmerer, ein Ausgleich für ihre Flatterhaftigkeit. Nach seiner Lehrzeit bei Ginger schien er eher ein geeigneter Kandidat für eine Führungsposition in einer UN-Friedenstruppe.

Ich wurde aus meinen Tagträumen gerissen, als ich merkte, dass Lizzy sich in unsere Unterhaltung einschaltete.

»Hast du den Test gemacht?«, hörte ich sie Ginger zuflüstern.

Welchen Test? Was ging hier vor sich? Oh Gott, sie war krank! Meine beste Freundin war schwer krank, und ich wusste nichts davon. Memo an mich selbst: nicht schon wieder in Panik geraten. Ich starrte sie fragend an.

Ginger sah sich verstohlen um und vergewisserte sich, dass niemand zuhörte.

»... verdammt hart, zuverlässige Leute zu bekommen«, sagte Marc gerade zu Ike.

»... das Jahr zu Ende. Die Situation an der Börse ist schwer einzuschätzen ...«, erklärte Ben Josie, ohne zu merken, dass sie gar nicht zuhörte, sondern selbstvergessen auf Ricos vorbeikommenden Arsch starrte.

»Komm schon, Baby, nimm ihn fest in die Hand.« Das war Avril. Ich wollte wirklich nichts mehr wissen.

Okay, die Luft war rein, Ginger konnte reden. »Schwangerschaftstest«, raunte sie mir zu.

Ich biss mir auf die Zunge, um einen Aufschrei zu unterdrücken. Schwangerschaft? In all den Jahren, die ich Ginger kannte, hatte sie nie das geringste Interesse an einem Baby gezeigt, und jetzt machte sie plötzlich einen Schwangerschaftstest?

»Negativ«, berichtete sie Lizzy, und es klang erleichtert.

Verdammt, sie sah durch den Wind aus! Das hier war auf jeden Fall ein geplatztes Kondom/Pille-vergessen/mit-Jack-Daniel's-betrunken–Szenario, das beinahe eine Schwangerschaft zur Folge gehabt hätte. Wieso wusste ich davon nichts? Lizzy schien offenbar bestens informiert zu sein und Ginger sowieso.

»Wieso weiß ich nichts davon?« Es war heraus, ehe ich es verhindern konnte.

Lizzy flüsterte mir zu: »Du warst lange Zeit nicht ansprechbar und …«, sie wandte sich jetzt wieder an Ginger, »… oh, Süße, unsere Gebete wurden erhört. Du bist sicher erleichtert, nicht?«

Ginger nickte. »Du hast ja keine Ahnung. Ich hatte noch nie in meinem Leben so eine Angst.«

Unter dem Tisch drückte ich ihre Hand. Offensichtlich war sie völlig fertig von der ganzen Anspannung, denn eine solche Geste der Zuneigung führte bei Ginger gewöhnlich dazu, dass sie die Augen verdrehte und brummte: Lass das, ich brauch keine Streicheleinheiten. Jetzt sagte sie keinen Ton. Sie zog auch ihre Hand nicht zurück, nichts. Ich war völlig irritiert. Wo war ich gewesen? Ginger befand sich offenbar mitten in einer wichtigen emotionalen Lebensphase, und ich hatte nichts davon mitbekommen.

Zu meinem Erstaunen wurde mir klar, dass Lizzy recht hatte – ich war in letzter Zeit so gut wie nie zu Hause, weil Marc es bevorzugte, in seiner Wohnung zu sein. Klar, sie war größer. Und sauberer. Und ohne permanentes Kindergeschrei. Aber vielleicht könnten wir ja ein oder zwei Nächte in der Woche bei mir verbringen, um ein wenig Gleichgewicht in die Sache zu bringen. Ich würde ihm das morgen vorschlagen.

Ginger sah Lizzy an. »Wie kommt's, dass du ihr noch nichts davon erzählt hast?«

»Wir haben seit Ewigkeiten keine Gelegenheit gehabt zu quatschen.«

Lizzy klang ein bisschen defensiv und ... etwa auch ein kleines bisschen beleidigt? Das war lächerlich! Wir hatten doch erst kürzlich einen gemütlichen Abend zusammen, vor ... eh ... Mist, wann war das noch gewesen?

»Und ich konnte leider auch nicht im Salon vorbeischauen. Nicht mit meinem gebrochenen Knöchel.«

Lizzy hatte einen gebrochenen Knöchel? Einige Kilo Gips machten sich auf eine mühsame Reise, die auf dem Boden begann und mit einem dumpfen Laut auf der Tischplatte endete. Unverkennbar der Beweis dafür, dass meine andere beste Freundin tatsächlich einen gebrochenen Knöchel hatte.

Mein Mund öffnete und schloss sich wie das ausgeleierte Maul eines Schellfischs, ehe ich ein »Wie ist das passiert?« herausbrachte.

»Ich bin gefallen, als ich ...«

Erleichterung stellte sich ein, als mir klar wurde, dass es offenbar ein normaler, ganz alltäglicher Vorfall gewesen war. Ich hatte also nichts Wesentliches in ihrem Leben versäumt – die Erstbesteigung der Eigernordwand zum Beispiel.

»... auf der Bühne stand. In einem Club. In New York.«

WAS?

War ich im Koma gewesen? Oder auf einer Zeitreise? Oder im Knast? Moment mal. Als ich das letzte Mal mit Lizzy gesprochen hatte, hatte sie sich die Augen aus dem Kopf geheult, weil Prinzessin Diana gerade gestorben war, und das war im August gewesen. Jetzt hatten wir Oktober. Zwei Monate!

Wie konnte es sein, dass zwei Monate vergangen waren, ohne dass ich auch nur fünf Minuten mit meinen besten Freundinnen geredet hatte?

Aber es war eben nicht so einfach. Ich arbeitete viel. Und abends war ich meist völlig erledigt. Und wenn Marc freihatte, unternahmen wir gern etwas zusammen, nutzten die Zeit und ...

Ein Erinnerungsfetzen tauchte plötzlich vor mir auf. Ich sah mich im Regen stehen, in einem dämlichen babyrosa Rock und einem weißen Shirt, und darauf warten, dass Red kam, um meinen Reifen zu wechseln. Damals hatte ich meine Freundinnen wegen meines Freunds vernachlässigt, und jetzt musste ich feststellen, dass ich es wieder getan hatte. Was. Für. Ein. Mist.

Nun gut, das würde sich ab sofort ändern. Ich spürte, wie mich ein Ruck durchfuhr, der meine Prioritäten neu ordnete. Es könnte aber auch ein plötzlicher Blutzuckerspiegelabfall gewesen sein, dem der Sekt auf nüchternen Magen gar nicht guttat.

Wichtig war, dass ich es rechtzeitig gemerkt hatte. Ich musste mich einfach nur bemühen, etwas mehr Kontakt zu den Mädels zu halten, ohne dass Marc dabei zu kurz kam. Dinnerpartys waren das Stichwort. Machten das heutzutage nicht alle, die über dreißig waren? Auch wenn Marc so was hasste und ich die kulinarischen Fähigkeiten einer, na ja, sagen wir mal, Käsepflanze besaß – das war keine Entschuldigung. Ich würde meine Freundinnen einladen, mein Interesse an ihrem Leben bekunden und mir Mühe geben, sie nicht mit schlecht gekochtem Essen umzubringen.

Ich war verantwortlich für mein Leben und würde mich entsprechend verhalten. Es war mein Leben. Meins. Ich würde meine Prioritäten neu ordnen und wieder alles in den Griff bekommen.

Ein lautes Klirren unterbrach mich in meinen Gedanken. Ich schaute auf. Marc klopfte mit einem Löffel an sein Glas. Es war genau Mitternacht.

»Eine kurze Warnung wäre nicht schlecht gewesen«, zischte

Avril und warf ihr Handy auf den Tisch. »Der Typ hätte fast einen Herzinfarkt gekriegt und aufgehängt, ehe es an die kitzlige Stelle kam.«

»Manchmal fällt es mir schwer, meinen Stolz auf meine Kinder zu verbergen«, murmelte Josie und erntete dafür einen bösen Blick ihrer Tochter.

Marc räusperte sich und stand auf. Ein Chor aus Applaus und Pfiffen brandete auf.

»Erst mal möchte ich mich bei euch allen dafür bedanken, dass ihr gekommen seid, um Lous Geburtstag mit uns zu feiern.«

Noch mehr Pfiffe.

»Und Josie, danke, dass du das mit heute Abend geheim gehalten hast!«

Josie verbeugte sich grinsend. Für eine Klatschtante wie sie musste es unendliche Qualen bedeutet haben, den Mund zu halten. Morgen früh, wenn mein neues Leben begann, würde ich als Erstes mit Croissants, Kaffee und einer großen Schachtel Karamellwaffeln zu ihr gehen. Wir hatten einiges nachzuholen.

»Und dann würde ich gern noch ein paar Worte zu Lou sagen.«

Ah, wie süß! Aber er konnte jetzt ruhig aufhören, denn alle starrten mich an, und ich hasse es, so im Mittelpunkt zu stehen. Total. Fast so sehr, wie Ginger öffentliche Liebesbekundungen hasste.

»Wir sind jetzt seit etwas über einem Jahr zusammen, und es war echt das beste Jahr meines Lebens.«

»Oh Gott, ich fang gleich an zu heulen!«

Das war Josie. Neben mir verdrehte Ginger die Augen.

»Lou, du bist intelligent und schön und die beste Freundin, die man sich nur wünschen kann ...«

Nein, bin ich nicht! Ganz und gar nicht! Lizzy war fast auf dem verdammten Eiger, und ich habe nichts davon gemerkt.

»… und ich liebe dich.«

Ich war in letzter Zeit echt mies. Wirklich, wirklich mies. Aber ab sofort würde ich das ändern.

»Und deshalb …«

Himmel, er redete ja immer noch! Wurde er denn nie fertig?

»Lou Cairney …«

Was? Was denn noch? Mein Verstand spulte einen eigenen Kommentar zur Situation ab, und ich schaffte es nicht mehr, ihn auszuschalten. Diese Wirkung hatte Sekt immer bei mir.

»Herzlichen Glückwunsch zum Geburtstag, Darling!«

Oh, danke! Das ist echt süß. Jetzt setz dich endlich, ehe Ginger dich mit Grissini-Stangen bewirft.

Rico stand plötzlich mit einem schuhschachtelähnlichen Paket neben ihm. Marc nahm es und schob es mir quer über den Tisch zu.

Ein Geschenk! Und ich wusste genau, was es war. Seit Wochen hatte ich Hinweise auf die silbernen Riemchensandaletten fallen lassen, die wir letztens zusammen in der Stadt gesehen hatten. Offenbar hatte er gut zugehört.

Vielleicht war es doch gar nicht so übel, im Mittelpunkt zu stehen. Ich riss das pinkfarbene Papier herunter, hob den Deckel hoch und hielt die Luft an. Okay, es waren nicht die silbernen, sondern die schwarzen. Marc hatte recht gehabt, als er gesagt hatte, sie würden zu viel mehr Outfits passen als die silbernen.

Sie waren superschön. Ich hatte Riesenglück. Und ich würde sie sofort anziehen. Da mich immer noch alle anstarrten, würde es eine echte Erholung sein, kurz unter dem Tisch zu verschwinden und die Schuhe zu wechseln.

Ich streifte meine Schuhe ab und zog die neuen Sandaletten aus der Schachtel. Gerade als ich in der Versenkung verschwinden wollte, sah ich den Charm-Anhänger. Er war an einem der Lederriemchen befestigt, ein wunderschönes Silberteil mit einem funkelnden Kristallstein in der …

»Lou.«

Marcs Stimme klang definitiv ernster als sonst. Hatte Ginger ihm gegen das Schienbein getreten? Und würden bitte endlich alle aufhören, mich so anzustarren?

»Lou«, wiederholte er, und jetzt sah ich, dass er den Blick auf die Sandalette mit dem Anhänger gerichtet hatte. Dann sah er mich an. Dann wieder den Anhänger. Mich. Den Anhänger. Mich.

Ich kapierte es als Allerletzte am Tisch. Es war gar kein Anhänger.

»Willst du mich heiraten?«

Lous Lektionen für Cassie, wenn sie neunundzwanzig Jahre alt ist

*Liebe Cassie,
ich könnte schon anfangen loszuheulen, wenn ich nur daran denke. Es könnte also gut sein, dass ich beim Schreiben zwischendurch eine Pause machen muss, um mich zu sammeln. Oder zu weinen. Oder mich in einen dunklen Raum zu legen. Oder »Hochzeitskleid« zu googeln und mir dann vorzustellen, wie hübsch du darin aussehen würdest. Bis du heiratest, interessiert dich meine Meinung vermutlich nicht mehr, also lass es uns jetzt durchdiskutieren.*

71. Zuerst das Allerwichtigste – die Vorstellung zu heiraten behagt dir nicht (s. vorheriges Kapitel, Stichwort »Bindungsprobleme«), und du würdest stattdessen lieber bis in alle Ewigkeit ohne Trauschein mit jemandem zusammenleben. Für mich ist das okay. Und billiger ist es auch. Außerdem kommst du leichter wieder aus der Sache raus, falls du es dir doch anders überlegst. Wenn du so denkst, lass dich von niemandem dazu verleiten, zum Altar zu gehen.

72. Solltest du hingegen beschließen, dich dauerhaft zu binden (ganz gleich, ob es sich dabei um Männlein oder Weiblein handelt), mach es so, wie es deinen Vorstellungen entspricht. Lass dich bloß auf keine Zuckergusskleid-Nummer ein (falls du nicht weißt, was das ist, s. die Fotos von Tante Lizzys Hochzeit, aber Vorsicht: Die Bilder könnten dich fürs Leben traumatisieren).

73. Sorg dafür, dass alles so abläuft, wie du es dir erträumst. Es klingt zwar kitschig, aber es sollte sich tatsächlich anfühlen wie der schönste Tag in deinem Leben. Ich werde jedenfalls nie mehr vergessen, wie dein Dad mich angesehen hat, als ich bei unserer Hochzeit auf ihn zugegangen bin.

74. Verbiete Konfetti! Das Zeug gelangt überallhin. Und verbiete nervende Freunde! Sie gelangen auch überallhin.

75. Ich verstehe ja, dass du an deinem großen Tag super und braun gebrannt aussehen willst. Aber entscheide dich für die Version aus der Tube und ...

76. ... mach einen großen Bogen um Sonnenbänke!

77. Und geh trägerlos, um deine Brüste bestmöglich zur Geltung zu bringen, solange sie noch fest sind.

Ach, und noch etwas ...

Lektion 78
Für alles, was sich zu besitzen lohnt, lohnt es sich auch zu kämpfen
1999. Lou, neunundzwanzig Jahre alt

»Ich sehe nicht nach unten. Nein. Auf keinen Fall. Ich sehe nicht nach unten. Ich ...« Oh verflixt! Ich sehe nach unten.«

Ich sandte ein verzweifeltes Gebet an den Schutzheiligen der Höhenangstkranken, dass keiner der zwölf Japaner neben mir Englisch verstand. Aber aus der Art, wie einige von ihnen mich anschauten, schloss ich, dass mein Gebet unerhört geblieben war.

Marc hielt mir seine Hand hin. »Komm, halt dich fest! Vertrau mir!«

Ich schüttelte den Kopf. »Das sagen sie im Film auch immer, kurz bevor einer abstürzt«, stieß ich hervor.

Was tat ich nur hier oben? Marc hatte zwanzig Minuten gebraucht, um mich unten in den Aufzug zu kriegen, und auch das nur, weil er mir hoch und heilig versprochen hatte, dass wir nicht aussteigen würden. Er hatte mich belogen. Wir standen an einem windigen, bewölkten Novembernachmittag in New York auf der Aussichtsplattform auf der sechsundachtzigsten Etage des Empire State Building, dreihundertzwanzig Meter über der Erde, und ich kam vor Angst fast um.

»Baby, komm schon, du wirst es überleben.«

»Auch das sagen sie im Film immer. Wenn die Sanitäter kommen, kannst du ihnen sagen, dass es ein Herzinfarkt war? Und richte Josie aus, dass ich sie liebe und dass sie meinen ganzen weltlichen Besitz haben kann.«

Ich begann zu schwanken und klammerte mich unvermittelt an das Erstbeste, was mir in die Quere kam. Der kleine Japaner lächelte freundlich, während er meine Finger von seinem Arm löste.

Marc sah nun ziemlich verstört aus, was mir auch nicht weiterhalf. Was hatte er erwartet? Es war schließlich kein Geheimnis, dass ich an Höhenangst litt. Nach drei gemeinsamen Jahren musste er das wissen. Ich ging nie auf Achterbahnen. Hohe Brücken waren ein Gräuel für mich. Und wenn ich mich einem Bungee-Seil auf mehr als fünfzig Meter näherte, musste ich mich hinsetzen, bis der Ohnmachtsanfall vorüberging.

Das hier war nicht *Schlaflos in Seattle*, meine Güte. Tom Hanks stand nicht mit leuchtenden Augen da und wartete darauf, mich nach dem Drehbuch einer unglaublich romantischen Komödie bis an mein Lebensende glücklich zu machen. Für mich war das hier eher *Stirb langsam 1, 2, 3* oder *4* – die Stelle, an der jemand in Panik erstarrt und John Mclane ihn aus einem brennenden Gebäude oder Flughafen oder U-Bahnhof zerren muss, um ihm das Leben zu retten. Viel mehr Angst konnte man einfach nicht haben.

Als Marc endlich begriff, stieß er einen tiefen Seufzer aus.

»Können wir jetzt wieder runterfahren?«

Keine Antwort.

»Marc, können wir …«

»Das läuft einfach nicht so, wie ich es mir vorgestellt habe«, unterbrach er mich.

Echt? Für mich, ehrlich gesagt, auch nicht. Ich war mir ziemlich sicher, dass ich gleich reanimiert werden musste.

»Hör zu, Marc, es tut mir leid, aber diese Höhe …«

»Ich meine nicht die Aussichtsplattform hier«, entgegnete er. »Ich meine uns.«

Oh Mist! Eine Beziehungsdiskussion in dreihundertzwanzig Metern Höhe. Super. Könnte mich vielleicht jemand erschießen?

»Marc, was verlangst du von mir? Was immer es ist, kannst du es mir bitte sagen, wenn wir wieder festen Boden unter den Füßen haben?«

Ich schwitzte. Um nicht zu sagen: Der Schweiß lief mir in Sturzbächen über das Gesicht. Was war nur los mit ihm? Er war doch sonst nicht so unsensibel. Okay, er war ein Alpha-Mann, und es war unwahrscheinlich, dass er in Kürze Kontakt zu seiner emotionalen Ebene finden würde, aber das hier grenzte an psychologische Folter.

»Na ja, ich hatte einfach eine ganz bestimmte Vorstellung, wie das hier oben ablaufen sollte.«

Er kramte in der Tasche seiner cremefarbenen Chino Jeans. Folter hin oder her, ich fand, dass er heute besonders süß aussah. Ein bisschen zu elegant vielleicht – was nicht so recht zu meinen hautengen Jeans, dem *Guns N' Roses*-Shirt und den Uggs passte –, aber sein knackiger Hintern und die breiten Schultern gaben ihm was von einem amerikanischen Sportler. Wenn ich nicht so nah am Abgrund stünde, würde ich glatt eine Siesta im Hotel erwägen – mit allem Drum und Dran.

»Das hier ist für dich.«

Als er die Ringschachtel herauszog, applaudierten spontan zwölf Japaner, und plötzlich klickten ein Dutzend Kameras.

Gott, ich halluzinierte. Ich sah Marc vor mir stehen, mit einem Ring in der Hand. So begann der Irrsinn – und ich war nicht sicher, ob er oder ich den Faden verloren hatte.

Ich sah ihn misstrauisch an. »Haben wir diesen Teil nicht schon hinter uns?«

»Sagen Ja. Sagen Ja. Ist gute Ring.«

Eine zierliche Orientalin, die sich einfach in meine Privatsphäre drängte, gab mir lebenswichtige Ratschläge.

Marc griff nach meiner Hand und zog mich zurück ins Innere des Gebäudes. Meine Herzfrequenz fiel von »explosiv« auf »leicht hysterisch«.

»Lou, das ist kein Verlobungsring.«

Ooohhh! Dann war es also nur ein Geschenk. Ein kleines Zeichen seiner dreijährigen Zuneigung.

»Es ist ein Ehering.«

Es ist ein Ehering. Ausgerechnet jetzt. Ein Ehering. Mein Herzschlag katapultierte wieder zurück auf »explosiv«.

»Ich dachte, wir könnten gleich hier heiraten. Ehrlich gesagt, hatte ich es als Riesenüberraschung geplant ...«

Dieser Teil des Satzes war gesponsert von der Vereinigung verdammt großer, blöder Missverständnisse.

»... aber dann wurde mir gesagt, dass wir uns erst anmelden und danach vierundzwanzig Stunden warten müssen, ehe wir getraut werden können.«

Es dauerte ein paar Sekunden, ehe mir auffiel, dass sich mein Mund öffnete und schloss und nur ein verstörtes Gebrabbel ausstieß.

»Tja, das war natürlich eine gute Idee, aber ich habe meine Geburtsurkunde nicht dabei, daher können wir gar nicht heiraten, und außerdem sind unsere Freunde gar nicht hier, und es wäre doch ziemlich schade, und ...« Die letzten Worte blieben irgendwie auf der Strecke, weil mir die Luft knapp wurde.

Marc schaute mich jetzt ziemlich ernst an. Wieso hatte ich das Gefühl, dass ich etwas Falsches gesagt hatte? Hatte ich was verpasst? Und bildete die kleine Japanerin sich tatsächlich ein, ich würde nicht sehen, dass sie hinter dem Verkaufsstand mit den I-♥-NY-Shirts stand und lauschte?

»Ich habe deine Geburtsurkunde mitgebracht.«

Woher zum Teufel hatte er die denn?

»Josie hat sie mir besorgt.«

Ah, die Königin der Kleptomanen hatte wieder einmal zugeschlagen.

»Und ich hab mir überlegt, dass wir uns heute anmelden und uns dann morgen im Bootshaus im Central Park trauen lassen könnten. Ich hab extra ein Zeitfenster für uns blocken lassen.«

»Ein Zeitfenster blocken lassen.«

Ja, mir war klar, dass ich den Satz wiederholte, während mein Verstand verzweifelt versuchte, ihn zu verarbeiten.

»Lou, ich möchte dich gern heiraten. Ich weiß, du hast Angst ...«

Panik.

»... aber ich weiß auch, dass du mich liebst und dass wir füreinander bestimmt sind. Es gibt keinen Grund, es länger aufzuschieben. Heirate mich. Morgen. Im Bootshaus.«

Jetzt wusste ich, wie sich Menschen im Belagerungszustand fühlten, ehe die Guten hereinstürmten und die Bösen erledigten. Allerdings hatte ich das ungute Gefühl, unter Beschuss der eigenen Leute zu geraten.

Er hatte natürlich recht. Seit zwei Jahren erwähnte er immer mal wieder im Nebensatz, dass wir endlich einen Termin finden und heiraten sollten, und ich fand ebenfalls im Nebensatz immer wieder Gründe, es noch aufzuschieben.

Die Wahrheit war, dass mich diese ganze Idee mit der Hochzeit fast genauso in Panik versetzte wie die Aussicht vom sechsundachtzigsten Stockwerk einer New Yorker Touristenattraktion. Ich liebte Marc. Wirklich. Er war witzig und klug und abgesehen davon überaus sexy. Der Typ war ein echtes Schnäppchen. Und trotzdem ... trotzdem was? Was war denn nur los mit mir? Wieso erfüllte mich die Vorstellung, ihn zu heiraten, irgendjemanden zu heiraten, so mit Grauen? Er hätte das Geld für den Hochzeitsring sparen und mir stattdessen Therapiestunden finanzieren sollen.

Mein Blick wanderte von meinen Füßen zu seinem Gesicht, seinem attraktiven, hoffnungsvollen, perfekten Gesicht.

»Und?«, fragte er.

Ich konnte das nicht. Es ging zu schnell. Ich hasste Überraschungen. Ich war verunsichert. Hilflos. Ich brauchte Zeit, um darüber nachzudenken. Wie sollte ich innerhalb von vierundzwanzig Stunden heiraten? Ich hatte kein Kleid. Keine Schuhe. Und meine Nägel! Meine Nägel sahen aus, als hätten kleine Nagetiere daran geknabbert. Ich konnte unmöglich mit abgekauten Nägeln heiraten. Und ich würde nicht ohne die Menschen heiraten, die mir wichtig waren. Marc konnte Josie unmöglich nach meiner Geburtsurkunde gefragt haben, denn wenn sie gewusst hätte, dass ich hier in New York heiratete, hätte sie in dem Moment hinter dem T-Shirt-Stand gehockt und wäre zusammen mit ihrer neuen japanischen Freundin vor Aufregung fast geplatzt.

Nein, es war ausgeschlossen. Ich musste Nein sagen. Ich würde ihn schrecklich enttäuschen, aber er würde schon darüber hinwegkommen. Vielleicht konnten wir die Hochzeit ja gemeinsam planen, sobald wir wieder zu Haue waren. Daran arbeiten. Schritt für Schritt. Ganz langsam.

»Lou«, begann er, und ich hörte nun einen Hauch von Ungeduld in seiner Stimme. Er fuhr sich mit der Hand durchs Haar, ohne zu merken, was er tat. Es war eine der kleinen Angewohnheiten, die ich an ihm so liebte. »Lou, komm schon! Sag Ja!«

Im nächsten Moment schossen mir die Tränen in die Augen. Er hatte recht. Ich liebte ihn. Er liebte mich. Ich wollte mit keinem anderen zusammen sein. Und wenn ich jetzt überfordert war, lag das nur an meiner angeborenen Abneigung gegen die Ehe. Es hatte nichts mit Marc zu tun. Vielleicht sollten wir es tatsächlich einfach tun. Es könnte funktionieren. Andere schafften es doch auch. Lizzy und Ben zum Beispiel. Oder Ginger und Ike.

Marc und ich würden zusammen glücklich werden. Ganz sicher. Es bedeutete ihm eine Menge. Er war eben konservativ und wünschte sich eine richtige Ehe. Auch wenn er seine Braut in schwindelnder Höhe dazu überreden musste.

Vielleicht war es genau das, was ich brauchte. Vielleicht

musste ich ins kalte Wasser geworfen werden. Ich wusste, ich sollte mir nichts vormachen. Ganz langsam? Schritt für Schritt? Dann würde ich es niemals tun. Ich würde weiter ständig irgendwelche Ausflüchte erfinden, und irgendwann würde er die Geduld verlieren. Eine schreckliche Erkenntnis traf mich – ich würde ihn verlieren. Eines Tages würde er genug von mir haben und mich verlassen, und ich konnte es ihm nicht mal übel nehmen. Er wollte einen Beweis dafür, dass ich es ernst meinte.

Er wollte eine echte Bindung.

Ich wischte die Träne fort, dir mir über die Wange lief.

Bindung.

Ich würde niemals mit dem Fallschirm aus einem Flugzeug springen oder mich von einem Felsen abseilen, aber das hier konnte ich schaffen.

Marc hatte recht. Ich musste es tun. Ich musste mich endlich binden.

»Also gut.« Ich atmete tief aus und nickte gleichzeitig. Vermutlich gab es nur wenige Menschen, die einen Heiratsantrag auf diese Weise annahmen, aber ich machte kleine Schrittchen. Sein Gesichtsausdruck veränderte sich; seine Augen leuchteten, als er begriff, was das bedeutete.

»Also gut, Mr. Cheyne, wir machen es.«

Vor wenigen Minuten, da draußen an der Aussichtsplattform, hatte ich geglaubt, dass es unmöglich sei, noch mehr Angst zu haben.

Ich hatte mich geirrt.

Lektion 79
Ich will jetzt wirklich nicht auf New Age und Spiritualismus machen, aber manchmal muss man einfach auf sein Schicksal vertrauen

Das war er also. Der große Tag. Der Augenblick, von dem kleine Mädchen träumen und den sie bis auf die kleinste Kleinigkeit planen und einüben.

»Lou, wir müssen in fünf Minuten los.«

»Bringt es nicht Unglück, wenn du mich vorher im Hochzeitskleid siehst?«, brüllte ich aus dem Bad.

Dabei hätte er mich auch so problemlos gehört, denn die Wände unseres Hotelzimmers waren dünn wie Papier. Das hatten wir schon am Vorabend festgestellt, als sich die Leute im Nachbarzimmer unterhalten hatten: Oh ja Baby, oh ja Baby, oh ja! So groß, Baby. Ohhh, so groß. Oh, sooooooo groß. Und so war es immer weitergegangen. Und weiter. Und weiter. Gegen vier waren wir endlich eingeschlafen, in der beruhigenden Gewissheit, dass wir in unmittelbarer Nachbarschaft zum größten Penis der westlichen Welt nächtigten.

Ich zerrte weiter an meinem Reißverschluss, während er antwortete. »Ja, aber ich nehme auf keinen Fall ein separates Taxi. Nachher fährst du noch zum Flughafen und lässt mich einfach sitzen«, rief er lachend.

Als ob. Was für eine alberne Unterstellung. Das wäre ja völlig abwegig. Nicht im Traum würde ich an so was denken. Okay, hatte ich doch, aber seit mindestens zehn Minuten nicht mehr. Ein letzter Ruck am Reißverschluss. Meine Augen wurden ein bisschen feucht, als ich mir dabei im Nacken ein Haar ausriss.

Ich betrachtete mich kurz im Badezimmerspiegel. Die Frau

in dem elfenbeinfarbenen Kleid war tatsächlich ich. Marc hatte eine gute Wahl getroffen. Als wir gestern vom Empire State Building ins Hotel zurückgekommen waren, hatte er an der Rezeption angerufen und darum gebeten, ihm »das Paket« raufzubringen. Zum Glück hatte das FBI das Gespräch nicht abgehört – er hatte geklungen wie ein kolumbianischer Drogendealer.

Zehn Minuten später hatte ein Hoteldiener mit einer großen Tüte mit dem Logo von Saks Fifth Avenue vor der Tür gestanden. Marc hatte im Internet ein Kleid ausgesucht, von dem er glaubte, dass es mir gefiel, es gekauft und vor unserer Ankunft ins Hotel schicken lassen. Als ich mich jetzt vor dem Spiegel drehte, verstand ich, wieso er es genommen hatte. Zwei Lagen Stoff in gebrochenem Weiß, die innere aus einem wunderbar weichen Crêpe-Satin, die äußere aus feinster Spitze. Der Stoff fiel in großzügigen Bahnen nach unten, schmiegte sich eng um Taille und Hüften und reichte bis knapp über die Knie. Hinten wurde das Kleid mit winzigen Strasssteinchen zugeknöpft, es hatte einen runden Ausschnitt und lange, schmale Ärmel. Ein Kleid, wie es Holly Golightly in *Frühstück bei Tiffany* getragen hätte. Aber Holly Golightly trug Größe 36, und ich hatte Größe 40 und einen Magen, der noch immer voller Toast Hawaii vom Zimmerservice am Vorabend war.

Ich atmete tief und zog den Bauch ein. Mr. Superorganisator glaubte sicher, er hätte an alles gedacht, aber leider gab es ein Defizit auf dem Gebiet Zauberhöschen. Das Kleid war zwar wunderschön, und ich war zutiefst gerührt, dass er sich so viel Mühe gegeben hatte, aber … na ja, ich hätte eher etwas ausgesucht, das etwas weniger klassisch und dafür etwas schmeichelhafter war.

Ich rief mich zur Ordnung. Darum ging es nun wirklich nicht. Der Priester (war es ein Priester oder ein Beamter? Eigenartig, dass ich nicht die geringste Ahnung hatte, wer meine eigene Trauung vollziehen würde!) oder der Beamte oder wer auch immer würde uns gleich das Eheversprechen abnehmen.

»Wirst du, Marc, die hier anwesende Lou in guten wie in schlechten Zeiten, bei Blähungen und ...«

Es klopfte an der Tür. »Bin gleich so weit!«, rief ich und klammerte mich ans Waschbecken, als mich auf einmal Angst überkam. Zum hundertsten Mal wünschte ich, Josie wäre bei mir. Und Ginger und Lizzy. Und Avril – auch wenn sie sicher sagen würde, ich sähe aus, als hätte ich mich in Josies Küchengardinen gewickelt. Sie hatte vielleicht nicht ganz unrecht, ich war mir selbst nicht sicher, ob diese ganzen Spitzen wirklich ich waren.

Aber spielte das eine Rolle? Wichtig war doch, dass ich Marc heiratete, dass wir einen superschönen Tag hatten, danach nach Hause fuhren, es allen erzählten und ein wunderbares Leben zusammen führten.

Auf einmal überfiel mich der Drang, zu Hause anzurufen, mit jemandem zu sprechen, der mir wichtig war. Doch stattdessen nahm ich das Gebinde aus weißen Rosen, das auf dem Waschbeckenrand lag, warf einen letzten Blick in den Spiegel und zog die Tür zum Bad hinter mir zu.

»Gott, du siehst wunderschön aus!«

Marc lächelte. Er sah aus wie eins der Models auf den Ralph-Lauren-Plakaten, die wir bei Bloomingdale's gesehen hatten. Wie hatte ich es nur geschafft, so einen Traumtypen an Land zu ziehen? Sein marineblauer Anzug saß wie angegossen, sein weißes Hemd war makellos bis zu den Manschettenknöpfen, und die hellblaue Krawatte vollendete das Outfit perfekt. Es war nur alles so ... Marc. Wenn ich je darüber nachgedacht hätte, was er zu seiner Hochzeit tragen würde, hätte ich es mir genau so vorgestellt. Schick. Elegant. Erwachsen. Ich konnte uns beide im Kleiderschrankspiegel sehen. Zwei Erwachsene. Du lieber Himmel, wir waren erwachsen! Keine Panik. Keine Panik.

Er nahm meine Hand. »Fertig?«

Ich nickte. Ich war fertig. Es wurde Zeit. Ich musste nur immer fest daran denken, dass das hier alles ein Traum war, dass ich den Rest meines Lebens mit dem Mann verbringen würde, den ich liebte und ... atme! Atme weiter!

An der Rezeption schenkte uns niemand einen Blick, als wir vorbeigingen. Niemand auf der ganzen Welt wusste, dass ich auf dem Weg zu meiner Hochzeit war. Keine Menschenseele. Plötzlich kam mir ein Gedanke: Wenn ich in zwei Stunden von einem Bus überfahren würde, würde Lou Cheyne auf meiner Todesurkunde stehen. Wer war das?

Ich nicht. Und wenn Marc auch umkommen würde, dann würde Josie sich auf die Suche nach mir machen, aber sie würde mich nicht finden, weil ich den falschen Namen hatte, und trotz aller Bemühungen der süßesten Ermittler von *CSI: NY* würde man mich nicht identifizieren, und ich würde in einem namenlosen Grab verrotten, ohne dass jemand wusste, dass ich dort lag.

Irgendwie hatte ich das Gefühl, dass die meisten Bräute sich solche Gedanken auf dem Weg zu ihrer Hochzeit nicht machten.

Der Spätnachmittagsverkehr in New York kroch vor sich hin, aber natürlich hatte Marc auch das vorhergesehen und genügend Zeit eingeplant. Er wolle nicht, dass ich mir wegen irgendwas Sorgen mache, hatte er mit erklärt.

Super. Also keine Sorgen. Ich musste mich bloß zurücklehnen, die Taxifahrt durch die aufregendste Stadt der Welt genießen und mich zu einer Oase inmitten des ganzen Chaos bringen lassen, um dort mein Ehegelübde abzulegen. Das ununterbrochene Gequatsche des Taxifahrers trug zusätzlich zu dieser Wohlfühlatmosphäre bei. Bis wir schließlich in die Madison Avenue bogen, hatten wir erfahren, dass er zwei Frauen hatte, sieben Kinder und seiner Familie in Turkestan jeden Monat Geld schickte.

Ich überließ Marc das Reden und beobachtete stattdessen die Leute auf der Straße: eine bunte Mischung aus Touristen, Anzugträgern und Frauen, die aussahen, als kämen sie gerade vom Set dieser neuen Soap über vier New Yorker Frauen. Wie hieß sie noch gleich? Irgendwas mit City. City Sex? Oder ... nein, es fiel mir nicht ein. Lizzy erzählte mir dauernd, wie super sie sei, aber sie lief immer dann, wenn ich lange arbeiten musste, und da ich mit Marcs VHS-System noch nie klargekommen war, hatte ich die Sendung bisher noch nicht gesehen.

Meine Güte, dauerte diese Fahrt denn ewig? Wir blieben vor jeder Ampel stehen. Der Fahrer informierte Marc immer detaillierter über seine Familienverhältnisse, als mich ein Geräusch plötzlich zusammenzucken ließ. Die Glocken der St. Patrick's Cathedral. Sie läuteten klar und hell, jeder Ton kribbelte in meinem Körper. Das war so sehr New York, so wunderbar atmosphärisch, dass ich plötzlich ein Bild von Josie vor mir sah. Seit Jahren redete sie davon, einmal nach New York zu fliegen, sie hätte die Stadt geliebt und jede einzelne Sekunde genossen.

Sie sollte hier sein. Sie. Sollte. Hier. Sein.

Ich hörte, wie der Fahrer aufgeregt etwas rief: »Hey, Lady, was machen Sie? Lady, Sie können doch nicht einfach ...«

Marc schloss sich ihm nun ebenfalls an. »Lou, was zum Teufel ...!«

Den Rest hörte ich nicht mehr. Ich war aus der Tür und rannte los, was angesichts meiner Zehn-Zentimeter-Absätze nicht einfach war. Aber ich lief immer weiter, nichts konnte mich aufhalten.

Nichts, außer ...

»Oh, Mist, tut mir leid!«

Plastikflaschen mit Senf und Ketchup und ein Dutzend Chipstüten flogen zu Boden, und der Verkäufer des Hotdog-Stands starrte mich mit offenem Mund an. Normalerweise hätte ich mich wortreich entschuldigt, aber ich lief einfach weiter. Das heißt, genau genommen humpelte ich, denn einer meiner Schuhe war in der Lache aus klebrigen Soßen stecken geblieben. Ich stieß mit anderen Fußgängern zusammen, prallte gegen Kinderwagen, hüpfte über Pfützen und wäre fast über eine Hundeleine gestolpert.

Endlich erblickte ich einen Türeingang. Ich stolperte hinein, ohne mich um die neugierigen Blicke der Menschen hinter der Theke zu kümmern.

»Ein Stück oder eine ganze?«, fragte einer von ihnen und zeigte auf eine Auswahl Pizzen, die vor ihm in einem Glaskasten ausgestellt waren. Sah ich etwa aus wie eine Frau, die hereingekommen war, um in Ruhe eine Kleinigkeit zu essen? Es war ein eisiger Herbsttag, mein Gesicht war puterrot, außerdem trug ich einen Spitzenfummel und nur einen Schuh.

»Eh ... bitte nur einen Kaffee«, stotterte ich, ließ mich auf einen der freien Plätze fallen und legte den Kopf auf den Tisch.

Der Mann brachte mir den Kaffee und stellte ihn vorsichtig neben meiner Stirn ab, ehe er sich entfernte.

Als mein Atem endlich wieder einen halbwegs normalen Rhythmus erreicht hatte, hob ich den Kopf, trank einen Schluck und kramte mein Handy hervor.

Ich drückte die Kurzwahltaste, ehe ich nachdenken konnte. Es klingelte. Und klingelte. Und klingelte. Komm schon, Tante Josie, geh endlich ran! Bitte! Schließlich sprang der Anrufbeantworter an, und meine Lieblingsstimme war zu hören: »Ich bin nicht zu Hause, weil ich gerade schmutzige Dinge mit dem Typen von *Taggart* mache. Hinterlass eine Nachricht, ich rufe zurück, sobald ich wieder Gefühl im Unterleib habe.«

Ich legte auf und seufzte resigniert. Josie hätte ohnehin nichts für mich tun können.

Kurzwahl Nummer zwei. Es meldete sich sofort jemand.

»Lizzy, ich bin's.«

Ohrenbetäubendes Kreischen.

»Oh mein Gott! Amüsierst du dich? Was habt ihr schon alles gesehen? Wart ihr schon im Central Park Rollerblades fahren? Bitte, sag, dass du schon einen der Promis aus *Friends* gesehen hast. Matthew Perry! Den fand ich schon immer am süßesten. Oder Joey! Wie geht's dir?«

»Lizzy, Marc hat unsere Hochzeit geplant.«

»Was? Wann?«

»Hier. Heute. Im Central Park.«

»Oh. Mein. Gott! Wie romantisch! Das ist ja unglaublich! Oh, Lou, ich wünschte, ich wäre bei euch. Das ist wirklich das absolut Romantischste, was ich je gehört habe. Es ist so …«

Ich legte auf.

Ich weiß, ich bin eine schreckliche Freundin. Aber ich konnte es einfach nicht länger ertragen. Ich musste …

Kurzwahl Nummer drei.

»Ja?« Die Stimme klang ziemlich genervt.

»Ginger, ich bin's.«

»Bist du nicht in New York?«

»Doch.«

»Okay, dann verzeihe ich dir, dass du mitten in der Nacht anrufst. Was ist los?«

»Marc hat unsere Hochzeit geplant.«

»Wie cool. Wann denn?«

»Jetzt. Heute.«

»WAS???? Was bildet der sich denn ein?« Das war schon besser.

»Er wollte mich überraschen.«

»Er wollte dich kontrollieren, könnte man wohl eher sagen. Wie kommt er auf die Idee, dass du ohne uns alle heiraten willst? Das ist doch verrückt.« Sie machte einen Moment Pause. »Ich meine, es sei denn, du willst das. Ich meine, dann wäre es natürlich okay. Willst du in New York heiraten?«

»Nein.«

Eine weitere Pause entstand, ehe sie hervorstieß: »Oh, gut. Dann ist er ein Idiot. Er hätte doch wissen müssen, dass du das nicht willst. Josie wird ihn umbringen. Ist ihm das klar?«

»Nein.«

»Wow, da wird sicher Blut fließen! Also, wann macht ihr es, und wo bist du gerade?«

Offenbar hatte sie das ganze Ausmaß des Desasters noch nicht ganz erfasst.

»In einer Stunde, und ich sitze gerade in einem Pizza-Takeaway. Wir waren auf dem Weg, und ich bin an der St. Patrick's Cathedral aus dem Taxi gesprungen und geflüchtet. Und ich habe ...« – ein Schluchzer drang aus meiner Kehle – »... einen Schuh verloren.«

»Du meine Güte! Ich kann gar nicht glauben, dass ich das alles verpasse. Was hast du denn jetzt vor?«

»Keine Ahnung. Ich liebe ihn, Ginger, aber ich ... ich hab einfach die Nerven verloren. Gott, was habe ich nur getan? Lizzy sagt, es sei das Romantischste, was sie je gehört hat.«

»In Sachen Beziehung solltest du nicht auf eine Frau hören, die sich jede Woche *Dirty Dancing* anschaut und ihren Mann John nennt, wenn sie es danach mit ihm treibt.«

»Tut sie das?«

»Keine Ahnung, aber es ist ein gutes Gerücht, und ich finde, wir sollten es weiterverbreiten. Aber wag bloß nicht, dir wegen der ganzen Sache Vorwürfe zu machen. Er hätte wissen müssen, dass es ein Risiko ist, dich so einfach zu überfallen. Für so was bist du viel zu kompliziert.«

»Ah, danke!« Ich seufzte, nicht nur weil mein Kleid gerade an der Unterseite des Tisches hängen geblieben war. »Und was soll ich jetzt tun?«

»Das liegt an dir, Süße!« Ginger bemühte sich offenbar um Mitgefühl. »Willst du ihn heiraten?« Und um Logik.

»Ja. Ganz bestimmt. Nein. Ich meine, es kommt alles so plötzlich.«

»Ist Marc das Problem oder die Hochzeit?« An ihrer Stimme erkannte ich, dass Ginger versuchte, vernünftig zu sein. Für Ginger eher außergewöhnlich. Und beeindruckend. Sensibilität gehörte eigentlich nicht zu ihren Stärken.

»Die Hochzeit. Ich liebe Marc, und wir sind … glücklich. Zumindest waren wir das bis vor einer halben Stunde. Ich glaube nicht, dass er im Moment besonders happy ist.«

»Dann ist es vielleicht gut so. Du bringst es dort hinter dich, und dann kommst du nach Hause zurück und planst ein großes Hochzeitsfest, das ein Vermögen kostet. Und wir werden euch aus dem Weg gehen, weil ihr nur noch über Autos und Kleider redet und darüber, ob ihr die alte Dame einladen sollt, die nebenan gewohnt hat, als du sechs warst.«

»Sie war so nett.«

»Ich weiß. Aber ich schätze, sie ist inzwischen tot, daher hat sich *das* Problem erledigt.«

Zum ersten Mal seit vierundzwanzig Stunden musste ich lachen. Das war genau das, was ich brauchte. Ich brauchte eine Freundin, selbst wenn sie nur am Telefon war und fast zweitausend Meilen entfernt.

»Weißt du, vielleicht hat Lizzy ja recht, Lou. Vielleicht ist es tatsächlich romantisch.«

Ich wusste nicht, was ich sagen sollte. »Ginger, ich …«

Meine Nackenhaare richteten sich auf, als Marc plötzlich wie aus dem Nichts in der kleinen Pizzeria auftauchte. Sein Gesicht war erhitzt, seine Krawatte hing schief, in der Hand hielt er Jimmy-Choo-Schuhe im Wert von mindestens zweihundert Dollar. Die Typen hinter der Theke stießen sich gegenseitig an und zeigten auf uns. Für eine Frau, die es hasste, im Mittelpunkt zu stehen, spielte ich diese Rolle in letzter Zeit verdammt oft.

»Kannst du mir mal sagen, was das gerade sollte?« Obwohl er vermutlich fast den ganzen Weg gerannt war, war er kaum außer Atem. Offenbar war er ziemlich fit.

»Lou? Lou, was ist los?« Ginger klang genauso nervös, wie ich mich fühlte.

»Ich ruf dich gleich wieder an.«

Langsam nahm ich das Handy vom Ohr und legte es auf den Tisch. Dabei ließ ich Marc keine Sekunde aus den Augen. Wie hatte ich ihm das antun können? Ich liebte ihn, und er stand vor mir, nein, er hockte jetzt vor mir und sah so ... verletzt aus.

»Lou? Mit wem hast du telefoniert?«

»Ginger.«

Sein Gesicht wurde düster. »Na super! Genau die Richtige für eine Krise.«

»Es ... es tut mir leid. Wegen des Wegrennens, meine ich. Ich habe irgendwie die Nerven verloren.«

»Echt?« Die Worte waren sarkastisch, aber seine Miene wurde etwas weicher, und ein Hauch von einem Lächeln trat auf sein Gesicht.

Gott, ich liebte ihn so! Was hatte ich nur getan? Er nahm meine Hand – angesichts der Umstände eine äußerst großzügige Geste. Wenn die Rollen andersherum verteilt gewesen wären, hätte Marc sich in diesem Moment vermutlich eine Pizza Salami mit extra viel Mozzarella aus den Augen wischen müssen.

»Baby, ich liebe dich. Aber ich kann nicht ewig so weiterleben. Ich möchte heiraten, Kinder kriegen, mit dir alt werden. Und du benimmst dich, als sei dies nur eine bedeutungslose Studentenbeziehung.«

»Es ist nicht bedeutungslos!« Ich war entsetzt, dass er das glaubte. Aber nach den Ereignissen dieses Tages war das ja schließlich kein Wunder. »Ich will das auch alles.«

»Dann beweis es mir, Lou. Heirate mich! Heute. Denn wenn wir es jetzt nicht tun, werden wir es niemals tun.«

Lous Lektionen für Cassie,
wenn sie einunddreißig Jahre alt ist

Liebe Cassie,
inzwischen liest du meine Ratschläge bestimmt mit wachsender Ungläubigkeit. Es tut mir leid. Aber es ist besser, wenn du die volle Wahrheit erfährst und erkennst, dass auch Menschen, die riesige Fehler machen, am Ende ihr Ziel erreichen. Ich hoffe, dass du, wenn du all dies liest, denkst, dass deine Mum auch nur ein Mensch ist und Fehler gemacht hat und dass sie keine Irre ist und dass du dir niemals gewünscht hast, von Angelina Jolie adoptiert worden zu sein. Soweit ich weiß, hat sie sich sowieso nie in einer Kleinstadt an der Westküste Schottlands nach Verstärkung für ihre Multikultibrut umgesehen. Wie auch immer – in den Dreißigern gibt es einiges zu bedenken.

80. Wenn du es bis jetzt noch nicht geschafft hast, sind deine Chancen auf eine Karriere als Topmodel auch künftig eher dürftig. Ich brauchte ebenfalls eine Weile, um das zu akzeptieren, dabei gab es schon mit zwanzig Anzeichen – als ich mir meine erste Jeans in Größe 38 kaufen musste.

81. Das bedeutet nicht unbedingt, dass dein Leben verpfuscht ist. Bei mir war es jedenfalls nicht so.

82. Das Leben von Freunden kann sich verändern und in eine ganz andere Richtung gehen, daher hüte dich, die Menschen zu vernachlässigen, die dir am wichtigsten sind.

83. Antifaltencreme. Sie hilft nicht. Aber das wird dich vermutlich nicht davon abhalten, mindestens zehn Prozent deines Monatseinkommens darauf zu verwenden, die Zeit doch irgendwie aufzuhalten. Ich habe übrigens alles ausprobiert und festgestellt, dass nichts wirklich nützt außer Botox und Schlaf.

84. Wenn du Kinder, Personal oder Haustiere hast, sei dir darüber im Klaren, dass Botox deine Autorität erheblich einschränken kann. Meine Überzeugungskraft hat sehr gelitten, als ich plötzlich nicht mehr in der Lage war, drohend die Stirn zu runzeln.

85. Es ist womöglich besser, dein Alter zu akzeptieren. Sieh es so: Du wirst nicht älter, du wirst weiser und erfahrener. Und dann mach das Beste aus jedem Tag, denn wenn du schon mit dreißig Schwierigkeiten hast, wird vierzig eine Katastrophe. Ich möchte dich an dieser Stelle noch einmal daran erinnern, dass ich nie vorgegeben habe, anders als oberflächlich zu sein.

86. Mach einen großen Bogen um Sonnenbänke, und erfreu dich an deinen Brüsten, solange sie noch fest sind. Okay, vielleicht nicht mehr so richtig, aber mit etwas Glück rutschen sie im Liegen noch nicht unter deine Achselhöhlen.

Ach, und noch etwas ...

Lektion 87
Manchmal sendet das Leben kleine Signale – sei wachsam
2001, Lou, einunddreißig Jahre alt

Es gab keinen Zweifel: Marc wurde mit zunehmendem Alter immer attraktiver. Während ich ihn vor mir im Spiegel betrachtete, fielen mir ein paar kleine Veränderungen auf. Ein paar mehr Linien um die Augen herum. Einige graue Haare. Eine Lässigkeit in der Körperhaltung, die zeigte, dass dieser Mann glücklich und zufrieden war. Das Licht brach sich in den drei Diamanten seines Platin-Eherings. Ich war erleichtert. Ich hatte alles richtig gemacht. Gut, dass ich die Stärke besessen hatte, zu meinen Gefühlen zu stehen.

Ich strich ihm den Pony aus dem Gesicht und ließ meine Finger sanft über seinen Nacken gleiten.

»Wie geht's Emily?«, fragte ich und teilte die erste Strähne ab, um sie zu schneiden.

»Gut.« Sein Lächeln sagte alles. Nein, nicht alles. »Sie ist … eh … schwanger.«

Überrascht hörte ich auf zu schneiden. »Wirklich? Das ist ja fantastisch! Findest du es komisch, dass ich dich jetzt am liebsten umarmen und dir einen Kuss geben würde? Ohne Zunge natürlich.«

Sein Lachen erfüllte den Salon. »Nein, nicht komisch, ganz natürlich.«

»Okay, dann erledigen wir das gleich, bevor du gehst. Freut Emily sich? Wann soll das Baby denn kommen?«

»Sie ist außer sich vor Glück. Das Baby ist für nächstes Jahr Anfang Juni ausgerechnet. Wir erzählen es gerade erst, weil sie jetzt die kritischen ersten drei Monate hinter sich hat.«

»Ich freue mich für euch beide, Marc, ehrlich. Ihr werdet sicher tolle Eltern sein. Wie sieht's mit Namen aus? Ich vermute, Lou kommt nicht in Frage?«

»Ich fürchte nicht.« Er lachte wieder. »Erst recht nicht, wenn es ein Junge ist.«

Ich stellte mir Marc vor, wie er in ein paar Jahren am Rand eines Fußballfelds stehen und einem Mini-Marc beim Fußballspielen zusehen würde, die attraktive weizenblonde Emily an seiner Seite. Sie würden aussehen wie aus einer Werbung für Vitamine oder Shampoo oder eine neue gesunde Müslisorte.

Ich unterbrach mich kurz in meinen eigenen Gedanken und horchte in mich hinein ... nein, keinerlei Bedauern oder Trauer wegen dem, was hätte sein können. In den zwei Jahren seit der desaströsen New-York-Reise hatten wir alles, was passiert war, verarbeitet. Klar war es am Anfang schwer gewesen. Die Trennung hatte für mich das Ende der Welt bedeutet, aber es hatte zu viele Zweifel und Unsicherheiten gegeben, um weiterzumachen. Wir waren einfach zu verschieden. Er wünschte sich ein klassisches Familienleben, und ich wünschte mir ... keine Ahnung, was. Ich wusste nur, dass mich die Vorstellung von einer Familie in Panik versetzte. Also hatte ich Adieu gesagt und mich wieder auf meinen Salon konzentriert und die anderen Menschen in meinem Leben, die mir wichtig waren: Ginger, Josie, Lizzy und Bruce Willis.

Ich hatte ein paar kurze Flirts hinter mir – das reichte, um mir das Gefühl zu geben, dass es in der Abteilung »Glücklich bis zum Lebensende« noch Hoffnung für mich gab. Trotzdem hatte es bisher keiner auf mehr als fünf Dates gebracht. Ich wollte einfach nur ein schönes Leben haben: keine Verpflichtungen, keine Bindungen, keine Liebesbeteuerungen, solange sich mein geschundenes Herz noch nicht von Marc erholt hatte.

Er war die Sache etwas anders angegangen. Schon wenige Wochen später hatte er Emily kennen gelernt und sie innerhalb von sechs Monaten geheiratet. Und so war das Desaster in New York zum glücklichen Ausweg für uns beide geworden. Emily war genau die Richtige für ihn. Die Liebe seines Lebens. Nachdem er jahrelang vergeblich versucht hatte, mich in sein Bild vom perfekten Glück einzupassen, hatte er nun den passenden Deckel zum Topf gefunden. Auch wenn er mir das nie sagen würde, ich wusste genau, dass sie zusammen so glücklich waren, wie wir es nie hätten sein können. Und wir waren Freunde geblieben. Ich schnitt ihm die Haare, hielt die von Emily blond und glänzend, und wir kamen alle bestens klar.

»Was ist denn mit dir? Hast du endlich jemanden kennen gelernt?«

Ich nickte, und er zog überrascht die Augenbrauen hoch. Vor meiner Überdosis Botox hatte ich das auch noch gekonnt. Lizzy war schuld. Ihr Onkel, der Zahnarzt, bot seit neuestem auch Kosmetikbehandlungen an, und sie hatte mich überredet, es einmal auszuprobieren. Nach meiner oberen Gesichtshälfte zu schließen, befand ich mich seither im permanenten Schockzustand. Und ich konnte mich nicht mal rächen, indem ich zu unanständigen Zeiten an ihre Wand hämmerte, denn sie waren ausgezogen in ein kleines Traumhaus am Stadtrand.

»Es ist ganz frisch, daher kann ich noch nichts Genaues sagen.«

»Wie frisch?«

»Heute Abend haben wir unser drittes Date.«

Und wenn Date Nummer eins und zwei etwas aussagten, dann hatte dieser echt eine Chance, über fünf Dates hinauszukommen. Er war ein ... Achtung! ... Pilot! Ich weiß, das sollte keine Rolle spielen, tut es aber. Pilot ist nun mal ein Job mit Sexappeal, genau wie Feuerwehrmann und Rockstar (mit der Ausnahme von Gary Collins, der noch immer sowohl ein Rockstar als auch ein Mistschwein war).

»Euer drittes Date! Wow, das ist für dich ja schon fast eine Langzeitbeziehung!«

Ich versetzte meinem nicht zahlenden Kunden einen leichten Klaps mit der Haarbürste. Wenn ich unangenehme Wahrheiten hören wollte, konnte ich auch Ginger anrufen.

»Wohin geht's denn heute Abend?«, drängte Marc weiter. »Paris? New York? Mailand?«

»Paisley. Peters Eltern haben uns zum Essen eingeladen.«

»Peter? Peter der Pilot?«

Ich lachte. »Ich weiß. Lizzy und Ben der Buchhalter fanden es auch zum Schreien komisch. Lizzy meint, es sei ein Zeichen dafür, dass wir füreinander bestimmt sind. Aber das hatte sie auch von Dennis dem Doktor geglaubt, und es hat nur vierzehn Tage gehalten.

»Wie geht's Lizzy und Ben?«, fragte Marc.

Im ersten Moment eine völlig unverfängliche Frage. Hätte ich auch geglaubt, wenn er sich nicht vorher mit der Hand durch die Haare gefahren wäre. Das tut Marc nur, wenn er aufgeregt, traurig oder gestresst ist.

Die Antwort lautete, dass es Lizzy großartig ging. Ihr Leben war perfekt: toller Mann, tolle Kinder, tolles Zuhause. Sie war glücklich. Zufrieden. Aber ich spürte, dass Marc diese Frage nicht ohne Grund gestellt hatte, und ich wollte nicht antworten, ehe ich diesen Grund kannte.

Ich schaltete den Fön aus und begegnete im Spiegel seinem Blick.

»Warum fragst du so?«

»Wie denn?«

»So, als gäbe es etwas, was du mir nicht sagen willst.«

»Tu ich gar nicht«, antwortete er mit bester Das-ist-doch-Unsinn-Stimme. Die benutzte er nur, wenn er log. Und er war ein grottenschlechter Lügner.

»Marc? Gibt es etwas, das du mir nicht erzählen willst?«
Er verdrehte die Augen. »Hör zu, es ist nichts ...«
»Aber?«
»Aber Ben war neulich abends im Club.«
»Ben? Unmöglich. Ben war doch seit Ewigkeiten in keinem Club. Du musst ihn verwechselt haben.«
»Nein, er war es ganz bestimmt.«
Das war seltsam. Ben war immer derjenige von uns, der sich drückte und nach Hause ging, sobald wir anderen die Alkoholgrenze überschritten hatten und von vernünftigen Erwachsenen zu höchstpeinlichen »Lasst uns mal wie der in die Disco gehen und den Kids zeigen, wie man anständig abrockt«-Wesen mutierten. Die sich am nächsten Morgen regelmäßig in jämmerliche »Meine Güte, was haben wir uns bloß dabei gedacht, in meinem Schädel hämmert jemand auf ein Schlagzeug, und mir geht's verdammt schlecht«-Kreaturen verwandelten.

Ich hielt den Fön immer noch in der Luft, als mir ein weiterer beunruhigender Gedanke kam. »Er hat doch hoffentlich nichts getan, was er nicht hätte tun dürfen?«
»Nein.«
Marc schüttelte den Kopf. Ich suchte nach einem Zeichen dafür, dass er log. Es war keins zu erkennen. Gott sei Dank! Panik abgewendet. Ich zuckte mit den Schultern.

»War bestimmt ein Abend mit Kollegen. Trotzdem komisch, dass Lizzy es nicht erwähnt hat.«
Aber hey, das hier war eine freie Welt. Ben konnte tun und lassen, was er wollte. Lizzy wusste sicher über alles Bescheid. Es machte also keinen Sinn, ein Drama draus zu machen.

»Na ja!« Ich grinste. »Hab ich dir eigentlich schon gesagt, dass ich heute Abend ein Date mit einem Piloten habe?«

Lektion 88
Manchmal passieren Dinge, wenn man am allerwenigsten damit rechnet ... und weitere nützliche Lebensweisheiten

Schmetterlinge! Ich hatte tatsächlich Schmetterlinge im Bauch. Das war seit meiner persönlichen Version von *The Great Escape* in dem New Yorker Taxi nicht mehr vorgekommen.

»Okay, sag mir noch mal, dass deine Eltern nett sind und dass deine Mum mich nicht mit einem Steakmesser erdolchen wird, weil sie glaubt, ich nähme ihr den Sohn weg.«

»In meiner Pilotenstimme?«

Ich dachte einen Moment nach. Tja, zu meiner Schande musste ich gestehen, dass ich Peter den Piloten ab und zu bat, etwas in seiner »Guten Tag, hier spricht Ihr Kapitän«-Stimme zu sagen. Auch wenn wir nicht im Flugzeug waren. Und er nicht der Kapitän war. Zum Glück fand er das süß. Noch. Aber ich war mir sicher, dass er mich über kurz oder lang für völlig schwachsinnig erklären würde und schneller weg wäre, als man »Einmal nach Luton, nur Hinflug« sagen konnte.

»Nein, normal. Nein, Kapitän. Nein, normal. Definitiv normal.«

Ich hatte das ungute Gefühl, dass dieses Gestotter meine Chancen auf einen Status als langjährige Freundin erheblich schmälerte.

Peter zog die Handbremse an, beugte sich vor und küsste mich. »Es wird alles gut, glaub mir. Seit Mum die Antiaggressionstherapie gemacht hat, geht es ihr viel besser. Sie hat dieses Jahr noch niemanden umgebracht.«

Hatte ich schon erwähnt, dass er manchmal ganz schön witzig sein konnte? Und dass er Pilot war?

Wir stiegen aus dem Auto, trafen uns auf dem Gehweg und knutschten.

Okay, er war klein. Mit Absätzen war ich eins zweiundachtzig groß. Er war eins siebzig. Wir waren Tom Cruise und Nicole Kidman – nur ohne die abstrusen Religionen und die millionenschwere Scheidung.

Der Größenunterschied störte mich nicht im Geringsten. Absolut gar nicht. Klar, es war manchmal schon ein bisschen komisch. Aber dann tröstete ich mich damit, dass wir im Liegen fast gleich groß sind. Größe spielt keine Rolle. Die kleinsten Geschenke sind meist die schönsten. Lizzy und ich hatten uns mindestens ein halbes Dutzend weiterer Sprüche ausgedacht, aber irgendwie fielen sie mir angesichts der drohenden Begegnung mit meinen potenziellen Schwiegereltern jetzt nicht mehr ein.

Der Türsteher vor dem Carriage Club öffnete die schwere Bronzetür, um uns hereinzulassen, und mein Angstpegel stieg noch um ein paar Grade. Der Carriage Club war das exklusivste Etablissement von ganz Glasgow, ein vierstöckiges Gebäude, zu dem ein atemberaubendes, im gotischen Stil eingerichtetes Restaurant gehörte, mehrere Bars und ein Nachtclub, in dem die coolsten Leute der Stadt verkehrten. Eine bunte Mischung aus Reichen, Berühmten und Erfolgreichen. Und ich. Die keiner der oben genannten Gruppen angehörte. Das erklärte, weshalb ich erst zweimal dort gewesen war, beide Male mit Ginger, die praktisch im Club wohnte, wenn sie in der Stadt war. An diesem Abend hatten wir unsere Anwesenheit der Tatsache zu verdanken, dass Peters Vater irgendein hohes Tier in einer Bank war. Ich musste Josie unbedingt bitten, über ihre Karriere als Trickbetrügerin in Sachen Finanzdienstleistungen zu schweigen, sollte sie ihm je begegnen.

Wir stiegen eine pompöse vergoldete Treppe empor, durchquerten eine Art Zwischenetage und gingen auf die imposante Tür zu, die zum Restaurant führte. Fast jeder Tisch war besetzt. Man brachte uns an unseren Platz in der äußersten Ecke des Raums, neben dem Eingang zu einem abgeschlossenen privaten Separee, das – nach dem Krach zu urteilen – offenbar besetzt war. Sofort erwachte meine Neugier. Dieser Ort war ein beliebtes Ziel für Musiker, die auf Tournee waren. Wer spielte am Wochenende in der Stadt? Ich war ganz sicher, dass Atomic Kitten in Glasgow war. Und Kylie. Zwei Männer im Anzug kamen aus dem Raum und liefen an uns vorbei. Ich hörte einen leichten irischen Akzent heraus.

Westlife! Oh mein Gott, das musste Westlife sein! Wenn Lizzy jetzt hier wäre, sie würde ausflippen! Sie war die einzige verheiratete Frau, die ich kannte, die das Foto einer Boygroup am Kühlschrank hängen hatte. Sie hatte ein Herz um Marks Gesicht gemalt und schmetterte jedes Mal *Uptown Girl*, sobald sie anfing zu staubsaugen. Offenbar half das gegen die Monotonie.

Ich hatte gerade meinen ersten Mutmach-Drink heruntergestürzt, als ich den Maître mit einem Paar auf uns zukommen sah, das äußerlich perfekt harmonierte. Dieselbe Größe, dieselbe Haarfarbe, dieselbe Gesichtsfarbe, derselbe Klamottenstil. Unglaublich! Ich presste die Lippen zusammen, um zu verhindern, dass irgendetwas Ungehöriges aus meinem Mund kam.

Halt die Klappe, halt die Klappe!

Unauffällig überprüfte ich die Lage sämtlicher Messer auf dem Tisch – für alle Fälle.

»Lou, das sind meine Mum und mein Dad. Mum und Dad, das ist Lou.«

Sehr förmlich. Und nein, es war nicht seine Kapitänsstimme.

Lächle! Sei nett! Mach einen guten Eindruck! Eine Hitzewelle stieg aus meiner Brust, mit der Folge, dass meine Seidenbluse von meiner Haut angesogen wurde. Wenn sich jetzt irgendwo eine feuchte Stelle bildete, war ich geliefert.

Wir schüttelten uns gegenseitig die Hände und setzten uns. Alles würde gut. Ich war schließlich keine sechzehn mehr. Ich war eine erfolgreiche Unternehmerin, eine kosmopolitische Frau von Welt, die sich nicht von einem Paar einschüchtern ließ, das in einem früheren Leben mal Bruder und Schwester gewesen sein könnte – oder auch nicht. Plötzlich registrierte ich, dass sie auch in der Abteilung glänzende Gesichter und üppige Augenbrauen gleich gut ausgestattet waren

Bleib ruhig! Sei cool!

»Also, Lorna«, begann Penelope mit Margaret Thatchers Stimme. Kein guter Start. »Peter hat mir erzählt, dass Sie einen kleinen Friseursalon in der Vorstadt besitzen. Das ist sehr vernünftig. Ich meine, was macht es für einen Sinn, in die Stadt zu kommen? Hier gibt es doch viel zu viel erstklassige Konkurrenz.«

Ich hatte das grässliche Gefühl, dass es gar nicht gut laufen würde.

Als das Dessert schließlich serviert wurde, war meine Angst, sie könne mich erdolchen, weg. Denn wenn ich auch nur eine Sekunde länger bleiben musste, würde ich die Sache selbst in die Hand nehmen und den Freitod wählen. Peters Mutter war hochnäsig, sie war arrogant, sie war unendlich überzeugt von sich, und sie war eine Meisterin zweideutiger Komplimente. Sie hatte über sich gesprochen, über ihre Wohltätigkeitsarbeit, über sich, über ihren Urlaub, über sich, über Peters Erfolge von 1967 bis heute. Und über ihren Anteil daran. Oh, und meine Frisur war angeblich entzückend und perfekt für eine Frau mit rundem Gesicht. Und zu allem Überfluss war sein Vater quasi stumm, und Peter schien auf einmal auf den Stand eines Zwölfjährigen zurückgefallen zu sein. Kurz bevor der Nachtisch serviert worden war, hatte er es tatsächlich zugelassen, dass sie sich zu ihm beugte, seine Krawatte zurechtrückte und ihm die Haare aus der Stirn strich.

Irgendwo zwischen dem Krabbencocktail und der klebrigen Karamell-Mousse war meine Meinung von ihm derart abgestürzt, dass er das Kamasutra in Kapitänsstimme hätte herunterbeten können, ohne dass sich bei mir auch nur ein Nippel geregt hätte. Was hatte ich bloß in ihm gesehen außer ... okay, gut, er war Pilot. Wenn das das Ergebnis einer oberflächlichen Persönlichkeit war, dann musste ich dringend wieder Kontakt zu meiner spirituellen Seite aufnehmen.

Der Lärm aus dem Separee unterbrach mich in meinen Gedanken. Westlife sang nun irgendwas über eine eigene Welt und wurde laut gefeiert. Wie gern hätte ich da drin gesessen und nicht hier draußen bei diesen Horrorgestalten. Lieber Gott, schaff mich hier weg! Ich schwöre, ich werde auch immer brav sein. Ich werde alten Damen über die Straße helfen. Ich werde Sozialdienst verrichten. Ich werde jeden Abend beten. Ich werde Josie davon abhalten, Leute anzurufen, die sie nicht mag, und dann einfach aufzulegen. Aber bitte erlöse mich. Erlöse mich! Biiiitttttte!!!!

»Lou! Lou! Lou! Lou!«

Es fiel mir schwer, nicht laut zu lachen. Aus dem privaten Separee schwankte Ginger, als völlig betrunkene Glasgower Version eines himmlischen Erlösungsengels. Ich sprang auf und flog ihr um den Hals, ohne mich um Penelopes entsetzte Miene zu kümmern.

»Hey, Baby!«, lallte Ginger.

»Ginger! Was machst du denn hier?«

»Ich bin mit meinen Jungs da. Sie spielen morgen Abend in der Concert Hall. Hast du sie nicht gehört?« Sie machte eine Kopfbewegung in Richtung des Raums, aus dem sie gerade gekommen war. »Sie sind da drin und machen sich gerade total lustig über *Westlife*.«

Ihre Jungs. Das war Gingers neue Boygroup namens STUD – eine Mischung aus Haargel, Testosteron und überentwickelten Brustmuskeln.

»Und du? Was tust du hier?« Sie musterte die Personen an meinem Tisch und sah mich fragend an.

Ich riss sie erneut in eine Umarmung und flüsterte ihr ins Ohr: »Hol mich hier raus!«

Sie zwinkerte mir zu. »Kannst du mal eben kurz mitkommen?«, fragte sie laut.

»Jetzt?«, fragte ich zurück und tat enttäuscht.

»Ganz dringend. Wegen … wegen …«

Bitte, lass mich jetzt nicht im Stich! Komm, Süße, du schaffst das!

»Tamponalarm«, verkündete sie grinsend.

Penelope sah aus, als würde sie gleich der Schlag treffen. Aber darauf konnte ich nicht warten. Ich schnappte mir meine Tasche, stotterte eine kurze Entschuldigung in Peters Richtung und stürmte los, so schnell meine unendlich unbequemen Schuhe es zuließen. Erst als wir das sichere Zwischengeschoss erreicht hatten, blieben wir kurz an der Brüstung stehen, um Luft zu holen.

Die übrigen Gäste versuchten, die beiden kichernden Frauen, die sich für eine Lokalität dieses Kalibers ziemlich uncool verhielten, zu ignorieren.

»Tamponalarm?«

Ein Schulterzucken begleitete ihr schiefes Grinsen. »Ich stand halt unter Druck. Und war offensichtlich kaum älter als fünfzehn.«

»Scheint ansteckend zu sein. Mein Freund ist in dem Moment, als seine Mutter aufgetaucht ist, ins Kleinkindalter zurückgefallen.«

»Freund?«

»Drittes Date.«

»Er sah so klein aus.«

»Er ist Pilot.«

»Aaaaaah! Verstehe.«

Sie fummelte eine Zigarette aus ihrem Ausschnitt, gefolgt von einem Feuerzeug, dann zündete sie sie an. In der Zwischenzeit versuchte ich nicht allzu neidisch zu sein, dass ihr Arsch in der coolsten Lederhose steckte, die ich je gesehen hatte. Ginger sah wirklich sensationell aus! Sie trug hohe Lederstiefel mit Megaabsätzen. Getoppt wurde ihr Outfit von einer schwarzen Bluse, die so weit geöffnet war, dass man einen perfekten Ausblick auf ihr absolut göttliches Dekolleté hatte. Das darüber hinaus scheinbar als Lagermöglichkeit für Rauchzubehör diente.

»Danke, dass du mich gerettet hast, Süße! Du hast was gut bei mir.«

»Red keinen Unsinn! Du kommst jetzt mit mir rein. Wir schleichen uns einfach an ihrem Tisch vorbei, es ist so voll, sie werden es schon nicht merken.«

Ich schüttelte den Kopf. Auch wenn das die beste Idee war, die ich seit langem gehört hatte: Ich würde nicht in die Höhle des Löwen zurückkehren. Besser ich ging jetzt nach Hause und feierte die Tatsache, dass ich die Familie kennen gelernt hatte, *bevor* ich einen Fehler machen konnte – zum Beispiel fünf Dates zu überschreiten und mich an einen Typ zu fesseln, der sich die Krawatte von seiner Mutter zurechtrücken lässt.

Aber Ginger hatte recht. Der Laden war tatsächlich verdammt voll. Ich überlegte, ihr vorzuschlagen, mit zu mir nach Hause zu kommen, aber das war unsinnig. Ginger, die Partylöwin, war seit Jahren nicht mehr vor Sonnenaufgang im Bett gewesen, und sie würde es auch an diesem Tag nicht sein ... nicht, solange die Bar noch Jack Daniel's und ihr Busen noch Zigaretten hergab.

»Ach du je, da ist Red! Reeeeeeeeeeeeeedddddddddddd!«

Ich lehnte mich über die Brüstung und schaute zur Tür.

Tatsächlich, Gingers Bruder kam gerade mit einer Gruppe ziemlich cool aussehender Leute herein. Herrje, wie lange hatte ich ihn nicht gesehen? Fünf Jahre? Oder mehr? Das Letzte, was ich von ihm gehört hatte, war, dass er nach London gezogen war und dort als Fotograf für ein Musikmagazin arbeitete. Oder eine Zeitung. Oder ... irgendwas.

»Reeeeeeeedddddddd!«, kreischte Ginger noch einmal, aber es nützte nichts. Wir waren zu weit weg, und es war viel zu laut. »Ich glaube, er kommt die Treppe rauf«, sagte ich. »Ich lauf mal schnell rüber ...«

»Reeeeeeee ...!«

Es war ein seltsames Geräusch. Als würde jemand durch einen Tunnel gehen oder sich weit entfernen. Ich hatte mich schon in die andere Richtung umgedreht und wirbelte herum, als ... mehrere Dinge gleichzeitig passierten. Ginger stand nicht mehr neben mir. Leute schauten hinauf. Entsetzen. Schreie.

Oh Gott, diese Schreie!

Lektion 89
Es gibt Momente, da ist nicht wichtig, was du sagst, sondern was du tust

Schlagzeile im *Daily Record* vom 18. November 2001: Musikmanagerin in Lebensgefahr. Absturz in Glasgower Toplocation.

Die Zeitung hatte zwölf Tage lang in einer Zimmerecke gelegen. Die zwölf längsten Tage meines Lebens. Die ersten achtundvierzig Stunden waren voller hektischer Aktivität gewesen – Ärzte, Schwestern und Spezialisten waren auf der Intensivstation hin und her gelaufen.

Anfangs gab es so viel zu sagen, so viel Geschäftigkeit, so viele Fragen, so viele Tränen, aber in den letzten Tagen war nur noch das Piepsen der Maschine zu hören gewesen, die ihren Herzschlag aufzeichnete.

Jetzt wechselten wir uns ab – Ike, Red, Gingers Mum Moira und ich. Lizzy kam, sooft sie konnte. Immer nur zwei Personen durften gleichzeitig bei ihr sein, daher teilten wir Schichten ein. Ike und Moira. Red und ich.

Die Ärzte sagten nicht viel. Zwei gebrochene Beine. Eine Armfraktur. Ein zerschmettertes Becken. Innere Blutungen. Eine Schwellung am Gehirn, die die Ärzte gezwungen hatte, sie ins künstliche Koma zu versetzen, um den Druck zu erleichtern. Die Infusion war seit dem Vortag abgesetzt. Jetzt war es ein Wartespiel. Es war reine Glückssache, wann sie aufwachen würde, *ob* sie aufwachen würde.

Ein Schluchzer steckte in meiner Kehle, und ich zwang ihn wieder hinab. Solche Gedanken durfte ich gar nicht erst zulassen. Sie würde zurückkommen. Sie musste zurückkommen.

Millionen Male hatte ich den Unfall in Gedanken durchgespielt. Wenn ich doch näher bei ihr gestanden wäre. Wenn ich doch nicht weggeschaut hätte. Wenn sie doch nicht diese blöden Stiefel angehabt hätte. Wenn sie doch jetzt nicht zwischen Leben und Tod hinge, wenn wir doch irgendwas tun könnten, um sie zurückzuholen ... Wenn ... wenn ... wenn ...

Hinter mir öffnete sich die Tür, und einen kurzen Moment überlagerte der Duft von Kaffee den Geruch der Putzmittel. Wie die meisten Frauen ihrer Generation putzte Moira, wenn sie etwas belastete. Es gab keinen Quadratzentimeter im Raum, der nicht geschrubbt, poliert, desinfiziert war.

Ich nahm Red den Kaffee aus der Hand. Er lächelte schwach. »Und?«

Ich schüttelte den Kopf. »Nichts. Der Arzt war vor zehn Minuten hier. Er sagt immer das Gleiche: Die Brüche heilen, das Unwägbare sind die Kopfverletzungen. Sie können einfach keine Prognose geben.«

Mit einem tiefen Seufzer zog Red sich den Stuhl auf die andere Seite des Betts und setzte sich. Wir saßen nun seit fast zwei Wochen hier; absurderweise war es zur Normalität geworden. Am Anfang hatten wir Ginger immer nur angeschaut, hatten starr vor Angst auf jedes kleinste Anzeichen für Hoffnung gewartet. Dann hatten wir geredet. Manchmal über blödsinnige Dinge, manchmal über wichtige Dinge. Zwischendurch lasen wir ihr vor, spielten ihr ihre Lieblingsmusik vor, erzählten ihr alberne Geschichten, die sie zum Lachen bringen sollten. Aber die meiste Zeit waren wir einfach nur bei ihr.

Ohne ihre Hand loszulassen, legte ich den Kopf aufs Bett und schloss die Augen. Die Erschöpfung traf mich mit aller Macht. Am ersten Wochenende hatte ich rund um die Uhr an Gingers Bett gewacht; seither arbeitete ich tagsüber im Salon und fuhr nach Feierabend sofort ins Krankenhaus.

»Hey!« Als ich den Kopf hob, fiel mir auf, dass Red ein anderes T-Shirt trug als noch vor einer Sekunde. »Du bist eingeschlafen«, sagte er leise.

Warum redeten wir im Krankenhaus so leise? Wir waren doch bei Ginger – da sollten wir uns streiten, diskutieren, laut sein. Wir hatten schon gewitzelt, dass sie nur deshalb nicht aufwachte, weil wir so langweilig waren. Dieser Galgenhumor half uns über die schlimmsten Momente hinweg.

Ich schaute auf die Uhr. Mitternacht. Oje, ich hatte zwei Stunden geschlafen. Eine schöne Aufpasserin war ich. Ich reckte mich und zog mir die Zeitschrift vom Gesicht, auf der ich gelegen hatte. Sicher hatte ich lauter Druckerschwärze auf der Stirn. Ich beugte mich vor, nahm Red den Kaffeebecher aus der Hand und trank einen großen Schluck.

»Weißt du was?«, begann ich, aus dem Bedürfnis heraus, irgendwas zu sagen. »Ich glaube, wir spielen die falsche Musik. Ich bringe morgen eine CD von Westlife mit. Oder von Céline Dion. Die hasst sie nämlich.«

Red grinste. »Wie wär's mit Mariah Carey. Oder New Kids on the Block. Und wie heißt noch dieser Typ mit der grässlichen Frisur?«

»Michael Bolton! Ja, du hast recht. Das ist das Beste. Wenn sie sich richtig aufregt, wacht sie vielleicht auf.«

Wir schwiegen wieder. Sanft ließ ich meinen Finger über ihren Arm gleiten, verlor mich in der hypnotischen Bewegung und wünschte mir, dass irgendwas geschah ...

»Lou«, sagte Red plötzlich aufgeregt. Das Piepsen des Herzmonitors hatte sich auf einmal beschleunigt. »Lou, ich glaube ... Hol einen Arzt! Schnell, hol irgendjemanden!«

Er sprang auf und beugte sich über Ginger. Instinktiv berührte er sie an der Schulter, hielt sie fest.

Ich war bereits an der Tür und hatte sie aufgerissen, noch bevor er zu Ende geredet hatte.

»Ich glaube, sie wird wach, Lou. Sie wird wach!«

Lektion 90
Wenn du glaubst, du hast alles im Griff – richte dich auf einen Paukenschlag ein

»Na, wie geht's unserer Patientin heute?« Mit einem dicken Strauß Sonnenblumen, der jeden fröhlich stimmen musste, stürmte ich in Gingers Zimmer.

Sie verzog das Gesicht. »Am liebsten würde ich demjenigen, der hier für das Essen verantwortlich ist, das Kartoffelpüree an eine Stelle schieben, wo es richtig wehtut.«

Offenbar hatte ich die Wirkung der Sonnenblumen gehörig unterschätzt. »Aha! Unverschämt, aggressiv, ungeduldig, launisch – Schätzchen, ich glaube, du bist wieder gesund.«

Sie lächelte gequält. »Fast.«

Ich zeigte auf das Spandau-Ballet-mäßige Flanellnachthemd, das Moira offenbar aus einer alten Kiste vom Speicher hervorgezaubert hatte. »Stimmt. Etwas Entscheidendes fehlt noch: Deine Brüste sind noch nicht wieder in einen Wonderbra gequetscht.«

Ich duckte mich, um dem heranfliegenden Kissen auszuweichen.

»Weißt du schon, wann du hier rauskommst? Ike kann es sicher kaum erwarten, dich wieder zu Hause zu haben.«

»Ich hoffe, am Wochenende. So langsam fällt mir echt die Decke auf den Kopf.«

Sie war nun seit drei Wochen und vier Tagen im Krankenhaus. Auch wenn sie davon zehn Tage im Koma gelegen hatte, wussten inzwischen alle, dass sie an einem Lagerkoller litt. Ginger konnte nun mal nicht allein sein. Sie konnte nun mal kein Krankenhausessen ertragen. Und sie konnte nun mal …

»Ich brauche einen Drink.«

... nicht abstinent leben.

»Was?« Erschrocken verdaute ich diesen Informationsfetzen, dann stellte ich die Sonnenblumen auf den Tisch und drehte mich zu ihr um. »Willst du mich auf den Arm nehmen?«

Ihre Elfenbeinhaut war völlig ungeschminkt und sah aus wie Alabaster. Einen Moment sah ich wieder das Mädchen vor mir, das sich aus meinem Zimmerfenster lehnte, mit einer Mentholzigarette im Mundwinkel und einem Wodka-Orange in der Hand und voller Überzeugung, die Coolste überhaupt zu sein. Süß und unschuldig. Dabei war Ginger nie süß und unschuldig gewesen. Sie war von Geburt an aggressiv und streitsüchtig, und ich bezweifelte, dass ihr schon jemand gesagt hatte, was ich ihr nun sagen würde.

»Ginger, du darfst nicht mehr so viel trinken. Es tut mir leid, Süße, aber du wärst an dem Abend nie über diese Brüstung gestürzt, wenn du nicht völlig betrunken gewesen wärst.«

Sie richtete sich auf und holte tief Luft. »Wie bitte?«

Oh Gott! Verletzung und Zorn standen ihr mitten ins Gesicht geschrieben. Das würde nicht gut ausgehen. Aber in all den Stunden, die ich an ihrem Bett gesessen hatte, hatte ich viel nachgedacht und war zu einer Erkenntnis gelangt, die mich entsetzt hatte. Es wurde Zeit, darüber zu reden, denn wenn so etwas noch einmal passierte, würde ich mir nie verzeihen, nicht mit ihr gesprochen zu haben.

»Ginger, ich sage das jetzt nur, weil ich mich echt um dich sorge – aber ich kann mich an keinen einzigen Abend erinnern, als wir zusammen aus waren und du nicht sturzbetrunken warst. Egal wann, zu jeder Gelegenheit, Geburtstag, Weihnachten ... Das muss aufhören!«

Ich begann zu weinen. Und das nicht nur, weil ich Angst hatte, jedes Wort könnte mein letztes sein, denn an ihrem Gesichtsausdruck sah ich, dass sie kurz vor dem Superausbruch stand.

»Lou hat recht.« Überrascht drehten wir uns zur Tür um. Red stand mit einer großen *Kentucky Fried Chicken*-Tüte in der Tür. »Ist so. Schau mich nicht so an, Ginger. Wenn du willst, kannst du mich jetzt umbringen, aber ich schwör dir, ich nehm die Hähnchenschenkel mit ins Grab.«

Damit war die Situation vorerst gerettet. Sicher hätte mir jedes Spezialeinsatzkommando dringend davon abgeraten, aber ich wagte mich trotzdem ins Zentrum der Gefahr und griff nach dem Arm, der nicht eingegipst war.

»Ginger.« Ich sah sie beschwörend an. »Ich will dir wirklich keinen Vortrag halten, aber denk wenigstens mal darüber nach, ja?«

Ich konnte mich täuschen, aber ich hatte das Gefühl, Tränen in ihren Augen zu sehen. Sofort richtete sie ihre Aufmerksamkeit auf Red. Oder besser gesagt auf die Tüte, die er in der Hand hielt.

»Vier Schenkel und Fritten?«

Er nickte, klappte den Tisch an ihrer Nachtkommode auf und stellte die Tüte feierlich in die Mitte. Dann zauberte er eine Dose Irn-Bru aus der Tasche, Schottlands zweites Nationalgetränk. Früher hatten die Leute ernsthaft geglaubt, dieses Getränk würde alles heilen, vom Kater bis zum gebrochenen Herzen.

Ginger zog ihren Arm zurück. »Ich verstehe, was du meinst, Lou, aber du brauchst dir wirklich keine Sorgen zu machen. Ich habe alles unter Kontrolle. Und da wir gerade beim Thema schonungslose Offenheit und Enthüllungen sind ...«

Sie sah mir ins Gesicht. Du meine Güte, was kam jetzt? Die Geschichte, dass ich meiner Mutter mit neun Jahren einen Zehner aus dem Portemonnaie gestohlen hatte? Oder die Sache mit dem Quickie mit Marc, damals im Schnellzug zwischen Glasgow und London?

Gerade als ich sie bitten wollte, endlich auszupacken und mich von meinen Qualen zu befreien, wanderte ihr Blick zu Red.

»Und? Willst du Lou dein kleines Geheimnis selbst verraten?«

Ich schwöre, sein Gesicht nahm mal wieder die Farbe seiner Haare an, aber irgendwie sah er unglaublich süß aus.

Oh, das würde richtig gut werden! Gingers bösartiges Lächeln und Reds Herumgedrucke ließen auf einen echt spektakulären Skandal hoffen. Ich verschränkte die Arme und sah ihn erwartungsvoll an.

»Sei ruhig!«, befahl er Ginger mit ungewöhnlich scharfer Stimme.

»Wieso? Ist jetzt nicht der richtige Moment? Ich könnte ein bisschen *Endless Love* dazu flöten, wenn dir das hilft, in die richtige Stimmung zu kommen.«

Ihr niederträchtiges Gekicher machte klar, dass sie jede Sekunde genoss. Und Red war sichtlich unbehaglich zumute.

Ginger atmete dramatisch aus, warf ihr Haar in divenähnlicher Diana-Ross-Manier nach hinten und fing an zu trällern. »My love ...«

»Hör sofort auf! Es reicht! Halt die Klappe!«, schnappte Red.

So hatte ich ihn noch nie erlebt. Offenbar konnte er keiner von uns in die Augen sehen. Was war nur los mit ihm? Im Gegensatz zu seiner Schwester war Red doch sonst immer so cool und ließ sich durch nichts aus der Ruhe bringen. Wenn die Haare nicht wären, könnte man glatt meinen, dass Gene gar nichts bedeuteten.

»Also gut, es ist so ...«

Ist wie? Was?

Ginger schaute auf ihren Hähnchenschenkel, dann zu Red, dann wieder auf ihren Hähnchenschenkel. »Kannst du dich vielleicht ein bisschen beeilen? Mein Essen wird kalt. Okay, dann mach ich es für dich. Ihr Männer seid in solchen Dingen einfach hoffnungslos.«

»Ginger, bitte ...«

»Also.« Sie machte eine dramatische Bewegung mit ihrem gesunden Arm. »Was mein schwerfälliger Bruder dir zu sagen versucht«, posaunte sie, »ist, dass er seit Jahren total verknallt in dich ist. So, kann mir jetzt mal jemand mein Irn-Bru aufmachen? Mit einer Hand schaffe ich das nicht.«

Mehr Lektionen für Cassie, wenn sie einunddreißig Jahre alt ist

Liebe Cassie,
na, wie findest du die Dreißiger, liebstes Töchterchen? Ich hoffe, du hast sämtliche Teenagerängste und die überzogenen Erwartungen, die du mit zwanzig hattest, hinter dir gelassen und deinen Platz im Leben gefunden. Ich muss sagen, ich wäre zwar echt stolz auf dich, wenn du Premierministerin wärst oder Astronautin oder eine auf Hungersnotprävention und die Bekämpfung internationaler Kriegsverbrechen spezialisierte UN-Diplomatin, aber viel wichtiger ist, dass du das erreicht hast, was du dir vorgenommen hast, und Menschen um dich herum hast, die dich lieben und denen du etwas bedeutest. Solltest du allerdings gerade auf einem alten Autoreifen auf der High Street sitzen, müsste ich meine Worte noch einmal überdenken. Das bringt mich zu einem Punkt, den ich schon häufig erwähnt habe, aber gern noch einmal ansprechen würde.

91. Freunde. Freunde. Freunde. Man sagt, Blut sei dicker als Wasser, aber das glaube ich ehrlich gesagt nicht. Wissenschaftlich mag das so erwiesen sein, aber es stimmt trotzdem nicht immer. Ich hoffe, ich habe dich zu einer Person erzogen, der Freundschaften viel bedeuten, denn genau das macht den Unterschied aus zwischen einem Leben mit Spaß und einem Leben vor dem Fernseher.

92. Wo wir gerade beim Thema Verallgemeinerungen und kluge Sprüche sind: Grundsätzlich gilt, dass man sich nicht darum kümmern sollte, was andere von einem denken. Dem wi-

derspreche ich entschieden. Wenn andere nett über dich denken, gibt das deinem Ego großen Auftrieb. Wenn sie schlecht über dich denken, reifst du an dieser Erfahrung. Natürlich erst, nachdem du ihre Pflanzen vergiftet und mindestens ein böses Gerücht über sie in die Welt gesetzt hast.

93. Angesichts dieser Tatsache dürfte jetzt ziemlich klar sein, dass deine Mum nie eine Bedrohung für die großen Philosophen ihrer Zeit war. Gandhi und der Dalai Lama haben bei mir nichts zu befürchten.

94. Urteile nie über andere Menschen – zumindest nicht laut. Aber sei großzügig, wenn es um böse Unterstellungen geht, und diskutier sie ruhig mit deinen Freunden. Man muss auch das Schlechte in einem Menschen sehen – dann ist man besser vorbereitet.

95. Wenn jemand deine Freunde schlecht behandelt, wird er auch dich schlecht behandeln. Sei loyal. Steh hinter deinen Freunden. Kämpf für sie – solange es nicht mit einer einstweiligen Verfügung endet.

96. All das vorausgesetzt, wirst du, um einen weiteren Kurztrip ins Land der Klischees zu unternehmen, eine glückliche Frau sein, wenn der Mann, in den du dich verliebst, zugleich dein bester Freund ist.

97. Mach einen großen Bogen um Sonnenbänke, und erfreu dich an deinen Brüsten, solange sie noch nicht wie ein Tennisball in einer Socke hüpfen, wenn du den BH auszieht.

Ach, und noch etwas ...

Lektion 98
Nur weil du über dreißig bist, heißt das noch lange nicht, dass alles vorbei ist. Du brauchst nur etwas länger, um dich zu erholen
2002, Lou, immer noch einunddreißig Jahre alt

»Hier hätte ich fast mal geheiratet.«

Ich saß mit Red in einem winzigen Ruderboot mitten auf dem See des Central Park und versuchte das schwappende Gefühl in meinem Magen zu ignorieren. Irgendwo hatte ich doch mal gelesen, dass man nicht seekrank würde, solange man Land sieht. Eine glatte Lüge. Mir war speiübel, obwohl ich jede Menge Land sah, Dutzende von Touristen und schätzungsweise dreihundertfünfzig Gäste, die im Bootshausrestaurant eine BarMizwa feierten. Red ahnte nicht, wie leichtsinnig es war, seinen Kopf auf meinen Schoß zu legen. Sozusagen direkt in die Schusslinie.

Er rückte den Hut zur Seite, der ihn vor der Sonne schützte, und schaute zu mir auf. »Und was ist dazwischengekommen?«

»Ich bin an der St. Patrick's Cathedral aus dem Taxi geflohen und hab mich in einer armenischen Pizzeria versteckt.«

Er lachte. »Das ist ja Wahnsinn!«

»Hm!«

»Ich wusste gar nicht, dass Armenier auch Pizza machen können.«

Ich schob ihm den Hut wieder übers Gesicht, dann lehnte ich mich zurück und genoss die Sonne. Abgesehen von meinem vorlauten Freund und der Übelkeit war das hier einfach göttlich. Und so, so anders als beim letzten Mal.

Red hatte seit vier Monaten einen neuen Job bei der *Daily*

World und den Auftrag bekommen, über die Tartan Week zu berichten, ein schottisches Volksfest in New York, dessen Höhepunkt ein Umzug mit Hunderten von Dudelsackspielern war. Ich hatte mich riesig gefreut, als er mich fragte, ob ich mitkäme. Mein persönliches Highlight war gewesen, dass ich Sean Connery bei der Eröffnung der Feierlichkeiten von nahem gesehen hatte. Allerdings hatte ich mich noch nicht von der Enttäuschung erholt, dass Red mir meine Bitte um ein bisschen – um es mit James Bonds Worten auszudrücken – »schütteln, nicht rühren« im Bett anschließend verweigert hatte.

Jawohl, im Bett. Ich. Mit Gingers Bruder. Ich hatte mich noch längst nicht daran gewöhnt, genauso wenig wie Ginger. Obwohl sie ja an allem schuld war, behauptete sie, der Gedanke, dass ich und ihr Bruder zusammen seien, verursache bei ihr einen Dauerwürgereiz.

Die Erinnerung an den Abend damals löste bei mir immer noch Hormonwallungen aus. Wir hatten das Krankenhaus verlassen und waren zum Parkplatz gegangen, viel zu aufgewühlt, um ein Wort zu sagen. Er war verliebt in mich? Tatsächlich? So viel zu meiner Sensibilität. Ich hatte wirklich nicht den Hauch einer Ahnung gehabt. Als wir am Parkplatz angekommen waren, hatte er mich wie immer zu meinem Auto begleitet, dann hatte er mich unbeholfen auf die Wange geküsst und sich umgedreht, um zu seinem eigenen Wagen zu gehen.

Sag nichts, hatte ich mir selbst zugeredet. Sag. Jetzt. Nichts. Für diesen Abend hatte es schon genug Peinlichkeiten gegeben, und der Ärmste war völlig traumatisiert. Sicher hatte er Ginger gegenüber mal im Nebensatz erwähnt, dass er mich nett fände, und sie hatte in ihrer unnachahmlichen Art aus dieser beiläufigen Bemerkung eine Riesennummer gemacht. Lass es sein! Lass. Es. Sein.

»Warte!«, rief ich. Ich war im Seinlassen einfach nicht so gut. »Stimmt das, was Ginger vorhin gesagt hat?«

Red drehte sich um. Ich sah ihn nachdenklich an. Außen typisch schottisch. Attraktiv, unglaublich breite Schultern, Waschbrettbauch, T-Shirt, Jeans, Stiefel. In den letzten zehn Jahren hatte sich sein Stil kaum verändert – nur der Schnitt seiner Jeans und die Form seiner Stiefel hatten sich Modetrends und steigendem Einkommen angepasst. Das war mir nicht entgangen. Aber zurück zum Thema. Von außen war er durch und durch Macho, cool, ein Mann für den Augenblick, aber dahinter sah ich immer noch Red, Gingers großen Bruder, den Teenager, der uns aus der Patsche geholfen hatte, wenn wir in Schwierigkeiten steckten, der aber ansonsten viel zu cool gewesen war, um sich mit uns kreischenden Gören abzugeben.

»Ja.« Hatte ich erwähnt, dass er schon immer ein Mann weniger Worte gewesen war?

»Seit?«

»Dem Abend, als ich deinen Reifen gewechselt habe. Du hattest damals einen rosa Rock an und ein ...«

Oh Gott! Ich riss die Hände vors Gesicht, um die Röte zu verdecken, die sich dort im Nu ausbreitete. »Sag nichts mehr! Ich kann mich noch gut daran erinnern. Es war eine absolute Horrornacht.«

»Danke!«

»Natürlich nicht wegen dir. Es war die Nacht als ... oh nein, ich will gar nicht daran denken. Hättest du's mir je gesagt?«

Er zuckte mit den Schultern. »Irgendwie gab es nie eine Gelegenheit. Ich war ja auch so weit weg.«

Okay, er hatte recht. Während eines unserer Gespräche an Gingers Bett hatte er mir von seinen letzten fünf Jahren erzählt. Er wohnte in Notting Hill und arbeitete als Fotograf für eine Londoner Tageszeitung. Sein Chef hatte ihm sofort Urlaub gegeben, damit Red bei seiner Schwester sein konnte, doch jetzt, wo sie über den Berg war, plante er, wieder nach

London zurückzukehren. Er würde bald weg sein, und das störte mich auf einmal.

»Aber jetzt bist du hier«, sagte ich.

Gute Feststellung. Wo kam die her? Und woher hatte ich plötzlich diese Flirtstimme? Es war vollkommen ausgeschlossen, mit Red etwas anzufangen. So hatte ich ihn nie gesehen. Und er wohnte viel zu weit weg. Außerdem würde Ginger mich bei lebendigem Leib verspeisen. Aber irgendwie …

»Ja.«

Er nickte und kam auf mich zu. Oh Mist! Oh Mist! Oooooh! Mist! Ich könnte losrennen. Ich könnte lachen und sagen, er würde Witze machen. Wir würden zusammen lachen. Er würde sich verabschieden. Ich würde ihn weiterhin nur bei Hochzeiten, Beerdigungen und Komazuständen sehen. Oder ich könnte …

Er küsste mich. Mein Herz blieb stehen. Und von dem Augenblick an war die Sache zwischen uns klar. Eine Woche später kündigte er seinen Job, suchte sich beim Schwesterunternehmen des Verlags in Glasgow etwas Neues und zog bei mir ein. Ich bin nicht mal sicher, ob wir vorher darüber gesprochen hatten, aber es kam uns einfach alles so selbstverständlich vor. Perfekt. Und zwar nicht auf eine kitschige Weise, sondern auf eine angenehme, unbelastete Sei-genauso-wie-du-bist-Weise. Ich musste mich nicht verstellen. So tun, als fände ich Dinge gut, die ich in Wahrheit verabscheute. Oder die Heldin spielen, wenn ich Angst hatte. Red nahm mich so, wie ich war. Keine Ansprüche, kein Stress, nur … Glück.

Irgendwie war das auf einmal ein wiederkehrendes Thema in meinem Leben.

Zwei dicke Spanierinnen in einem Kanu stießen versehentlich mit unserem Boot zusammen und holten mich in die sonnige, aber kühle New Yorker Märztagwirklichkeit zurück.

»Wie lange halte ich es inzwischen eigentlich schon mit dir

aus?«, fragte ich ihn. Ohne den Hut zu verrücken, hatte er sich aufgerichtet und mir einen Kuss auf die Stirn gegeben. »Du bist ganz schön gelenkig.« Ich kicherte. »Mit diesen Talenten könntest du gut ein Superheld sein.«

Der Hut flog zur Seite, und sein Mund verzog sich zu diesem Grinsen, bei dem ich immer noch weiche Knie bekam.

»Morgen sind es genau vier Monate.«

»Nein! So lange schon? Nur noch zehn Jahre, dann hat sich Ginger an die Situation gewöhnt.«

»Meinst du?« Er lächelte immer noch.

»Hm! Vielleicht dauert's auch noch ein bisschen länger.«

Ich beugte mich vor und küsste ihn und dachte, dass es einfach nicht besser werden könnte. Nichts war schöner als das Gefühl seiner Hand in meinen Haaren. Doch nach einiger Zeit musste ich dem Schmerz nachgeben, der von der unnatürlichen Verbiegung meiner Wirbelsäule kam. Ich setzte mich auf und erwiderte seine Zärtlichkeiten, indem ich die Konturen seines Gesichts mit dem Finger nachzeichnete.

»Hm, das ist gut«, murmelte er. »Aber du hast deine Geschichte noch gar nicht zu Ende erzählt.«

»Welche Geschichte?«

»Über deine Beinahehochzeit. Wieso bist du damals weggelaufen?«

Zum ersten Mal seit langem dachte ich darüber nach. »Ich konnte es einfach nicht. Versteh mich nicht falsch. Ich kann mir nichts Schöneres vorstellen, als hier in New York zu heiraten, aber er war einfach nicht der Richtige. Marc hatte ganz bestimmte Vorstellungen davon, wie ich sein sollte, und die passten einfach nicht zu dem, wie ich wirklich war. Gibt das einen Sinn?«

Er blinzelte in die Sonne. »Klar. Meine letzte Freundin hat in mir immer Brad Pitt gesehen. Als sie irgendwann die Wahrheit erkannt hat, war sie völlig geschockt.«

Hatte ich schon erwähnt, dass mein Superheld seine Grenzen hatte? Wir würden an seiner Fähigkeit für emotionale Tiefe und angemessene Antworten in Momenten, in denen Sensibilität gefordert war, noch arbeiten müssen. Ich kehrte zu meiner Geschichte zurück und beschränkte mich dieses Mal auf den praktischen Teil. Darin war er besser.

»Davon abgesehen waren Josie, Lizzy und Ginger nicht hier, und ich konnte doch nicht ohne sie heiraten.«

Er sagte so lange gar nichts, bis ich dachte, er wäre wieder eingenickt.

»Also, wenn sie hier wären, würdest du mich ... sagen wir mal ... heiraten?«

Der Spaßvogel. Na, das Spiel beherrschte ich auch.

»Na klar! Ich wollte schon immer einen Superhelden heiraten, und Spider-Man schleicht nachts immer durch die Gegend. Keine Ahnung, was er vorhat.«

»Er hat wilden Sex mit Superwoman.«

»Aha, das erklärt natürlich alles.«

Die beiden dicken Spanierinnen vollzogen ein Wendemanöver, das damit endete, dass sie unser Boot so heftig rammten, dass es bedenklich anfing zu schaukeln. Es half nicht, dass eine von ihnen völlig hysterisch wurde.

»Ich hab dir gleich gesagt, dass wir einen Mann mitnehmen sollten«, kreischte sie. »Zwei Frauen in einem Boot, das kann doch nicht gutgehen. Jetzt fahren wir schon eine Stunde lang nur im Kreis rum.«

»Sollen wir Sie abschleppen?«, bot ich.

»Ja, bitte«, rief die Hysterische erleichtert.

Red setzte sich auf und nahm sich der Sache an. »Geben Sie mir das Ende Ihres Ruders«, forderte er sie auf. Er nahm es, benutzte seinen Schal, um es an unserem Boot zu befestigen, und paddelte uns alle sicher an Land.

Ja, das war der Typ, in den ich mich verliebt hatte, und zum ersten Mal wusste ich ... ich wusste, dass er mir nie wehtun würde. Ich wusste, dass er nie versuchen würde, mich zu ändern. Ich wusste, dass wir eine gleichberechtigte Beziehung hatten. Ich wusste, dass er mich nie belügen würde.

Wenige Tage später sollte sich herausstellen, dass eine dieser Annahmen falsch war.

Lektion 99
Vertraue niemandem zu hundert Prozent – halte dir aus Gründen der Selbsterhaltung immer ein Hintertürchen offen

Das Geräusch einer zuschlagenden Tür weckte mich. Ich richtete mich auf und rieb mir die Augen.

»Morgen, Süßer. Wo warst du?«

»Joggen«, antwortete Red.

Dabei war es ziemlich offensichtlich. Er hatte sich ein Handtuch um den Hals geschlungen, und das hellblaue T-Shirt klebte an seinem muskulösen Körper.

Ich sah ihn misstrauisch an. »Gestern Abend warst du auch schon laufen? Triffst du dich heimlich mit anderen Frauen?«

»Genau.« Er grinste. »Mit den beiden aus dem Boot.« Ich zog mir die Decke über den Kopf, um das Bild loszuwerden, das vor meinem geistigen Auge entstanden war.

»Was hältst du davon, wenn wir heute ins Yankee-Stadion fahren«, schlug Red vor. »Dort finden regelmäßig Führungen statt. Ich würde die Rezeption bitten, einen Termin für uns zu buchen. Oder hast du eine bessere Idee?«

»Allerdings. Im Bett bleiben, den Zimmerservice kommen lassen und *Cheers*-Wiederholungen anschauen.«

Aus meiner Position unter der Bettdecke angelte ich nach der Fernbedienung und begann durch die Kanäle zu zappen. Das amerikanische Fernsehen war einfach göttlich. Zu Hause hatten wir vier mickrige Sender; und hier gab es so viel mehr Auswahl und eine süchtig machende Mischung aus Filmen, Dokus und neuen Shows. *Cheers, NYPD Blue, Cagney & Lacey, The Late Show, The Tonight Show, Nightline, M*A*S*H, Friends, Frasier, Twin Peaks* ... Und dann noch die ganzen Talkshows. Ich verstand nicht, wieso überhaupt noch jemand das Haus verließ. Bevor ich wieder eingeschlafen war, hatte ich an diesem Morgen schon einen heftigen Sorgerechtsstreit, ein Psychogespräch mit einem Alkoholiker und zwei tränenreiche Ehebruchgeständnisse miterlebt. Und das alles, ohne unter meiner Decke hervorzukriechen. Jetzt waren nur noch zwei Tage unseres vierzehntägigen Urlaubs übrig, und sosehr ich jede einzelne Sekunde des New-York-Erlebnisses liebte, ich war gerade hier und jetzt total glücklich.

Red kletterte neben mir ins Bett, küsste mich und versuchte mir die Fernbedienung zu entreißen. Ich legte mich einfach drauf, und er lachte. »Du weißt, dass ich nicht davor zurückschrecke, sie mir notfalls von überall her wiederzuholen.«

»Wirklich nicht?« Ich sah ihn herausfordernd an. »Dann beeil dich, denn in drei Minuten geht die *Ricki Lake Show* weiter. Stell dir vor, sie hat eine Frau zu Gast, die den Mann ihrer Zwillingsschwester gevögelt hat. Und seinen Dad. Das muss ich unbedingt sehen.«

»Okay. Drei Minuten?«

»Drei Minuten.«

»Also gut. Auf die Plätze, fertig, los!«

Er katapultierte sich auf mich, und plötzlich hatten Ricki und diese Schlampe allen Reiz verloren. Ich wusste jetzt, was ich an diesem Tag tun wollte. Den ganzen Tag. Ganz oft. Die Dinge, die mein Freund gerade machte, waren so berauschend, dass ich das Klopfen an der Tür erst gar nicht hörte.

»Zimmerservice!«, rief eine Stimme.

»Hast du was bestellt?«, fragte ich.

»Nur was zum Frühstück. Omeletts. Speck. Toast, Orangensaft.«

Ich durchdachte die Optionen. Sex. Essen. Sex. Essen.

Meine Gier gewann. Wenn wir wieder zu Hause waren, musste ich dringend abnehmen, aber bis dahin würde ich noch alles genießen, was New York kulinarisch zu bieten hatte.

Red stand auf und schlüpfte in seine Shorts, während ich T-Shirt und Shorts überzog und unter der Bettdecke verschwand. Gerade rechtzeitig.

»ÜBERRASCHUNG!!!«

In der Tat.

Josie. Lizzy. Ginger. Kreischend und kichernd kamen sie zur Tür hereingestürmt und stürzten sich auf mich. Sie sahen fabelhaft aus: Alle drei trugen große Sonnenbrillen und Clutchs aus Gingers Louis-Vuitton-Sammlung.

»Aber … aber … aber …?« Irgendwie schien ich plötzlich weder über Sprache noch über Verstand zu verfügen. »Was macht ihr denn hier?«

»Wir sind zu deiner Hochzeit gekommen.« Josies Stimme kam aus den Tiefen der Minibar, wo sie bereits ein Fläschchen Scotch und eine Toblerone entdeckt hatte.

»Zu meiner was?«

»Prima, Josie, bis zu diesem Teil war ich noch nicht gekommen«, meinte Red.

»Dann beeil dich! Schließlich ist das die beste Stelle.«

Red fischte in den Taschen seiner Shorts. Er erstarrte, und ein Ausdruck völliger Panik trat in sein Gesicht. Er sah sich hektisch um, hob dann die Bettdecke hoch, verschwand darunter, durchwühlte die Decken und kam dann mit einem erleichterten Grinsen wieder zum Vorschein.

Ginger verzog das Gesicht. »Ich möchte nicht wissen, wo du das jetzt hergeholt hast. Wo hast du das hergeholt?«

Ich fand, im Moment gab es drängendere Fragen.

»Okay …« Red holte tief Luft. »Lou, ich bin in so was wirklich völlig hoffnungslos …«

Allerdings. Selbst in meinem verwirrten Zustand ahnte ich, was kam und dass nun eine große romantische Geste gefordert war. Und das war nicht Reds Spezialgebiet.

»Egal, ich liebe dich mehr als alles andere. Heirate mich!«

Ich saß da, erstarrt, mein Mund klappte auf und zu wie der eines Kugelfischs mit Sauerstoffmangel. Schließlich brachte ich ein keuchendes »Aber? ... Wie bitte? ... Wann? ... Wo?« hervor.

»Stimmt, den Teil hab ich ganz vergessen. Im Central Park. Am Brunnen. Der See wäre eigentlich schöner, aber nach der Geschichte mit der armenischen Pizzeria fand ich es nicht mehr so originell. Also. Möchtest. Du. Mich. Heiraten?«

Ich konnte nicht fassen, dass ich das schon wieder erlebte! Bildeten sich die Männer, mit denen ich zusammen war, eigentlich alle ein, sie könnten einfach über meinen Kopf hinweg irgendwas organisieren? Was, wenn ich eigene Vorstellungen hatte? Was, wenn ich eine richtige Hochzeit mit allem Drum und Dran und weißem Kleid mit Schleppe und Torte wollte? Was dann?

Aber ich wollte nicht. Das war was für Leute mit Familien und mit Eltern, die ihr Leben lang dafür gespart hatten, ihre Tochter zum Altar zu begleiten. Mein Dad hatte mir unmissverständlich zu verstehen gegeben, dass ich bloß nicht glauben sollte, er würde meine Hochzeit bezahlen. Da war ich zehn. Aber in den darauf folgenden Jahren hatte er es noch so häufig wiederholt, dass ich es total verinnerlicht hatte.

Alles, was ich wollte, waren ich und der Mann, den ich liebte, und meine besten Freundinnen am romantischsten Ort der Erde. Alles, was ich wollte, war das hier.

»Lou?«

Red sah mich besorgt an, und die anderen begannen nervös zu rascheln. Außer Josie, die noch einen Schluck Scotch hinunterstürzte und mich unverwandt anstarrte.

»Ich mache es nur, wenn ich Jeans und Converse anziehen kann und wir danach zum Kuchenessen in den kleinen Laden in der 75. Straße gehen.«

Das war der ultimative Test. An der Antwort würde ich

klar erkennen, ob ich einen Kontrollfreak heiratete oder einen, der mir den Ehehimmel auf Erden bieten würde – und zwar so, wie *ich* ihn mir vorstellte.

»Du kannst anziehen, was du willst, und du darfst dir auch aussuchen, wo wir anschließend hingehen. Aber heirate mich!«

»Ja.«

»Ja?«

»Definitiv ja.« Er sprang aufs Bett und schlang die Arme um mich, während ich meine Freude mit einem lauten Jubelruf zum Ausdruck brachte.

»Keine Zungen bitte! Nicht vor den Augen deiner Schwester!«, kreischte Ginger und strahlte über das ganze Gesicht.

Lizzy öffnete die Zimmertür und zerrte einen Kühler mit einer sehr teuer aussehenden Flasche Champagner und fünf Gläser ins Zimmer.

»Du meine Güte, habt ihr das etwa alles geplant?«

»Ich habe sie nach unserer Bootsfahrt angerufen und die Flugtickets gebucht. Drei Stunden später saßen sie im Flugzeug. Gestern Abend und heute Morgen habe ich dann den Rest organisiert«, sagte Red, ließ den Korken knallen und schenkte allen ein.

»Als du joggen warst?«

Wenigstens machte er jetzt ein angemessen schuldbewusstes Gesicht.

»Du hast mich also angelogen?« Mein Ton war schärfer als beabsichtigt, und plötzlich war es mucksmäuschenstill im Zimmer. »Das darfst du gern wieder tun, wenn dabei jedes Mal ein Schmuckstück und eine Party rausspringen«, fuhr ich fort und knutschte ihn lange und gründlich ab.

»Igitt, ich wünschte, sie würden das lassen!« Ginger drehte sich um und lenkte sich ab, indem sie ihr Glas Champagner hinunterschüttete.

Ich beschloss, nichts dazu zu sagen. Schließlich wollte ich

nicht, dass mein Verhältnis zu meiner neuen Schwägerin mit einer Missstimmung begann.

»Apropos Schmuckstück«, schaltete sich Lizzy ein. »Du hast ihr den Ring noch gar nicht gegeben.«

»Ich hoffe, du kannst besser fotografieren als Heiratsanträge machen«, meinte Josie trocken. »Sonst solltet ihr euch lieber bald daran gewöhnen, von nur einem Gehalt zu leben.«

Alle lachten, aber ich war viel zu sehr mit der kleinen Samtschachtel beschäftigt, die sich gerade vor meinen Augen öffnete. Auf der Innenseite des Deckels konnte ich die magischen Worte *Tiffany & Co.* lesen, und in der Schachtel befand sich ein schlichter Silberring mit einem viereckigen Diamanten. Ich hielt den Atem an. Wenn ich meinen Lieblingsehering hätte entwerfen sollen, hätte er genau so ausgesehen. Nicht groß oder protzig oder mit vielen Steinen, an denen man ständig hängen blieb. Nein. Ich schob ihn mir über den Finger. Das hier war genau der Ring, den ich nie wieder ausziehen würde. Einfach perfekt.

Tränen brannten in meinen Augen. Noch nie war ich so glücklich gewesen wie in diesem Augenblick. Ich war als Urlauberin hergekommen und würde als Ehefrau nach Hause zurückkehren. Wieder umarmte ich Red stürmisch.

»Okay, aber ich darf heute bestimmen!«

Ich sprang aus dem Bett, und mein Plan, den Tag mit dem Fernseher und den Irren der Nation zu verbringen, war vergessen.

»Darfst du. Aber zuallererst müssen wir uns für die Trauung registrieren lassen.«

»Einverstanden, wenn ich den Rest des Tages mit den Mädels verbringen darf: Wellness, Lunch, Cocktails. Und Shoppen natürlich.«

»Was willst du denn noch shoppen?«

Red sah mich grinsend an. Schließlich hatte ich ihn in jedes

Geschäft Manhattans gezerrt, und die Gebühr fürs Übergepäck würde schon jetzt ein Vermögen kosten.

»Ich bin es satt, immer nur die Empfängerin von Überraschungen zu sein. Jetzt bist du an der Reihe. Ich werde dir etwas kaufen, das dich umhaut.«

Mein frisch Verlobter lachte. »Okay, aber eins sage ich dir: Wenn es aus einer Dekoabteilung stammt, bring ich es zurück.«

Ich nahm mir vor, ihm vorerst nichts von den vier Leoprint-Kissen und der goldenen Satinbettwäsche zu sagen, die die netten Leute von Bloomingdale's im Laufe des Tages an die Rezeption liefern wollten. Es gab Dinge, die er erst dann erfahren musste, wenn wir im jungen Eheglück waren und er mir alles verzieh, solange ich während des Geständnisses nur nackt war.

Aufgeregt rannte ich in die Dusche. Ja, ich würde Red zeigen, wie viel er mir bedeutete. Mit einem Ehering. Einer tollen Uhr. Einer super Kamera.

Am Ende wurde es so viel mehr.

Lektion 100
Wenn deine Seele Streicheleinheiten braucht, nimm deine Kreditkarte und flieg nach New York

»Verdammt, meine Füße bringen mich um! Ich bin nur wegen Wellness und Cocktails und dieser Hochzeitsnummer gekommen. Keiner hat was davon gesagt, dass wir uns in Manhattan die Füße blutig laufen.«

Ginger streifte ihre High Heels ab und stieß einen erleichterten Seufzer aus, als ihre Füße den wohltuend kühlen Boden des kleinen Restaurants berührten.

»Sagt mir doch noch mal, wie ihr den Ring findet«, quiekte ich.

Ich konnte es kaum erwarten, Reds Gesicht zu sehen, wenn er die Schachtel öffnete. Hoffentlich gefiel er ihm. Es war ein schlichter goldener Reif, ähnlich wie meiner, doch statt eines Diamanten trug er drei schwarze Saphire. Er war wunderschön.

Ein Kellner erschien und positionierte sich neben Ginger. »'tschuldigung, können Sie ihr bitte sagen, dass ihr zukünftiger Ehemann seinen Ring bestimmt gaaaaanz toll findet. Sie nervt uns schon den ganzen Tag damit.«

»Na klar! Mein Name ist Justin; ich bin für Ihren Tisch zuständig. Heute empfehlen wir Teriyaki-Rind auf einem Bett diverser Soja-Pasta, Malaysisches Curry-Huhn an Spinat- und Kichererbsenmus, und dieser Ring ist so göttlich, dass Sie ihn mir gern als Trinkgeld hierlassen können, wenn er ihn nicht will.«

Gott, ich liebte New York! Die einzige Stadt der Welt, in der die Kellner ganze Sätze sprachen. Er zog sich zurück um vier Cosmopolitans und ein Bier für meinen gleich eintreffenden Verlobten zu holen. Hatte ich schon erwähnt, dass ich jetzt einen Verlobten habe? Ich glaube, das hatte ich an diesem Tag jedem erzählt, der es hören wollte. Oder auch nicht. Es könnte auch sein, dass ich die komplette Belegschaft in der Schmuckabteilung von Saks zu unserem Fest eingeladen habe.

Ich würde heiraten!

Ich. Lou Cairney. Zukünftige Lou Jones. Der Gedanke störte mich gar nicht. Zum ersten Mal war ich bereit, meine schwierige Einstellung zu einer Langzeitbeziehung, die auf den traumatischen Erfahrungen mit der Ehe meiner Eltern beruhte, zu revidieren und einfach an die zu glauben, bei denen sie funktionierte. Marc war glücklich mit Emily. Ginger war glücklich mit Ike. Lizzy und Ben befanden sich in einem Dauerzustand der Seligkeit. Es konnte funktionieren. Red und ich konnten es schaffen.

»Bin sofort zurück«, verkündete Lizzy. »Ich muss mal kurz aufs Klo.« Im selben Augenblick streckte Josie den Arm über den Tisch und drückte meine Hand.

»Hör zu, Schätzchen, du weißt ja, dass ich für diesen ganzen romantischen Kitsch nicht viel übrighabe, aber ich bin echt stolz auf dich. Schon allein deshalb, weil du dir einen Typen an Land gezogen hast, der so großzügig ist, uns alle hier einfliegen zu lassen. Das gibt natürlich 'ne Menge Sonderpunkte.«

»Die genetische Quelle meiner Oberflächlichkeit!«, rief ich.

»Gott segne die Oberflächlichkeit. Aber mal im Ernst, Lou, mir ist völlig rätselhaft, wie du bei den Menschen, die dich erzogen haben, so gut gelingen konntest. Ich könnte nicht stolzer auf dich sein, wenn ich dich aus meinem eigenen Uterus gepresst hätte.«

»Du solltest Redenschreiberin werden, Josie«, rief Ginger. »Politiker und Staatsoberhäupter brauchen Talente wie dich.«

Lieber Himmel, wenn die beiden je einen Sarkasmuswettbewerb austragen würden, würde es ein langer, erbitterter Kampf werden. Zum Glück schätzten sie sich gegenseitig sehr. Schon als Kind hatte Ginger immer an Josies Lippen gehangen. Josie war die personifizierte verbale Verachtung und Herabsetzung.

Aber zugleich war sie die beste Tante, die man sich wünschen konnte. Ich stand auf und ging zu ihr, um sie fest zu umarmen. Mit einem dicken Kloß im Hals dankte ich ihr. Dann küsste ich auch Ginger – ohne mich um ihre lebenslange Abneigung gegen öffentliche Liebesbekundungen zu kümmern.

»Ich kann dir nicht genug danken, Süße. Wenn du nicht diesen spektakulären Sturz hingelegt hättest, hätte ich meinen Ehemann nie gefunden.«

»Gern geschehen. Und wenn es diesmal nicht klappt, probier ich beim nächsten Mal was anderes. Vielleicht einen Autounfall oder einen Sturz in eine Gletscherspalte.«

Ich drückte sie noch einmal, um ihr zu zeigen, wie sehr ich ihre Zuneigung schätzte, dann ging ich ebenfalls in Richtung Toilette. Ich rechnete damit, Lizzy vor dem Spiegel anzutreffen, aber sie war nicht zu sehen. Seltsam. War sie mir etwa unterwegs entgegengekommen?

Als ich ein lautes Schniefen aus einer der Zellen hörte, wusste ich, wo sie war.

»Lizzy? Lizzy, bist du das?«

»Mffaaah.«

»Lizzy, was ist los? Wo genau bist du?«

Ich hatte mich inzwischen hingekniet und suchte unter der Tür nach pinkfarbenen Lederstiefeln. Am Ende der Reihe entdeckte ich sie. Und nahm mir vor, der Restaurantleitung zur perfekten Sauberkeit ihres Toilettenbodens zu gratulieren.

»Lizzy, mach die Tür auf! Ich bin's.«

Nach kurzem Zögern schloss sie auf. Als ich sie sah, fiel es mir schwer, einen Aufschrei zu unterdrücken.

Verheulte Augen. Mascara überall im Gesicht. In der Hand ein weißes Teststäbchen.

»Oh Scheiße! Bist du ... hast du ... ich meine, wirst du ...?«

Offenbar hatte ich mir die Sprachmuster der Red-Jones-Schule für romantische Enthüllungen angeeignet.

»Es geht nicht!«, schluchzte sie.

»Aber wieso nicht?«

»Weil ich nicht schwanger sein darf. Es geht einfach nicht.«

Ich bückte mich, nahm sie in die Arme und drückte sie fest. Auch zur großzügigen Bemessung ihrer Toilettenzellen sollte man die Geschäftsleitung beglückwünschen.

»Komm schon, Lizzy, so schlimm kann es doch nicht sein«, sagte ich leise.

So hatte ich Lizzy bisher nur bei traurigen Kinofilmen und schwerem PMS erlebt. Sie war immer unsere Optimistin, unser Spaßbündel, das alle Probleme löste und ein Leben lebte, das vor positivem Karma und mönchartigem Zen nur so strotzte.

»Doch, ist es. Es ist schlimm. Sogar sehr schlimm. Oh, Lou, ich wollte nicht, dass du was mitkriegst, bevor wir wieder zu Hause sind. Niemand weiß etwas. Nur ich. Und ... oh Mist, Lou, ich weiß einfach nicht, was ich tun soll.«

Die Härchen in meinem Nacken richteten sich auf; ich wurde unruhig. Was zum Teufel war denn nur los?

»Lizzy, ganz gleich, was es ist, es wird alles gut, ja?«

»Nein.« Sie schüttelte den Kopf.

Ich hörte, dass jemand den Toilettenraum betrat, Lizzys verzweifelten Ausruf hörte und sich daraufhin eilig verzog.

»Doch. Egal, was es ist, wir kriegen das hin. Es wäre doch keine Katastrophe, noch ein Baby zu bekommen, oder?«

»Doch.« Jetzt liefen ihr Tränen über das Gesicht. »Ben ist ausgezogen.«

»Es wird alles gut«, murmelte ich und strich ihr übers Haar. »Und wir werden ... Was? Ben ist was?«

»Ausgezogen.«

»Ach du Scheiße! Wieso? Warum tut er so was? Er liebt dich doch und die Kinder, er würde doch nie ...«

Zwei riesige, kugelrunde, hilflose Augen blickten mich an, warteten darauf, dass ich weiterredete, das Unaussprechliche aussprach ...«

»Oje! Er hat eine andere, stimmt's?«

Sie nickte langsam. Die Tränen flossen nun nicht mehr, an ihre Stelle war ein tauber, resignierter Gesichtsausdruck getreten. Ich konnte das alles nicht glauben. Ben? Niemals. So war er doch nicht. Ich kannte ihn schon ewig, so was hätte ich ihm nie zugetraut.

Plötzlich blitzte eine Erinnerung in mir auf. Marc. Im Salon. Er hatte irgendwas gesagt, dass er Ben in einem Club gesehen hätte. Aber es konnte doch nicht schon so lange gehen? Das war ein Irrtum. Musste ein Irrtum sein.

»Lizzy, es kann nur eine unbedeutende Affäre sein. Ein Ausrutscher. Weißt du, wer es ist? Ist es jemand, den ich kenne?«

Im selben Moment wurde mir klar, dass ich diese Information mit äußerster Vorsicht behandeln musste. Wenn Josie oder Ginger den Namen erfuhren, würden sie zehn Minuten nach der Landung in Glasgow bei ihr vor der Tür stehen.

Erneutes Nicken.

»Wer ist es?«

Ich atmete tief ein. Nach gut vierzehn Jahren Arbeit im Friseursalon gab es nur wenige Leute in der Stadt, die ich nicht kannte. Und wenn ich sie nicht selbst kannte, kannte ich jemanden, der sie kannte. Wut machte sich in mir breit. Wie konnte Ben das vor ihrer Haustür tun? Dieses betrügerische, verlogene Schwein. Ich würde ihn ...

»Alex Dunns.«

Alex Dunns. Alex Dunns. Das kam mir bekannt vor. Moment mal, ja, ich kannte Alex Dunns, aber der konnte es nicht sein, weil ...

»Und es ist ein ›Er‹.«

Neeeeiiiiiiin! Du liebe Güte! Gebrochene Herzen. Katastrophen aller Art. Postnatale Depression. Todesähnliche Erlebnisse. Wir hatten im Leben schon alles mitgemacht, aber jetzt hatten wir definitiv eine Seite im Freundschaftskrisenratgeber aufgeschlagen, die ich noch nicht kannte.

»Er ist schwul?«

»Ja.«

»Und du weißt es seit ...?«

»Letzter Woche. Ich bin so verdammt blöd. Ich hab immer diese Berichte in den Zeitschriften gelesen, dass Frauen es tief in ihrem Innern ahnen, aber ich habe es nicht geahnt, Lou. Wirklich nicht. In den letzten Jahren war der Sex zwar nicht mehr so wie am Anfang, aber ich dachte, es läge bloß, na ja, an den Kindern und den Schwangerschaften und dem ganzen Stress und der Arbeit und vielleicht daran, dass ich zu viel an ihm herumnörgle und ihn zu sehr unter Druck setze.«

Ich drückte sie fest an mich, um zu verhindern, dass sie wieder völlig hysterisch wurde.

»Psssst! Pssssst! Pssssst! Es ist nicht deine Schuld. Es ist nicht deine Schuld.«

Alex Dunns. Er war Anwalt in einer Kanzlei an der High Street. Einmal im Monat kam er zum Waschen, Schneiden, Fönen. Nett. Süß. Witzig. Unübersehbar schwul. Immer für ein Schwätzchen zu haben.

Alex Dunns und Ben. Ein Paar. Unfassbar. Plötzlich kam mir ein neuer Gedanke. Ich löste mich von meiner Freundin und starrte auf ihren Schoß, als mir Teil zwei des Debakels wieder bewusst wurde.

»Oh verflucht! Nein. Nein. Nein. Das kann nicht sein.«

Mir wurde klar, dass jemand in helfender Freundinposition so was nicht sagen sollte, also fügte ich schnell hinzu: »Aber wenn doch, kriegen wir das hin, Lizzy. Wir alle zusammen. Du musst damit nicht allein fertig werden. Hast du den Test schon gemacht?«

Sie nickte.

Kalte Angst packte mich.

»Ich hab nur noch nicht nachgeschaut. Ich traue mich einfach nicht.«

Ich traute mich auch nicht. Es war zu beängstigend. Die Aussicht auf das, was ihr bevorstand, war schon so schlimm genug, aber dabei auch noch schwanger zu sein, war wirklich unvorstellbar.

Mit einer mentalen Entschlossenheit, die ich nur meiner Freundin zuliebe aufbrachte, nahm ich ihr das Stäbchen aus den Fingern und drehte es um. Schweißperlen quollen mir aus allen Poren. Sie starrte in mein Gesicht und wartete auf eine Reaktion, die ihr sagte, was sie wissen musste.

»Lizzy, es ist ...« Meine Stimme stockte und versagte fast völlig. »... negativ«, stieß ich schließlich hervor.

»Negativ?«, flüsterte sie. »Bist du sicher?«

Ich nickte und zeigte ihr das Stäbchen. Eine einzige blaue Linie. Definitiv. Auch nicht das leiseste Anzeichen einer zweiten.

Wir sanken beide vor Erleichterung zusammen. »Lou, es tut mir alles so leid«, stammelte sie.

»Wieso? Bist du verrückt geworden? *Mir* tut es leid, ich hatte ja keine Ahnung, dass mit dir was nicht stimmte.«

»Ich auch nicht. Er hat es mir erst letztes Wochenende gesagt. Aber ich wollte deine Hochzeit nicht damit belasten. Es tut mir so leid«, wiederholte sie. »Ich bin eine grottenschlechte Freundin.«

Ich riss ein Stück Klopapier ab und wischte ihr damit die Tränen und die schlimmsten Mascaraspuren ab. »Lizzy, du erlebst gerade die bisher schmerzhafteste Zeit deines Lebens, und du bist trotzdem mit hergekommen. Dafür liebe ich dich.

Ich schwöre dir, du bist die beste Freundin, die man sich nur wünschen kann.«

Sie fing wieder an zu weinen, was mich dazu zwang, noch mehr Klopapier abzureißen.

»Aber sag das bloß Ginger nicht, sie glaubt, ich liebe sie mehr. Lass sie in dem Glauben! Ich weiß, das hört sich jetzt blöd an, aber wir stehen das gemeinsam durch, Lizzy. Ich schwöre es dir.«

Mit ungeheurer Willenskraft hievte Lizzy sich hoch und fiel mir um den Hals.

»Also gut. Aber du musst mir was versprechen. Ich will auf keinen Fall, dass im Moment irgendwer anders davon erfährt.«

»Das ist doch Unsinn, Lizzy. Wir sind deine Freunde und würden dir gern helfen.«

Eine Hand legte sich auf meinen Mund.

»Sei still, Lou! Ich habe ohnehin schon ein schlechtes Gewissen, dass ich dir das alles am Tag vor deiner Hochzeit vor die Füße gekippt habe. Mach es nicht noch schlimmer! Und das würde es, wenn ich plötzlich im Zentrum der Aufmerksamkeit stünde. Ich brauche jetzt ein bisschen Spaß und will mich amüsieren, solange ich hier bin. Denn ich habe nicht die geringste Ahnung, was mich alles erwartet, wenn ich nach Hause zurückkomme. Also, bitte ... Vergiss das, was gerade passiert ist, und lass das hier zu der besonderen, schönen Feier werden, die es sein sollte.«

»Ja, aber ...«

»Und wenn du das nicht tust, sag ich deiner künftigen Schwägerin, dass du mich mehr liebst«, fügte sie lächelnd hinzu.

»Das ist gemein.«

»Ja. Also, ich trockne mir jetzt das Gesicht und gehe zu den anderen zurück, als wäre nichts geschehen. Ich werde sagen, es hätte deshalb so lange gedauert, weil wir ... weil wir ... Cyndi Lauper getroffen hätten. Das glaubt jeder. Übrigens, cooler BH. Deine Möpse sehen sensationell aus.«

Mit einem letzten Luftkuss war sie weg, und mir fiel wieder ein, weshalb ich eigentlich hergekommen war. Ich schloss die Tür ab, sank auf den Toilettensitz und versuchte, meinen hämmernden Puls wieder auf einen normalen Rhythmus zu kriegen. Arme Lizzy. Das hatte sie wirklich nicht verdient. Und ihre Kinder erst recht nicht.

Während ich so über die Entwicklungen nachdachte, fiel mir etwas ins Auge. Eine weiße Schachtel auf dem Fußboden – die Verpackung von Lizzys Schwangerschaftstest. Als ich sie aufhob, sah ich, dass sie nicht leer war. Was für eine Verschwendung! Wieso waren da gleich zwei Stäbchen drin? Waren alle Schwangerschaftstests so? Ich hatte noch nie Grund gehabt, einen zu benutzen, daher hatte ich keine Ahnung. Vielleicht hätte Lizzy den zweiten benutzen müssen, um das Ergebnis des ersten noch mal zu bestätigen? Aber es war doch ganz eindeutig gewesen. Sie war ganz bestimmt nicht schwanger.

Ich drehte die Zellophanverpackung mit dem Teststäbchen zwischen den Fingern. Vielleicht brauchte ich bald ja auch einen. Vielleicht sollte ich den Mann, den ich morgen heiraten wollte, mal fragen, wie er zum Thema Kinderkriegen stand. Wieso hatten wir noch nie darüber gesprochen? War das nicht eine der Fragen, die man geklärt haben sollte, bevor man sich sein Leben lang an jemanden band?

Ein leiser Zweifel beschlich mich, aber ich wehrte ihn rasch ab. Red war der Mann, der für mich bestimmt war. Auch wenn ich mich plötzlich wieder in dieser armenischen Pizzabude sitzen sah, quasi eine alte Stammkundin, und einer brachte mir, ohne zu fragen, den Kaffee so, wie ich ihn haben wollte. Vielleicht sollte ich eine jährliche Pilgerfahrt daraus machen: jedes Jahr nach New York fahren, eine Hochzeit planen, Panik kriegen, in einer Pizzeria aufschlagen.

Bei dem Gedanken drehte sich mir der Magen, und mir wurde bewusst, dass ich dringend was essen musste. Ich musste ganz ganz dringend was essen. Was war denn nur los mit mir? Seit ich hier war, schlief ich nur und aß nur und ... Wow, wieder so eine Übelkeitswelle! Vielleicht sollte ich jetzt doch nichts essen ... oder vielleicht hätte ich nicht ganz so viele Cocktails trinken sollen.

Plötzlich musste ich daran denken, was Lizzy gerade über meine Möpse gesagt hatte. Ich schaute an mir herunter und verstand, was sie meinte, aber das war leicht zu erklären. Wenn ich meine Periode bekam, schwollen meine Brüste immer an, und jetzt müsste es wieder so weit sein. Deshalb hatte ich wahrscheinlich auch so einen Mordshunger. Es war ein bisschen schwer vorherzusagen, weil meine Periode immer so unregelmäßig kam, sehr unregelmäßig sogar. Ich schob das auf meine genauso unregelmäßige Ernährung, Stress und einen minderschweren Fall von Polyzystischem Ovarialsyndrom, das man im Teeniealter bei mir diagnostiziert hatte. Aber ich hatte Glück. Die einzigen Symptome waren unregelmäßige Blutungen. Manchmal alle sechs Wochen, manchmal alle fünf, manchmal alle vier. Und dieses Mal ... keine Ahnung.

Nein. Es konnte nicht sein. Ich nahm die Pille, und zwar sklavisch. Ich hatte noch nie eine ausgelassen. Na ja, fast nie, und wenn doch, nahm ich einfach am nächsten Tag zwei. Ich konnte nicht schwanger sein. Unmöglich. Und um das zu beweisen, würde ich jetzt einfach die Zellophanverpackung aufreißen ... und auf dieses Stäbchen pinkeln. Dann wusste ich in wenigen Minuten Bescheid, konnte wieder zu meinen Lieblingsmenschen da draußen zurückgehen und weiter jede Sekunde dieses wunderbaren Wochenendes genießen.

Ich verkürzte mir die Wartezeit mit Beten: Liebe Göttin der Unbefleckten Empfängnis, bitte mach, dass dieser Test negativ ist!

Zwanzig Sekunden vergingen. Ich gab meinen Vorsatz, eine Minute nicht hinzuschauen, auf und wagte einen ersten Blick. Eine blaue Linie. Danke, liebe Göttin der Unbefleckten Empfängnis, du bist eine wunderbare Frau!

Ich wollte das Ding gerade in den kleinen silbernen Mülleimer werfen, als ich sah, dass … Moment mal! Ich dachte, das wär's gewesen, aber die zweite Linie begann, sich zu verändern – zuerst langsam, dann immer schneller wurde sie zu einer … blauen Linie. Einer blauen Linie!

Die Göttin der Unbefleckten Empfängnis sollte noch mal über ihre Jobqualifikation nachdenken.

Ich war schwanger. Mein zukünftiger Ehemann saß mittlerweile bestimmt da draußen und hatte absolut keine Ahnung, dass er Vater wurde. Was, wenn er gar keine Familie wollte? Was, wenn er zu den Typen gehörte, die lieber keine Verantwortung für ein Kind übernehmen wollten?

Was, wenn … Panik überkam mich, und meine Gedanken begannen zu rasen. Was, wenn unsere Beziehung das nicht verkraftete? Was, wenn ich schwanger war und er wollte das nicht, und ich wurde unförmig, und er würde mich wegen eines dieser dürren Models verlassen, die er jeden Tag fotografierte? Oder einer alten Freundin, der Freiheit wichtiger war als Fruchtbarkeit. Oder … oder … wegen eines schwulen Anwalts namens Alex?

Ich presste meine Stirn gegen die kalte Zellenwand und versuchte irgendwie, einen klaren Kopf zu kriegen. Ich war schwanger. Das bedeutete, dass ich ein Baby bekommen würde. Und wie zur Übung für die bevorstehenden Monate schwang mein Hormonpendel plötzlich in die entgegengesetzte Richtung. Freudige Erregung breitete sich in meinem Bauch aus, stieg in meine Kehle und von dort direkt in meine Tränendrüsen. Ich war schwanger. Von dem Mann, den ich liebte. Und das konnte nur etwas ganz Wunderbares sein.

Aber ähnlich wie Lizzy wusste ich, dass ich diese Nachricht noch nicht mit allen teilen wollte. Es war mein Geheimnis, bis es auch Reds Geheimnis wurde. Er sollte es vor allen anderen erfahren, also musste ich jetzt irgendwie eine Form von Normalität vortäuschen und mich wie eine aufgeregte zukünftige Braut verhalten und nicht wie eine aufgeregte zukünftige Mutter. Ich würde einfach auf gute Laune machen und hoffen, dass niemand etwas merkte.

»Lou, bist du da drin?«

Gingers Stimme riss mich in die Gegenwart zurück.

»Lou, ist alles in Ordnung?«

»Alles bestens. Ich bin sofort bei euch. Ich glaube, ich habe was gegessen, was meinen Magen ein bisschen in Aufruhr versetzt hat.«

Perfekt. Plausibel. Gut gemacht.

»Komm schon«, kam es von ihr zurück. »Ich weiß genau, was los ist.«

Oh Scheiße! Natürlich sagte ich das nicht laut.

»Eh … wie meinst du das?«, fragte ich nervös.

»Ich weiß genau, wieso du auf dem Klo sitzt und warum dein Magen durchdreht. Komm schon, gib's zu!«

Zugeben? Was zugeben? Woher konnte sie es wissen? Ich wusste es doch selbst erst seit fünf Minuten. Hatte sie hellseherische Fähigkeiten?

»Was soll ich zugeben?«, fragte ich ausweichend.

Nein, sie konnte es nicht wissen. Ihre erste Nichte oder ihr Neffe mochte auf dem Weg in die Welt sein, aber woher konnte sie das mit mir wissen?

»Du bist völlig fertig«, antwortete sie mit triumphierender Stimme, »weil du gerade mit Cyndi Lauper gesprochen hast. Auf die hast du doch schon immer gestanden.«

»Stimmt, Ginger, du hast recht. Hundert Punkte.« Ich musste über die ganze absurde Situation lachen. »Es war unglaublich. Ich habe sie morgen zur Hochzeit eingeladen, und sie hat gesagt, sie versucht zu kommen.«

Lektion 101
Wenn du deinem Partner sagst, dass du schwanger bist, sei auf alles gefasst

Red reckte sich seufzend, ehe er ins Bett kletterte und die Hand nach mir ausstreckte.

»Komm her, Lou Cairney! Das ist meine letzte Gelegenheit, es mit einer unverheirateten Frau zu treiben.«

»Du bist ein unverbesserlicher Romantiker, weißt du das?«

Ich steckte mir das kleine Stück Schokolade, das auf meinem Kissen gelegen hatte, in den Mund. Igitt, Bitterschokolade. Ich hasste Bitterschokolade. Es war Teufelszeug. Ich wickelte auch das Stück aus, das auf Reds Seite lag, und aß es ebenfalls. Offenbar hatte der Teufel eine magische Anziehungskraft auf schwangere Frauen.

»Ich dachte, du magst keine Bitterschokolade.« Red sah mich erstaunt an.

»Sie wächst mir irgendwie ans Herz.«

Ich bürstete mir noch einmal durchs Haar und bewegte mich auf ihn zu. Das Betthupferl steckte nun über dem riesigen Knoten in meinem Magen fest. Ich musste es ihm sagen. Jetzt. Bevor wir heirateten. Aber was sollte ich sagen? Vielleicht könnte ich es ein bisschen versüßen mit einem »Okay, Baby, dann stell dich darauf ein, es mit einer unverheirateten Frau zu treiben ... die auch noch schwanger ist«.

Nein, lieber nicht. Irgendwie war dieser Satz kein Klassiker, wenn es um lebensentscheidende Dinge ging. Also los, bring's hinter dich, Lou. Wo bleibt dein Mut?, redete ich mir zu.

Ich setzte mich auf die Bettkante und ignorierte seine Hand, die mich zu ihm ziehen wollte. Vielleicht doch zuerst Sex? Nein. Danach war er sicher müde, und außerdem konnte ich mich nicht auf orgasmische Handlungen konzentrieren, solange ich das im Kopf hatte.

»Baby, ich muss dir was sagen, und ich möchte nicht, dass du ausflippst.«

Sein Gesicht wurde aschfahl, und er sank auf sein Kissen. »Ich hab's gewusst«, sagte er mit schwerer Stimme. »Du hast es dir wieder anders überlegt. Du willst nicht. Verdammt noch mal, Lou, ich hatte gedacht, du ...«

»Nein! Ich hab's mir nicht anders überlegt, ich schwör's dir! Ich will dich immer noch morgen heiraten und ... um ehrlich zu sein, kann ich es kaum erwarten. Ich liebe dich. Merk dir das für alle Ewigkeit!«

Die Erleichterung war ihm deutlich anzusehen, und dann kam wieder seine Hand, dieses Mal mit einem verführerischen Grinsen. »Also los, dann komm her, und beweis es mir!«

Ich zog meine Hand weg. Hätte ich mich doch nur an diese Regel gehalten, dass man seinen zukünftigen Ehemann in der Nacht vor der Hochzeit nicht sehen darf, dann hätte ich dieses Problem jetzt nicht. Okay, höchste Zeit, es ihm zu sagen.

»Was ist los?«, fragte er, jetzt offenbar völlig irritiert.

Ich konnte ihn verstehen – zu meiner Peinlichkeit muss ich gestehen, dass ich für eine heiße Nummer sonst immer zu haben war. Vermutlich, weil ich so viele Jahre der Abstinenz kompensieren musste. Abgesehen davon, dass er mich echt, echt scharf machte.

»Okay, ich muss dir nur schnell was sagen. Die Sache ist die ... die Sache ist die ...«

Sag es! Sag es! Die Stimmen in meinem Kopf hatten Megaphone und schreckten nicht davor zurück, sie zu benutzen.

»Die Sache ist die ... Lizzys Ben hat sie wegen eines Manns verlassen.«

Er starrte mich gute zehn Sekunden wortlos an.

»Das ist das Allerletzte, was ich jetzt erwartet hätte.«

Ich ließ den Kopf beschämt sinken. Oje, ich war hoffnungslos. Ich hatte das blöde Gefühl, dass das winzige Wesen in mir sich gerade mit der Hand an die Stirn griff und verzweifelt überlegte, wie es aus der Sache wieder rauskam.

»Wer ist der Mann?«

»Alex Dunns. Er könnte mit dir zur Schule gegangen sein.«

Konzentrier dich, Lou! Komm schon, konzentrier dich!

»Der Anwalt aus der High Street? Ja, er ist tatsächlich mit mir zur Schule gegangen. Wir haben mal irgendwann bei einer Talentprobe einen Wham!-Song zusammen gesungen. Ich war damals Andrew Ridgeley. Im Nachhinein sind manche Dinge so klar. Verdammt! Wie geht's Lizzy denn jetzt?«

»Schlecht. Aber sie will noch nicht, dass es jemand erfährt, du darfst sie also nicht darauf ansprechen. Solange sie in New York ist, will sie versuchen, es zu vergessen, und sich amüsieren.«

»Bist du sicher, dass wir nichts für sie tun können?«

Das war der Grund, weshalb ich diesen Mann heiratete. Er war so nett und so fürsorglich und so sensibel. Er würde sicher ein toller Vater werden. Ich schüttelte den Kopf.

»Nein, im Moment nicht. Aber wenn wir zurückkommen, wird sie sicher jede Hilfe brauchen können.«

»Klar. Arme, arme Lizzy. Okay, nachdem du mir jetzt so einen Schrecken eingejagt hast, kannst du bitte ins Bett kommen? Ich dachte echt, du würdest mir irgendwas Lebenserschütterndes mitteilen, Lou. Ich hatte fast einen Herzinfarkt.«

Lou Cairney, du bist eine absolute Katastrophe. Da waren die Stimmen mit den Megaphonen wieder. Und sie hatten recht.

Ich legte meine Hand auf seine, holte tief Luft und stieß dann hervor. »Es ist noch was, Red.«

»Oje!« Er begann zu lachen. »Geht das jetzt immer so? Ein

Drama nach dem anderen, nie weiß ich, was du als Nächstes erzählst? Okay, dann spuck's aus! Nein, lass mich erst raten. Du hast eine böse Zwillingsschwester. Oder eine Allergie gegen Mäuse. Du hast dir dein Leben lang ein Pony gewünscht. Du hast das Haus deines letzten Freunds niedergebrannt. Du stehst auf der Liste von Interpol. Du bist schwanger.«

»Genau.« Ich schnitt ihm das Wort ab und sah zu, wie er versuchte, den Dialog im Kopf zurückzuspulen.

»Du stehst auf der Liste von Interpol?«

»Ich bin schwanger.«

Ich kam mir vor wie in einem Film, an der Stelle, an der jemand die Sicherung aus der Granate zieht, sie auf einen bevölkerten Platz schleudert und darauf wartet, dass sie explodiert.

»Du bist schwanger?«

Ich nickte. Tränen liefen mir über die Wangen, mein Magen krümmte sich. Das Baby schien vor Erleichterung in meinem Bauch eine Ehrenrunde zu drehen.

»Du bist schwanger?«, wiederholte er, dieses Mal wesentlich lauter. Dann sprang er aus dem Bett, hob mich hoch und schwang mich im Kreis herum.

»Es ist keine gute Idee, so was mit einer Schwangeren zu machen, der auch noch übel ist.«

Er stellte mich sofort wieder ab, dann beugte er sich vor und küsste mich so, wie er mich noch nie geküsst hatte. Es war ein langer, zärtlicher Kuss, bei dem meine Innereien erneut auf und ab hopsten. Dann ließ er mich los, starrte mich eine Zeitlang schweigend an. Sein Gesicht war dicht vor meinem.

»Freust du dich?«, fragte er mich. »Ich nehme mal an, für dich war es auch eine Überraschung.«

»Ja und ja. Ich hab heute Abend in der Toilette des Restaurants einen von Lizzys Teststreifen benutzt.«

»Dann ist sie auch schwanger?«

»Nein, sie dachte nur, sie wäre es. Aber das ist ein anderes Thema. Ja, es war eine Überraschung, aber ich bin echt glücklich. Erschrocken, aber glücklich.«

»Ich bin außer mir vor Freude! Ich habe mir immer ein Kind gewünscht.«

Ich fiel ihm um den Hals.

»Ich bin so froh, Red. Als ich das Ergebnis sah, wurde mir klar, dass wir nie über Kinder gesprochen haben. Ich hatte solche Angst, dass du vielleicht keine haben willst.«

Er wirbelte mich schon wieder herum. Es war einfach unglaublich. Er war ein unglaublicher Mann, und ich war die glücklichste Braut auf der Welt. Nichts konnte diesen wunderbaren Augenblick trüben.

»Machst du Witze? Ich wollte immer Kinder. Ehrlich gesagt, wünsche ich mir sechs Stück.«

Lous Lektionen für Cassie, wenn sie zweiunddreißig Jahre alt ist

Liebe Cassie,
eins der größten Geschenke, die ich dir machen kann, ist Ehrlichkeit. Daher empfinde ich es als meine mütterliche Pflicht, einige meiner Erfahrungen und Erlebnisse in der Schwangerschaft und dem Moment, in dem sich ein großes Kind durch einen sehr engen Tunnel quetscht, an dich weiterzugeben. Wenn du empfindlich bist, überspring dieses Kapitel lieber und lies an einer Stelle weiter, die von was Frivolem handelt. Von Cocktails zum Beispiel oder vom Shoppen.

102. In der Sekunde, in der die zweite blaue Linie zu sehen ist, fangen die Sorgen an. Ich glaube, sie enden, wenn dein Kind das Rentenalter erreicht.

103. Als ich schwanger war, habe ich nicht geglüht. Ich habe geschwitzt! Außerdem habe ich die Beweglichkeit und die Energie eines greisen Seehunds entwickelt.

104. Und das Temperament eines unter Schlafentzug leidenden crackvernebelten fanatischen Diktators. Mit PMS.

105. Morgenübelkeit ist ein falscher Ausdruck. Morgen-Mittag-Abend-Übelkeit passt schon eher. Und bitte bestätige deinem Vater, dass Ingwerkekse NICHT helfen.

106. Wassereinlagerung? Stell dir den Panama-Kanal nach einem Platzregen vor.

107. Positiv zu bemerken ist: Fahrten mit der Fähre sind weniger stressig, weil Brüste bei einem Notfall als Lebensrettungsflöße einsetzbar wären.

108. Ich hasse Verallgemeinerungen, aber der eigentliche Geburtsvorgang ist der ultimative Beweis dafür, dass Gott, wenn es ihn denn gibt, ein Mann ist (aber vermutlich ist dir das längst bei der einen oder anderen Periode klar geworden).

109. Keine Frau hätte sich je so einen ineffektiven Prozess ausgedacht. Wenn eine Frau das Gebären erfunden hätte, würde es in einem Raum voller Cath-Kidston-Accessoires stattfinden; außerdem gäbe es einen großen Reißverschluss, der das Kind auf schmerzlose Weise freigibt, während die Mutter sich die Nägel lackieren lässt oder die Farben fürs Kinderzimmer aussucht.

110. Es gibt einige wunderbare Möglichkeiten, mit den Schmerzen während der Geburt fertig zu werden – Hypnose, Meditation, Aromatherapie, Unterwassergeburt. Du hast die Wahl. Und lass dich bloß von keinem dieser Geburtssnobs unter Druck setzen oder dir ein schlechtes Gewissen einreden – vor allem, wenn du den Weg gehst, den auch ich gewählt habe: Drogen. Dieser männliche Gott hat versucht, sich wieder ein bisschen beliebter zu machen, indem er die Epiduralanästhesie erfunden hat.

111. Über Papierhöschen kann man beim besten Willen nichts Gutes sagen. Über einen Dammschnitt auch nicht.

112. Achte auf deine Brüste! Stillen ist eine wahrhaft wundervolle, innige Erfahrung ... aber erst nachdem du die ersten Tage überstanden hast, in denen es sich anfühlt, als hättest du dir deine Brüste in einer Aufzugtür eingeklemmt. Und ja, entzündete Brustwarzen sind genauso fürchterlich, wie sie klingen.

113. Sonnenbänke sind während der Stillzeit verboten.

114. Der schönste Moment in meinem Leben war der, als ich dich zum ersten Mal in meinen Armen gehalten habe. Mein wunderhübsches kleines Mädchen. Ich liebe dich ... unendlich.

Ach, und noch etwas ...

Lektion 115
Freu dich über deinen Bauch – er ist ein echtes Wunder ... und eine äußerst bequeme Abstellfläche für Getränke
2002. Lou, zweiunddreißig Jahre alt

»Wann soll das Baby denn kommen?«

Natalia, eine der Stewardessen, die zu unseren Stammkundinnen gehörten, warf einen misstrauischen Blick auf meinen Bauch. Offenbar sorgte sie sich, dass die drohende Geburt meines Kindes ihr Körperpflegeprogramm beeinträchtigen und ihre Jimmy-Choo-Schuhe beschmutzen könnte. Okay, ein bisschen konnte ich ihre Unruhe verstehen. ICH WAR ZWEI WOCHEN ÜBER DIE ZEIT!

»Vor zwei Wochen«, antwortete ich und versuchte keine Regung zu zeigen, als ein scharfer Schmerz von meinem linken Oberschenkel in mein rechtes Schulterblatt schoss.

Ich wollte eigentlich einen Scherz machen – das Baby läge in meinem Bauch gemütlich auf seinem Futon, höre die Greatest Hits von Take That und habe keine Lust, rauszukommen, aber mein Humor wurde von meinen Hormonen jäh in die Schranken gewiesen.

»Alles okay?«

Die Frage kam von Josie, die mit einem Besen um mich herumlief, um den Anschein zu wahren, sie würde sich im Salon nützlich machen. Sie hatte sich extra zwei Wochen Urlaub von ihren sechs Putzjobs und ihrer Nachtschicht beim Buchmacher genommen, um mich rund um die Uhr im Auge behalten zu können. Sogar meine Toilettenbesuche überwachte sie – ich könnte ja eine Sturzgeburt haben und auf den Fliesen gebären. Ihrer Mutter sei das im Krieg passiert, beteuerte sie.

Wieso hielten die Leute eine Schwangerschaft für einen geeigneten Zeitpunkt, um Horrorstorys über Geburten zu erzählen? Bisher kannte ich den Fall einer Frau, die vierzehn Tage lang in den Wehen gelegen hatte, einer anderen, die vor zweihundert Teenies während der Aufführung von *Hellboy* in einem Kino entbunden hatte, und ich wusste, dass Babys in einem Taxi zur Welt gekommen waren, in einem Bus und in einem großen Supermarkt im Gang mit den Tiefkühlgerichten, mit freundlicher Unterstützung eines älteren Herrn, der mit der einen Hand einen Rollator und der anderen eine Peperonipizza umklammert hatte.

Ich verstand ganz und gar nicht, wieso das Gesundheitssystem in einer Krise steckte, denn nach allem, was ich so mitbekam, hatte seit Beginn der Zeitrechnung keine Geburt mehr in einem Krankenhaus stattgefunden.

Die Türglocke ging, und Mrs. Marshall kam mit Jennifer Aniston in den Salon gestürmt. »Lou, Schätzchen, haben Sie Ihr Baby immer noch nicht?«

Doch. Aber ich habe mich entschlossen, einen Ball unter dem Pulli zu tragen, um euch alle zu ärgern.

»Zwei Wochen über die Zeit«, antwortete ich und bemühte mich um einen möglichst sachlichen Ton. Aber ich glaube, es klang mehr nach einem Psychoserienkiller kurz vor dem Nervenzusammenbruch.

Ich hätte schon vor Wochen aufhören müssen zu arbeiten, aber in einer Verkettung unglücklicher Umstände hatten sich meine Topstylistinnen plötzlich beide gleichzeitig die Sinnfrage gestellt und beschlossen, ein bisschen durch die Welt zu tingeln. Die letzte Karte, die wir bekommen hatten, stammte von einer sonnigen Insel vor der thailändischen Küste, wo sie sich einem australischen Rugby-Team mit lauter muskelbepackten Adonissen angeschlossen hatten, die angeblich superwitzig waren und nächtelang Partys mit ihnen feierten. Ich versuchte mir einzureden, dass sie eine Scheißzeit hätten und hier mit meinem täglichen Einerlei aus Kunden, Schmerzen und Hämorrhoiden viel glücklicher wären.

Natürlich traf mein Angestelltenschwund mit einem gleichzeitigen Kundenansturm zusammen, der durch die bevorstehenden Feiertage begründet war. Also musste ich weiter sechs Tage in der Woche arbeiten, während ich das Gewicht eines kleinen Nilpferds im Bauch herumschleppte. Hatte ich schon erwähnt, dass ich zwei Wochen über die Zeit war?

Doch abgesehen von den Schmerzen und den unmenschlichen Arbeitsbedingungen war ich unglaublich aufgeregt. Mir war schwindlig vor Freude. Ich konnte noch immer nicht glauben, dass mir das alles passierte. Noch vor etwas mehr als einem Jahr war ich überzeugter Single gewesen mit einem Drei-Dates-in-der-Woche-Limit für alle Beziehungen. Jetzt war ich mit dem tollsten Mann der Welt verheiratet (das mochte eine leichte Übertreibung sein, und ich nahm mir das Recht, aufgrund schwangerschaftsbedingter Hormonschwankungen diese Meinung stündlich zu ändern), würde bald Mum sein und hatte zum ersten Mal im Leben das Gefühl, eine richtige Familie zu haben. Red. Ich. Kugel. Unsere kleine Einheit. Außerdem hatte ich ein eigenes Geschäft, das ich mir mühsam aufgebaut hatte und das ich liebte. Ich schaffte es, meine Kreditkartenrechnungen zu bezahlen. Wir waren in ein altes viktorianisches Doppelhaus in einer hübschen baumbestandenen Straße gezogen, das wir zwar mindestens zehn Jahre lang renovieren würden, das aber so fantastisch war, dass es mich nicht kümmerte. Es kam mir so vor, als würden sämtliche Sterne im Kosmos perfekt stehen, und zum ersten Mal verstand ich, was es hieß, alles zu haben. Mann, Baby, Karriere, Zuhause, Freunde und so viel Liebe, dass ... dass ...

»Josie, es ist wieder so weit«, schniefte ich.

So viel Liebe, dass ich mich jedes Mal, wenn ich nur daran

dachte, in ein armseliges Häufchen aus Emotionen auflöste. Zum Glück erschien sofort eine Box mit Kleenex vor meiner Nase.

Ich legte Natalia einen Umhang um und machte mich an die Arbeit. »Habe ich jetzt jeden Fortpflanzungswunsch bei Ihnen zerstört?«, fragte ich lächelnd.

»Allerdings«, antwortete sie. Und meinte es ernst.

Auf dem Stuhl nebenan kämmte gerade eins der Lehrmädchen Mrs. Marshall die Haare nach der Wäsche und bereitete alles vor, damit ich weitermachen konnte. Es war wie ein Fließband, das nie zu enden schien.

»Hey Lou, mein Mann hat mir heute Morgen erzählt, dass Sie ein Mädchen bekommen.«

Ich verkniff mir ein Grinsen. »Welcher? Der erste oder der zweite?«

»Der erste. Der zweite hat seit dem Tag unserer Hochzeit noch keinen vernünftigen Satz von sich gegeben.«

Ihrem verächtlichen Gesichtsausdruck sah man an, dass es ihr schwerfiel, sich mit der Tatsache abzufinden, dass der pensionierte Matrose, den sie nach dem dreitägigen Miniurlaub in den USA geheiratet hatte, in Wahrheit doch nicht der Stoff war, aus dem ihre Träume waren. Seit er in diesem Land angekommen war, hatte er jeden Tag im Park verbracht, wo er seine ferngesteuerte Kriegsflotte über den See steuerte und sich in Form hielt, für den Fall, dass man ihn doch noch kurzfristig zu einem Marineeinsatz einberief.

Da traf es sich gut, dass sie noch immer im Dialog mit dem Ehemann stand, der mehr als zwei Jahrzehnte zuvor verstorben war. Es war immer gut, im Alter jemanden zum Reden zu haben.

Ein Mädchen. Ein Mädchen wäre schön. Es würde ...

»Josie!«, schrie ich. Die Kleenex-Box tauchte wieder vor mir auf, und diesmal nahm ich mir gleich zwei. Das erschien mir sehr vorausschauend.

»Was soll die ganze Heulerei?«, fragte Natalia stirnrunzelnd.

»Hormone«, antwortete ich schlicht. »Ich bin einfach so ... glücklich.«

Darauf folgte der totale Tränenstrom, und ich war überaus erleichtert, als Rosie, eine der beiden verbliebenen Stylistinnen, endlich mit Christians dreißig Zentimeter langem Fundamentalistenbart fertig war und an meiner Seite erschien.

»Mach doch mal fünf Minuten Pause, ich übernehme solange.«

Natalia sah aus, als würde sie ihr vor lauter Dankbarkeit am liebsten um den Hals fallen.

»Mrs. Marshall, ich bin gleich wieder da, okay? Die Mädchen versorgen Sie in der Zwischenzeit mit einer Tasse Tee und Keksen.«

»Kein Problem, Schätzchen, gehen Sie nur.«

Nachdem ich mir einen Weg in den Personalraum gebahnt hatte, ließ ich mich dort aufs Sofa plumpsen und schloss die Augen. Nur ein paar Sekunden Ruhe und Entspannung, dann würde es schon wieder gehen. Ein Klopfen an der Tür riss mich im gleichen Moment aus meiner Express-Zen-Meditation.

»Hallo Lou oh Gott Sie sehen wunderbar aus einfach das pralle blühende Leben so wie eine Mamma aussehen sollte müsste das Baby nicht schon lange da sein?«

Donna Marie, meine wunderbare Vermieterin, redete ohne Punkt und Komma.

»Ich bin zwei Wochen über die Zeit«, sagte ich zum gefühlt tausendzweihundertsten Mal an diesem Tag. »Wie geht's Ihnen? Ist mal wieder Zeit für neue Farbe?«

Bildete ich mir das nur ein, oder zuckten ihre Augen einen ganz kurzen Moment. Eine Pause entstand, die bedeutungsschwangerer war als meine Gebärmutter.

»Lou es tut mir echt leid dass ich Ihnen das antun muss

und dann auch noch ausgerechnet jetzt aber ich muss Ihnen leider sagen dass ich Ihnen den Laden kündigen muss.«

»Was?«

Ich wartete auf die Stelle, an der sie lachte und mir gestand, dass die Mädchen draußen sie reingeschickt hätten, um mir einen Streich zu spielen, der endlich meine Wehen auslösen würde.

»Es tut mir leid, Lou«, wiederholte sie. »Aber meine Chantelle Donna Marie möchte hier ein Kosmetikstudio aufmachen und da sie demnächst achtzehn wird würden wir ihr den Laden gern schenken wenn Sie erst ein eigenes Kind haben werden Sie sicher verstehen dass man ihnen jeden Wunsch erfüllt.«

Irgendwie fehlten mir gerade völlig die Worte. Chantelle Miststück Donna Marie. Die erst letzte Woche ein Supermodel werden wollte, in der Woche davor ein Popstar, die zweimal beim Ladendiebstahl erwischt worden war und die an den Wochenenden ohne Wissen ihrer Mutter in einer Bar strippte.

»Aber Donna Marie, wir haben einen Vertrag.«

Oder nicht? Doch. Bestimmt. Es war schon so lange her, dass ich nur noch eine vage Erinnerung daran hatte, etwas unterschrieben zu haben.

»Ja aber er gestattet beiden Seiten eine Kündigung mit dreißig Tagen Kündigungsfrist und genau das nehme ich jetzt in Anspruch.« Immerhin war sie so anständig, ein bisschen zerknirscht zu schauen und zu versuchen das Ganze schönzureden. »Vielleicht ist das ja eine gute Gelegenheit für Sie eine Zeitlang bei dem Baby zu Hause zu bleiben ich meine wer braucht schon so einen stressigen Job wenn er ein kleines Baby hat ich habe meiner Chantelle Donna Marie jede Sekunde gewidmet nur deshalb ist so ein hübsches kluges und großzügiges Mädchen aus ihr geworden.«

Jetzt schien nicht der richtige Zeitpunkt zu sein, sie darauf hinzuweisen, dass die Typen aus der Bar, in der das großzügige Mädchen strippte, auch sehr dankbar waren.

»Aber Donna Marie, das ist mein Geschäft. Bitte, denken Sie noch einmal darüber nach. Ich ... ich ... ich habe fast mein ganzes Arbeitsleben hier verbracht.«

Mein Herz fing an zu rasen, und mein Kind wählte ausgerechnet diesen Augenblick, um mir einen Tritt zu geben, bei dem meine ganze Wirbelsäule vibrierte.

»Es tut mir leid Lou aber wir haben ihr schon versprochen dass sie den Laden haben kann und wir müssen dieses Versprechen halten denn wie ich schon sagte Sie werden das verstehen wenn Sie erst selbst so einen kleinen Engel haben ich gehe jetzt wieder bevor Sie Stress bekommen ...«

Kind in den Brunnen gefallen. Brunnen zugedeckt.

»... und es tut mir wirklich leid Lou Sie wissen es fällt mir schwer Ihnen solche Probleme zu bereiten aber mir sind die Hände gebunden.«

Und dann war sie weg. Genau wie der Laden, den ich so liebte. So viel zum Thema »alles haben«.

»Josie!« Ich versuchte zu brüllen, aber es klang eher wie ein verzweifelter Schluchzer. »Bring mir die Kleenex!«

Lektion 116
Verkauf das Fell nicht, bevor du den Bären erlegt hast, und lass es von einem echten Juristen überprüfen

Wieso machten mich Besuche bei Ärzten, Zahnärzten und Rechtsanwälten bloß immer so nervös?

»Meine Güte, bist du dick! Müsste das Baby nicht schon längst da sein?«, fragte Alex.

»Ich bin zwei Wochen über die Zeit.«

»Wärst du sauer, wenn ich die Bemerkung mit dem heißen Wasser und den Handtüchern machen würde?«

»Ja.«

»Gut, dann lass uns über den Vertrag reden.«

Heul nicht! Heul jetzt bloß nicht! Es war vierundzwanzig Stunden her, seit Donna mich mit ihrer Kündigungsabsicht überfallen hatte. Gefolgt waren totale Heulkrämpfe (ich und das gesamte restliche Personal), Wut (ich) und Drohungen, sich in die Bar zu schleichen und heimlich Fotos von Chantelle Donna Marie zu machen, die ihre Eltern mit Sicherheit umstimmen würden, ihr das Ladenlokal zu überlassen (Josie).

Ich war am Ende. Zerstört. Der einzige Hoffnungsschimmer war der Mann, der vor mir saß – der Liebhaber des Mannes meiner besten Freundin. Der nun auch ein bisschen der Freund meiner besten Freundin war.

Nach einigen Monaten Herzschmerz, Aussprachen und Seelenerforschung hatte sich Lizzy schließlich mit Bens neuer Beziehung abgefunden. Zum allgemeinen Erstaunen hatten sich die beiden Männer ganz in ihrer Nähe ein Haus gemietet, und nun versuchten sie alle zusammen, irgendwie ein neues funktionierendes Familienleben zu entwickeln. Dabei half es sehr, dass Ben und Alex alles taten, um Lizzy zu unterstützen, und den Schock, den sie ihr zugefügt hatten, wiedergutzumachen. Die Kinder lebten nun abwechselnd bei den Männern und bei Lizzy. Ich hatte Alex ein paarmal zu Geburtstagen und besonderen Anlässen getroffen, und Lizzy war schließlich diejenige gewesen, die den Mietvertrag ausgegraben und ihm zugefaxt hatte, mich in die Kanzlei geschleppt hatte und ihm nun die Lage erklärte.

»Ich habe Lou gesagt, dass du, abgesehen davon, dass du mir den Mann gestohlen und mein Leben ruiniert hast, ein ziemlich guter Anwalt bist. Wir hoffen also, dass dir was Anständiges einfällt.«

Alex wirkte plötzlich etwas verwirrt. »Eh ... danke! Ich glaube, ja. Also, ich habe mir den Vertrag ganz genau angesehen ...«

Bitte sag, dass wir was gegen die Kündigung machen können! Bitte!

»Und es tut mir aufrichtig leid, Lou. Hat ein Anwalt den Vertrag gelesen, bevor du ihn unterschrieben hast?«

Ich zuckte hilflos mit den Schultern. »Nein. Ich war damals noch jung und naiv und wollte mich einfach nur selbstständig machen. Und ich wollte nicht, dass jemand zu genau hinsah, damit keiner Josies ... eh ... Finanzmanipulationen aufdecken konnte. Alles, was ich dir hier erzähle, ist natürlich streng vertraulich.«

Er nickte nur gequält. Offenbar war er solche Dramen an einem gewöhnlichen Nachmittag in der aufstrebenden Metropole von Weirbank City nicht gewohnt.

»Aber was ist mit dem ganzen Geld, das ich investiert habe? Der Laden war in einem üblen Zustand, als ich ihn übernommen habe. Zählt das denn gar nicht?«

Sein Gesichtsausdruck gab mir die Antwort, noch bevor er den Mund aufmachte.

»Es tut mir leid, Lou, ich fürchte, nein. Das ist alles deine

Sache. Im Kleingedruckten steht, dass du den Laden in perfekt renoviertem Zustand zurückgeben musst.«
»Du machst Witze!«
Ich konnte nicht glauben, was ich da hörte. Hatte ich den Vertrag eigentlich je gelesen? Aber ich war damals so wild auf den Mietvertrag gewesen, dass ich ohnehin alles unterschrieben hätte. Was stand da sonst noch? Hatte ich ihnen vielleicht mein erstgeborenes Kind und irgendwelche inneren Organe versprochen? Oh nein! Mein erstgeborenes Kind würde eine Mutter haben, die es offenbar geschafft hatte, alles herzugeben, wofür sie ihr Leben lang gearbeitet hatte.

Ich war die totale Versagerin. Ein hoffnungsloser Fall. Und ich hatte das vage Gefühl, dass an meinen Wangen schon wieder irgendwelche Flüssigkeiten entlangliefen. Lizzy reichte mir ein Papiertuch aus dem Vorrat, den Josie ihr mitgegeben hatte, als sie mich abgeholt hatte.

»Heißt das, sie kann nichts machen? Gar nichts?« Sie sah Alex an. »Auch nichts Illegales?«

Alex wurde rot und zupfte an seiner Hugo-Boss-Krawatte.

»Natürlich darf ich eine Option, die einen möglichen Rechtsbruch nach sich ziehen würde, nicht kommentieren. Aber abgesehen von der Möglichkeit, Chantelle aus dem Weg zu räumen, sehe ich leider keinen Ausweg.«

Nichts. Ganz und gar nichts. Von den Jahren voller Blut, Schweiß und Tränen würde nichts bleiben, außer ein paar Einrichtungsgegenständen und Personal, das seinen Lebensunterhalt verdienen musste. Was sollte ich denen sagen? Sie hatten sich alle Hoffnungen gemacht, dass Alex irgendein juristisches Kaninchen aus dem Hut zauberte, und jetzt würde ich ihnen klarmachen müssen, dass es kein Kaninchen gab. Wie hatte ich nur zulassen können, dass es so weit kam?

»Okay, jetzt gerat nicht in Panik!« Lizzy umklammerte meine Hand. »Es ist noch nicht so weit, wir haben noch etwas Zeit. Wir könnten versuchen zu verhandeln. Oder ... oder ...«

Ich war gespannt, welchen Strohhalm meine liebe Freundin mir hinhalten würde. »Oder wir könnten um Gnade bitten?«, sagte sie schließlich schwach.

Wir waren erledigt.

Alex nahm den Kalender auf seinem Schreibtisch zur Hand, um das Datum zu prüfen. »Ich fürchte, du wirst dich um andere Möglichkeiten kümmern müssen, Lou. Vielleicht ziehst du ja um. Machst den Salon einfach woanders auf. Versuch doch mal, ob du nicht einen der anderen Salons in der Stadt kaufen kannst. Noch hast du achtundzwanzig Tage; überleg dir was, solange du noch Zeit hast.«

»Es ist aussichtslos.«

Lizzy drückte wieder meine Hand. »Sag so was nicht, Süße! Wir finden einen Ausweg.«

»Keine Zeit«, wiederholte ich, und dieses Mal war es nur noch ein verzweifeltes Keuchen. »Ich hab keine Zeit, Lizzy! Ruf Red an! Das Baby ... es kommt.«

Lektion 117
Um es mit den Worten von Sinéad O'Connor (s. YouTube) zu sagen: Nothing compares to you

»Pressen!«

Ich stand kurz davor, meinen Mann umzubringen. Und am Abgrund zum Wahnsinn. Achtzehn Stunden Wehen lagen hinter mir, und mindestens tausend Leute hatten mir versichert, dass ich alles »gaaaaanz prima« machte. Nichts war prima. Die Narkose wirkte nicht mehr, und sie konnten mir kein neue geben. Aber, hey, Red fand das alles ganz prima. Es gibt einen Grund, weshalb Waffen in Krankenhäusern verboten sind.

Und jetzt sagte mir ein beängstigend großer asiatischer Arzt, der – wie mir die Hebamme zugeflüstert hatte – bei einer Olympiade mal für Malaysia im Volleyballteam gestanden hatte, ich solle pressen. Und pressen. Und pressen. Und …

»Waaaaaaaaaaaaaaaaaaaah!«

Das war das Baby, aber Red hatte im selben Augenblick seinen westschottischen Machostatus aufgegeben und war ebenfalls in Tränen ausgebrochen.

»Es ist ein Mädchen«, verkündete Dolly, die Hebamme, glucksend.

Sie hielt etwas in der Hand, das aussah wie eine Gartenschere, und fragte Red, ob er die Nabelschnur durchtrennen wolle. Er nickte. Wenn dies nicht so ein bedeutsamer Augenblick gewesen wäre, hätte ich sie spätestens jetzt gewarnt, dass er dieses Jahr schon viermal das Rasenmäherkabel durchtrennt hatte und man ihm tunlichst keine scharfen Werkzeuge in die Hand geben sollte.

»Ist alles okay? Bitte, sagt mir, ob alles okay ist«, keuchte ich und reckte den Hals, um zu sehen, was an meinem unteren Ende vor sich ging.

Der Kopf des malaysischen Arztes tauchte als Erstes auf, dann folgten seine grotesk langen Arme, und darin lag das schönste und atemberaubendste Häufchen klebrigen Schleims, das ich je gesehen hatte.

»Sie ist kerngesund. Und laut. Sehr laut«, ergänzte er.

»Oh mein Gott – ein Mädchen. Mrs. Marshalls verstorbener Ehemann hat also recht gehabt.«

Der Arzt versuchte sich seine Besorgnis über meinen Geisteszustand nicht anmerken zu lassen und legte mir das Baby vorsichtig auf die Brust. Passend zum allgemeinen Verhalten um mich herum fing ich an zu heulen.

Sie war in jeder Hinsicht perfekt. Sie hatte Reds Nase, Gingers Haare und …

»Waaaaaaaaaaahhhhhhhhhhhhhhh!«

… Josies Lungen. Und meine Falten, aber die würden ja hoffentlich noch verschwinden.

Plötzlich hörte sie auf zu weinen, nuckelte ein bisschen und schlief ein. War das normal? Machten sie das immer so? War alles in Ordnung?

Ängstlich schaute ich in das Gesicht des Arztes, aber er wirkte so entspannt, dass ich wieder mein perfektes kleines Mädchen ansah.

Ich war eine Mum.

Eine Mum.

Nach neun Monaten, achtzehn Stunden, einer Million Tränen und mehreren Wiederholungen von Stevie Wonders *Greatest Hits* war meine kleine Tochter mitten während *Superstition*, meinem absoluten Lieblingssong, auf die Welt gekommen. Sie war schon jetzt eine Sensation.

»Ich komme in fünf Minuten wieder, um sie zu wiegen«, erklärte der Arzt und bückte sich, ehe er durch die Tür ging, um eine Gehirnerschütterung zu vermeiden. Mir fiel auf, dass auch Dolly den Raum verlassen hatte, sodass nur wir übrig waren. Meine Familie.

Ich hielt Red das Baby hin, und er schaute es einige Sekunden an, eher er mich wieder ansah. Sein Gesicht hatte einen feierlichen Ausdruck angenommen.

»Ich liebe dich so sehr, Lou«, sagte er zärtlich. »Aber ich hoffe, dir ist klar, dass du jetzt an die zweite Stelle rückst. Sie ist soeben der wichtigste Mensch in meinem Leben geworden.«

Ich nickte, und meine Kehle war so zugeschnürt, dass ich kaum reden konnte. Für andere hätte sich das vielleicht seltsam angehört, aber Red wusste, dass mir seine Worte unglaublich viel bedeuteten. Als Tochter von Eltern, die immer nur mit sich selbst beschäftigt waren und für die ihr Kind immer erst an zweiter Stelle kam, wollte ich nichts lieber hören als die Bestätigung, dass er sein Kind mehr liebte als alles andere auf der Welt, mich eingeschlossen. Er würde für sie sorgen, sie lieben und sie niemals im Stich lassen. Dies hier war sein Mädchen, und er würde ein sensationeller Vater sein. Oje, schon wieder Tränen!

»Und du stehst jetzt auch an zweiter Stelle«, flüsterte ich.

Red strahlte mich an, und jede Faser meines Körpers prickelte vor Glück.

Dolly kam in den Raum zurückgerauscht, der unsägliche große Arzt war ihr dicht auf den Fersen. »So, meine Liebe«, verkündete sie. »Jetzt gibt's erst mal ein Päuschen für Sie. Geben Sie mir die Kleine, wir machen kurz alle nötigen Untersuchungen, während Sie in Ruhe eine Tasse Tee trinken und einen Toast essen können.«

Unwillig gab Red das Baby ab. Dann nahm er meine Hand und drückte sie. »Danke, Lou!«

»Gern geschehen. Aber glaub ja nicht, dass du jetzt noch ein Weihnachtsgeschenk kriegst. Diese blöden Xbox-Dinger sind gegen das hier ja völlig wertlos.«

Wow, wieder schwappte eine Welle des Glücks über mich hinweg! Ich hatte plötzlich das Gefühl, meine Hormone wären explodiert und verursachten im Minutentakt kleine emotionale Ausbrüche. Ich hielt der Liebe meines Lebens den Teller mit dem Toast hin.

»Nein, danke!« Er schüttelte den Kopf. »Ich hatte schon was.«

»Wann denn?«

»Als der Arzt dir die Narkose geben wollte, hat er mich rausgeschickt, damit ich nicht umkippe. Dolly hat mir einen Tee und ein paar Toasts gemacht, die ich im Fernsehzimmer gegessen habe. *Friends* lief gerade. Die Folge, in der …«

»Wie bitte? Ich dachte, du wärst nervös auf und ab gegangen. Hättest dich gesorgt. Und gebetet. Und darüber nachgedacht, wie tapfer und heldenhaft deine Frau die Herausforderungen von Mutter Natur erträgt. Stattdessen hast du vor dem Fernseher gesessen und Tee und Toast in dich reingestopft.«

Der Arzt und Dolly machten eine ziemlich miese Figur, als sie so taten, als würden sie nicht interessiert zuhören, wie er sich aus der Nummer rausredete. Sein bestürztes Gesicht zeigte immerhin, dass er die Schwere seines Fehlers einsah. Die halbe Stunde mit Courteney Cox würde ihn sein Leben lang verfolgen.

Zum Glück rettete das Eintreffen einer sympathischen medizinischen Fachangestellten und unserer Tochter den Tag.

»So.« Dolly nahm mir Tasse und Teller weg und drückte mir erneut mein Baby in den Arm. »Wie soll die Kleine denn heißen?«

Red und ich starrten uns an. »Wehe, du sagst jetzt Monica oder Phoebe oder Rachel«, zischte ich.

Namen. Wir hatten jedes im Buchhandel erhältliche Namensbuch durch und immer noch nichts gefunden, das uns gefiel. Wir hatten sogar den Zeugungsort (Paisley) und den

Ort der Schwangerschaftsentdeckung (T.G.I. Friday's) durch, aber irgendwie schien nichts zu passen.

An der Tür regte sich etwas, und aus dem Nichts erschien eine größere Menschenansammlung.

»Entschuldigung, dürfen wir jetzt reinkommen? Die militante Hebamme hat gesagt, wir müssten warten, bis der Arzt fertig ist.«

Zum Glück fand Dolly Gingers Humor köstlich. »Kommen Sie«, meinte sie. »Aber Sie müssen leise sein.«

Ginger, Lizzy und Josie kamen mit klackernden Absätzen hereingestürmt und bemühten sich, leise zu kreischen. Dann passierte es. Etwas, auf das ich mein Leben lang gewartet hatte: Josie hatte Tränen in den Augen, und jemand anders musste ihr die Kleenex reichen. Wenn es je einen Moment gegeben hatte, in dem sie eine therapeutische Karamellwaffel gebraucht hätte, dann jetzt.

»Meine erste Großnichte«, flüsterte sie ergriffen.

»Wow! Sie ist wunderhübsch!«, hauchte Lizzy.

Nach einem kurzfristigen Aussetzer, in dem die Frau, die öffentliche Liebesbekundungen eigentlich verabscheute, uns der Reihe nach küsste und herzte, starrte Ginger das Baby an und schrie dann auf.

»Jetzt weiß ich, wem sie ähnlich sieht!«

»Nämlich?«

»Unserer Tante«, sagte sie zu Red. »Du weißt schon, die, die damals für einen Skandal gesorgt hatte, als sie mit dem Zirkusdirektor durchgebrannt und Jahre später mit dem Roadie von den Rolling Stones wieder aufgetaucht war.«

Ich wagte es nicht, irgendwelche Fragen zu stellen.

»Wie hieß sie denn?«, fragte Red, der offensichtlich ebenso erstaunt war wie wir anderen.

»Cassie. Tante Cassie. Sie lebt heute in irgendeiner Hippiekommune in der Nähe von Woodstock.«

Eine Zeitlang sagte keiner ein Wort. Und dann schauten

wir in perfekter Synchronisation erst uns an und danach das Baby.

»Cassie«, sagte ich leise. »Das ist perfekt.«

Alles war perfekt.

In diesem Augenblick hatte ich vielleicht nicht alles – aber ich hatte alles, worauf es ankam.

Lous Lektionen für Cassie, wenn sie vierunddreißig Jahre alt ist

Liebe Cassie,
so bist du also zu uns gekommen. Es war wunderbar, spektakulär, unfassbar! Und zugleich anstrengend und fürchterlich ermüdend. Seltsame Dinge geschehen mit einem. Man fängt an, sich einzubilden, dass der Besuch eines Supermarkts das Highlight des Tages ist, und stellt fest, dass Hausschuhe nicht dafür geeignet sind, mit ihnen auf der Straße zu laufen. Ach, und ...

118. Es liegt im Kühlschrank. Ganz gleich, was im Zustand permanenten Schlafmangels verloren geht – Autoschlüssel, Handy, Haarbürste, Portemonnaie –, im Kühlschrank findet sich alles wieder.

119. Genieß die Zeit mit deinem Baby, du kannst dich später noch um alles andere kümmern ... wenn deine Kinder in die Pubertät kommen und sich im Zimmer verkriechen und nicht mehr rauskommen zum Beispiel oder wenn sie bis in die Puppen nachts wegbleiben und du auf sie wartest.

120. Hormone. Das Werk des Teufels.

121. Vergiss die Supermami – du wirst nie eine sein, und das ist vielleicht auch besser so.

122. Es gibt viele verschiedene Theorien, wie man Babys erzieht, und sicher ist auch eine dabei, die dir gefällt. Nur so viel: Ich habe dich gestillt, bis du ein Jahr alt warst, ich habe dich mit zu uns ins Bett genommen, wenn du keine Ruhe gegeben hast, und ich habe nie gewartet, bis du dich in den Schlaf geschrien hast. Ich habe versucht, dir einen gewissen Rhythmus beizubringen, war dabei aber nie allzu streng. Und manchmal hast du Essen aus dem Gläschen bekommen. (Diese selbst ernannten Babygurus, die strikte Zeiten, kontrolliertes Schreien und biologisch-wertvolle Ernährung propagieren, werden jetzt vermutlich die Hände über dem Kopf zusammenschlagen.)

123. Du warst das glücklichste, kuscheligste, hübscheste Baby der Welt. Vielleicht ist das ein bisschen subjektiv, aber es stimmt trotzdem.

124. Stillen in der Öffentlichkeit ist ein bisschen gewöhnungsbedürftig. Versuch immer, dich in die Nähe einer Pflanze zu setzen, die dir notfalls zur Tarnung dienen kann.

125. Du hast keine Zeit für die Sonnenbank, selbst wenn du wolltest.

Ach, und noch etwas ...

Lektion 126
Andere Frauen sind die beste Selbsthilfegruppe, die man sich vorstellen kann
2004. Lou, vierunddreißig Jahre alt

Es klingelte an der Tür. Ich zuckte zusammen, was dazu führte, dass der Inhalt der heißen Tasse Tee, die ich in der Hand hielt, auf mein T-Shirt schwappte. Tür? Umziehen? Tür? Umziehen? Das nächste stürmische Klingeln nahm mir die Entscheidung ab – keine Zeit zum Umziehen. So geschickt wie möglich hielt ich einen Arm vor den feuchten braunen Fleck. Ehe ich die Tür richtig geöffnet hatte, kam Ginger hereingeflogen und küsste mich auf die Wangen. In der Hand hielt sie so viele große Designertragetaschen, als käme sie gerade von einer Shoppingtour über den Rodeo Drive.

Mitten im Flur blieb sie stehen und musterte mich stirnrunzelnd.

»Du hast es vergessen, stimmt's?«

»Was?«

»Na, unser Mittagessen heute. Du wolltest dir einen Babysitter besorgen, wir wollten uns in Schale schmeißen und dann ...«

Ihr Blick fiel auf den Fleck auf meinem T-Shirt.

»Iiiiih, läuft bei dir wieder Milch aus?«

»Nein. Ich stille Cassie nicht mehr. Das ist Tee.« Mir war klar, dass ich dem eigentlichen Thema aus dem Weg ging. »Ginger, es tut mir leid, aber ich habe unsere Verabredung tatsächlich völlig vergessen.«

Mit einem dramatischen Seufzer lehnte sie sich gegen die rohe Steinwand. Sie zu verputzen stand auch auf unserer Todo-Liste, irgendwo zwischen Dach reparieren und Gästeklo fliesen.

»Weil?« Sie sah mich gespannt an.

»Cassie war die ganze Nacht wach. Und das jetzt schon zum vierten Mal hintereinander. Weil sie Zähne kriegt. Red ist mit drei Models zu einem Fashion Shooting in Cannes. Ich hab das Haus voller Handwerker. Cassie nennt den Sanitärtypen inzwischen Daddy. Was ja okay wäre, wenn er was fürs Auge wäre, aber er ist zweiundsechzig und hat die Verbindung zu seinen Vorderzähnen verloren. Heute Morgen hab ich in der Küche zweimal Strähnchen gemacht und einmal Waschen/Schneiden. Meine Mum war zu Besuch. Mein Zustand erreicht allmählich den Punkt, an dem ich mich am liebsten wie ein Fötus zusammenkrümmen und vor- und zurückschaukeln würde. Hilf mir! Oder erschieß mich! Ich bin nicht sicher, was mir lieber wäre.«

Nachdem ich mir alles von der Seele geredet hatte, seufzte ich tief und stellte fest, dass wir ein ziemlich ungleiches Paar abgaben. Sie: Designerlady, todschickes Stella-McCartney-Kostüm mit knapper schwarzer Weste, schwindelerregend hohe Louboutin-Schuhe, Hermès-Birkin-Tasche. Ich: Stadtstreicherin mit angeblich undichten Brüsten.

»Mamamamamama!«

Gingers Gesichtsausdruck wechselte von ungeduldig auf entzückt.

»Sie sitzt mit einem Teller Spagetti in der Küche. Es war wohl keine gute Idee, hier fünf Minuten rumzustehen und zu quatschen.«

Auf dem Weg zur Küche versteckte ich mich hinter Ginger wie eine Kriegerin, die hinter ihrem schützenden Schild in die Schlacht zog. Schließlich hatte sie keine Ahnung, welche Gefahr hinter der Tür lauerte.

»Gingingingin!«, jubelte Cassie begeistert, als sie ihre Lieblingstante sah, mit der sie so viele Charakterzüge teilte.

Unsere Tochter war jetzt fast zwei, sie war stur, sie war dreist, sie war laut, sie hatte ihren eigenen Willen, und sie hatte einen einzigartigen Sinn für Mode – wie man an den Spaghetti, die sie sich auf den Kopf gekippt hatte, aktuell gut erkennen konnte. Außerdem war sie unglaublich liebevoll, hatte einen bösartigen Humor und ungezügelte Energie. Inzwischen verstand ich nur allzu gut, wieso Gingers und Reds Mutter hochgradig sherryabhängig war und zwanzig Zigaretten am Tag brauchte, um ihre Nerven einigermaßen zu beruhigen.

Ginger ließ ihre Tüten zu Boden fallen und hob Cassie aus dem Hochstuhl. Dass ihr Seidenkostümchen für den Rest des Tages mit Spuren von Cassies Mittagessen gezeichnet sein würde, kümmerte sie nicht.

Eine der größten Überraschungen der letzten zwei Jahre war, wie sehr Ginger ihre neue Nichte vergötterte. Sie kam jeden Monat aus London, nur um sie zu sehen, rief zweimal in der Woche an, um zu hören, wie es ihr ging, und ließ den gesamten Warenbestand von Hamleys in unser Kinderzimmer liefern. Wer hätte gedacht, dass sie auf Babys stand? Mit acht hatten Lizzy und ich mit Puppen gespielt, die wir angezogen und gefüttert hatten, während Ginger ihnen die Köpfe rasiert und sie mit He-Man aus dem Jungenzimmer nebenan in den Krieg geschickt hatte. Mutterinstinkte gleich null. Eine der wichtigsten Voraussetzungen für ihre Ehe mit Ike war die folgende gewesen: in guten wie in schlechten Zeiten, in Gesundheit und Krankheit, alles, aber bitte keine Kinder.

Ike war sofort einverstanden gewesen. Mit zwei Kindern aus einer früheren Ehe habe er seinen Beitrag in der Abteilung Fortpflanzung geleistet, fand er.

»Ginger, bist du sicher, dass du dir nicht doch selbst so was Kleines wünschst? Ein einziges würde reichen, du musst ja nicht gleich eine ganze Horde in die Welt setzen.«

»Sprich das nicht mal aus!«, fauchte sie. »Wenn meine

Mum mir noch einmal erzählt, dass sie in der Kirche drei Rosenkränze extra gebetet hat, damit die Heilige Jungfrau Maria irgendwie unter meine Bettdecke kommt und mich schwängert, verständige ich den Kinderschutzbund.«

»Ja, aber ...«

Der tödliche Blick schoss direkt in meine Richtung. »Niemals! Manche Menschen sind einfach nicht zur Fortpflanzung geschaffen. Apropos, wieso war deine Mum denn hier?«

»Sie wollte mir beim Bügeln helfen und auf Cassie aufpassen, damit ich etwas Schlaf nachholen kann.«

»Du machst Witze!«

»Klar, mache ich Witze. Sie war hier, um mich daran zu erinnern, dass mein Dad am Wochenende Geburtstag hat, und um mir zu erzählen, dass sie über Weihnachten in Urlaub fahren. Angeblich wollten sie das schon seit Jahren tun, sind aber immer nur wegen mir dageblieben. Ich habe mir überlegt, ich werde sie für den Nobelpreis vorschlagen. Na ja, sie ist gerade mal 'ne knappe Stunde geblieben, lange genug, um behaupten zu können, sie habe ihre Enkeltochter besucht, und um sich als Grandma des Jahres zu fühlen.«

Ich seufzte und wischte mit einem Lappen über die Küchenwand, um die ursprüngliche Farbe wiederherzustellen.

Zu Cassies jauchzender Freude kitzelte Ginger sie am Hals. »Killekillekille. Wie kann deine Mum nur so herzlos sein? An ihrer Stelle würde ich jede freie Sekunde mit diesem kleinen Sonnenschein verbringen! Killekillekille.« Es irritierte mich völlig, wenn Ginger in dieser Babysprache redete.

»Also, wie lange brauchst du, bis du fertig bist?«, fragte sie und klang wieder erwachsen.

»Als Erstes benötige ich ein satellitengesteuertes Navigationssystem, um meine Tasche zu finden, und dann müsste ich mir was zum Anziehen aus dem Bügelkorb ziehen.«

Sie wirkte wenig beeindruckt. »Und was trägst du morgen?«

Blanke Panik packte mich. Am kommenden Tag war Cassies Taufe. Wir hatten schon lange vorgehabt, sie taufen zu lassen, aber die ganze Zeit so viel um die Ohren gehabt, dass wir erst jetzt dazu kamen. Zu meinem Entsetzen spürte ich, dass mir die Tränen in die Augen schossen.

»Ich ... ich hab nicht die geringste Ahnung. Ich ... ich ... mein Gott, was ist nur aus mir geworden, Ginger?«

Tja, was war aus mir geworden? Früher hatte ich ein eigenes Unternehmen gemanagt, Überstunden gemacht, mein Leben voll und ganz in der Hand gehabt und all das ziemlich gut hingekriegt. Heute kriegte ich nicht mal mehr eine Verabredung mit einer Freundin hin. Nicht, dass ich unglücklich wäre, dazu hatte ich nun wirklich keinen Grund. Okay, ich war noch immer ein bisschen traurig, wenn ich daran dachte, wie ich meinen Laden verloren hatte. Und ja, wir hatten jetzt seit fast zwei Jahren ununterbrochen Handwerker im Haus, denn zusätzlich zu der Grundrenovierung, die das Haus nötig hatte, um halbwegs bewohnbar zu sein, hatten wir einen Holzwurm im Deckengebälk entdeckt und Schimmel im Keller. Beides war dem Gutachter vor dem Kauf entgangen. Alex hatte ihn inzwischen verklagt, aber ein Ende der Arbeiten war immer noch nicht absehbar. Ich versuchte mir einzureden, dass die Plane, die das Loch in der Wand verdeckte, wo später mal die Flügeltür zum Garten sein sollte, ein interessanter Hingucker war. Die Glastüren lagen schon seit Monaten in der Garage, aber wir hatten einfach nicht das Geld, sie einsetzen zu lassen.

Und Red arbeitete verdammt viel, er war ständig unterwegs. Um das alles zu finanzieren, machte er nicht nur seinen normalen Job, sondern nahm darüber hinaus jeden Zusatzjob an, den er kriegen konnte. In einer Woche war er manchmal an einem Tag in Aberdeen, am nächsten in Orkney, dann wieder in London und am Wochenende zu einem Fashion Shooting in Barcelona. Mit Models.

War es überraschend, dass mich dieser Zusatz »mit Models« beunruhigte? Sie waren schick und dürr und hatten Hintern wie zwei perfekt geformte Grapefruits. Und von ihnen kam Red dann zu mir – in abgerissenen Klamotten, die nach Haarspray rochen, weil ich irgendwelchen Leuten in meiner halb fertigen Küche die Haare gemacht hatte. Dabei sagte er mir ständig, dass er mich liebte, und ich wusste, dass er nicht mit Katanya, einundzwanzig Jahre alt, 90-80-90, Hobbys: Skifahren, Reisen und Bacardi Breezer, davonlief. Ganz bestimmt nicht. Er war ein anständiger Mann. Ich hatte eine bezaubernde Tochter, tolle Freundinnen, ich war gesund, und am nächsten Tag würden alle, die ich gernhatte, kommen, zur Taufe unseres kleinen Mädchens ... also wieso heulte ich mitten am Tag hier herum?

»Du bist einfach erschöpft«, meinte Ginger. »Du brauchst dringend Schlaf, du hast dich völlig verausgabt, du siehst katastrophal aus.«

Nach einem ohrenbetäubenden Schniefen wischte ich mir mit dem Handrücken durchs Gesicht. »Sollte mich das jetzt trösten?«

»Ach, komm schon, ich führe dich aus.«

»So kann ich nicht aus dem Haus gehen«, widersprach ich und zeigte auf mein verflecktes T-Shirt.«

»Warte!« Ginger holte die Tüten, die sie in der Diele abgestellt hatte, und zog aus einer ein superschönes graues Shirt aus Seidenjersey. »Wirf das über, und such dir ein sauberes Paar Jeans! Ich kümmere mich um Cassie, dann geht's los. Du brauchst dringend ein paar Schönheitsreparaturen, meine Liebe.«

Eine Stunde später befanden wir uns im Zentrum von Glasgow, vor einem Beautysalon, den ich bisher nur aus der Zeitung kannte. Cassie schlief tief und fest in ihrem Buggy.

»Die lassen mich bestimmt nicht rein«, meinte ich zweifelnd, als wir auf die Tür zugingen. Dieser Ort war superedel und sicher horrend teuer. Das war nur was für die Reichen und Schönen, nicht für Frauen wie mich.

Mein Mut sank noch mehr, als wir den Laden betraten. Er hatte etwas von einem balinesischen Beach Resort, viel dunkles Holz und weiße Wände, ein riesiger Wasserfall in der Mitte des Raums, und im Hintergrund dudelte ätherische Musik.

»Ginger! Wie schön, dich zu sehen! Du siehst großartig aus!«, sagte die Vision der Perfektion am Empfang.

Groß, schlank, pechschwarzes Haar bis zur Hüfte, Mittelscheitel. Sie musste um die dreißig sein, aber das war nur geschätzt, denn wo waren ihre Falten? Sie hatte ganz sicher nicht vier Nächte in Folge nur zwanzig Minuten Schlaf gehabt. Sie arbeitete auch bestimmt nicht zwölf Stunden am Tag. Wetten, dass sie auch keinen Ehemann hatte, der ständig unterwegs war? Und auch kein überzogenes Konto. Dafür aber mit Sicherheit vier makellos saubere Küchenwände.

»Alles in Ordnung mit dir?«, zischte Ginger mir zu. In diesem Moment wurde mir klar, dass man mir eine Frage gestellt hatte und nun auf eine Antwort wartete.

»Saskia möchte gern wissen, was du gern hättest.«

»Eh ... eh ...« Schlaf. Ich wünschte mir bloß Schlaf und dann aufzuwachen und erholt zu sein und nicht mehr so schrecklich müde. »Eine Maniküre vielleicht?«

Ginger seufzte, warf mir einen vernichtenden Blick zu und übernahm. »Wann schließt ihr?«

»Um acht.«

Ich warf einen Blick auf die edle Mahagoniuhr an der Wand. Es war jetzt eins.

»Dann haben wir also sieben Stunden.« Ginger war mir weit voraus. »Wir beginnen mit einer Hot Stone Massage, dann folgen Ganzkörper-Peeling, Epilation, wo es erforderlich ist, Massage, Maniküre, Pediküre, Augenbrauen, Haarfarbe, Wimpernfarbe und alles, was sonst noch nötig ist, um eine Göttin aus ihr zu machen. Schreib alles auf meine Rechnung und ...« Sie wandte sich an mich: »Ich schick dir um acht ein Taxi, das dich nach Hause bringt.«

»Aber ich kann doch nicht, ich ...«

Ginger hob gebieterisch die Hand. »Stopp! Hier geht es nicht um das, was *du* willst.«

Ich habe sie noch nie mehr geliebt als in diesem Augenblick. Aber, mein Gott, sie war so dominierend. Und unverschämt, frech und diktatorisch.

Siebeneinhalb Stunden später überdachte ich diese Aussage noch einmal.

Lektion 127
Versuch nicht, alles allein zu schaffen – wenn du Hilfe brauchst, such sie dir

Als ich dem Taxi nachwinkte und die Haustür öffnete, fiel mir als Erstes der Geruch auf. Richtiges Essen. Endlich mal keine Mikrowellenmahlzeit, von denen ich immer lebte, wenn Red unterwegs war, sondern eine Mischung aus Aromen, die nur von einer selbst gekochten warmen Mahlzeit stammen konnten. Aber ich roch noch etwas. Möbelpolitur und Wachs und ... der Fußboden! Zum ersten Mal, seit wir eingezogen waren, glänzten die Eichendielen. Was war hier passiert? Ich stellte meine Handtasche auf die Kommode in der Diele, die ebenfalls schimmerte, sodass man sich darin spiegeln konnte.

Waren die Heinzelmännchen da gewesen und hatten alles so geschrubbt und gewienert?

Neugierig öffnete ich die Küchentür. Ich hätte nicht überraschter sein können, wenn George Clooney nackt und mit einer Rose zwischen den Zähnen vor mir gestanden hätte. Die hässliche Plane war fort, stattdessen blickte ich auf zwei perfekt eingebaute Glastüren, die einen wunderschönen Blick in den Garten freigaben. Besser gesagt, in das, was einmal ein Garten werden sollte, wenn wir das Grundstück irgendwann aus seinem Baustellendasein befreit hätten.

Auch der Rest des Raums war nicht wiederzuerkennen. Die nackten Ziegelwände waren verputzt, alle Arbeitsflächen geschrubbt, die wackeligen Schranktüren nachgezogen, der Boden poliert, und am makellos sauberen Tisch saß Cassie in ihrem Hochstuhl und krähte in ihr Spieltelefon.

»Wie ... wie ...?« Ich brachte nur ein Stammeln heraus.

Ginger sah mich drohend an. »Heul bloß nicht schon wieder, das halten deine neuen Wimpern nicht aus.«

»Wie ... wie ... ist das passiert?«, stotterte ich. Ohne Tränen. Mühsam.

»Du kennst doch Josh von STUD aus Glasgow?«

Ich nickte. Klar kannte ich Josh. Neunzehn Jahre alt. Ein Bauch, so flach wie ein Bügelbrett und total durchtrainiert. Frauen auf der Straße fingen bei seinem Anblick an zu kreischen.

»Ich hab seinen Bruder angerufen. Er hat ein Bauunternehmen und arbeitet für Shopping-Malls und Bürohäuser. Er hat alles stehen und liegen lassen und ein paar seiner Jungs mitgebracht. Die Arbeiten, die dringend getan werden mussten, hatten sie im Nu erledigt.«

Meine Liebe zu ihr erreichte nun ganz offiziell ein Maß an Unendlichkeit, das bis dahin nur Red, Cassie und John Taylor von Duran Duran vorbehalten gewesen war.

Plötzlich tauchte ein Wirbelwind neben mir auf. Josie. In meinem pinkfarbenen Morgenmantel, mit blauen Socken von Red, die Haare in ein Barbie-Handtuch gewickelt, eine Zigarette im Mundwinkel.

»Ich habe ihm als Gegenleistung sexuelle Dienste angeboten, aber er wollte nicht. Könnt ihr das begreifen?«

Ich konnte das Kichern nicht zurückhalten. »Nein. Der Typ ist selbst schuld.«

Grinsend fuhr Ginger mit ihrer Erklärung der Ereignisse fort. »Dann hab ich Josie angerufen, die mit vier Freunden und der Bohnermaschine aus dem Gemeindezentrum hier aufgetaucht ist. Sie haben dem Haus von oben bis unten einen gründlichen Frühjahrsputz verpasst, einschließlich Fenster und Türen.«

»Oh, Ginger, ich weiß gar nicht, wie ich dir danken soll. Wir werden dir alles zurückzahl...«

»Stopp!« Die Hand ging wieder hoch. »Lou, das reicht! Es

ist das Mindeste, was ich tun kann. Schließlich bin ich reich, schön und erfolgreich.«

»Bescheiden hast du vergessen, Schätzchen.« Josie grinste. »Es gibt übrigens ein Curry zum Abendessen. Mr. Patels Lieblingsrezept. Ich vermisse ihn immer noch. Wer hätte gedacht, dass ausgerechnet er mit seinem Gesundheits- und Meditationswahn eines Tages einfach wegen eines Herzanfalls umkippen würde? Also los, setzt euch!«

Ich umarmte Cassie und küsste sie auf die Stirn, dann setzte ich mich an den Tisch, und Josie servierte das Essen. Rotes Lamm-Curry, indisches Fladenbrot und Safranreis. Plötzlich hatte ich einen Riesenhunger. Wann hatte ich das letzte Mal was Anständiges gegessen? Irgendwann zwischen der Hot Stone Massage und jetzt war ich zu der Erkenntnis gelangt, dass sich in meinem Leben dringend ein paar Dinge ändern mussten. Die paar Stunden ohne Chaos hatten mir Zeit zum Nachdenken und eine Art Erleuchtung verschafft.

Seit Jahren hatte ich mich aufs Arbeiten konzentriert, ich hatte mein Unternehmen geführt und sechs, manchmal auch sieben Tage in der Woche geschuftet. Sosehr mich das befriedigt hatte, ich hatte andere Bereiche meines Lebens völlig vernachlässigt. Dann hatte ich Red geheiratet, als ich bereits schwanger war, und wir hatten uns sofort in die Elternrolle gestürzt und ganz nebenbei auch noch ein größeres Renovierungsobjekt erstanden, das uns finanziell in die Enge trieb. Ich hatte weiter Kunden in der Küche frisiert, und Red arbeitete Tag und Nacht, damit wir einigermaßen über die Runden kamen. Wenn er nach Hause kam, waren wir meist beide so müde, dass wir kaum mehr als ein Hallo und eine Umarmung schafften, ehe wir erschöpft einschliefen. Das war doch Wahnsinn! Wo blieben da Spaß und Lebensqualität?

Damit war jetzt Schluss. Wir mussten eine letzte Anstrengung unternehmen, um das Haus endlich fertig zu kriegen, danach würde ich mir einen Teilzeitjob suchen, bei dem ich ordentlich verdiente und der mir genug Zeit für meine süße Tochter ließ. Und dann würden mein Mann und ich wieder Zeit füreinander haben und Spaß und Sex. Viel Sex. Ich hatte gerade eine Epilation der Bikinizone hinter mir und schreckte nicht davor zurück, damit bei ihm anzugeben.

Zum ersten Mal seit langem verspürte ich wieder Optimismus. Alles würde gut werden. Wir würden es schaffen.

»Habe ich dir schon gesagt, dass du fantastisch aussiehst?«, fragte Josie. »Wirklich. Wie ich in jungen Jahren, nur ohne diesen Killerbusen.«

Normalerweise tat ich solche Komplimente immer ab, aber dieses Mal sagte ich nichts, weil ich wusste, dass es stimmte. Schließlich war ich von Kopf bis Fuß gezupft, gelackt und gecremt. Ich wollte mich gerade für das Kompliment bedanken, als ich merkte, dass Josie immer noch redete.

»Damals gab's ja auch diese Wonderbras noch nicht. Stattdessen haben wir uns Socken in den BH gesteckt. Wie auch immer, ich habe mir überlegt ...« Ich wurde immer nervös, wenn Josie das sagte, man konnte nie wissen, was als Nächstes aus ihrem Mund kam. Doch dann fuhr sie fort: »... ich habe mir überlegt, dass ich ein paar Tage in der Woche auf Cassie aufpassen könnte.«

Statt der Heinzelmännchen waren jetzt offenbar auch noch die Wunschfeen am Werk.

»Aber du musst doch arbeiten.«

Mein Cousin Michael war unter die Unternehmer gegangen. Er hatte ein paar Coffeeshops aufgemacht, die super liefen. Er hätte Josie gern zur Geschäftsführerin eines dieser Läden gemacht, aber sie hatte abgelehnt und stattdessen vorgezogen, weiter hinter der Theke zu arbeiten. Sie wollte sich den Stress nicht antun, sondern sich lieber weiter mit den Kunden unterhalten.

»Na ja«, fuhr sie fort, »da gibt es Neuigkeiten. Eine gute

und eine schlechte. Zuerst die gute: Avril kommt nach Hause!« Josie sagte das mit erstaunlich traurigem Unterton. Avril arbeitete seit einiger Zeit im Wellnessbereich eines Kreuzschiffs, und Josie vermisste sie eigentlich schrecklich. »Und die schlechte Neuigkeit ist, dass Michael die Läden zumacht und nach Italien geht. Seine Frau hat ihn endlich so weit. Er geht zu ihr zurück, und sie ziehen in das Dorf, in dem ihre Eltern leben.« Ich legte meine Hand auf ihre und drückte sie. Auch wenn ihre Kinder inzwischen erwachsen waren, lebte Josie auch weiterhin vor allem für ihre Familie. Es würde schrecklich für sie sein, dass Michael so weit entfernt war. Offenbar fiel es ihr schwer, ihre Traurigkeit einigermaßen im Griff zu haben.

»Wenn es mir nicht gelingen sollte, die blöde Schlampe zu vergiften, werde ich viel Zeit zur Verfügung haben. Ich würde mich gern um Cassie kümmern. Lou.«

»Loulouloulou«, plapperte Cassie nach.

Es klang verstörend – so hatte ihre Tante Ginger mich immer begrüßt, wenn sie ein paar Gläser zu viel getrunken hatte. Ich nahm mir insgeheim vor, später zu überprüfen, was in Cassies Tasse war.

»Josie, das wäre fantastisch. Und für Cassie wäre es ebenfalls wie im Himmel.« Es stimmte. Sie liebte ihre Tante Josie genau so wie ihre Tante Ginger.

Ich hatte zwar immer noch das Gefühl, mich am Fuße einer unendlich langen Treppe zu befinden, aber meine beiden guten Feen hatten meinen Hintern gerade die ersten Stufen hinaufgehoben.

Ich hörte, wie jemand die Tür aufschloss, dann betrat Red die Küche. Seine Haare waren zerzaust, vermutlich, weil er im Flugzeug geschlafen hatte, und seine Augen vor Müdigkeit gerötet. Cassie jauchzte vor Vergnügen, und er stürzte sich sofort auf sie, um sie zu küssen.

»Daddydaddydaddydaddy«, krähte sie fröhlich, und ich

schmolz dahin, wie immer, wenn ich die beiden zusammen sah.

Schließlich ließ er sie los, küsste Josie und seine Schwester und blieb schließlich vor mir stehen.

»Du siehst … irgendwie so verändert aus.« Seinem Blick war anzusehen, dass ihm die Veränderung gefiel. »Hast du was machen lassen?«

Mit einem dumpfen Laut knallte Gingers Kopf auf die Tischplatte.

»Bist du sicher, dass wir dieselbe Mutter haben?« Sie verdrehte die Augen. »So blöd kann man doch gar nicht sein.«

Ich schaltete mich sicherheitshalber ein. »Ginger hat mir einen Wellnesstag spendiert. Wie findest du es?«

Er beugte sich vor und küsste mich lange. Es war ein richtiger Kuss, nicht einer der flüchtigen, die wir uns in den letzten Monaten angewöhnt hatten. Red ignorierte die Serviette, die seine Schwester sich vor die Augen hielt.

»Cassie, eins will ich dir sagen«, sagte Ginger zu unserer Tochter. »Solche öffentlichen Liebesbekundungen sollten bestraft werden.«

»Ich finde, du siehst fantastisch aus«, sagte er, als ich wieder Luft bekam. »Und ich kann kaum bis morgen warten.«

Morgen! Erschrocken sprang ich auf. Cassies Taufe! Ich hatte die Kirche und das Restaurant gebucht. Ich hatte Reds Lieblingsanzug aus der Reinigung geholt. Cassies schönes Kleid und ihre kleinen weißen Ballettschühchen lagen bereit. Aber ich? Gesicht, Haare und Körper waren vor dem Ruin gerettet, aber ich hatte mich nicht um mein Outfit gekümmert.

»Mist, ich brauch ja noch was zum Anziehen!«, keuchte ich.

Ich konnte nicht fassen, dass meine guten Feen auch daran gedacht hatten.

Ginger lächelte. »An deinem Kleiderschrank hängt etwas, das dir gefallen könnte.«

Lektion 128
Sorge für alle Eventualitäten vor

Der Pfarrer bemühte sich wirklich sehr, seine Abneigung gegenüber unserer Musikauswahl nicht zu zeigen, aber es gelang ihm nicht so richtig. Der Chor sang *You're the Best Thing That Ever Happened to Me*, als wir unsere Plätze einnahmen und Red und ich uns mit Cassie und ihren Paten Lizzy und Ginger in die erste Bank setzten.

Direkt hinter uns saßen Josie, Michael und die »Schlampe« mit ihren entzückenden dunkelhaarigen Kleinkindern. Neben ihnen saß Lizzys Ex Ben mit Alex dem Anwalt. Meine Eltern, die zu Josies sichtbarem Missfallen zu spät kamen, vervollständigten die Bankreihe. Reds Familie saß auf der anderen Seite des Mittelgangs, hinter ihnen Rosie, Angie und die anderen Leute aus meinem alten Salon. Ich war zutiefst gerührt, dass sie alle gekommen waren, alle bis auf Pamela, die auf ihrer Weltreise einen der Rugby-Spieler geheiratet hatte und nun mit ihm zusammen eine Pension auf Bora Bora führte.

Ginger beugte sich zu mir, um mir etwas ins Ohr zu flüstern. Dabei schlug mir eine Dunstwolke des Buck's Fizz entgegen, den sie sich zur Feier des Tages zum Frühstück genehmigt hatte. Zum Glück war der Pfarrer dafür bekannt, dass er freitagabends gern mal im The Dog and Sausage einen über den Durst trank – er musste sich sogar einmal an einem Sonntagmorgen vom Pfarrer der Nachbargemeinde vertreten lassen. Es war damals Stadtgespräch gewesen, aber dafür waren in der folgenden Woche zwanzig Prozent mehr Besucher in die Kirche gekommen. Offenbar hatte es sich um eine ganz spezielle Marketingmaßnahme von ganz oben gehandelt.

»Du weißt, dass ich an den Kram nicht glaube, oder?«

Ich nickte, verbarg mein Gesicht in ihrer Mähne und flüsterte zurück: »Ich glaube, ich auch nicht. Ich will nur für alle Fälle vorsorgen.«

Der Pfarrer bat uns nach vorn zum Taufbecken und begann mit der Zeremonie. Er fragte jeden Einzelnen von uns, ob wir gewillt seien, unser Baby zu beschützen und zu einem guten Menschen zu erziehen. Als Ginger und Lizzy an die Reihe kamen, konnte ich trotz drohender Schäden an meinen Wimpern die Tränen nicht zurückhalten.

Wir hatten eine schwierige Zeit hinter uns, aber wir hatten sie überstanden, wir waren noch zusammen, liebten uns und waren wie eine große, glückliche Familie. Und als der Pfarrer Wasser über den Kopf unseres kleinen Engels goss und dafür mit einem unfreundlichen »Darfst du nicht! Böse!« bedacht wurde, sprach ich ein kurzes Gebet zu den Göttern, dem Himmel und der Wünsch-dir-was-Fee.

Ein fantastisches Leben stand uns bevor. Wir mussten es nur noch leben.

Lous Lektionen für Cassie, wenn sie siebenunddreißig Jahre alt ist

*Liebe Cassie,
ich würde dir gern klarmachen, dass es für jeden im Leben Hindernisse gibt. Hoffentlich findest du das nicht zu tiefsinnig. Wenn du noch immer so bist wie deine Tante Ginger, verdrehst du jetzt die Augen und murmelst etwas von »blödem emotionalem Quatsch«. Ich verspreche dir, gleich wieder oberflächlich und locker zu werden, doch bitte nimm für jetzt Folgendes zur Kenntnis: Ganz egal, wie schlimm etwas ist, es wird wieder besser. (Vor allem, wenn die Kreditkarte deiner Tante Ginger und eine 1000-Pfund-Verschönerung involviert sind. War das jetzt oberflächlich genug?)*

Hier kommen noch ein paar Weisheiten für dich:

129. Trink nie einen Buck's Fizz vor einer kirchlichen Zeremonie. Die Tatsache, dass deine Tante Ginger dich nicht ins Taufbecken hat fallen lassen, ist eins der größten Wunder, die die Kirche je erlebt hat.

130. Du solltest nie, niemals lügen, es sei denn, eine Notlüge ist sinnvoller. Wenn du zum Beispiel, wie Tante Josie, dabei erwischt wirst, wie du eine nicht rechtmäßig ausgeliehene Bohnermaschine in ein Gemeindezentrum zurückbringst, ist es völlig in Ordnung, der Polizei zu erzählen, dass du sie nur hast reparieren lassen, und dir dann von ihnen beim Hineintragen helfen zu lassen.

131. Kündige einem unartigen Jungen nie die Freundschaft –

wenn sein Bruder ein Bauunternehmen besitzt, kann er dir irgendwann mal nützlich sein.

132. Nütze deine Fähigkeiten! Gib dich nie nur mit dem Zweitbesten zufrieden, wenn du mit etwas Mühe auch mehr erreichen kannst. Ja, ich weiß, dass Ehrgeiz seit den Achtzigerjahren unmodern ist, aber ich bin deine Mum und bestehe darauf.

133. Es sei denn, du bist Buddhistin und lehnst alles Materielle und Oberflächliche ab. In diesem Fall ist es okay, solange du glücklich bist. Aber wenn du meine Schuhsammlung wegwirfst, verzeihe ich dir das nie. Das ist dein wichtigstes Erbe.

134. Such dir einen Mann, der Arbeit nicht scheut – sonst könnte es Ärger geben.

135. Respektiere die älteren Mitglieder deiner Familie. Vor allem diejenigen, die sich einen Dreck um was scheren. Aber erwarte von ihnen keine Bestätigung – du bekommst sie nicht.

136. Mach einen großen Bogen um Sonnenbänke, und erfreu dich an deinen Brüsten, denn du bist bald in einem Alter, in dem ein zu tiefer Ausschnitt gar nicht mehr gut ankommt.

Ach, und noch etwas ...

Lektion 137
Eltern sind ihren Kindern peinlich – das ist ein Gesetz
2007. Lou, siebenunddreißig Jahre alt

Knisternde Spannung lag in der Luft, während sich die Menge vorwärtsschob. Kinder klammerten sich an die Hände ihrer Eltern, einige flüsterten leise, andere sahen sich nervös um. Plötzlich überkam es mich.

»Ein Haken! Sieh mal, Cassie, ein Kleiderhaken, auf dem dein Name steht!«

Die anderen Eltern wichen einen Schritt zurück und sahen die hysterische Frau, die über einen leblosen Gegenstand derart in Verzückung geriet, verwundert an. Meine Tochter verdrehte die Augen.

»Mum, du bist total peinlich!«

Ich sah ein, dass ich vielleicht ein wenig zu spitz gekreischt hatte, und murmelte eine Entschuldigung.

»Tut mir leid, Süße, ich bin einfach so aufgeregt. Aber denk dran, ich bin deine Mum. Es ist meine Bestimmung, peinlich zu sein.«

Cassie fing an zu kichern. Das war der Tiefpunkt. Schlimmer noch als damals, als ich bei ihrer Ballettaufführung eine La Ola gestartet hatte. Schlimmer noch als damals, als ich ihr im Schlaf kurzerhand den Pony geschnitten hatte und sie im Look eines übrig gebliebenen Mitglieds einer Achtzigerjahre-Techno-Band erwacht war.

Aber zu meiner Verteidigung muss ich sagen, dass dieser Tag ein ganz besonderer war. Mein Baby hatte seinen ersten Schultag.

Schule!

Wo war nur die Zeit geblieben? Es kam mir vor, als sei es

gestern gewesen, als ich auf der Toilette des Restaurants in New York gesessen und zugesehen hatte, wie die blauen Linien auf dem Teststreifen erschienen waren.

Jetzt stand sie vor mir in ihrem hübschen dunkelblauen Faltenrock, einem grauen Blazer und sehr glänzenden Schuhen, die unkontrollierbare rote Mähne mit einer hellblauen Schleife gebändigt. Ja, sie imitierte auch weiterhin in Aussehen und Charakter Tante Ginger. Das zwang mich zu ungewöhnlichen Maßnahmen, die sicherstellen sollten, dass diese beängstigende genetische Veranlagung keine unglückseligen Folgen hatte.

»Weißt du noch, woran du denken musst?«, fragte ich leise und kniete mich, um Cassie beim Mantelaufhängen behilflich zu sein.

»Dass es auf dem Schulhof Kameras gibt und du immer alles sehen kannst.«

»Braves Mädchen.«

Ich weiß, ich weiß, das war pädagogisch fragwürdig, aber die einzige Möglichkeit, Cassie unter Kontrolle zu halten. Ich hatte ihr erzählt, dass in den Lampenmästen und dem Zaun um die Schule herum unsichtbare Kameras steckten, die mit meinem Computer verbunden waren, und ich sie daher jederzeit genau beobachten konnte.

Irgendwann würde ich ihr die Wahrheit sagen, aber im Moment brauchte ich solche Hilfsmittel, um ihre furchtlose Art und ihren absoluten Sinn für Gerechtigkeit in Schach zu halten. Erst in der Woche zuvor hatte ein Neunjähriger, der mindestens einen Kopf größer war als sie, das Skateboard ihrer besten Freundin gestohlen, und Cassie hatte besonnen und intelligent reagiert ... bis zu dem Punkt, als sie ihn verprügelt hatte.

Von diesen Ausbrüchen einmal abgesehen, war sie ein braves Mädchen. Wirklich. Sie war sehr sozial und extrovertiert, fand innerhalb von Sekunden Freunde und freute sich jetzt schon unbändig darauf, mit ihren Freundinnen vom Kindergarten den ganzen Tag verbringen zu können.

Natürlich hatte es auch Tränen, Ängste und kleinere Panikattacken gegeben – aber eigentlich nur auf meiner Seite. In dem unwahrscheinlichen Fall, dass ich mal Premierministerin würde, würde ich dafür sorgen, dass allen Eltern von Schulanfängern geschulte Therapeuten zur Seite gestellt wurden, die sich mit dem Thema Trennungsängste auskannten.

Noch ein Kuss und eine Umarmung, noch ein ungeduldiges »Muuuuuuuuuuuuum, bitte!«, dann wurde es Zeit, sie gehen zu lassen. Als sie in ihre Klasse hüpfte – *hüpfte!* –, entfernte ich mich mühsam vom Schulhof, wenn auch mit dem tröstlichen Gedanken, dass sie sich jederzeit mit dem Lampenmast unterhalten konnte, wenn sie unerträgliche Traurigkeitsanfälle überkamen.

»Alles klar?«, fragte Lizzy.

»Ehrlich gesagt, nicht«, antwortete ich. »Ich weiß, ich bin schrecklich. Sag ja Ginger nichts!«

Lizzy lächelte und schob eine lärmende Gruppe älterer Schüler vor sich her durch die Tür. Seit ihre Älteste, die inzwischen im Teenageralter war, auf die Highschool gewechselt hatte, arbeitete sie als Schulassistentin, und sie liebte das. Sie war wie geschaffen für diese Aufgabe. Lustig, klug, energiegeladen, mit einer Stimme, die jede Klasse sofort in ihren Bann zog. Und die Tatsache, dass sie in ihrem ersten Monat mit einem Fußball ein Fenster zertrümmert hatte, hatte sie bereits zur Schullegende werden lassen – als coolste Erwachsene überhaupt.

Was die Beziehungsfront anging, war Lizzy trotz all meiner Kupplungsbemühungen immer noch Single. Ich konnte sie verstehen. Sie hatte so früh geheiratet und Kinder bekommen, dass sie es nun genoss, all das wieder tun zu können, was wir früher gemacht hatten – plus die eine oder andere Nacht mit Ben und Alex in einem der schrillen neuen Homosexuellenclubs. Sie waren zu einer einzigen, großen, unkonventionellen Familie zusammengewachsen. Ich war zwar sicher, dass sie eine Glücklich-mit-einem-Mann-Konstellation bevorzugen würde, aber sie hatte die Situation akzeptiert und kam gut damit klar. Auch wenn sie heute ein bisschen geschafft aussah.

»Alles okay mit dir?«, fragte ich sie. »Du bist so blass.«

Wie um meine Vermutung zu widerlegen, wurde sie über und über rot. »Mir geht's bestens, danke! Und du? Alles vorbereitet für heute Abend?«

Ich nickte. Aus mehreren Gründen war dieser Tag ein ganz besonderer. Es war der erste Schultag meiner Tochter ... und zugleich der erste Tag eines völlig neuen Beginns für mich.

Lektion 138
Manchmal wiederholt sich Geschichte doch

»Bist du sicher, dass alles okay ist? Irgendwie siehst du aus, als würdest du krank«, sagte ich am Abend noch einmal zu Lizzy.

»Alles ist bestens!«, schnappte sie, ehe sie ihre normale fröhliche Laune wiederfand und meinte: »Okay. Vögeln, heiraten, von der Klippe stoßen. Zur Auswahl stehen Robbie Williams, Jon Bon Jovi und Enrique Iglesias.«

»Lizzy, bitte! In weniger als einer halben Stunde kommen die Gäste und ... du meine Güte! Ich hab gerade ein echt starkes Déjà-vu. Genau so war es am Eröffnungsabend meines ersten Salons.«

»Kann nicht sein.«

»Doch. Damals hast du so etwas Ähnliches gesagt. Der einzige Unterschied war der, dass du schwanger warst. Sehr schwanger.«

»Wow, das Leben ist manchmal schon seltsam! Wenn du in fünfzehn Jahren wieder eine Party machst, kannst du auf mich zählen.«

Ich massierte meinen unteren Rücken, wo sich ein leichter Schmerz bemerkbar machte. »Gott, ich hoffe nur, dass sich der Rest des Abends nicht wiederholt! Weißt du noch? Vic und Dan haben sich geprügelt, und Ginger war so betrunken, dass sie von der Empfangstheke gefallen ist. Zum Glück setzten dann bei dir die Wehen ein, und alle waren wunderbar abgelenkt.«

»Gern geschehen.« Lizzy grinste. »Wenn du möchtest, kann ich heute Abend ›Es brennt!‹ rufen und die Sprinkleranlage in Bewegung setzen, falls wieder irgendwas schiefläuft.«

Bei der Vorstellung stöhnte ich innerlich. So viel hing von

diesem Abend ab. Fünf Jahre nachdem ich meinen ersten Salon geschlossen hatte, eröffnete ich nun einen neuen CUT, und irgendwie war ich noch nervöser als beim letzten Mal. Damals brauchte ich mich ja – abgesehen von der drohenden Verhaftung Tante Josies – schließlich nur um mich selbst zu sorgen. Wenn es schiefgegangen wäre, wäre es eben schiefgegangen. Ich war damals noch so jung und hätte genug Zeit gehabt, mich wieder zu erholen und etwas Neues anzufangen.

Das war jetzt anders. Dieses Mal würde es auch Red und Cassie und unsere Zukunft betreffen. Nicht zu vergessen meine ganzen früheren Angestellten, die alle ihre Jobs gekündigt hatten, um wieder für mich zu arbeiten. Es musste ein Erfolg werden. Was für ein Druck! Ich hatte in meinem ganzen Leben noch nie eine Migräne, doch nun hatte ich das Gefühl, dass es so weit war. Oder lag es an meinem engen, strassbesetzten Haarreif im Retrolook? Höchste Zeit für etwas Eigenmotivation. Ich war bereit. Alles würde gut. Das hier war der Höhepunkt jahrelanger Erfahrung, und es würde funktionieren.

In der Woche nach Cassies Taufe hatte ich angefangen, drei Tage in der Woche in einem Salon in Glasgow zu arbeiten, und ich hatte es genossen! Ich wäre noch lange dort glücklich gewesen, doch dann war etwas ganz Unerwartetes geschehen. Nach Gerichtsverhandlungen, die mehr als drei Jahre gedauert und mindestens ein Dutzend Falten auf meine Stirn gezaubert hatten, hatte das Gericht zu unseren Gunsten entschieden und den Gutachter, der bei unserem Hauskauf sämtliche Mängel übersehen hatte, dazu verdonnert, für alle Reparaturarbeiten aufzukommen.

Oh, happy days!

Wir hatten überlegt, das Geld anzulegen. Wir hatten überlegt, um die Welt zu segeln (ehrlich gesagt war das Reds Idee gewesen, und ich hatte gehofft, dass er es nicht ernst meinte). Auch über Cassies Vorschlag, Disneyland zu kaufen, hatten wir ernsthaft nachgedacht. Aber am Ende hatte Red die beste

Idee gehabt: Er schlug mir vor, einen neuen Friseursalon zu eröffnen.

CUT 2!

Wir hatten ein schönes Ladenlokal ganz in der Nähe des alten Salons gefunden (der Kosmetiksalon war längst geschlossen, nachdem Chantelle mit einem Drogenbaron nach Marbella geflüchtet war). Ironischerweise war das neue Domizil früher eine Bank gewesen. Und zwar genau die, an die ich mich damals, als ich den Kredit brauchte, als Erstes gewandt hatte. Nach irgendwelchen Internetgeschäften war sie in die Schieflage geraten, und zurückgeblieben war ein Sandsteingebäude, das praktisch danach schrie, in etwas ganz Tolles verwandelt zu werden.

Und es war toll geworden – Josie sei Dank, mal wieder. Auch wenn ihr Beitrag dieses Mal eher gestalterisch-kreativer statt dubios-finanzieller Art gewesen war. Sie hatte einen Teilzeitjob als Reinigungskraft in einem exklusiven Unterwäscheladen in Glasgow angenommen, der einer fantastischen Frau namens Mel gehörte, und uns zur Eröffnung eingeladen. Es war wie ein Besuch in Marie Antoinettes dekadentestem Boudoir gewesen. Das Ladenlokal war eine Sinfonie aus tiefen Rot-, Gold- und Schwarztönen, eine spektakuläre Mischung aus französischem Vintage-Schick und gotischer Verführung, mit üppig bestickten Polsterssesselchen im Stil Louis XV, verspielten Kerzenleuchtern und vergoldeten Schalen. Mel hatte es perfekt beschrieben, als sie gesagt hatte, es sei eine Mischung aus Pariser Puff des 18. Jahrhunderts und Sterbebett des Brokats.

Mir jedenfalls hatte es den Atem geraubt, und ich hatte sofort eine Idee, wie man das Thema (mit Mels großzügiger Genehmigung) auch in meinem neuen Friseursalon umsetzen konnte.

Als ich nun den Blick durch den Raum vor mir schweifen ließ, flatterten Schmetterlinge in meinem Bauch. Alles war genau so geworden, wie ich es mir vorgestellt hatte. Mit Hilfe der Handwerker, die auch bei uns zu Hause wahre Wunder vollbracht hatten, hatten wir den größten Teil des Fußbodens mit dunklen Eichendielen ausgelegt und die Wände in dramatischem Blutrot und Gold gestrichen. An drei Seiten gab es Frisierplätze mit jeweils einem schwarzen Ledersessel, der vor einem gotischen, vom Boden bis zu Decke reichenden Spiegel im goldenen Rahmen stand. Vor dem Fenster befand sich eine riesige halbrunde antike Empfangstheke mit einem gigantischen Thron dahinter.

An der hinteren Wand gab es zwei schwarze Lacktüren, von denen eine in einen Personalraum mit angrenzendem Lager und Toilette führte und die andere in einen separaten Waschraum mit riesigem Plasmafernseher. Dort würde künftig der für die Kundinnen häufig nicht sehr würdevolle Prozess des Haarewaschens stattfinden.

Das Ergebnis war exakt so, wie ich es mir erträumt hatte: trendig, schick und sexy. Jetzt mussten bloß noch Kunden her. Die Schmetterlinge in meinem Bauch flatterten noch aufgeregter. Es musste funktionieren. Und der Schlüssel dazu war ein erfolgreicher Start. Meine ganzen alten Kunden waren mir in den Glasgower Salon gefolgt und hatten sich sehr gefreut, als sie erfahren hatten, dass ich nun wieder im Ort war. Mrs. Marshall war unendlich dankbar, weil sie ihren militanten Matrosen inzwischen gegen einen der Busfahrer eingetauscht hatte, der sie jeden Freitag zum Waschen-Legen-Fönen in die Stadt fuhr. Aus lauter Dankbarkeit hatte sie ihren neuen Dobermann Lou genannt. Lou, der Dobermann. Sicher hatte er im Park nichts zu lachen.

Auf die alten Kunden konnte ich also zählen, aber ich brauchte auch neue Kunden, junge Leute, Teenager und Mummys, die sich darüber freuten, dass wir in einem Nebenraum gleich hinter der Empfangstheke ein kleines Kinderspielzimmer eingerichtet hatten.

Der Abend musste ein Erfolg werden, und ich hatte keine Kosten und Mühen gescheut – eine kleine Nötigungsaktion an der Promifront eingeschlossen. Ich hatte Ginger schwören müssen, in den nächsten zwanzig Jahren zu Weihnachten ihre gesamte Familie zum Essen einzuladen und ihr meine Handtaschensammlung zu vererben, aber das war es mir wert gewesen. Das Gerücht (von mir selbst in die Welt gesetzt), dass STUD, eine der besten Boygroups im ganzen Land, an diesem Abend hier auftreten würde, stimmte. Jedenfalls rechnete ich fest damit.

»Komm, Süße, erheb deinen hübschen Arsch von diesem Stuhl, und komm mit in den Personalraum! Ich muss mich noch ein bisschen schminken.«

Lizzy schüttelte den Kopf. »Nicht, bevor du meine Frage beantwortet hast.«

»Welche Frage?«

»Vögeln, heiraten, von der Klippe stoßen. Zur Auswahl stehen Robbie Williams, Jon Bon Jovi und Enrique Iglesias?«

»Ich kann nicht fassen, dass du diese Spielchen immer noch spielst. Wir sind erwachsene Frauen, meine Güte!«

Sie verzog das Gesicht. »Ich bin den ganzen Tag mit Kindern zusammen, da darf ich auch mal selbst kindisch sein.«

Gegen alle Vernunft dachte ich kurz nach. »Okay, ich würde Robbie Williams vögeln, Jon Bon Jovi heiraten und Enrique von der Klippe stoßen.«

Sie sah mich ungläubig an. »Wieso das denn?«

»Weil Robbie witzig ist und eine leidenschaftliche Nacht mit ihm ein großer Spaß wäre. Jon würde ich wegen seines riesigen Grundstücks in Amerika heiraten und weil ich immer noch eine geheime Vorliebe für Lederhosen habe. Und Enrique würde ich deshalb nicht anrühren, weil er mit dieser Tennisspielerin zusammen ist, die aussieht, als könnte sie mich mit einer Hand umbringen. Zufrieden?«

Während ich auf ihre Antwort wartete, sah ich, dass sie tief einatmete.

»Lizzy. Kannst du mir jetzt bitte mal erzählen, was los ist? Stimmt was nicht?«

Ihr Gesicht war schon wieder ganz gräulich geworden, und sie sah aus, als würde sie irgendwas quälen.

»Es ist alles bestens.«

»Nein, ist es nicht.«

»Doch, ist es doch.«

»Nein.«

»Doch.«

»Können wir noch mal an die Stelle zurückkommen, an der ich dich daran erinnert habe, dass wir erwachsene Frauen sind?«

Sie verdrehte die Augen wie ein trotziger Teenager. »Also gut, es ist nur eine kleine Lebensmittelvergiftung. Ich glaube, es lag an dem Hummer gestern Abend.«

»Bist du sicher?«

Sie nickte.

»Okay, Schätzchen, wenn du lieber nach Hause gehen willst, habe ich dafür großes Verständnis. Wenn du dich nicht gut fühlst, bleib ja nicht nur wegen mir.«

Sie stemmte die Hände in die Hüften und lachte. »Ich bleibe nicht wegen dir. Ich bleibe wegen der süßen jungen Männer von STUD.«

Lachend gingen wir in den Personalraum, um uns anzuziehen und zu schminken. Als ich mich auf die Couch warf, sandte ich ein stummes Gebet an die Gottheit, die für den Bereich Frisuren und Boygroups zuständig war.

»Lieber Gott«, flüsterte ich. »Bitte mach, dass dieser Abend unvergesslich wird!«

Am Ende des Abends wusste ich ganz sicher, dass er mich erhört hatte ...

Lektion 139
Um ein Klischee zu zitieren: Überleg dir gut, was du dir wünschst – es könnte in Erfüllung gehen

Im Salon war es brechend voll. Hundert Personen und ein Dobermann quetschten sich bis in die letzte Ecke, die Musik dudelte, der Sekt floss in Strömen. So weit, so gut. Jetzt brauchten wir nur noch ein bisschen gute Musik, dann würde dieser Eröffnungsabend für Monate Stadtgespräch in Weirbank sein. Und der Salon würde von Kunden überrannt und meine Familie somit vor dem sicheren Hungertod gerettet werden. Okay, das Letzte war jetzt ein bisschen übertrieben.

Nachdem ich jeden Gast persönlich begrüßt hatte, stand ich am Empfang und kümmerte mich darum, dass alle Gläser stets gefüllt waren und niemand abseits stand. Die Mischung der Leute war noch besser, als ich gedacht hatte. Direkt hinter mir stand eine Gruppe extrahipper, amazonenhaft großer Teenager, die abwechselnd beeindruckt schauten und erwartungsvoll quiekten, wenn sich die Tür öffnete. Meine langjährige Kundin Natalia hatte mindestens ein Dutzend Flieger der Airbase des Glasgower Flughafens mitgebracht. Mel, die Eigentümerin des Ladens, in dem Josie arbeitete, war mit einer sehr glamourös aussehenden Frau erschienen, die sie als ihre Schwägerin Suze vorgestellt hatte. Eine große Gruppe Mütter, die ich auf dem Spielplatz am Gemeindehaus kennen gelernt hatte, waren meiner Einladung gefolgt und flirteten nun heftig mit Ben und Alex, die an diesem Abend besonders attraktiv aussahen. Ich überlegte kurz, ob sie jemand vorwarnen sollte, als mein Blick auf eine Gruppe männlicher und weiblicher Models fiel, die Red vom Job kannte.

Sämtliche Sorgen und aller Stress lösten sich in kleine Seifenblasen des Glücks auf. Der Gesamteindruck war edel und stilvoll – wenn man davon absah, dass Josie und Avril (mit knallblauen Haaren) in einer Ecke standen, Haarbürsten als Mikrophone benutzten und irgendeinen Song zum Thema Entziehungskur schmetterten. Was angesichts ihrer aktuellen Verfassung keine schlechte Idee war.

Ich spürte, wie mir jemand auf die Schulter klopfte, und drehte mich um. Mein Mann stand vor mir, mit offenem Hemdkragen und breitem Grinsen. »'tschuldigung, haben Sie vielleicht die Besitzerin dieses Ladens irgendwo gesehen? Ich hab gehört, sie soll supersexy sein.«

»Soll das ein Anmachversuch sein?«, fragte ich zurück. Statt einer Antwort kniff er mir in die rechte Pobacke.

Meine erogenen Zonen und mein Fortpflanzungssystem gingen sofort in Position. So erstaunlich es sich anhörte, aber ich stand noch immer auf ihn. Er sah keinen Tag älter aus als bei unserer Hochzeit ein paar Jahre zuvor. Er war noch immer schlank und breitschultrig, hatte die Haare etwas länger, was ihm gut stand, und konnte mich mit seinen Späßen jederzeit zum Lachen bringen. Ich hatte großes Glück gehabt, Red abzukriegen, und nicht vor, das so bald zu vergessen.

»Wirklich, Schatz, du siehst heute Abend fantastisch aus.«
Ich lächelte. »Findest du?«

Jetzt war nicht der richtige Zeitpunkt, ihm zu sagen, dass der Kaufpreis meines Kleids in etwa der Summe unserer monatlichen Hypothekenzahlungen entsprach. Ich hoffte bloß, dass der Steuerberater mir zustimmte, dass es sich dabei um Betriebskosten handelte, denn dann brauchte Red davon gar nichts zu wissen. Es war ein silbern schimmerndes, paillettenbesetztes, knielanges, vorn hochgeschlossenes, hinten sehr tief ausgeschnittenes Kleid, das ganz eng saß.

Ich wollte ihn zum Dank für sein Kompliment gerade abknutschen, als das Handy, das ich umklammert hielt, dreimal kurz klingelte.

»Das ist das Zeichen.« Grinsend nahm ich seine Hand und zog ihn so unauffällig wie möglich in Richtung Personalraum und von dort zum Lieferanteneingang. Kurz vor dem Ziel verarbeitete mein Gehirn auf einmal ein Bild.

»Habe ich da gerade Lizzy schlafend auf der Couch gesehen?« Red nickte. »Ja. Ich war mir nicht sicher, ob ich sie wecken sollte oder nicht.«

»Nicht nötig. Das wird sich bei dem Lärm von zwanzig kreischenden Teenagern in fünf Minuten von selbst erledigen.«

Ich hatte ein zunehmend ungutes Gefühl wegen Lizzy. Eröffnungsparty hin oder her, sobald die Band weg war, würde ich Ben und Alex bitten, sie nach Hause zu fahren.

»Loulou!«

Gingers Stimme war das Erste, was ich hörte, als ich die Tür öffnete. Ein Schwall kalter Luft schlug mir entgegen, was den Jungs, die gerade auf meinen Brustbereich starrten, eine nicht zu übersehende Möglichkeit bot, ihre Jacken aufzuhängen. Red grinste amüsiert. Hatte ich schon erwähnt, dass mein Mann über keinerlei Eifersuchtsgene verfügte? Kein einziges. Was gut war, denn ich war mir ganz sicher, dass der Leadsänger mir gerade zugezwinkert hatte.

»Kommt rein, kommt rein!«

Mir wurde bewusst, dass ich gerade nur eine doppelte »Lou«-Begrüßung von Ginger gehört hatte – was darauf schließen ließ, dass sie ihren Abenddrink noch nicht intus hatte. Im Laufe der Jahre hatte ich gelernt, dass die Länge ihrer Begrüßung in direktem Zusammenhang mit ihrem Alkoholpegel stand.

Ich umarmte sie. »Danke, Süße! Dafür schulde ich dir mehr als zwanzig Weihnachtsdinner.«

»Ich weiß. Du kannst noch eine Niere, eine Lunge und …

na ja, deinen gesamten weltlichen Besitz drauflegen. Oder wär das zu viel?«

Ginger boxte ihren Bruder spielerisch in die Rippen, dann schob sie die Jungs in den Personalraum. Zwei Frauen, ein Mann, mehrere Bodyguards und eine Boygroup in einem ungefähr vier mal vier Meter großen Raum – und Lizzy schlief immer noch. Die Ärmste musste völlig erledigt sein.

Meine Schwägerin hatte inzwischen komplett in den Managermodus geschaltet. »Okay, ihr testosterontriefenden Sexgötter. Jacken ausgezogen, Brustmuskeln aufgepumpt, und los geht's! Lou sorgt fürs Playback, direkt hinter dieser Tür ist eine kleine Bühne, wir spielen zwei Nummern, dann ist Schluss. Noch vor Mitternacht erwarten uns die Sugababes im Carriage Club.«

Jede andere Person hätte das Lokal, in dem sie beinahe zu Tode gestürzt war, für den Rest ihres Lebens gemieden. Nicht so Ginger. Sie ging jetzt sogar noch häufiger hin, weil ihr der Besitzer aus lauter Dankbarkeit dafür, dass sie ihn nicht verklagt hatte, lebenslang freien Champagner gewährte. Eine findige Journalistin hatte recherchiert, dass an dem Abend damals viel zu viele Gäste im Club gewesen waren, sodass Ginger vermutlich vor Gericht gewonnen hätte. Doch stattdessen hatte sie sich für unbegrenzten Moët entschieden. Ich war mir sicher, dass der Besitzer des Carriage Club sich längst wünschte, zur Zahlung einer einmaligen Summe verdonnert worden zu sein.

Ich lief hinaus, nahm mir das Mikro, das ich mir zurechtgelegt hatte, und zwinkerte Angie zu, die an der Empfangstheke Stellung bezogen hatte. Sie hüpfte aufgeregt auf und ab.

»Ladies and Gentlemen!« Meine Stimme klang durch den Raum, und alle Blicke waren auf mich gerichtet. Ich holte tief Luft und startete zu meiner kurzen, aber herzlichen Ansprache. »Ich wollte nur sagen, dass ich euch allen für euer Kommen danke. Vielen Dank!« Hatte ich schon erwähnt, dass sie kurz war, meine Ansprache? »Da ich eure Aufmerksamkeit gerade mal habe, würde ich euch gern ein paar Jungs vorstellen, die ich soeben im Hinterhof getroffen habe.«

Plötzlich wurde es unruhig im Raum. Alle flüsterten und spekulierten, was nun passieren würde.

»Ladies and Gentlemen, es sind die Jungs von STUD!«

Stille. Eine sehr lange Stille. Dann sah ich, dass Angie wie alle anderen erwartungsvoll die Luft anhielt und die Tür hinter mir fixierte.

»Angie?«, trällerte ich ins Mikro.

Sie zuckte erschrocken zusammen. »Verdammt! Verdammt! Der Schalter. Wo ist der Schalter?«

Im nächsten Augenblick hatte sie sich wieder unter Kontrolle, die Musik ging an, vier Bodyguards kamen von hinten, positionierten sich an der kleinen Bühne, und dann waren sie da. STUD. In meinem nagelneuen Friseursalon. In der vermutlich kleinsten Stadt, in der sie jemals aufgetreten waren. Ich sah, wie die Teeniegirls sich durch die Menge nach vorn schoben und rechnete fest damit, dass die vier Securitytypen sie in wenigen Sekunden davon abhalten mussten, die Bühne zu stürmen. Das hieß, wenn nicht Ben, Alex und Josie noch vor ihnen dort waren. Meine Tante, Lizzys Exmann und unser Lieblingsanwalt hatten sich rasch an der Seite entlanggedrückt und standen nun wenige Meter vor ihnen. Ich warf Josie meinen drohendsten Blick zu, und sie grinste zurück. Gott helfe den Jungs, wenn sie in ihre Nähe kam – einer Frau mit ihren Talenten waren sie im Leben nicht gewachsen. Ihrem Grinsen folgte ein Daumen-hoch-Zeichen, und ich musste lachen.

Unglaublich. Sensationell. Fantastisch. Diese Party war grandios. Ganz plötzlich überfiel mich große Sehnsucht nach Cassie. Sie hätte an diesem Abend riesigen Spaß gehabt, aber es wäre viel zu spät für sie geworden, sie musste am kommenden Morgen ja wieder in die Schule. Es war vernünftig gewesen, sie bei Reds Mum zu lassen.

Von ihrem Fehlen abgesehen war das hier ... es war einfach alles. Du meine Güte, mir kamen schon wieder die Tränen, und ich konnte mir am Ärmel des teuersten Kleides, das ich je besessen hatte, doch nicht die Nase abputzen.

Während der Leadsänger von STUD nur Millimeter vor meinem Gesicht sein Becken kreisen ließ, strahlte ich vor Glück. Es war einer der schönsten Abende meines Lebens, besser waren nur meine Hochzeit und Cassies Geburt gewesen. Alles passte zusammen. Ich hatte die Familie, von der ich immer geträumt hatte, und den Salon, den ich mir gewünscht hatte. Mein Leben war perfekt.

Perfekt.

»Gott, solche Bauchmuskeln müssten verboten werden!« Lizzy stand auf einmal neben mir. Ich freute mich, dass sie endlich aufgewacht war, auch wenn ihre Gesichtsfarbe noch immer etwas wächsern war. Dieser Hummer schien ernstliche Hygieneprobleme gehabt zu haben. »Wie viele von diesen Typen ergeben einen Mann meines Alters?«

Ich rechnete kurz nach. »Ein drei Viertel.«

»Okay, dann sorg bitte dafür, dass zu den drei Vierteln diese Bauchmuskeln gehören, denn die könnte ich mir den ganzen Abend anschauen.«

Ich schlang meine Arme um sie, und so standen wir da und versuchten uns zur Musik zu bewegen, ohne auszusehen wie zwei alte Tanten auf einer Hochzeit.

Der zweite Song näherte sich dem Ende, die Teeniegirls hatten glühende Gesichter, und die Bodyguards planten bereits den Ausmarsch. Es wäre super, wenn die Jungs noch etwas bleiben würden, um Autogramme zu geben, aber das konnte ich vermutlich nicht erwarten. CUT 1 war eröffnet worden, kurz nachdem ein Popstar öffentlich einen Song über die sexuellen Unzulänglichkeiten seiner Besitzerin zum

Besten gegeben hatte. Oh welche Schande! CUT 2 würde nun aus ganz anderen Gründen zum Tagesgespräch werden – der Auftritt der Band sorgte garantiert für volle Terminbücher. Ich drückte Lizzy noch einmal, und sie beugte sich vor und küsste mich auf die Wange.

»Gut gemacht, Lou. Ein toller Abend.«

Die Musik stoppte, und die Menge spendete donnernden Applaus. Die Jungs winkten noch einmal, dann verschwanden sie eilig im Personalraum, angeführt von zwei ihrer Bodyguards. Der Abgang war perfekt durchorganisiert, denn die beiden anderen Bodyguards folgten Sekunden später und versperrten die Tür, sodass ihnen niemand folgen konnte. Ein paar der Mädchen erweckten kurz den Anschein, als wollten sie es trotzdem versuchen, aber dann überlegten sie es sich anders. Nach einigen Minuten verteilten sich die Gäste wieder im ganzen Raum. Die Band war genauso schnell fort, wie sie gekommen war, nur Ginger blieb zurück. Sie kam auf mich zu, und ich legte den Arm um sie.

»Ich dachte, du würdest mit ihnen fahren«, sagte ich erstaunt.

»Ich bleibe lieber hier und feiere deinen Triumph mit dir«, erwiderte sie und grinste.

Es war nicht ihr typisches betrunkenes, schiefes Grinsen, sondern ein ganz und gar nüchternes.

»Hab ich dir schon gesagt, dass ich dich liebe, Ginger Jones?«

Sie verzog das Gesicht. »Jetzt fang bloß nicht mit diesem sentimentalen Unsinn an, sonst überleg ich's mir noch anders und bin auch weg.«

»Okay, dann flüstere ich eben Lizzy süße Worte ins Ohr«, witzelte ich.

Ich hatte den Satz noch nicht ganz ausgesprochen, als mir klar wurde, dass neben mir etwas nicht stimmte. Jemand taumelte gegen mich und ... mit einem dumpfen Aufprall fiel Lizzy zu Boden.

In den nächsten Minuten brach das völlige Chaos aus. Ben und Alex stürzten herbei. Ben trug Lizzy die wenigen Meter in den Personalraum und legte sie vorsichtig auf die Couch.

»Ruft einen Notarzt! Schnell!«, brüllte Ben.

Ich kramte mein Handy aus der Tasche und wählte die Notrufnummer, während Ben und Alex hektisch versuchten, Lizzy wach zu bekommen. Josie rannte in die kleine Küche und kam mit einem Glas Wasser zurück, während Ginger und Red die Tür bewachten, damit niemand hereinkam.

Nach Stunden, wie es schien, meldete sich endlich jemand. Ich beantwortete die Fragen zum Unfallort, die die Frau in der Notrufzentrale mir stellte, dann erkundigte sie sich nach dem Grund meines Anrufs.

»Wir brauchen dringend einen Notarzt, schnell, es geht um meine Freundin Lizzy Murphy. Sie ist bewusstlos geworden und wacht nicht mehr auf. Sie hat eine Lebensmittelvergiftung und ... und ... was?«

Ben machte mir ein Zeichen und sagte gleichzeitig etwas, und in meiner grenzenlosen Panik verstand ich nicht gleich, was er mir klarzumachen versuchte. Erst beim vierten oder fünften Versuch begriff ich und wiederholte mit tonloser Stimme, was er gesagt hatte.

»Und sie ist schwanger«, stieß ich hervor. »Lizzy ist schwanger.«

Lektion 140
Shit happens – manchmal genau dann, wenn man es am wenigsten erwartet

»Er kommt! Ich höre ihn!«

Wir wurden alle mucksmäuschenstill und horchten auf das Martinshorn des Rettungswagens. Sekunden später bog er in den Hinterhof. Vorne feierten noch immer hundert Gäste, ohne zu ahnen, was sich in ihrer unmittelbaren Nähe abspielte.

Red ließ die Sanitäter herein, die sich sofort um Lizzy kümmerten. Sie bestürmten uns mit Fragen, während sie ihren Puls maßen und ihr eine Sauerstoffmaske über das Gesicht stülpten.

»Ist sie mit dem Kopf aufgeschlagen?«
»Nein.«
»Hat sie sich sonst wo verletzt?«
»Nein.«
»Hat sie sich übergeben?«
»Nein.«
»Ist sie zwischendurch mal zu sich gekommen?«
»Nein.«
»Wie lange ist sie schon schwanger?«
»Seit fast drei Monaten.«

Die Antwort kam von Alex, und ich warf einen erstaunten Blick in Gingers Richtung. Sie schien das Gleiche zu denken wie ich.

Die Fragen wirbelten mir nur so durch den Kopf. Wer war der Vater? Seit wann hatte Lizzy eine Beziehung? Wieso wussten wir nichts davon? Und wieso hatte sie uns nicht gesagt, dass sie schwanger war? Ich verstand gar nichts mehr.

Die Sanitäter hoben Lizzy von der Couch auf eine Trage. Ich wandte mich ab – ich konnte nicht verhindern, dass mir Tränen in die Augen schossen.

Einer der beiden Rettungsassistenten tippte mir auf die Schulter. »Entschuldigen Sie, Madam, haben Sie sich auch verletzt?«

Ich schüttelte den Kopf. »Nein, nein, alles in Ordnung.«

»Und wo kommt dann das Blut auf Ihrem Kleid her?«

Erschrocken drehte ich mich wieder zu ihm um.

»Blut? Auf meinem Kleid? Keine Ahnung.«

Auf einmal hörte ich Reds Stimme. »Lou, er hat recht. Hinten auf deinem Kleid ist ein großer Blutfleck ... du lieber Himmel!«

Ich verrenkte mir den Hals, um etwas erkennen zu können, und dann sah ich es auch – einen roten Fleck, der sich am unteren Rücken auf dem Kleid ausbreitete.

Die Sanitäter nickten sich zu. Einer rollte Lizzy hinaus, der andere wandte sich wieder an mich.

»Lassen Sie mal sehen, vielleicht ist es nur eine kleine Verletzung.«

Ich wurde ungeduldig. Und wenn schon! Es war sicher bloß eine Hautwunde, von der ich nicht mal was merkte. Er sollte sich lieber um Lizzy kümmern. Wieso verschwendete er seine Zeit mit mir, wo er doch längst mit Lizzy auf dem Weg ins nächste Krankenhaus sein sollte?

»Mir geht es gut, wirklich«, versuchte ich ihn abzuwehren.

»Lou, lass ihn doch mal nachschauen!« Reds Stimme klang ungewöhnlich bestimmt und duldete keinen Widerspruch.

Der Sanitäter schob den Stoff meines Kleids ein Stück zur Seite. Dann nahm er eine Kompresse aus seiner Tasche.

Es brannte ein bisschen, als er die Haut vorsichtig säuberte. Josie, Red und Ginger standen neben mir und sahen gespannt zu. Wieso dauerte das so lange? Lizzy musste ins Krankenhaus.

»Wie lange haben Sie dieses Muttermal am Rücken schon?«

Die Frage überraschte mich völlig. Klar wusste ich, dass ich da hinten einen Leberfleck hatte, aber es war nicht gerade eine Körperstelle, die man sich oft im Spiegel besah.

»Keine Ahnung.« Ich zuckte mit den Schultern. »Mein ganzes Leben lang, glaube ich.«

»Hat es früher schon mal geblutet?«

»Nein.« Jetzt war ich wirklich erstaunt. »Noch nie.«

Red kam näher, und ich sah einen Ausdruck in seinem Gesicht, der mir ganz und gar nicht gefiel.

»So hat er jedenfalls noch nie ausgesehen«, sagte er. »Er war eigentlich viel kleiner und nicht so ... dunkel.«

Der Sanitäter hielt die Kompresse in der einen Hand und nahm mit der anderen einen Verband aus seinem Koffer. Wenig später erhob er sich.

»Lassen Sie das am Montag lieber von einem Arzt abklären«, sagte er. »Das ist sicherer.«

Red, Ginger und ich ließen Josie zurück, um sich um die Partygäste zu kümmern, und folgten dem zuckenden Blaulicht ins Krankenhaus. Der Schrecken der letzten Stunde hatte uns allen die Sprache verschlagen.

Erst später wurde mir klar, dass der Abend tatsächlich ein denkwürdiger Abend gewesen war – aber aus herzzerreißend falschen Gründen.

Lous Lektionen für Cassie, wenn sie achtunddreißig Jahre alt ist

Liebe Cassie,
es tut mir so unendlich leid. Weißt du, als ich jung war, hat man vermutet, dass sie die Haut früher altern lassen könnten, aber nie hat jemand von Krebs gesprochen. Niemals. Heute weiß das jeder. Wenn du also meine bisherigen Ratschläge ignoriert hast, dann bitte ich dich jetzt inständig, dir wenigstens die wichtigste Lektion von allen zu Herzen zu nehmen: Mach einen großen Bogen um Sonnenbänke! Denn wenn du es nicht tust, ergeht es dir vielleicht eines Tages so wie mir: Du wachst eines Morgens auf und stellst dir eine beängstigende Frage. Was ist, wenn ich nun alles habe ... und es ist zu spät?

Ich liebe dich über alles, mein Schatz.
Mum

Lektion 141
Nur drei Dinge im Leben sind sicher: der Tod, Steuern und die Tatsache, dass man nichts ungeschehen machen kann
2008. Lou, achtunddreißig Jahre alt

Es ist seltsam, der eigenen Sterblichkeit ins Auge zu sehen. Vielleicht ist »seltsam« hier nicht das geeignete Adjektiv. Besser wären wohl »erschütternd«, »beängstigend« oder »beschissen«.

Ich denke jetzt die ganze Zeit daran. Sobald ich morgens aufwache. Ehe ich abends ins Bett gehe. Wenn du mich anlächelst oder dich weigerst, dein Marmeladenbrot zu essen, weil ich ein Messer benutzt habe, an dem Spuren von Butter waren, du hast es »ganz genau gesehen«. Wenn du weinst. Wenn du nach Hause kommst und dich darüber beklagst, dass jemand in der Schule gemein zu dir war. Wenn deine Klassenlehrerin anruft und sagt, du hättest Klopapierbomben quer über den Schulflur geworfen. Wenn du müde bist. Wenn du traurig bist. Wenn du nicht schlafen kannst. Wenn ... eigentlich immer.

Und ich tue seltsame Dinge – zum Beispiel beim Waschmaschineausräumen weinen. Oder vor mich hin starren, wenn es überhaupt nichts zu sehen gibt. Wie gestern, als ich zehn Minuten in die Betrachtung eines Verkehrshütchens versunken war. Keine Ahnung, warum ich so was mache. Es ist, als ob mein Gehirn plötzlich einfriert, bis irgendein Schimmer Hoffnung oder Optimismus die Synapsen wieder in Gang setzt. Aber das Seltsamste sind die Gespräche, die ich im Kopf mit dir führe, wie das gerade. Seltsam, weil du sie nicht hören kannst, Cassie. Seltsam, weil du nie davon erfahren wirst.

»Rück ein Stück, Dicke, und lass mich auch sitzen!«

Ginger stellte zwei Starbucks-Becher mit Skinny Latte auf den Tisch. Einer davon war für Josie. Sie war von Kopf bis Fuß in Schwarz gekleidet – Pulli mit Polokragen, Hose mit Schlag, schwarze Stiefel. So lief sie rum, seit sie sich an einem verregneten Nachmittag einen Fünfzigerjahrefilm nach dem anderen angeschaut hatte. Ich glaube, sie versuchte, den Stil von Audrey Hepburn zu kopieren, dabei sah sie in Wahrheit aus wie ein Ninja-Krieger aus einem Jackie-Chan-Film.

»Ginger, du bist nicht zu alt, um den Hintern versohlt zu bekommen«, warnte Josie sie. »Auch wenn das Beben deiner Cellulitis vermutlich die ganze Erde erschüttern würde.«

Ginger war entrüstet. »Ich habe keine Cellulitis!«

»Doch.«

»Nein!«

»Doch!«

Ich blendete die Unterhaltung der beiden aus und kam zu dem Schluss, dass mein imaginäres Gespräch mit einer Sechsjährigen um einiges niveauvoller und vernünftiger war. Mit einem lauten Klacken rückte der Stundenzeiger der Wanduhr auf die volle Stunde vor. Zwei Uhr. Ich wartete nun seit einer Stunde, aber darüber war ich nicht böse. Im Laufe der Monate, die ich nun herkam, hatte ich gelernt, dass Zeitverzögerung hieß, dass ein Patient vorher eine schlechte Nachricht bekommen hatte. Das brachte den Terminplan meist gehörig aus dem Takt. Schlechte Nachrichten bedeuteten Tränen, Therapiepläne, Strategien und Fragen. Gute Nachrichten hingegen bedeuteten glückliche Patienten, die schnell wieder draußen waren.

Fragen.

Hunderte von Fragen.

Die, die mir jeder stellte, der mit meinem Fall befasst war, und die mich jedes Mal innerlich zusammenzucken ließ, war diese: Waren Sie oft auf der Sonnenbank?

Ja. Ein paarmal in der Woche, drei Jahre lang. Genau genommen hatte ich zwischen achtzehn und einundzwanzig permanent so ausgesehen, als käme ich gerade aus Benidorm. Das war damals modern. Weiße Minikleider. Hochhackige weiße Sandaletten. Pinkfarbener Lipgloss. Braune Haut.

Damals hatte ich nicht die geringste Ahnung, dass Sonnenbänke schädlich sein können. Damals hätte ich behauptet, die größte Gefahr für mein Leben bestünde darin, den Inhalt der vier Dosen Haarspray einzuatmen, die ich jede Woche versprühte, damit meine Frisur aussah wie die von Cindy Crawford.

Aber Sonnenbänke? Die waren doch harmlos. Eigentlich sogar gesund. Schließlich sah man immer aus wie das blühende Leben. Ich habe nie einen Gedanken daran verschwendet, dass es falsch sein könnte, eine Hautfarbe zu haben, die dem dunklen Mahagoniton unseres Gartenhäuschens entsprach.

Zwanzig Jahre später war mir diese Unbekümmertheit von hinten in den Rücken gefallen. Wortwörtlich. Ab sofort dachte ich an nichts anderes mehr.

Mrs. Jones, wir haben nun die Ergebnisse der Biopsien, und unsere Befürchtungen haben sich leider bestätigt. Es handelt sich um ein malignes Melanom.

Hautkrebs. Und der Arzt hatte sofort vermutet, dass er auf die übermäßige Benutzung von Sonnenbänken zurückzuführen war.

Ich erinnere mich, einen Film über die Raumfähre Challenger gesehen zu haben. Sie war beim Start explodiert, und alle Astronauten waren ums Leben gekommen. Die Ursache? Eine defekte Dichtung. Sie war Jahre zuvor in dem Raumschiff eingebaut worden und hatte die ganze Zeit darauf gelauert, irgendwann Schaden anzurichten.

Das Melanom war meine defekte Dichtung.

Und jetzt saß ich hier, um zu erfahren, ob ich explodieren und verbrennen würde.

Das ursprüngliche Muttermal war entfernt worden, man hatte eine Biopsie vorgenommen, und die Ärzte hatten festgestellt, dass sie nicht das gesamte betroffene Hautgewebe entfernt hatten.

Weitere Haut war weggeschnitten und untersucht worden. Der Krebs war immer noch da.

Und so ging es weiter. Siebenmal insgesamt. Und jedes Mal wurde die Möglichkeit einer verhängnisvollen Diagnose wahrscheinlicher – die Krebszellen hatten auch die Lymphknoten befallen oder, schlimmer noch, die Leber, die Nieren, die Knochen, das Gehirn.

Verdammt, wo war dieses Verkehrshütchen, wenn ich es brauchte? Mein Herz schlug schneller, Schweißperlen bildeten sich in meinen Handflächen, auf meiner Stirn, in allen Hautfalten, die den plötzlichen Anstieg meiner inneren Temperatur, diese heiß glühende Angst nicht mehr aushielten.

Weitere Blutuntersuchungen, Computertomografien und eine Biopsie der Lymphknoten waren zwei Wochen zuvor erfolgt, und jetzt wartete ich, ob ich innerhalb von fünf Minuten wieder draußen sein würde oder zu den Patientinnen gehörte, für die weitere Therapiepläne, Strategien und Fragen erforderlich waren.

»Wenigstens hab ich mich für ein bisschen Farbe entschieden.«

Gingers süffisante Stimme riss mich aus meinen Gedanken.

»Na ja«, zischte Josie, »es ist manchmal besser, gar nicht angezogen zu sein. Hast du den Ausdruck ›auf Jung machen‹ schon mal gehört?«

Eine Frau, die ein Stück weiter in der Reihe orangefarbener Plastikstühle saß, blickte zu den beiden gut erzogenen Kindern neben sich und dann kopfschüttelnd auf Ginger und Josie. Ich sah genau, dass sie dachte: Die beiden benehmen sich wie Achtjährige.

Unmittelbar nach der Diagnose hatte sich herausgestellt,

dass Ginger den metaphorischen Tritt in den Melanomhintern so verarbeitete, wie sie alles andere verarbeitete: mit Shoppen. Seit Wochen kabbelte sie sich mit Josie deswegen. Offenbar waren die kleinen Beleidigungen und Beschimpfungen ihre Art der Angstbewältigung.

Mein Herz schlug noch ein bisschen schneller, als eine andere Patientin aus einem der Sprechzimmer kam. Tränen liefen ihr über die Wangen, ein großer Mann, dem die Verzweiflung ins Gesicht geschrieben stand, stützte sie. Einatmen. Ausatmen. Einatmen. Ausatmen.

Ein Ort des Glücks – es war höchste Zeit für einen Ort des Glücks.

An alle Menschen in Westschottland, die Trost oder Informationen zum Thema Krebs suchen: Sämtliche Literatur zum Thema liegt auf meinem Küchentisch. Irgendwo in diesem Riesenberg aus Fakten und Fiktionen hatte ich den Ort des Glücks entdeckt. Noch vor wenigen Wochen hätte ich die Theorie noch als Psychoblabla abgetan; jetzt war sie zu meiner Lebensphilosophie geworden. Wenn einem alles über den Kopf wuchs, hieß es in diesem Ratgeber, stelle man sich einen Ort oder ein Ereignis aus der Vergangenheit vor, etwas Sicheres und Warmes, schließe die Augen und bleibe dort, bis man bereit sei, sich wieder der Realität zu stellen.

Im Moment war meine Realität Angst und Schrecken, ein Warteraum in der Klinik, eine Ninja-Kriegerin und eine zum Musikmogul mutierte Exsängerin, die ein wenig unpassend gekleidet war.

Höchste Zeit, woanders zu sein.

Lektion 142
Wenn das Leben ein Kreislauf ist, dann sorg dafür, dass du an den richtigen Stellen anhältst

Drei Wochen zuvor ...

Lizzys sonnenblumengelbe Küche war wie das Setting einer Familienkochshow: Verlockende Düfte aus dem beeindruckend großen Herd, in der Mitte eine Insel aus weißem Holz mit Granitplatte, darauf zwei große Körbe mit Obst und ein Jamie-Oliver-Buch auf einem hölzernen Ständer, Kupfertöpfe, die von der Decke herabhingen, ein wunderschönes altes Büfett, in dem teures Wedgwood-Geschirr aufgereiht war. Niemand brauchte zu wissen, dass Lizzy noch einen Stapel Ersatzteller in dem Schrank unter der Kellertreppe aufbewahrte, denn exquisites Porzellan und Lizzys Ungeschicktheit passten nicht gut zusammen.

Auf dem langen, rustikalen Holztisch vor den bodentiefen Fenstern stand eine große Vase mit Narzissen aus dem Garten, in den man durch die Flügeltüren gleich nebenan gelangte. In der Ecke stand eine Couch mit einem fröhlichen Blumenmuster, davor ein kleiner Beistelltisch, auf dem Bücher und ein Stapel moderner Kochmagazine lagen. Lizzy könnte direkt aus einer der Lifestyleseiten entsprungen sein. Sie hatte noch immer kaum ein Fältchen in ihrem porzellanhaften Gesicht, die pechschwarzen Haare fielen ihr in großzügigen Wellen auf die Schulter, die Figur war immer noch dieselbe wie zu Highschool-Zeiten.

Ja, es war wirklich der Inbegriff des perfekten Familienlebens. Bis auf das Baby, ein Gemeinschaftsprodukt des schwulen Exmannes der Hausfrau, seines Partners, einer anonymen Eispende und eines Teströhrchens.

Ich nahm Caleb aus seiner Wiege und atmete den betörenden Säuglingsduft ein. Caleb war jetzt vier Wochen alt, hatte wunderschöne große blaue Augen, eine honigfarbene Haut, einen winzigen süßen Mund und hellbraunes Haar, das von beiden Vätern stammen konnte. Sie hatten beschlossen, nicht herauszufinden, welche Schwimmer beim Befruchtungsrennen als Erste die Ziellinie überquert hatten. Ob Caleb Bens oder Alex' biologischer Sohn war, würde man wohl erst feststellen, wenn man sah, ob ihm Zahlen oder juristische Spitzfindigkeiten mehr lagen.

»Wann holen die Männer ihn ab?« fragte ich, in der Hoffnung, dass es noch nicht so bald sein würde.

»Bald«, antwortete sie. »Aber vielleicht bleiben sie zum Essen, dann haben wir Caleb noch eine Weile bei uns.«

Wie aufs Stichwort gab der Kleine einen gurgelnden Laut von sich und umklammerte meinen kleinen Finger. Sofort erreichten meine Hormone die nächsthöhere Stufe auf der Muttergefühleskala. Ich liebte meine Tochter, und in letzter Zeit hatte ich immer häufiger überlegt, ob es nicht langsam Zeit für ein Brüderchen oder ein Schwesterchen würde. Natürlich nur, wenn ... wenn ...

»Wann hast du deine nächste Biopsie?«, fragte Lizzy.

»Nächste Woche. Eine wichtige. Es geht um die Lymphknoten.«

Zwei Arme umschlangen mich von hinten, dann drückte sich ein dicker Kuss auf meine Wange. »Es wird alles gut, Lou. Die Befunde sind negativ, und dann kannst du das alles endlich hinter dir lassen. Und noch ganz viele Babys bekommen, denen wir dann beibringen werden, wie man Cocktails mixt, damit wir die Beine hochlegen und ein Leben in Saus und Braus führen können.«

»Wenn wir das tun, werden wir Ginger nie mehr los. Sie

würde sofort einziehen und ihnen einen Viertelstundenrhythmus antrainieren.« Bei der Vorstellung musste ich lachen. »So, ich muss jetzt los. Red kommt heute Abend nach Hause, und bei uns herrscht das reinste Chaos. Ich fühle mich in letzter Zeit immer so müde.«

»Sex. Du hast zu viel Sex, das bekommt dir nicht. Red hat übrigens angerufen, als du vorhin auf dem Klo warst. Ich hab ihn zum Abendessen eingeladen. Im Ofen steht eine Lasagne, mit der ich eine ganze Fußballmannschaft satt bekäme.«

Das war der Grund, weshalb ich meine Freundinnen so liebte. Sie beruhigten mich, sie trösteten mich, sie halfen mir, ohne aufdringlich zu sein, und diese hier konnte auch noch sensationell kochen. Ich seufzte. Am liebsten wäre ich für immer in der warmen Behaglichkeit von Lizzys Küche geblieben, um Tee zu trinken, zu plaudern und Caleb zu knuddeln.

Ich richtete meine Aufmerksamkeit wieder auf das kleine Bündel in meinen Armen. »Bereust du es immer noch nicht?«

Der Satz war raus, ehe Takt und Diplomatie es verhindern konnten.

Lizzy schüttelte den Kopf. »Kein bisschen. Okay, vielleicht dass ich es euch nicht früher erzählt habe – wenn ihr Bescheid gewusst hättet, hättet ihr mich sicher daran erinnert, dass ich ab und zu essen und trinken muss, und ich wäre nicht ausgerechnet auf deiner Eröffnungsparty umgekippt. Ich hatte so ein schlechtes Gewissen, als ich im Krankenhaus aufgewacht bin. Aber ich hatte Angst, ihr könntet versuchen, es mir auszureden.«

»Was wir vermutlich auch getan hätten.« Ich grinste. Der Ratgeber, in dem man nachlesen kann, wie man seiner besten Freundin ausredet, ein Baby von ihrem schwulen Exmann zu kriegen, musste erst noch geschrieben werden. Trotzdem hätte ich es natürlich irgendwie versucht. Nicht aus moralischen Gründen, sondern eher aus Sorge um ihr Seelenheil.

Dabei funktionierte alles perfekt. Nach fast sieben gemeinsamen Jahren hatten Ben und Alex offiziell geheiratet, und nun hatten sie auch das Kind, von dem sie immer geträumt hatten. Sie hatten ursprünglich vorgehabt, sich eine Leihmutter zu suchen, aber Lizzy hatte ihren Bauch großzügig zur Verfügung gestellt, und beim zweiten Versuch in einer Edinburgher Fortpflanzungsklinik hatten sie den Baby-Jackpot gewonnen.

Lizzy war nun für sie Tagesmutter und beste Freundin – und alle waren glücklich damit. Ich war immer noch etwas skeptisch, zumal ich fürchtete, dass Lizzy sich so in diese Alternativfamilie eingrub, dass ihr keine Zeit mehr blieb für einen eigenen Partner. Aber wenn ich jetzt das perfekte Familienbild vor mir betrachtete, sah ich, wie zufrieden sie war. Trotzdem. Ziel Nummer eins war in diesem Jahr: den Krebs loswerden. Ziel Nummer zwei: einen heiratswilligen, muskelbepackten, sexy Singlearzt für Lizzy finden.

Ich hoffte nur, dass kein potenzieller Kandidat an dem Fragebogen scheiterte, den ich ihm vorlegen würde.

1. Sind Sie Single?
2. Sind Sie tolerant?
3. Sind Sie zahlungskräftig?
4. Neigen Sie zu Abhängigkeiten wie Alkohol, Drogen oder sonstigen chemischen Stimulanzien?
5. Bestehen gegen Sie irgendwelche einstweiligen Verfügungen oder Klagen, oder sind Sie in sonstige juristische Verfahren verwickelt?
6. Können Sie Referenzen von mindestens drei Exfreundinnen vorweisen?
7. Haben Sie je über eine gleichgeschlechtliche Partnerschaft nachgedacht, oder würden Sie diese künftig in Erwägung ziehen?

Nur bei hundertprozentigem Bestehen (ja, ja, ja, nein, nein, ja, nein) würde der Kandidat in die nächste Auswahlrunde zugelassen – zu Kaffee und Kuchen vielleicht, eventuell sogar zu einem Mittagessen. Er würde geduldig sein müssen und bereit, es langsam anzugehen. Lizzys Herz war beim ersten Mal so total gebrochen worden, dass sie sich so schnell auf nichts mehr einlassen würde – außer auf eine befristete Bauchvermietung. Aber sie war erst achtunddreißig, viel zu jung also, um sich von der Liebe zu verabschieden. Ich war fest entschlossen, einen soliden, intelligenten, emotional gefestigten, verlässlichen Partner für sie zu finden ... und wenn das alles nicht klappte, konnten wir für ein paar heiße nächtliche Aktivitäten immer noch auf den STUD-Typen mit dem sensationellen Sixpack zurückgreifen.

Ich merkte, dass Caleb schon wieder eingeschlummert war, und legte ihn vorsichtig zurück in seine Wiege. Im nächsten Moment stand eine Tasse Kaffee vor mir.

»Gibt es irgendwelche Nachrichten von den Eltern des Jahres?«, fragte Lizzy, während sie sich selbst einen seltsam riechenden Kräutertee eingoss.

»Hm!«

»Wirklich?«

Sie sah mich ungläubig an. Lizzy war ihrer Mutter, der Santa Carla vom Orden des heiligen Geschreis, so ähnlich, dass sie absolut optimistisch war, dass meine Eltern sich eines Tages bessern würden.

Ich nickte. »Gestern habe ich mit meiner Mutter telefoniert. Sie sind immer noch in Paris. Dad hat zwanzig Riesen aus einem Spielautomaten gewonnen, deshalb haben sie beschlossen, sechs Monate zu bleiben.«

»Und was hat sie zu ... der Sache mit dem Krebs gesagt?«

»Willst du das wirklich hören?«

Ich holte tief Luft und trommelte leise mit den Fingern auf den Tisch.

Sie seufzte tief. »Oh nein! Was haben sie dieses Mal Schreckliches von sich gegeben?«

»Mum ist immer noch beleidigt, weil sie nicht die Erste war, die von meinem Hautkrebs erfahren hat, und Dad sagt, ich habe sie hintergangen, und zum Glück habe sie ihn, denn er sei der einzige Mensch auf der Welt, der sie nun trösten könne. Lizzy, mach den Mund zu!«

Kichernd sah ich, wie sie völlig fassungslos neben mir auf den Stuhl sank. Es dauerte ungefähr zwanzig Sekunden, bis sie die Sprache wiedergefunden hatte.

»Sie sind wirklich unübertrefflich. Oh Gott, Lou, du tust mir so leid. Es grenzt echt an ein Wunder, dass du kein emotionaler Krüppel geworden bist. Tut das nicht weh?«

Ich zuckte mit den Schultern.

»Der liebe Gott hat mir ja zum Ausgleich Josie geschickt. Nein, es tut nicht wirklich weh. So sind meine Eltern nun mal. So waren sie immer, und ich weiß nicht, ob ich noch möchte, dass sie sich ändern. Es ist, wie es ist, ich brauche sie nicht.«

Das war kein falsches Heldentum. Ich hatte mich längst damit abgefunden, dass meine Eltern so waren, wie sie waren, und sie durch Menschen ersetzt, denen ich tatsächlich etwas bedeutete. Und dank Josie hatte ich den Kreislauf unterbrechen können. Von ihr hatte ich gelernt, was Liebe und Fürsorge bedeuten, sodass meine eigene Vorstellung vom Elternsein ganz anders war als die von Dave und Della Cairney. Ich würde meine Tochter nie im Stich lassen, ganz gleich, wie alt sie war. Ich würde sie bis ans Ende der Welt beschützen. Ich würde ihr an jedem Tag ihres Lebens das Gefühl geben, dass ich sie liebte, von ganzem Herzen – auch wenn sie mit fünfzehn heimlich einen Laternenpfahl vor ihrem Zimmerfenster herunterrutschte, um mit dem süßesten Jungen aus der Stadt verbotene Dinge zu tun. Obwohl ... Vielleicht sollte ich mir das Recht vorbehalten, sie bis dreißig für alles, was mit Laternenpfählen, Fluchtversuchen oder Körperkontakten zu männlichen Wesen zu tun hat, unter Hausarrest zu stellen.

Ich hörte, wie die Haustür auf und wieder zuging. »Wenn das Cilla Black ist, die mich mit Dave und Della wiedervereinigen will, werde ich dir das nie verzeihen«, zischte ich Lizzy zu.

Ben und Alex kamen herein. Sie waren die beiden am wenigsten tuntig aussehenden Schwulen, die ich kannte. Beide trugen weiße T-Shirts und Jeans und waren so männlich und sexy, dass sie auf fünfzig Schritte eine Nippelerektion auslösen konnten. Kein Zweifel: Das Coming-out der beiden war ein echter Verlust für die Welt der Frauen gewesen.

»Ist es falsch, dass ich total auf dich stehe?«, fragte ich Alex, als er mich endlich aus seiner Umarmung entließ.

»Nö«, antwortete er augenzwinkernd. »Zwingend.«

Die beiden bestaunten ein paar Minuten ihr schlafendes Kind, bis sie enttäuscht feststellten, dass es ihnen nicht den Gefallen tun würde, wach zu werden. An diese Phase konnte ich mich noch gut erinnern. Sie endete, als Cassie laufen lernte und von dem Augenblick, als sie aufwachte, bis zu der Sekunde, in der sie abends ins Bett ging, das Haus unsicher machte. Ich konnte mich nicht erinnern, dass mein Hintern in den darauf folgenden drei oder vier Jahren jemals Kontakt zu einem Stuhl gehabt hatte.

»Wo ist Cassie?«, fragte Ben, der offensichtlich beleidigt war, dass nicht mal seine Lieblingsnichte (zugegeben, es gab auch keine Konkurrenz, da er und Lizzy beide Einzelkinder waren) kam, um ihn zu begrüßen.

»Draußen im Garten. Sie spielt mit Holly Tennis.« Lizzys und Bens gemeinsame vierzehnjährige Tochter zeigte im Umgang mit einer lauten, dickköpfigen Sechsjährigen erstaunlich viel Geduld.

»Bist du wirklich sicher, dass wir noch zum Essen bleiben sollen?«, fragte ich Lizzy, die gerade in den Ofen schaute, und hoffte im Stillen, dass das Angebot weiter galt.

Ein dumpfes Murmeln kam aus dem Backofen, das sich anhörte wie eine Bestätigung. Im selben Moment hörten wir Schritte in der Diele. Dieses Mal streckte Red seinen Kopf zur Tür herein. Er hatte die letzten drei Tage damit verbracht, durch die Fußballstadien des Landes zu touren, um ein Feature über … über … ich hatte keine Ahnung worüber zu machen. Die Zeitung schickte ihm seine Aufträge jede Woche per E-Mail, und ich druckte die Liste aus, hängte sie in der Küche an die Pinnwand und plante unser Leben um diese Termine herum.

Als bei mir der Krebs diagnostiziert worden war, hatte er beschlossen, beruflich etwas kürzerzutreten, aber ich hatte ihn umgestimmt. Ich bat ihn, weiter voll zu arbeiten, weil wir eine Tochter großzuziehen hatten, eine Hypothek abzahlen mussten und für den nächsten Urlaub sparen wollten. Aber ich glaube, er wusste, dass in Wahrheit etwas ganz anderes dahintersteckte. Wenn wir unser Leben verändert hätten, hätte dies bedeutet, zuzugeben, dass etwas nicht in Ordnung war, und ich war noch nicht bereit, das zu tun. Normalität. Wir mussten so normal wie möglich weiterleben.

An der Tür rumorte es.

»Wer kommt denn jetzt noch? Hast du seit neuestem eine Restaurationslizenz für deine Küche?«

Lizzy drückte mir ein Glas Wein in die Hand, vermutlich, damit ich nicht weiterfragte. Red ließ sich auf den Stuhl neben mir fallen und zog mich an sich, um mich lange und intensiv zu küssen.

»Hört sofort damit auf, sonst kann ich für nichts garantieren.«

Ich zuckte zusammen. War der Wein so stark, dass ich schon Stimmen hörte? Das war mein erster Gedanke. Mein zweiter Gedanke war, dass es wirklich blöd wäre, wenn ich jetzt auch noch eine Alkohol- und Stresspsychose entwickelte und ständig Gingers Gekreische in den Ohren hätte.

Johnny Depp? Okay. Brad Pitt (bevor er Jennifer verlassen hatte und mit Angelina auf und davon gerannt war und offenbar aufgehört hatte, sich zu waschen). Absolut! Vielleicht auch noch Jon Bon Jovi. Das waren alles durchaus akzeptable Formen von Trunkenheitsfantasien. Aber Gingers Herumkommandiererei? Die machte einen ja schon im nüchternen Zustand fertig.

Ich löste mich von meinem Ehemann und drehte mich um. An der Tür standen Ginger, Ike, Josie und Avril – Erstere in einem Kunstpelzmantel, der ihr bis zu den Füßen reichte und so wuschelig war wie ihre Haare. Im Dunkeln sah sie sicher aus wie ein Yeti.

Mein verwirrter Blick ging von Yeti zu Lizzy zu Yeti zu Lizzy, die die Situation schließlich aufklärte. »Ich weiß, du hasst Überraschungen, aber wir haben uns überlegt, heute Abend ein kleines Event für dich zu veranstalten.«

Mein Unterkiefer klappte nach unten.

»Aber warum?«

»Weil wir wissen, dass du einen schweren Monat vor dir hast, und es nur eine Möglichkeit gibt, dich physisch, mental und spirituell darauf einzustellen.«

Oh Gott, was kam jetzt? Egal, was es war, wenn Meditation, Gesang oder ein Nacktreinigungsritual darin vorkamen, dann war ich weg. Aber nein, ich war undankbar. Offenbar hatten sich alle viel Mühe gegeben und diesen Abend extra für mich geplant. Wie glücklich konnte ich mich schätzen, solche Freunde zu haben. Ich wappnete mich innerlich, nahm mir vor, tapfer zu sein, ganz gleich, was nun folgte. Irgendwo hatte ich gelesen, dass Aromatherapien sehr wohltuend waren. Genau wie Akupunktur (obwohl ich Josie mit ihren Stricknadeln auf keinen Fall an mich ranlassen würde), Hypnose und diese ganzen anderen fernöstlichen Techniken.

Was auch immer es war, ich würde es ausprobieren.

Lizzy räusperte sich. »Daher haben wir beschlossen, zusammen zu essen und uns danach für den Rest des Abends therapeutischen Aktivitäten zuzuwenden.«

Aus den Augenwinkeln sah ich, dass Josie den Arm langsam hinter dem Rücken herzog. Oh nein, die Stricknadeln! Was sollte sie sonst in der Hand halten, das zu meinem körperlichen, mentalen und spirituellen Wohlbefinden beitragen könnte?

Ich warf einen Blick zur Tür und bereitete mich auf eine Flucht vor, falls Josie das, was sie in der Hand hielt, in meine Richtung bewegen würde. Nach kurzfristiger Irritation erkannte ich, dass es ein pinkfarbenes Mikrophon mit Strassgriff war.

»Wärm deine Lungen auf, Schätzchen – du bist die Erste beim Karaoke.«

Lektion 143
Mit den Worten der Pfadfinder und der akribischen Planer: allzeit bereit

»Mrs. Jones?«

Die Krankenschwester hatte meinen Namen noch nicht zu Ende ausgesprochen, als ich schon auf den Beinen war. Josie und Ginger folgten im Bruchteil einer Sekunde. Okay, ich war bereit. Ich schaffte das. Ich war bereit, hineinzugehen und mich dem Urteilsspruch zu stellen, ganz gleich, wie er ausfiel. Ich schaffte das. Ich ...

»Es tut mir sehr leid, Mrs. Jones, aber wir hatten heute einige Notfälle. Wir werden Sie so schnell wie möglich hereinrufen.«

Also wartete ich weiter.

Langsam sanken wir zurück auf unsere Stühle. Wenn Josies und Gingers Herzen genau so rasten wie meins, brauchten wir alle jetzt erst mal Zeit, um uns zu erholen.

Gott, war das quälend!

Die Schwester hatte mich aus meinem Ort des Glücks gerissen, aus der Mitte meiner Familie und Freunde, aus einem Abend voller Liebe und Lachen, den ich nie mehr vergessen würde. Jetzt war ich wieder in der nackten Realität angekommen.

Einen Moment lang bereute ich, dass ich Red nicht gesagt hatte, dass ich die Untersuchungsergebnisse an diesem Tag bekommen würde. Aber man hatte ihm eine Foto-Session angeboten, mit der größten Rockband, die es in Schottland je gegeben hatte. Es war eine Superchance. Fünf Städte in sieben Tagen und die Gelegenheit, einzigartige Fotos zu machen. Ich wusste genau, dass er auf alles verzichtet hätte, um bei mir zu sein. Also hatte ich ihm, anstatt ihm die Wahrheit zu sagen, erzählt, der Termin sei erst in der nächsten Woche.

Wenn die Diagnose schlecht war, würden wir noch genug Zeit haben, uns daran zu gewöhnen. Es machte also keinen Sinn, sein Leben jetzt schon zu belasten. Und wenn die Ergebnisse nicht so ausfielen, wie wir uns das wünschten, würde er sie ohnehin nicht glauben. Krankheit war für ihn keine Option. Zu behaupten, dass er sie ignorierte, wäre die größte Untertreibung seit Gingers Behauptung in einem Zeitungsinterview, sie würde gern ab und zu durch Harvey Nichols bummeln. Während ich mich ununterbrochen mit Diagnosen und Therapiemöglichkeiten beschäftigte, hatte Red sich einen ganz anderen Ansatz zu eigen gemacht. Einzelheiten interessierten ihn nicht.

Wir lachten weiter und verhielten uns völlig normal, und trotz der vielen Krankenhausbesuche sprachen wir nie über den schlimmstmöglichen Fall. Niemals. Unsere Strategie hieß positiv denken, weiterleben, der Krankheit keine Chance geben, in unserem Leben die Oberhand zu gewinnen. Nein, Red wollte nicht wissen, welche Highschool ich mir für Cassie vorstellte, denn ich konnte die Entscheidung ja später noch treffen. Er wollte auch keine künftigen Entwicklungen besprechen oder Vorbereitungen für den Ernstfall treffen. Aber alles das war nicht der Grund dafür, dass er zum ersten und bisher einzigen Mal in unserem Leben so richtig böse auf mich geworden war.

Es war am Abend nach der letzten Biopsie gewesen. Damals hatte ich um vier Uhr morgens im Bett gelegen und an die Decke gestarrt, weil eine Panikattacke meine Fantasie an Orte führte, an denen ich niemals sein wollte.

»Schläfst du nicht?« hatte Red gemurmelt.

»Nein«, hatte ich geflüstert.

Er rollte zu mir herüber und küsste meinen Nacken. »Es wird alles gut, Baby.«

Normalerweise hätte ich seinen Optimismus akzeptiert, genickt und mich von seiner Zuversicht tragen lassen. In jener Nacht gelang mir das jedoch nicht. In jener Nacht war ich viel zu aufgelöst. Es gab so vieles, um das ich mir Sorgen machte, Fragen, die er mir dringend beantworten musste, um mich zu beruhigen.

»Red ...?«

Im Halbschlaf murmelte er etwas Unverständliches.

»Wenn ich nicht mehr hier wäre, würdest du dann noch mal heiraten? Wegen Cassie? Red, sie braucht eine Mum, und sie braucht jemanden zum ...«

Er setzte sich mit einem Ruck auf, schaltete die Nachttischlampe an und sah mich an, mit einem Ausdruck, den man nur als Entsetzen bezeichnen konnte.

»Sag. Das. Nie. Wieder.« Seine Stimme war leise, aber der Zorn und die Angst in seinen Augen waren nicht zu übersehen. »Dir wird nichts passieren, Lou, deshalb muss ich nicht über so etwas nachdenken.«

Aber ich war längst jenseits von Vernunft und Zugänglichkeit.

»Woher weißt du das? Was ist, wenn es nicht so ist? Sollen wir einfach alles ignorieren, und wenn es schiefgeht, ist es zu spät, um sich vorzubereiten? Red, ich habe Eltern, die sich einen Teufel um mich gekümmert haben, und das werde ich Cassie nicht antun. Sie muss wissen, dass ich alles gegeben habe. Dass ich sie geliebt habe, dass ich alles getan habe, um dafür zu sorgen, dass sie es gut hat. Ich muss wissen, dass du dir jemand Neues suchst, wenn mir etwas passiert. Lizzy vielleicht. Du und Lizzy, ihr würdet doch perfekt zusammenpassen und ...«

Was, zum Teufel, redete ich da? Ich spürte, dass ich völligen Unsinn von mir gab, aber ich konnte nicht anders. Seit Monaten hatte ich versucht, solche Gedanken unter Kontrolle zu halten, aber jetzt brachen sie plötzlich aus mir heraus.

»Stopp!« Er schrie nicht, und trotzdem ging mir seine Stimme durch Mark und Bein. Sie war leise. Schmerzerfüllt. Verzweifelt. »Willst du mich jetzt ernsthaft mit deiner besten Freundin verkuppeln, für den Fall, dass du stirbst?«

Eine lange, entsetzliche Pause folgte, und dann begann ich zu begreifen. Oh nein! Oh nein! Was tat ich da? Warum sagte ich so etwas? Warum nur?

Weil ich wissen musste, dass Red und Cassie versorgt sein würden. Weil ich alles vorbereitet haben wollte, falls es zum Schlimmsten kam. Es war meine Art, mit der Sache zurechtzukommen. Alles durchdenken. Alle Optionen analysieren. Alle Möglichkeiten durchspielen. Lösungen suchen. So ging ich mit Problemen um. Aber ich hatte kein Recht, Red zu zwingen, sich ihnen zu stellen, bevor er bereit dazu war. Es waren meine Ängste, meine Sorgen, und ich übertrug sie auf ihn, zwang ihn, sich damit zu beschäftigen, dass er vielleicht seine Frau verlor und dass seine geliebte Familie zerstört würde. Welches Recht hatte ich, ihm das anzutun?

Im selben Augenblick streckten wir die Arme nacheinander aus und klammerten uns aneinander, schweigend, bis wir uns wieder etwas beruhigt hatten. Dann küsste er mich mit so viel Zärtlichkeit, dass mein Herz fast zersprang.

»Ich liebe dich, Lou. Und du wirst nirgends hingehen, also fang bitte nie wieder davon an, okay?«

Ich verstand genau, was er meinte. Und eines war klar: Ganz gleich, was ich mir wünschte und welche Lösungen ich bereithalten wollte, ich musste mich allein darum kümmern.

Lizzy, die potenzielle künftige Frau meines Mannes, wusste sofort, was ich wollte, als ich am nächsten Morgen bei ihr vor der Tür stand. Aber sie tat, als glaubte sie, ich wollte nur einen Kaffee mit ihr trinken.

Ich wartete den richtigen Moment ab, zwischen dem Anbringen der Milchpumpe an einer ihrer Brüste (sie hatte angeboten, Milch für Caleb bereitzustellen, solange es seine Väter wünschten) und einem Schluck aus ihrer Teetasse, und vermied so eine heftige Reaktion aus der Red-Jones-Schule für den Umgang mit Krankheiten.

»Lizzy, wenn meine Ergebnisse nicht gut sind ...«

Sie schluckte. »Sie sind gut.«

»Aber wenn nicht, dann ...«

»Dann kümmere ich mich um Cassie wie um meine eigene Tochter und sorge dafür, dass sie zu einer gesunden, starken, selbstbewussten Frau heranwächst. Wag ja nicht, mir diese Frage noch einmal zu stellen, denn das wird nicht passieren.«

Sie begann mit dem Abpumpen, und das Gespräch war beendet. Kein guter Zeitpunkt also, um sie auch noch zu fragen, ob sie sich vorstellen könnte, meinen Mann zu heiraten. Ich nahm eine Zeitschrift zur Hand und begann darin zu blättern. Dabei tat ich so, als sähe ich die Träne nicht, die über ihr Gesicht rollte und in ihre Teetasse tropfte.

Lektion 144
Unterschätze nie die medizinische Wirkung von tiefgründigen Gesprächen und Kohlehydraten

Josie saß am Küchentisch, als ich zur Hintertür hereinkam.
»Ich dachte mir schon, dass du es bist«, sagte sie und lächelte.
»Woher?«
Ein siebter Sinn? Ein Gefühl für die Nähe geliebter Menschen? Eine erhöhte Sensibilität für die Vibrationen der Erdkruste, die es ihr ermöglichte, jegliche Form der Bewegung wahrzunehmen?
»Weil du wie ein Elefant den Gartenweg entlanggetrampelt bist.«
Ich musste lachen. »Mach mich nur fertig, Tante Josie!«
Sie lachte ebenfalls, aber ich ließ mich nicht täuschen. Ihr Mund sagte, dass sie sich amüsierte, aber ihre Augen beobachteten mich ganz genau. Es war eine Fähigkeit, die noch aus der Zeit vor ihrem Eintritt in das Reich der Ninjas stammte.
»Du hast nicht gut geschlafen, oder?«, fragte sie leise. »Was ist los?«
Ich seufzte. »Ich habe gerade eine kleine Nervenkrise.«
Ich nahm mir eine Tasse vom Abtropfsieb auf der Spüle, setzte mich und goss mir eine Tasse Tee ein. Bei Josie stand immer eine Kanne Tee bereit.
»Ich weiß auch nicht, aber irgendwie habe ich das Gefühl, als müsste ich für den Ernstfall planen, dafür sorgen, dass alles geregelt ist. Irgendwie würde es mir helfen, mit dem, was auf mich zukommen könnte, besser umzugehen.«
»Du meinst Cassie?«

Ich nickte. »Und Red. Ich habe ihn gestern Abend gefragt, ob er mir verspricht, Lizzy zu heiraten, wenn mir was passiert.«

»Du lieber Himmel!« Es kam aus dem tiefsten Herzen meines Gurus. »Die Ärmste! Die Liebe ihres Lebens ist plötzlich schwul, er zieht mit seinem neuen Lover ins Nachbarhaus, sie haben gerade ein Baby bekommen, sie ist seit ewigen Zeiten Single, und jetzt soll sie auch noch den Mann ihrer verstorbenen besten Freundin heiraten. Weiß sie, welche Zukunft ihr bevorsteht?«

Nur Josie durfte sich in so einer Situation über mich lustig machen.

»Nein.«

»Dann sag es ihr lieber nicht! Gönn der armen Seele wenigstens ein bisschen Hoffnung auf ein normales Leben. Was ist mit Red? Ist er sauer?«

»Und wie! So als wäre ich absichtlich mit dem Panzer über seine Lieblingskamera gefahren.«

Nach einer Weile verwandelte sich ihr Grinsen in Nachdenklichkeit.

»Schätzchen, es ist absolut verständlich, dass du so mit der Sache umgehst.«

»Wirklich? Alle anderen scheinen mich nämlich für völlig irre zu halten.«

Sie schüttelte den Kopf, und eine Aura der Weisheit schien sie zu umgeben. Lieber Himmel, sie war nicht nur so gekleidet, sie entwickelte auch noch die psychologischen Fähigkeiten eines japanischen Senseis. Oder des kleinen Männchens mit der unglücklichen Stimme in *Star Wars*. Sprich weiter, Meister Yoda.

»Lou, es geht da um Kontrolle, und ohne allzu tiefgründig zu werden ... also, weißt du, man braucht keine Expertin zu sein, um dich zu verstehen. Du hast dein ganzes Leben damit zugebracht, dir eine Existenz aufzubauen, für die du allein verantwortlich bist. Du hast ein eigenes Haus, ein eigenes Auto, ein eigenes Unternehmen, und du hast das alles ganz allein erreicht.«

»Abgesehen von einer kleinen kriminellen Unterstützung meiner Tante.«

Dröhnendes Lachen schüttelte sie. »Mist, das hatte ich ganz vergessen! Deine Mum würde durchdrehen, wenn sie das wüsste. Aber es war ein echter Geniestreich, das musst du zugeben.«

Sie machte eine kurze Pause. Vermutlich sinnierte sie kurz über das Wunder, dass sie nicht im Gefängnis gelandet war, dann fuhr sie fort: »Das Problem ist, dass du völlig unfähige Eltern hattest, deshalb immer auf dich selbst angewiesen warst und alles allein lösen musstest. Und du hast deine Sache großartig gemacht. Doch jetzt stehst du plötzlich vor einer Herausforderung, die du nicht mehr in der Hand hast, und das macht dich verrückt.«

Wie, um alles in der Welt, konnte sie all das aus »Ich habe gerade eine kleine Nervenkrise« schließen? Und wie, um alles in der Welt, konnte sie so recht haben?

Ihre Hand glitt über meine, und ich drückte sie.

»Wir stehen das zusammen durch, Lou.«

»Glaubst du?«

Mein persönlicher Sensei nickte. »Wichtig ist, dass du versuchst, stark und optimistisch zu bleiben. Aber ich habe großes Verständnis dafür, dass du immer wieder in Panik gerätst. Das würde mir genauso gehen.«

»Nein, das würde es nicht.«

Ich schüttelte den Kopf. Bei Josie gab es keine Schwächen. Oder Ängste.

»Doch, Lou, glaub mir. Der Gedanke, Michael und Avril, obwohl sie erwachsen sind, zurücklassen zu müssen, wäre für mich einfach …«

Sie stockte und erschauerte. Offenbar gelang es ihr nicht

mal, auch nur daran zu denken. Doch dann schaltete sie wieder in ihren Unbesiegbarmodus.

Sie goss mir noch einmal Tee ein und ging dann auf die andere Seite des Tischs.

»Weißt du, was du jetzt brauchst?« Sie griff nach einer Dose und schraubte den Deckel ab.

Eine Therapie? Drogen? Eine Prise Glück?

»Eine Karamellwaffel.«

Obwohl ich wusste, dass eine Karamellwaffel alle Probleme der Welt lösen konnte, einschließlich Hunger, Korruption und Krieg, schüttelte ich den Kopf. An Essen konnte ich nun wirklich nicht denken.

Es gab noch einen anderen Menschen, mit dem ich dringend sprechen musste. Und ich fürchtete, es würde der schwierigste Part sein.

Zwei Stunden später geleitete mich der Kellner in eine ruhige Ecke des Carriage Club.

»Ich kann gar nicht glauben, dass sie dich hier noch reinlassen«, sagte ich und versuchte mich in meiner knallengen schwarzen Caprihose, die jeden Moment am Po zu reißen drohte, hinzusetzen.

Sobald ich das alles hinter mir hatte, musste ich unbedingt meine Schokoriegelrationen einschränken und wieder anfangen, Sport zu treiben. Mit dem Verband, den ich seit ungefähr sieben Monaten ständig am Rücken hatte, war das nicht möglich gewesen. Biopsie. Naht. Test. Biopsie. Naht. Test. Und jetzt hatte der Verband an meinem Rücken noch einen Zwilling in der Leistengegend – man hatte mir einen Lymphknoten zur Untersuchung entfernt.

Hör auf, daran zu denken, hör auf! Reiß dich zusammen! Dreh jetzt nicht durch! Ruhe! Bleib ruhig!

»Ich hab uns schon Cocktails bestellt«, sagte Ginger.

Wo steckte sie das bloß hin? Allein mit dem Alkohol

hatte sie jede Woche Tausende Kalorien zu viel. Und trotzdem zwängte sie sich noch immer in diese Killerjeans und das knappe Shirt.

Aber an diesem Tag ging es nicht um Fashion. Ich kaute auf der Innenseite meines Gaumens und beschloss, bis nach dem Essen zu warten, ehe ich das Thema anschnitt. Ja, das war die beste Idee. Zeit gewinnen. Nachdenken. Den besten Moment abpassen, um das schwierige Gespräch zu beginnen.

»Ginger, wenn mir was passiert, kümmerst du dich dann um Cassie?« Es war raus, ehe der Kellner ihren Slippery Nipple und meinen Cosmopolitan brachte.

Sie starrte mich an, mit einem Gesichtsausdruck, der zwischen Horror und etwas völlig Unergründlichem lag. Lieber Himmel, es war Angst! Wann hatte ich mich in den Sensenmann verwandelt, der seine Umwelt permanent in Angst und Schrecken versetzte?

»Natürlich ... mache ... ich das«, stammelte sie, ehe sie die Fassung wiedererlangte. »Ich besuche sie und gehe mit ihr aus und bringe ihr alles über Jungs bei.«

»Wenn du ihr beibringst zu rauchen, bevor sie zwölf ist, drehe ich mich im Grab um.«

Tränen standen in ihren Augen, und ich schluckte schwer. Hier ging es nicht um mich. Hier ging es um Ginger und darum, dass sie sich um Cassie kümmerte, wenn es zum Schlimmsten kam ... Gott, es tat so weh, nur daran zu denken!

»Okay, dann warte ich, bis sie dreizehn ist. Lou, solltest du darüber nicht lieber mit Lizzy sprechen? Ich meine, sie kennt sich da doch viel besser aus als ich. Cassie wäre bei ihr viel besser aufgehoben.«

»Vor allem, wenn Red sie heiratet«, murmelte ich.

»Red heiratet Lizzy?« Sie sah mich fassungslos an.

»Ich hab ihn heute Nacht darum gebeten.«

Einen Moment herrschte Stille, während sie darüber nachdachte. Dann nahm sie sich ein halbvolles Glas Wein vom Nebentisch, das dort stehen geblieben war, und stürzte es herunter.

»Du bist völlig wahnsinnig geworden«, lautete ihr Urteil.

»Das findet dein Bruder auch. Aber weich meiner Frage nicht aus, Ginger! Ich weiß nicht, ob dir klar ist, wie gern Cassie dich hat und wie ähnlich ihr euch seid. Sie wird Lizzy auch immer gernhaben, aber dich braucht sie mehr als jeden anderen, weil du sie verstehst. Zu dir würde sie kommen, wenn sie eine Mum braucht.«

Plötzlich rollten ihr zwei dicke Tränen über die Wangen, und sie wischte sie mit dem Ärmel ihrer Dolce-&-Gabbana-Jacke ab. Hatte ich erwähnt, dass der Sensenmann von Kleenex gesponsert wird? Ich hatte endlich etwas entdeckt, das die tapferste meiner besten Freundinnen entsetzte – und es war sechs, vorlaut, frech und wollte aktuell Premierminister oder Hundefriseuse werden, wenn es groß war.

Ein höchst attraktiver, breitschultriger Kellner erschien mit unseren Drinks und besorgtem Blick. Zwei heulende Frauen mitten am Tag waren immer mit Vorsicht zu genießen.

Nachdem sie einen anständigen Schluck getrunken hatte, räusperte Ginger sich. »Ich kann einfach nicht fassen, dass du mir dein Kind anvertraust. Weißt du nicht mehr, was ich damals mit deinem Hamster angestellt habe?«

»Schon, aber alles in allem halte ich es für ziemlich unwahrscheinlich, dass du Cassie aus Versehen entfliehen lässt, sie von deinem Nachbarn gekidnappt wird, als Geisel gehalten und gegen ein Lösegeld, bestehend aus drei Schokoriegeln und einem Skateboard, eingetauscht werden kann.«

Sie hielt ihr Glas hoch. »Dann schwöre ich dir hiermit, dass ich mich bis ans Ende meiner Tage um meine tolle Nichte kümmern werde, sollte es nötig werden. Aber du musst mir auch was versprechen.«

»Was du willst.«

»Also gut. Versprich mir, dass ich dieses bescheuerte Kleid nicht wieder tragen muss, falls Red und Lizzy jemals heiraten sollten.«

Ich stieß mein Glas klirrend gegen ihrs.

»Ich verspreche es.«

Eine seltsame Ruhe überkam mich. Cassie würde gut versorgt sein. Red würde klarkommen. Ich hatte mit allen gesprochen, mit denen ich sprechen musste, und ich wusste, wenn es zum Schlimmsten käme, würde meine Familie aufgefangen. Denn ich hatte die tollsten Freundinnen, die man sich nur wünschen konnte.

»Okay. Und weißt du, was wir jetzt machen?« Ginger sah mich an. »Wir essen jetzt was, und dann trinken wir, bis wir umfallen.«

Das war die beste Idee, die ich seit langem gehört hatte.

Lektion 145
Wenn du erwachsen bist, begegne allen Widrigkeiten mit Mut und Stärke – solange deine Tante Ginger mit einem guten Cognac hinter dir steht

Der Minutenzeiger der Wanduhr rückte weiter auf die nächste halbe Stunde, und ich sah zu, wie ein junges blondes Mädchen, vielleicht Anfang zwanzig, aus dem Sprechzimmer kam. Ihr strahlendes Lächeln ließ darauf schließen, dass sie gute Nachrichten bekommen hatte.

Ich hätte sie am liebsten umarmt, ihr geraten, sie solle schleunigst verschwinden und jede Minute ihres Lebens genießen, denn ...

»Du wolltest es mir nicht sagen, oder?«

Red setzte sich auf den Stuhl neben mir und berührte mich mit seinem Knie. Die spielerische Geste passte so gar nicht zu seiner angespannten Stimme und den Schweißperlen auf seiner Stirn. Er war offenbar gerannt.

Ich warf einen Blick auf Josie und Ginger, die beide starr zu Boden schauten. »Wer von ihnen hat nicht dichtgehalten?«, fragte ich ihn.

»Das kann ich dir leider nicht sagen. Sie haben geschworen, sie würden mich umbringen, wenn ich was verrate.«

Seine Hand glitt in meine. »Ich bin nur froh, dass ich es noch rechtzeitig geschafft habe. Du musst das hier nicht ohne mich durchstehen. Ich bin kein kleines Kind, das geschützt werden muss.«

»Ich weiß. Aber du hast dich so hartnäckig geweigert, auch nur daran zu denken, dass das Ergebnis negativ sein könnte, dass ich deine Luftblase nicht zerstören wollte. Ich verstehe dich, Red. Ich verstehe, dass du positiv denkst, und ich weiß, dass das deine Art ist, mit Problemen umzugehen, aber ich bin da anders. Ich muss alle Möglichkeiten sehen und mich auch auf das Schlimmste vorbereiten. Und das bin ich. Vorbereitet, meine ich.«

Ich atmete ein. Und wieder aus. Ich würde hier im Wartezimmer nicht anfangen zu weinen. Ich würde mich zusammenreißen. Und wenn ich endlich da reinkonnte, würde ich schon klarkommen, ganz gleich, wie die Diagnose lautete. Krebs in den Lymphknoten war schließlich kein Todesurteil. Er ließ sich entfernen, es gab Bestrahlungen, zur Not auch Chemotherapie. Und wenn die Untersuchungsergebnisse an diesem Tag ergaben, dass der Krebs weiter gewuchert war, würde es weitere Computertomografien, Sonografien und Therapien geben, die man probieren konnte.

Operation. Bestrahlung. Chemo. Das Schlimmste war, dass ich es Cassie sagen musste. Bisher wusste sie nur, dass ihre Mum so einen komischen Fleck am Rücken hatte, den die Ärzte wegmachen mussten. Wenn die Dinge weiter fortschritten ... nun, wir würden auch da einen Weg finden. Gestern Abend, als Red schon schlief, bin ich zu ihr ins Bett gekrochen und habe sie die ganze Nacht im Arm gehalten, habe auf ihren ruhigen Atem gelauscht und einen Handel nach dem anderen mit Gott abgeschlossen. Ich war nie besonders religiös, aber irgendwie hatte ich das Bedürfnis, es zu probieren – für alle Fälle.

Bitte, lieber Gott, lass mich gesund werden! Ich habe endlich das gefunden, wonach ich mein ganzes Leben gesucht habe, bitte, nimm es mir noch nicht weg! Ich möchte das, was ich habe, hegen und pflegen – zusehen, wie meine Tochter groß wird. Und ich würde alles dafür tun, lieber Gott, wirklich alles. Sag es, und ich werde es tun, solange es nichts Illegales ist oder mit Höhe zu tun hat. Lass mich das hier nur überstehen. Ich werde mich nie wieder über Kleinigkeiten aufregen. Ich werde das Beste aus jedem Tag machen. Ich werde alles gutmachen. Ich werde Sozialarbeit leisten, Missionarin werden, Josie von ihrer Karamellwaffelabhängigkeit heilen – alles. Lieber Gott, ich gebe dir alles, wenn du mich das hier durchstehen lässt.

Cassies ruhige, regelmäßige Atemzüge hatten mir keine Antwort von oben gegeben.

Aber ich wusste, dass ich genau das tun musste. Ruhe bewahren, weiteratmen. Einfach weiteratmen.

»Mrs. Jones?«

Die nette Schwester war wieder da, ihre Stimme klang entschuldigend.

»Es tut mir wirklich leid, dass wir Sie so lange haben warten lassen. Wenn Sie jetzt bitte mit durchkommen möchten. Dr. Callaghan erwartet Sie.«

Red stand auf und warf einen kurzen Blick auf Ginger und Josie.

»Wir warten hier«, sagte Josie leise. »Ruft uns einfach, wenn ihr uns braucht.«

Die Schwester führte uns in einen winzigen Raum. In einer Ecke standen ein Schreibtisch und ein Computer, an der hinteren Wand befand sich eine Untersuchungsliege. Dr. Callaghan saß auf einem grauen Stuhl und studierte eine Akte, die vor ihm lag. Oh verdammt! Waren das die Ergebnisse? Warum schaute er mich nicht an? Mein Herz hämmerte wie wild.

Nach einigen Sekunden, die mir wie eine Woche vorkamen, nahm er uns endlich zur Kenntnis. Er streckte die Hand aus, um uns zu begrüßen. Ich hatte alles über ihn im Internet nachgelesen, und ich wusste, er war eine Koryphäe auf seinem Gebiet. Er war schätzungsweise Mitte vierzig, hatte dunkles, welliges Haar und trug eine kleine, runde Brille. Ein bisschen erinnerte er mich an diesen Typen aus *Grey's Anatomy*, er schien dessen nicht ganz so attraktiver, dafür aber besonders intelligenter Bruder zu sein – Dr. McDreamy Light.

»Okay, Lou«, begann er mit tiefer Stimme, die routiniert Sicherheit vermittelte. »Fangen wir an.«

Ich versuchte seinen Gesichtsausdruck zu interpretieren, erkannte aber nichts. Keine Erleichterung, keine Freude, keine Enttäuschung, kein Hinweis, ob er gute oder schlechte Nachrichten für mich hatte. Wahrscheinlich lernte man das im Medizinstudium.

Atme ruhig weiter. Du schaffst das. Ganz gleich, was es ist, du kommst damit klar. Du musst stark bleiben, ruhig weiteratmen.

»Wie Sie wissen, haben wir vor zwei Wochen neue Untersuchungen gemacht. Wir haben eine weitere Gewebeprobe des Tumorumfelds entnommen und eine Biopsie des Wächterlymphknotens gemacht.«

Ich nickte. Der Wächterlymphknoten. Das klang wie eine Gestalt aus *Star Wars*. »Wächterlymphknoten, bitte lassen Sie Ihre Truppe antreten, und bereiten Sie das Raumschiff vor. Machen Sie sich fertig zum Take-off.« Konzentrier dich, Lou, konzentrier dich!

Dr. McDreamys Bruder wandte sich wieder der Akte zu, als müsste er sich noch einmal vergewissern, was dort stand. War das gut? Schlecht? Bitte, beeil dich, sonst muss ich gleich auf die kardiologische Station gebracht werden. Red umklammerte meine Hand so sehr, dass meine Finger schon ganz taub wurden.

»Und ich habe gute Nachrichten für Sie, Lou.«

»Ja!« Das kam von Red. Er sprang auf, der Stuhl fiel polternd um.

Ich rührte mich nicht. Regungslos starrte ich in das Gesicht des Arztes und versuchte zu verstehen, was er da sagte.

»Der Lymphknoten ist unauffällig, das Blut ist in Ordnung, und wir haben keine weiteren Auffälligkeiten an der Gewebeprobe feststellen können. Es sieht aus, als hätten wir alles entfernt, Lou.«

Sie hatten alles entfernt.
Kein Krebs.
Kein. Krebs. Mehr.
Nur noch Leben.
»Aber ich möchte Sie trotzdem noch eine Zeitlang unter Beobachtung halten. Wir sehen uns in sechs Monaten wieder, um uns zu vergewissern, dass sich kein Rezidiv entwickelt. Danach mindestens einmal im Jahr, nur um ganz sicherzugehen. Aber im Augenblick sind Sie geheilt.«

»Lou?« Reds Stimme klang von weit her, und ich sah auf und schaute in sein fragendes Gesicht. »Es ist alles gut.«

Von irgendwoher fand ich die Kraft zu reden. »Kommt jetzt ein ›Das habe ich dir ja gleich gesagt‹?«

Er nickte, riss mich in die Arme und wirbelte mich im Kreis herum. Dabei fielen zwei Spender mit Latexhandschuhen und ein Blutdruckmessgerät zu Boden.

Alles würde gut. Für uns alle. Für meine ganze Familie. Für mich, Red und Cassie, Josie, Ginger und Lizzy.

Lizzy.

Ein Gedanke kam mir, und ich wusste, dass ich dem Arzt noch eine entscheidende Frage stellen musste, und zwar gleich nachdem ich ihm um den Hals gefallen war.

»Dr. Callaghan«, flüsterte ich und hoffte auf eine positive Antwort.

»Sind Sie Single?«

Lous Lektionen für Cassie, wenn sie neununddreißig Jahre alt ist

*Liebe Cassie,
ich schätze, das Verrückteste an der ganzen Sache ist, dass du von allem nichts mitbekommen hast. Du hast sorglos mit deinen Barbies gespielt, für Justin Bieber geschwärmt und versucht, einen Tanz einzustudieren, der dich zu Let's Dance bringen würde, ohne zu ahnen, wie völlig anders dein Leben beinahe verlaufen wäre.*

Die einzige Veränderung, die dir vielleicht aufgefallen ist, kam von diesem lästigen Handel mit Gott – was mich zu einem anderen Punkt bringt, den du wissen und verstehen solltest.

146. Brich nie deine Versprechen! Wenn du etwas aushandelst, steh dazu – es sei denn, deine Mum ist dagegen. In dem Fall zieh dich sofort zurück.

147. Du kannst dich so glücklich schätzen, Cassie. Du hast Menschen, Verwandte und Freunde, die dich vergöttern. Vergiss nie, ihnen zu zeigen, dass dies auf Gegenseitigkeit beruht.

148. So wie meine Liebe zu Tom Cruise dahingeschmolzen und schließlich gestorben ist, so wird auch deine Justin-Bieber-Schwärmerei vorbeigegangen sein.

149. Manche Menschen haben eine genetische Veranlagung zu Krebs, und es kann sein, dass auch du ein höheres Risiko trägst, weil ich daran erkrankt bin. Mach daher einen Bogen um Sonnenbänke. Benutz eine Sonnencreme mit höherem

Lichtschutzfaktor. Benutz eine Tagescreme mit Lichtschutzfaktor, auch an bewölkten Tagen.

Ach, und noch etwas ...

Lektion 150
Hab niemals Angst, etwas Neues auszuprobieren
2009, Lou, neununddreißig Jahre alt

»Du solltest das aufschreiben, Lou«, sagte sie. »Alles. Von Anfang an. Ich glaube, es würde anderen Menschen helfen.«

Mein spontaner Gedanke: Ich kann doch nicht über mein Leben schreiben. Das tun nur alte Leute. Oder Narzissten. Oder Fußballerfrauen. Oder die Teilnehmer von Realityshows, die sich vor laufender Kamera die Unterhose runtergezogen haben und fünfzehn Minuten lang berühmt waren. Und außerdem, worüber sollte ich schreiben?

Ich führe ein ziemlich unspektakuläres Leben, trinke zu viel, esse zu viel, lache, bis mir der Bauch wehtut, und war schon so oft verliebt, dass Hallmark mein Hauptsponsor sein könnte.

Oh ja, und ich habe Hautkrebs.

Janice stellte den Kessel ab, den sie in der Hand hielt, und wartete auf meine Antwort, während ich die Teller von dem großen runden Esstisch abräumte.

»Das kann ich nicht. Wer sollte sich denn dafür interessieren?«

»Die Leute, die hierherkommen.«

»Hier« war ein Begegnungszentrum für Krebspatienten. Hier bekamen sie einen Kaffee, Tipps, eine Massage oder einfach nur Gesellschaft, damit sie sich nicht so allein fühlten. Seit ich die befreiende Diagnose ein Jahr zuvor bekommen hatte, arbeitete ich ehrenamtlich mit und bot einmal in der Woche kostenlos meine Dienste als Friseurin an. Manchmal schnitt ich den Patienten und Patientinnen die Haare, manchmal half ich ihnen, sich an die neue Perücke zu gewöhnen, die sie sich gekauft hatten, um die Folgen der Chemotherapie zu verstecken. Manchmal hörte ich einfach nur zu, wenn sie redeten.

Janice war dreiundzwanzig und eine der wenigen Festangestellten. Sie hatte als Kind Leukämie gehabt und soziale Kompetenzen entwickelt, die weit über die ihrer Altersgenossen hinausgingen. Obwohl sie schon mehr Leid erfahren hatte als manch doppelt so alter Mensch, kam sie jeden Tag mit einem Lächeln her, bereit zu helfen. Janice hatte auch den gemeinsamen Pub-Besuch am Abend zuvor organisiert, nachdem ich erfahren hatte, dass meine erste jährliche Kontrolle ohne Befund gewesen war. Mir tat immer noch der Kopf weh.

»Glaubst du wirklich?« Ich war nicht überzeugt, dass sich jemand für das, was ich erlebt hatte, interessieren könnte. Aber ich musste gestehen, dass sich in den letzten Monaten in meinem Kopf eine Idee festgesetzt hatte. »Allerdings ... ich denke manchmal, dass ich etwas für Cassie aufschreiben sollte, damit sie versteht, wenn sie älter wird.«

Hatte ich das gerade laut gesagt? Nein, das war eine verrückte Idee. Warum sollte sie mein Leben interessieren? Sie musste ihr eigenes Leben leben, ihre eigenen Erfahrungen machen.

»Gibt es denn etwas, das du ihr gern erzählen würdest?«, fragte Janice und stellte die riesige Keksdose in den Schrank zurück.

Bei dem Gedanken an Cassie konnte ich ein Lächeln nicht verbergen. Mein kleiner Wirbelwind – eine Siebenjährige mit einer Persönlichkeit, die an tropische Wetterverhältnisse erinnerte – sonnig, warm, freundlich, mit gelegentlichen Hurrikans und Tornados, bei denen man am besten die Fenster mit Brettern vernagelte und unter dem Bett wartete, bis sie vorbei waren.

Tja, was würde ich ihr gern erzählen? Sollte ich ihr raten,

sich nicht mit Kleinigkeiten aufzuhalten? Den Augenblick zu genießen? Das Leben bei den Hörnern zu packen und was mir sonst noch so an abgegriffenen Lebensweisheiten einfiel? Ich zuckte mit den Schultern.

»Keine Ahnung. Ich weiß ja nicht, wie sie mal sein wird, was wichtig für sie sein könnte.«

Ich wusste, dass ich den Vorschlag absichtlich kleinmachen wollte, aber alles in mir wehrte sich dagegen, die Vergangenheit erneut hervorzuzerren. Ich wollte nichts mehr damit zu tun haben, es war zu viel für meine Psyche.

Plötzlich veränderte sich Janice' Gesichtsausdruck.

»Was hättest *du* denn gerne gewusst?«, fragte sie.

»Wann?«

»Na, als du jung warst.«

Ich dachte einen Moment nach. Du meine Güte, ich war damals ein Albtraum! Wild. Ungestüm. Immer die Erste auf der Tanzfläche, die Erste, die knutschte, die Erste, die ihr ganzes Taschengeld für Mentholzigaretten ausgab, weil ich mir damit so intellektuell vorkam. Es gab so vieles, was ich damals gern gewusst hätte. So vieles. Zum Beispiel, dass das mit Tom Cruise nie was würde. Dann hätte ich mir Tausende »Lou Cruise«, in verschiedenen Schriften, Farben und Größen in meine Schulhefte gekritzelt, sparen können.

Genau, aber einige Einblicke in wirklich wichtige Dinge wären auch nicht schlecht gewesen. Unterricht im Leben. Das wäre super gewesen. Ein paar vernünftige, durchdachte Lektionen. Und das ist etwas, das ich an Cassie gern weitergeben würde. Ich würde ihr erzählen, wie man Freundschaften erhält und wie es ist, sich zu verlieben und über ein gebrochenes Herz hinwegzukommen. Ich würde ihr erzählen, wie es war, als ich das erste Mal wegen eines Jungen geweint hatte, und wie ich das letzte Mal jemanden enttäuscht hatte. Ich würde ihr vom Tag ihrer Geburt erzählen und was es mir bedeutet, ihre Mum zu sein. Und wenn mich die letzten Jahre etwas gelehrt hatten, dann, dass ich es genau jetzt tun sollte, weil ... wer weiß, was die Zukunft bringen wird.

Klar, wenn Cassie mir auch nur ein kleines bisschen ähneln wird, wird sie meine Ratschläge ignorieren und ihr Leben auf ihre Weise in die Hand nehmen. Nicht, dass ich das falsch fände ... Wenn ich so zurückblicke: Ich hätte nichts anders gemacht. Ich hätte trotzdem alles mitgenommen. Ich hätte trotzdem alles wieder genau so gemacht, inklusive aller Fehler – bis auf den allergrößten ...

Plötzlich realisierte ich, dass Janice immer noch auf eine Antwort wartete.

»Weiß nicht. Ich schätze, ich hätte einiges gern gewusst, und ich würde ihr all das gern erzählen, damit sie daraus lernen kann und nicht dieselben Fehler macht wie ich. Nicht nur die mit den Sonnenbänken, sondern auch die anderen im Leben. Du weißt schon, Beziehung, Job, Jungs – all das.«

Bei dem Wort »Jungs« war Janice ganz rot geworden. Vor einigen Wochen hatten wir eine Sponsorengala veranstaltet, um Spenden zu sammeln, und ich hatte Ginger gebeten, STUD zu einem Auftritt zu überreden. Irgendwie war einer von ihnen, Les, mit Janice ins Gespräch gekommen, und der Blitz hatte bei den beiden eingeschlagen. Seither waren sie unzertrennlich. Der Typ, der auf jedem Kontinent von Groupies belagert wurde, hatte sich offenbar ernsthaft in ein stilles, unauffälliges, unaffektiertes, unglamouröses junges Mädchen aus Glasgow verliebt. Wie sensationell war das denn?

Ich empfand fast eine Art mütterlichen Stolz für sie und freute mich, dass ihr so etwas Schönes passiert war. Ginger hatte mir versichert, Les sei ein Supertyp – ehrlich, geradeaus, keiner, der in jeder Stadt eine Freundin sitzen hätte. Natürlich half, dass er einen knackigen Hintern hatte und einen Body, der aussah wie von Gott geschnitzt.

Wie aufs Stichwort meldete sich Janice' Handy, und sie wurde wieder rot, als sie die SMS las. An das Gefühl konnte ich mich noch gut erinnern. An den Moment, als ich wusste, dass ich mich in Red verliebt hatte. Ich konnte tun, sagen oder kaufen, was ich wollte, es kümmerte ihn nicht, denn er konnte an nichts anderes denken als daran, wann wir das nächste Mal Sex haben würden. Erfreulicherweise hatte sich daran nicht viel geändert …

Aber zurück zur Sache. Von den sexuellen Aktivitäten einmal abgesehen, wäre es vielleicht eine gute Idee, alles aufzuschreiben, solange ich mich noch daran so genau erinnern konnte. Es wäre etwas, das Cassie lesen könnte, wenn sie älter wäre. Und wenn jemand hier im Begegnungszentrum wissen wollte, was seit dem Tag, an dem dieses Muttermal an meinem Rücken geblutet hatte, geschehen war, dann konnte er es auch lesen.

Vielleicht sollte ich genau das tun – alles aufschreiben.

»Lou.« Janice sah von ihrem Handy auf und lächelte mich an. »Les möchte, dass ich ihn heute Abend nach seinem Auftritt in Amsterdam treffe. Er hat mir für den Nachmittag einen Flug gebucht und das Ticket am Flughafen hinterlegen lassen. Das ist doch verrückt, oder? Amsterdam? Für einen Abend? Das ist doch völlig irre.«

»Das ist absolut irre«, stimmte ich ihr zu und nahm sie in den Arm. »Und weißt du was? Du lässt jetzt alles stehen und liegen und setzt dich. Dann kann ich dir schnell die Haare und die Nägel machen, und du machst dich auf den Weg zum Flughafen.«

Lektion 151
Glaub nie, du wüsstest schon alles, denn es gibt immer noch was dazuzulernen

Es hatte Ewigkeiten gedauert, bis ich den Schlüssel zum Haus meiner Eltern gefunden hatte, aber am Ende hatte ich ihn in der Küchenschublade zwischen alten Briefmarken, Büroklammern, Gebrauchsanweisungen, Tesafilm, Scheren und meinem alten Kinderpass entdeckt.

Ich schloss die Haustür auf, und das Erste, was mir auffiel, war die Stille. Dann registrierte ich die perfekte Ordnung. Die Kissen waren in ihrem vorgesehenen Winkel auf dem Sofa aufgereiht, jede Falte in der Gardine glattgezogen. Es musste anstrengend sein, ständig dieses Maß an Perfektion zu halten.

Ich lief die Treppe hinauf, und in meiner Erinnerung tauchte plötzlich ein Bild auf. Ginger, Lizzy und ich als Teenager, wie wir uns nachts nach zu viel Alkohol ins Haus geschlichen hatten und mit unseren schwindelerregend hohen Absätzen die Stufen hinaufgestakst waren.

Meine Sturm-und-Drang-Jahre waren vielleicht nicht perfekt gewesen, aber es hatte immer wieder brillante Momente gegeben.

Doch jetzt war keine Zeit für Wehmut. Seit dem Gespräch mit Janice kürzlich hatte sich die Idee mit der Geschichte in meinem Kopf festgesetzt, und ich war zu dem Schluss gekommen, dass es nicht schaden könnte, sie zu verwirklichen. Nun war ich hergekommen, um meine Tagebücher und Notizen zu holen. Ich wusste genau, wo sie waren. Sie lagen in ...

Ich öffnete die Tür zu meinem alten Zimmer und blieb wie angewurzelt stehen.

Irgendwer schien mein Zimmer weggebeamt und in einen Fitnessraum verwandelt zu haben.

»Dein Dad hat das vor ein paar Jahren gemacht.«

Ach du meine Güte! Wo kam denn meine Mutter plötzlich her?

»Hey, Mum«, stieß ich hervor, als ich meine Stimmbänder wieder halbwegs unter Kontrolle hatte. »Ich wusste gar nicht, dass du zu Hause bist.«

»Ich habe ein bisschen geschlafen«, antwortete sie. Jetzt sah ich, dass sie einen cremefarbenen Seidenmorgenmantel trug, unter dem ein karamellfarbenes Spitzennachthemd hervorblitzte. Ihre Nägel waren perfekt lackiert. »Dein Dad und ich gehen heute Abend essen. Ich wollte mich vorher noch etwas ausruhen, damit ich gut aussehe.«

Wieso stellten sich bei dieser Bemerkung die Härchen in meinem Nacken auf? Es war doch schön, dass sie immer noch Wert auf ihr Aussehen legte. Sie war noch immer eine attraktive Frau, stets sorgfältig gekleidet und so schlank wie eh und je. Genau so, wie es mein Dad mochte.

Vielleicht war es das. Vielleicht konnte ich mich einfach nicht damit abfinden, dass sie ihr Leben gänzlich für ihn lebte, sich seinen Wünschen beugte, das tat, was er wollte, glaubte, was er sagte, und davon überzeugt war, dass er alles am besten wusste. Ihm gestattete, dass er sich wie ein verwöhnter, egoistischer Macho gebärdete, der hundert Prozent ihrer Zeit und Aufmerksamkeit forderte und ungeduldig wurde, wenn er sie nicht bekam, selbst wenn der Grund dafür seine eigene Tochter war. Wenn sie einen anderen Mann kennen gelernt hätte, einen anständigen Familienmenschen, wäre ihr Leben sicher so viel reicher geworden.

Sag nichts! Sag nichts! Wir hatten vierzig Jahre ohne einen ernsten Krach hinter uns gebracht; es gab keinen Grund, ihn jetzt vom Zaun zu brechen. Außerdem war sie ja glücklich damit. Sie war noch immer so vernarrt in ihn wie früher.

»Wie war dein Nachsorgetermin?«, fragte sie.

»Gut. Immer noch alles in Ordnung. Ich brauche erst in einem Jahr wieder hin.«

»Gut.«

Eine unangenehme Pause. Das war bei uns manchmal so.

»Ich ... eh ... suche meine alten Tagebücher. Weißt du, wo sie sind?«

Sie nickte, und ich folgte ihr zu den Wandschränken in der Diele. »Sie sind da drin.« Sie zeigte auf eine große Kiste auf dem obersten Regalbrett. »Wenn du alte Dokumente, Papiere, Bankunterlagen oder so was suchst, findest du sie hier.« Eine weitere Pause. »Oder frag Josie. Sie scheint immer das zu finden, wonach sie sucht.«

Sollte das etwa eine Anspielung sein?

Ich sah sie forschend an. An ihrem Lächeln erkannte ich, dass sie genau wusste, was sie gesagt hatte.

»Du hast es gewusst? Du hast das mit den Sparbüchern die ganze Zeit gewusst?«

»Die Bank hat mir damals einen Brief geschrieben und mich gebeten, für deinen Geschäftskredit zu bürgen.«

Ich hätte nicht sprachloser sein können, wenn in diesem Augenblick Tom Cruise in seinem Fliegeroutfit hereinspaziert wäre.

»Aber warum hast du nie was gesagt?«

»Weil es deinem Vater nicht gefallen hätte und es manchmal besser ist, keine schlafenden Hunde zu wecken.«

Das sagte alles. Nämlich, dass mein Dad jemand war, der seine Unterschrift nie auf ein Blatt Papier gesetzt hätte, um seinem Kind zu helfen. Dass meine Mutter das ganz genau wusste. Dass sie nie gegen seinen Willen handeln würde. Es erstaunte mich völlig, dass sie es bei dieser einen Gelegenheit getan hatte.

»Ja, aber ... warum?«

Eine weitere unangenehme Pause, dann seufzte sie tief.

»Ich weiß, dass du meine Beziehung zu deinem Dad nie verstehen wirst, aber sie funktioniert für uns. Das heißt aber nicht, dass ich dich nicht liebe, Lou. Auch wenn ich das vielleicht nie gezeigt habe, ich habe dich immer geliebt.«

»Aber nicht so sehr wie ihn.«

Die Worte waren heraus, ehe ich es verhindern konnte. Sie widersprach nicht. Wir wussten beide, dass es stimmte.

Ich überlegte kurz, böse zu werden, mich zu beklagen, mich mit ihr zu streiten – aber was für einen Sinn hätte das?

Sie würden weiter zusammen glücklich sein, in ihrer eigenen kleinen Co-Abhängigkeit leben, und sie brauchten niemand anders. Es war ihre Entscheidung. Ich fand es zwar schade, dass sie nie erfahren würde, was sie verpasste, aber ich schwieg, nahm meine Sachen und ging. Eines Tages würde einer von den beiden sterben, und der andere würde ganz allein dastehen. Das war die traurige Wahrheit, aber sie wollten es so.

Wenn ich in den letzten Jahren eines gelernt hatte, dann, dass man sich nicht um das Morgen sorgen sollte. Das Heute zählte, es galt, im Heute zu leben.

Und heute kam ich aus einem ganz bestimmten Grund zu spät.

Lektion 152
Sei immer dankbar für das, was du hast, und trag tolle Schuhe

»Hab ich was verpasst? Ja? Haben sie schon angefangen?«

Im Künstlerzimmer drehten sich alle um, als ich hereingestürmt kam, Lizzy-like umknickte, stolperte und gegen einen Tisch mit Snacks fiel. Ich wusste, dass es keine gute Idee gewesen war, mir Gingers zwanzig Zentimeter hohe Louboutins auszuleihen.

Eine Sekunde herrschte Schweigen, dann brach eine Welle der Hysterie über mich herein.

»Das war ein Auftritt, Lou.« Ginger lachte. »Vielleicht sollte ich das mal auf der Bühne probieren.«

Lizzy unterbrach sie. »Das hat sie alles von mir gelernt.«

Cassie schlug sich nur entsetzt an die Stirn.

Mein Mädchen sah so wunderschön aus, auch wenn ihr Outfit nicht ganz der klassischen Vorstellung von der Garderobe einer Siebenjährigen entsprach. Klar hätte ich sie viel lieber im rosa Taftrock, weißem Jäckchen und roten Lackschuhen gesehen. Aber als ich mit ihr die Klamotten für den heutigen Abend gekauft hatte, hatte sie mir in der Umkleidekabine bei Marks & Spencer unmissverständlich und in voller Lautstärke zu verstehen gegeben, sie sei sieben und nicht vier und über den *Zauberer von Oz* schon lange hinaus. Tja, manchmal merkte man doch, dass sie Gingers Nichte war.

Und nun sah sie eben nicht aus wie Judy Garland, sondern trug schwarze Bikerstiefel (die Ginger ihr aus New York mitgebracht hatte), ein Mötley-Crüe-Shirt im Vintagelook (ebenfalls von Ginger), hautenge weiße Jeans und einen langen silbernen Cardigan, der aussah, als bestünde er aus lauter Spinnweben. Entweder war dies ein Zeichen für einen sehr ausgefallenen Modegeschmack oder eine ernstzunehmende Warnung, dass ihre Pubertät noch einiges Interessante für uns bereithielt. Ich warf ihr einen Luftkuss zu, und sie verdrehte die Augen. Ihre beiden Freundinnen, die neben ihr saßen, kicherten.

Seit dem ersten Schultag waren die drei unzertrennlich. Tilly war süß und schüchtern und interessierte sich schon jetzt für alles, was mit Haushalt und Kochen zu tun hatte – wenn sie sich gerade mal nicht in der Notaufnahme des Krankenhauses befand, weil sie sich beim Laufen, Schaukeln, Rollerskaten oder beim Sturz in einen Teich eine Platzwunde, Knochenfraktur oder Schnittverletzung zugezogen hatte. Cassies beste Freundin Nummer zwei, Roxy, war gerade damit beschäftigt, mit dem Kopf zum Rhythmus eines Songs auf ihrem iPod zu nicken und so erwachsen wie möglich auszusehen. Ich nahm mir fest vor, jeden Abend alle Clubs in der Umgebung zu kontrollieren, sobald sie alt genug waren, um als Achtzehnjährige durchzugehen.

Lächelnd nahm ich mir ein Glas mit irgendwas Sprudeligem vom Getränketisch, küsste Red und quetschte mich neben ihn auf die Stuhlkante. Automatisch legte er den Arm um meine Hüften. Oh, ich liebte das!

»Wann bist du dran?«, fragte ich meine Schwägerin.

»Um sechs.«

An diesem Abend wurde eine Einspielung für die Jonathan-Moss-Show auf Kanal 4 aufgenommen, in der Ginger zu Gast war. Die Anfrage war nach einem selbst für ihre Verhältnisse eher ungewöhnlichen Vorfall erfolgt. Ja, sie hatte in den Neunzigern einigen Ruhm als Sängerin errungen. Und ihr Gesicht war regelmäßig in den einschlägigen Musikzeitschriften zu sehen gewesen, weil sie ein paar gute Bands gemanagt hatte, unter anderem die aktuell coolste Boygroup im ganzen Land.

Aber so richtig bekannt war sie erst, seit man gesehen hatte, wie sie in der Erste-Klasse-Lounge eines Flughafens eine ziemlich prominente Sängerin gemaßregelt hatte: »Nimm endlich den Stock aus deinem Arsch, und hör auf, so beschissen arrogant zu sein, du blöde Ziege. Ich erinnere mich noch ganz genau an die Zeiten, als du als Kellnerin gejobbt hast und dir für ein Trinkgeld von den Gästen an den Hintern hast fassen lassen.«

Der kurze Wortwechsel war von der Handykamera eines in der Nähe herumstehenden Teenies gefilmt und auf YouTube gepostet worden, und Ginger war über Nacht berühmt gewesen. Besagte prominente Sängerin wurde übrigens zuletzt gesehen, wie sie wutentbrannt ins Büro ihres Anwalts gestapft war.

Seither konnte Ginger sich jedenfalls vor Anfragen nicht mehr retten. Journalisten wollten sie interviewen, TV-Shows rissen sich um ihren Auftritt, und sie war sogar angesprochen worden, als Jurymitglied in einer neuen Talentshow mitzuwirken, in der es darum ging, den nächsten Rocksupergott zu finden.

Und das Erstaunlichste daran? Sie war bei allem immer vollkommen nüchtern. Meine Schwägerin hatte keinen Drink mehr angerührt, nachdem ich sie gebeten hatte, sich um Cassie zu kümmern, falls ich mal nicht mehr wäre. Es war der rührendste Liebesbeweis, seit Red sich drei Strafzettel wegen Geschwindigkeitsüberschreitung eingehandelt hatte, um rechtzeitig im Krankenhaus zu sein, als ich die Ergebnisse meiner Lymphknotenbiopsie bekam.

Es hatte eine Weile gedauert, bis wir es gemerkt hatten, denn um ehrlich zu sein, war sie im nüchternen Zustand genauso unberechenbar wie im betrunkenen (wie diese Sängerin auf dem Flughafen leidvoll erfahren musste). Außerdem machte sie kein großes Aufheben darum. Sie hatte einfach nur still für sich erkannt, dass Cassie gleich zwei geliebte Menschen frühzeitig verlieren würde, wenn sie so weitertrank.

Übrigens gab es eine Nachricht, die natürlich gar nichts damit zu tun hatte, dass Ginger nun schon länger auf ihren kostenlosen Moët verzichtete: Der Carriage Club hatte in den letzten zwölf Monaten einen Rekordgewinn verzeichnet.

Wundersamerweise hatte diese Abstinenz auch ihren längst verloren geglaubten Mutterinstinkt geweckt. Ja, sie hatte jetzt einen kleinen Shih Tzu, den sie in ihrer Louis-Vuitton-Tasche überall mit sich herumschleppte.

In diesem Augenblick kam Josie in den Raum gerannt; ihr Auftritt hatte verblüffende Ähnlichkeit mit meinem ein paar Minuten zuvor. Tja, Gene ließen sich halt nicht vertuschen.

»Hab ich was verpasst? Hat es ... du meine Güte, Ginger, ich kann deine Nieren sehen.«

Ginger zerrte ihren Mikrominirock ein paar Millimeter weiter nach unten. Bei jeder anderen Vierzigjährigen hätte ich das unanständig gefunden. An Ginger sah er sensationell aus. Auch wenn Josie jetzt auf Schritt und Tritt dicht hinter ihr kleben würde, um anderen einen Blick auf ihre Pobacken zu verwehren.

»Ist das immer so?«, fragte der dunkelhaarige Typ neben Lizzy mit ängstlicher Stimme.

Ja, Lizzy hatte einen Mann. Und nicht irgendeinen Mann.

Nein, es war nicht Dr. McDreamys Bruder – zu meinem Unverständnis hatte er behauptet, es verstieße gegen die medizinische Ethik, sich von mir mit meiner besten Freundin verkuppeln zu lassen. Es war auch nicht der witzige Lagerverwalter, den ich extra mit nach Hause genommen hatte, um ihn Lizzy vorzustellen, nachdem er zum Schneiden und Fönen bei mir gewesen war. Oder der süße Schreiner, der unsere kaputte Hintertür repariert hatte und den ich danach sofort zu Lizzy geschickt hatte, um sie zu fragen, ob sie für immer und ewig glücklich und zufrieden mit ihm in einem Haus mit hochwertigen Holzarbeiten leben wollte. Er wollte. Sie nicht.

Lizzy beugte sich zu ihrem neuen Freund und grinste.

»Dein Bruder ist mit meinem Exmann verheiratet, deine Freundin hat ein Baby für sie bekommen. Was hast du erwartet?«

Ja, Lizzys Freund war Alex' Bruder John, der nach zehnjährigem Auslandseinsatz für die Marine nach Hause zurückgekehrt war. Sie hatten sich im letzten Monat auf Alex' Geburtstagsparty kennen gelernt, und es hatte sofort gefunkt zwischen ihnen. Lizzy behauptete zwar, sie habe ihn noch nicht gebeten, seine weiße Uniform für sie anzuziehen, aber so, wie sie ihn anschaute, war ich da nicht so sicher.

Das Leben war schön. Das Leben war wunderschön, und während ich so im Künstlerraum eines Glasgower Fernsehstudios saß, überkam mich ein riesiges Glücksgefühl. Euphorie. Dankbarkeit. Und weit und breit gab es nichts, was diesen Zustand perfekten Glücks hätte trüben können.

»Mrs. Jones?« Automatisch schaute ich auf, doch dann sah ich, dass das junge Mädchen mit dem Klemmbrett und dem Kopfhörer an der Tür Ginger meinte. Typisch Ginger. Sie hatte ihren Namen behalten, als sie Ike heiratete, daher hatten wir beiden denselben Nachnamen. »Wir fangen jetzt an. Wenn Sie mir bitte folgen würden.«

Ginger erhob sich von ihrem Stuhl. Sofort sprang auch Josie auf und hielt züchtig ihren Cardigan vor Gingers Schritt.

Falls einer der Fernsehproduzenten in diesem Gebäude auf der Suche nach einer Inspiration für eine neue Sitcom war, die sechzigjährige karamellwaffelliebende Ninja-Kämpferin war sicher ein guter Ausgangspunkt.

»Ihre Freunde können hier warten und sich die Show auf dem Monitor anschauen. Für ein oder zwei Personen wäre allerdings auch noch Platz neben der Bühne.«

Ich stand neben ihr, noch ehe sie zu Ende gesprochen hatte. Was hatte es für einen Sinn, eine beste Freundin zu haben, die eine internationale Berühmtheit war, wenn man den Glanz und Glamour nicht aus nächster Nähe mitbekam?

Lizzy lächelte John an. »Kann ich dich eine halbe Stunde mit der Bande hier allein lassen?«

Er machte ein tapferes Gesicht. »Lizzy, ich habe es mit den Taliban aufgenommen, da werde ich auch das hier überstehen.«

Bildete ich mir das nur ein, oder hatte er Schweißperlen auf der Stirn, als er das sagte?

Wir wurden zu unseren Plätzen geführt, wo wir zusahen, wie das kleine Mädchen aus Weirbank mit der roten Mähne so indiskret, witzig und absolut respektlos war, dass die Zuschauer aus dem Lachen gar nicht mehr raus kamen.

Als sie und Jonathan Moss so richtig in Fahrt kamen, legte Lizzy den Arm um meine Taille und drückte mich an sich. »Das ist fantastisch!«, sagte sie mit blitzenden Augen. »Ich freue mich, dass Ginger das so toll macht und dass du ... dass du ...« Ich spürte, wie ihre Hand über meine Hüften tastete und dann meinen Bauch berührte. Und zärtlich darüberfuhr. »... dass du schwanger bist! Du kriegst ein Baby, stimmt's? Oder hast du einen Ballon verschluckt?«

Ich hatte gedacht, ich könnte es mit der weiten Tunika und dem lockeren Cardigan vertuschen, aber mit meiner ach so sensiblen Freundin hatte ich natürlich nicht gerechnet.

»Ein Baby«, flüsterte ich. »Aber sag nichts. Heute ist Gingers Abend, und wir wollen es erst nächste Woche nach dem Ultraschall offiziell machen. Auch wenn die Ärzte sagen, dass alles gut ist und es keinen Grund gibt, nicht noch zehn weitere Babys zu kriegen. Das steht natürlich eh nicht zur Debatte, denn dann würde Red mich wahrscheinlich für eins seiner Supermodels verlassen.«

»Oh, Lou!« Lizzy umarmte mich. »Das ist ja wunderbar! Ich freu mich so für dich!«

»Ladies and Gentlemen, eine dicker Applaus für die absolut fantastische Ginger Jones.«

Jonathan Moss erhob sich und küsste Ginger auf die Wangen, ehe er sie von der Bühne entließ. Wir sprangen ebenfalls auf, um sie zu umarmen, aber sie tat so, als hätte sie soeben erfahren, dass wir eine ansteckende Krankheit hatten. Die Abneigung der öffentlichen Zurschaustellung von Liebesbekundungen würde sie bis ans Ende ihres Lebens begleiten.

»Und nun, Ladies and Gentlemen, begrüßen wir einen weiteren Gast, der aus diesem Teil der Welt stammt.«

Lizzy stieß uns an. »Sollen wir gehen oder noch ein bisschen zuschauen?«

Wir zuckten beide mit den Schultern. »Keine Ahnung«, antwortete ich. »Kommt drauf an, wer es ist.«

»Er ist ehrgeizig, und er ist erfolgreich. Er hatte in den Neunzigern einige internationale Hits, und er hat zehn – ich wiederhole: zehn – Nummer-eins-Singles veröffentlicht«, fuhr Jonathan fort. »Und noch immer landet er einen Hit nach dem anderen, denn inzwischen zählt er zu den erfolgreichsten Produzenten ...«

»Oh nein!«, entfuhr es Ginger.

Sie wirbelte herum, packte Lizzy und mich am Arm und versuchte uns zum Ausgang zu zerren. Aber ich stand wie angewurzelt da.

»Hey, was ist? Was ist los? Wer ...«

»Ja, Ladies and Gentlemen, wir begrüßen Glasgows ureigensten Indie-Hero, Mr. Gary Collins!«

»Scheiße, scheiße, scheiße«, murmelte ich.

Im selben Augenblick führten das Mädchen mit dem Klemmbrett und ein Typ, der aussah wie ein Agent, Gary Collins herein. Er trug einen tadellos sitzenden schwarzen Anzug und ein kakaofarbenes Hemd und steuerte direkt auf uns zu.

»Zurück an die Wand!«, zischte Ginger und versuchte noch einmal, uns aus dem Weg zu schieben. »Ich bin die einstweilige Verfügung gerade los, ich will mir nicht wieder eine neue einhandeln.«

Nachdem Ginger ihm bei den BRIT Awards vor Live-Publikum den Jack Daniel's mit Cola über den Kopf geschüttet hatte, hatten seine Anwälte eine Verfügung erwirkt, dass sie sich ihm nicht weiter als hundert Schritte nähern dürfe, sonst würde sie erschossen. Oder so ähnlich.

Ich wäre jedenfalls am liebsten im Boden versunken, als mir jetzt der Mann entgegenkam, der mich so öffentlich gedemütigt hatte. Bereitwillig ließ ich mich von Lizzy ins Dunkle ziehen, wo er mich nicht sehen konnte. Er würde einfach an mir vorbeilaufen. Vorbei. Laufen.

»Gary Collins?«

Wer war das? Wer sprach da mit ihm?

Neeeeeeeeeeiiiiiiiiiin! Das war ich.

»Oh Scheiße!«, murmelte Ginger, als ihr klar wurde, dass jetzt alles zu spät war.

Das Klemmbrettmädchen sah verängstigt aus, und der Agententyp machte ein genervtes Gesicht und versuchte, mich aus dem Weg zu drängen.

»Wag. Es. Nicht.«

Oh Mist, wieso bediente ich mich plötzlich eines Tons, den ich sonst nur bei Rüpeln benutzte und dem Typen unten an der Straße, der immer meine Mülltonne klaute?

Gary Collins, die einstige Liebe meines Lebens, trat vollständig ins Licht und blinzelte ein bisschen, als er mich ansah. Offenbar überlegte er angestrengt, woher er mich kannte.

»Gary, wir müssen uns wirklich beeilen«, sagte der Agententyp zu ihm.

Gary wehrte ihn ungeduldig ab. »Moment noch.«

Mr. Großmaul. Was muss das für ein Gefühl sein, eine ganze Fernsehshow warten zu lassen, bis du dich dazu herablässt, sie mit deinem Beitrag zu beehren?

»Lou, bitte …«

»Lass mich!«, wehrte ich Lizzys Versuch, mich aufzuhalten, ab.

Gespannt wartete ich, was nun wohl kam. In Gary Collins' Gedächtnis wurde ganz offensichtlich gerade eine Verbindung hergestellt.

»Lou? Lou Cairney? Oh mein Gott, Lou Cairney!«

Moment mal, damit hatte ich jetzt nicht gerechnet. Ja, er sah umwerfend aus, aber gleichzeitig schien er sich echt zu freuen, mich zu sehen.

»Wow, du siehst immer noch ... ich meine, du siehst immer noch super aus!«

Immer noch super. Na ja, dann habe ich vielleicht auch damals schon super ausgesehen, was ihn jedoch nicht davon abgehalten hatte, der ganzen Welt zu erzählen, ich hätte im Bett die Talente einer Betonplatte.

Niemals würde ich zugeben, dass er noch immer der bestaussehende Typ war, der mir je zu Gesicht gekommen war. Das würde ich nicht tun. Ganz bestimmt nicht.

»Was machst du hier?«

Ginger trat ins Licht, und mit einer gewissen Befriedigung registrierte ich, wie er zusammenzuckte.

»Ich bin mit Ginger hier. Ich bin mit ihrem Bruder verheiratet. Red. Er war in deinem Jahrgang.«

Siehst du, ich bin verheiratet, höhnte eine Stimme in meinem Kopf. Ein Mann hatte Sex mit mir, und es hat ihm so viel Spaß gemacht, dass er mich tatsächlich geheiratet hat. Und er sagt, ich wäre gut. Und wir tun es ständig. So oft, dass ich jetzt sogar schwanger bin. Tja, genau in diesem Moment. Also schreib dir das hinter deine verdammten Ohren, Gary-Arschloch!

»Ja, klar, ich erinnere mich an ihn«, antwortete er mit einer Stimme, die nur allzu deutlich machte, dass das nicht stimmte. Ich spürte wie Ginger neben mir erstarrte, als er weiterredete. »Hör mal, ich bin für ein paar Nächte hier – hast du Lust, gleich noch was mit mir trinken zu gehen? Wir haben uns sicher eine Menge zu erzählen, und weißt du was ...«

Weißt du was? Wovon redete er eigentlich? Hatte er nicht gehört, dass ich verheiratet war? Wusste er nicht mehr, was er mir damals angetan hatte? Bildete er sich tatsächlich ein, er könnte einfach sein perfektes, blendend weißes Zahnpastalächeln aufsetzen, und ich würde wieder in seine Arme sinken? Glaubte er das etwa?

»Wir könnten auch was ganz anderes machen«, flötete ich, was ihm offensichtlich gefiel. »Wie wär's mit etwas mehr Körperbetontem?«

»Nämlich?«, flirtete er zurück.

»Ich habe mir gerade überlegt, ich könnte dir einfach ...«

Lektion 153
Benimm dich in der Öffentlichkeit immer anständig – bei all den Aufzeichnungsgeräten weiß man nie, wann man wo auf einem Bildschirm erscheint

Stumm trotteten wir drei zurück in den Künstlerraum, wo uns starres Staunen erwartete. Meine Tochter war diejenige, die als Erste den Mund aufmachte.

»Mum?«, fragte sie, »hast du gerade Gary Collins geschlagen?«

»Woher weißt du das?«

Alle Köpfe im Raum bewegten sich in Richtung Bildschirm, wo Jonathan Moss das Publikum mit Geplapper bei Laune hielt, während sie auf die Ankunft des nächsten Stars warteten.

»Eine Kamera ist ihm auf dem Weg zur Bühne gefolgt«, erklärte Red. »Wir haben alles mitbekommen.«

Ach du je, er war sicher stocksauer. Bestimmt rechnete er schon aus, wie viel Unterhalt er mir zahlen musste, wenn er jetzt seine Klamotten nahm und abhaute.

»Auch unser Gespräch?«, fragte ich erschrocken.

Alle nickten. Verdammt, wie blöd war ich nur? Mein ganzes Leben hatte ich mich darum bemüht, nur ja nicht ins Zentrum der Aufmerksamkeit zu geraten, und dann stellte ich mich vor eine verfluchte Kamera und verprügelte einen der größten Promis unserer Generation.

»Red, es tut mir so leid. Wirklich, ich wollte das nicht ... ich ...«

»Es tut dir leid?« Er stand auf und kam auf mich zu. »Lou Cairney, du bist die tollste Frau, die ich kenne.«

Der Trommelwirbel begann mit Josies Fußgetrappel und

setzte sich im ganzen Raum fort. Er übertönte fast Jacks Bemerkung, dass er sich bei den Taliban irgendwie sicherer fühle.

Red beugte sich vor und küsste mich lange und intensiv.
Ginger stöhnte und schloss die Augen. »Bitte!«, flehte sie.
Red lachte. »Komm schon, mach einmal eine Ausnahme.«
»Würde ich ja«, gab sie zurück. »Aber die Securitytypen haben angekündigt, dass sie die Polizei rufen, wenn wir nicht in zehn Minuten von hier verschwunden sind.«

Die letzte Lektion

Liebe Cassie,
das war es nun also. Ich hoffe, die letzte Episode hat dich nicht fürs Leben geschockt, und die Erinnerung verblasst mit zunehmendem Alter. Solltest du dich aus welchem Grund auch immer für eine Wiederholung interessieren, findest du sie sicher noch irgendwo auf YouTube. Die Typen von der Show haben zwar immer geleugnet, dass die undichte Stelle bei ihnen gewesen sei, aber ...

Natürlich kannst du mich auch direkt fragen. Wenn du das hier in dem Alter liest, in dem ich jetzt bin, dann werde ich knackige einundsiebzig Jahre alt und seit über dreiunddreißig Jahren krebsfrei sein.

Und wenn nicht, tja, dann gibt es nur drei wirklich wichtige Dinge, an die du immer denken musst ...

Mach einen großen Bogen um Sonnenbänke, und bedeck deine Haut in der Sonne!

Deine Familie sind die Menschen, mit denen du dein Leben gerne lebst, nicht nur diejenigen, die die gleichen Gene haben wie du.

Und Cassie, deine Mum, dein Dad und dein kleiner Bruder Joe werden dich immer lieben.

ENDE

»Romantisch, britisch, witzig, sexy – Shari Low in Höchstform.« KERSTIN GIER

Shari Low
HERZFINSTERNIS
Roman
Aus dem Englischen
von Barbara Ritterbach
320 Seiten
ISBN 978-3-404-16371-7

An Suze nagt der Verdacht, dass ihr Mann Karl sie betrügt. Die Agentur »Honigfalle« soll nun seine Treue prüfen. Als die Beweise kommen, kann Suze erst einmal aufatmen. Der Typ auf dem Foto ist nicht ihr Mann. Aber: dessen Bruder Joe - und dieser Mistkerl ist mit Suze' bester Freundin Melissa verheiratet ...
Suze weiß, dass sie Melissa die Wahrheit sagen muss. Oder etwa nicht?
Wird Melissa ihrer Freundin Suze diese unschöne Botschaft je vergeben können?
Wird Karl seiner Frau Suze vergeben, dass sie an ihm gezweifelt hat?
Hatte Suze *wirklich* keinen Grund, an der Treue ihres Mannes Karl

Bastei Lübbe Taschenbuch

Eine temporeiche Komödie um Männerdiäten und Frauenfreundschaften – Shari Low in Bestform!

Shari Low
TREUESPRÜNGE
Roman
352 Seiten
ISBN 978-3-404-15823-2

»Du meinst, so etwas wie ein Penisembargo?« – »Ja, genau. Ich mache nämlich eine Männerdiät.«
Ginny und Roxy sind Freundinnen seit ihrer Kindheit, obwohl sie unterschiedlicher nicht sein könnten. Roxy hat einen anständigen (!) Job in einem nicht ganz jugendfreien Etablissement in London, einen sexbesessenen Mitbewohner und einen Freund, der es mit er Treue offenbar nicht so genau nimmt. Ginny hingegen arbeitet in der örtlichen Bibliothek von Farnham Hills und liebt ihren Jugendfreund Andrew.
Als sie beschließen, ihre Jobs zu tauschen, sind heftige Turbulenzen und überraschende Erkenntnisse unvermeidbar ...

Bastei Lübbe Taschenbuch

Zwölf Monate, zwölf Männer: Wer der Richtige ist, steht in den Sternen!

Shari Low
STERNSCHNUPPERN
Roman
384 Seiten
ISBN 978-3-404-15991-8

»Drei, zwei, eins ... Frohes neues Jahr!!!«
Champagnerkorken knallen, Luftschlangen wirbeln umher, Paare umarmen sich selig ...
Für Dauer-Single Leni sieht Silvester leider anders aus. Aber vielleicht wird bald alles besser: Ihre neue Chefin – die Instanz für Astrologie, Feng-Shui & Co. – hat einen besonderen Auftrag für sie. In den nächsten zwölf Monaten soll Leni zwölf Männer treffen – von jedem Sternzeichen einen. Zu spirituellen Forschungszwecken. Doch die Sterne lassen sich ungern in die Karten schauen ...
»Shari Lows HAPPY OHNE ENDE war Spitzenklasse, aber dieser Roman ist sogar noch besser.« *The Bookseller*

Bastei Lübbe Taschenbuch

Werden Sie Teil der Bastei Lübbe Familie

- Lernen Sie Autoren, Verlagsmitarbeiter und andere Leser/innen kennen
- Lesen, hören und rezensieren Sie Bücher und Hörbücher noch vor Erscheinen
- Nehmen Sie an exklusiven Verlosungen teil und gewinnen Sie Buchpakete, signierte Exemplare oder ein Meet & Greet mit unseren Autoren

Willkommen in unserer Welt:

 www.luebbe.de

 www.facebook.com/BasteiLuebbe

www.twitter.com/bastei_luebbe

 www.youtube.com/BasteiLuebbe